Knaur.

Knaur.

*Im Knaur Taschenbuch Verlag sind bereits folgende Bücher der Autorin erschienen:*
Frühstück zu viert
Eine ungehorsame Frau
Frauen lügen besser
Nur eine kleine Affaire
Eine ungehorsame Frau
Abends nur noch Mondschein
Alte Freunde küsst man nicht
Verdammt, er liebt mich!
Ich habe nein gesagt

*Über die Autorin:*
Die Romane Annemarie Schoenles werden millionenfach gelesen, zudem ist sie eine der bekanntesten und begehrtesten Drehbuchautorinnen Deutschlands (u. a. wurde sie mit dem Grimme-Preis ausgezeichnet). Alle ihre Bücher wurden verfilmt. Sie ist Mutter einer erwachsenen Tochter und lebt mit ihrem Mann in der Nähe von München.

*Annemarie Schoenle*

# Du gehörst mir

Psychothriller

Knaur Taschenbuch Verlag

**Besuchen Sie uns im Internet:**
**www.knaur.de**

Vollständige Taschenbuchausgabe Dezember 2005
Knaur Taschenbuch
ein Unternehmen der Droemerschen Verlagsanstalt
Th. Knaur Nachf. GmbH & Co. KG, München

Umschlaggestaltung: HildenDesign, München
Satz: Ventura Publisher im Verlag
Druck und Bindung: Clausen & Bosse, Leck
Printed in Germany
ISBN-13: 978-3-426-63231-4
ISBN-10: 3-426-63231-4

2 4 5 3 1

Jeder Mensch ist ein Abgrund,
es schwindelt einem,
wenn man hinabsieht.

*Georg Büchner*

# *Erster Teil*

# 1

Es war auf der Neujahrsparty, die Melanies Freundin Sarah in Jimmys Kneipe gab. Im Hintergrund dudelte Countrymusic, und Sarahs Cousine sagte, Männer und Frauen seien nicht kompatibel, man müsse sie separieren, so wie die Briten und Iren, die Israelis und Palästinenser. Und schon landete man bei der Weltpolitik. Ein Lachsbrötchen in der einen und ein Glas Prosecco in der anderen Hand gab man Schlagzeilen und Leitartikel wieder. Ging es nun darum, die Welt zu retten, oder darum, an Öl zu kommen? Oder um beides, wie Frank, Melanies Kollege, erklärte. Aber hatte es jemals einen Krieg gegeben, der die Welt rettete?

Melanie redete sich in Eifer, war sich aber nicht sicher, ob man ihr nur aus Höflichkeit oder aus Interesse zuhörte. Jede Gelegenheit ergreifen, um sich einzumischen und gegen Missverständnisse zu protestieren – ein Standardsatz ihres Vaters. Nicht Missstände: Missverständnisse. Auch Kriege stellten zeitgebundene Missverständnisse dar, wenn man das Wort zerlegte und auf die wahre Bedeutung zurückführte.

Das sei kleinkariertes Denken, dieses schwammige Antikriegsgeschwätz, meinte ein langer blonder Mensch, den Melanie noch nie bei Sarah gesehen hatte und den sie sich weiß Gott nicht in einem Kampfanzug im Dreck liegend vorstellen konnte. Und doch nahm er eine lächerlich kriegerische Haltung ein, die Beine gespreizt und fest am Boden, ganz Mann, der wusste, dass der blaue Planet ein gefährlicher Ort war und ohne Kriege nicht auskommen konnte. Brandherde könne man nicht löschen mit einem Ölzweig in der Hand und der Friedenstaube auf der Schulter.

»Ach«, sagte Sarah spöttisch. »Du wärst also bereit, durch fremde Kontinente zu marschieren und dir ein Bein abschießen zu lassen oder gar deinen Kopf?«

»Er hat Diabetes, er wird nirgendwohin marschieren«, erwiderte die Freundin des blonden Menschen ironisch.

Melanie wanderte mit ihrem Glas weiter zu einer Gruppe von Leuten, die sie aus der Redaktion kannte. Sie arbeitete als freie Journalistin für Tageszeitungen und einen Rundfunksender. Schrieb Artikel über Autoren, verfasste Fernseh- und Filmkritiken und machte Rundfunkinterviews, das letzte mit einem jungen Schriftsteller, der ein Buch über Dreißig- bis Vierzigjährige und ihr neues Lebensgefühl herausgab. Melanie war es schwer gefallen, sich mit ihm zu unterhalten, obwohl sie genau in die Sparte derer fiel, die er angeblich so genau studiert und seziert hatte.

»Wir wollen doch weder was zu tun haben mit den Revoluzzern von achtundsechzig noch mit den infantilen Spaßtrotteln der neunziger Jahre«, argumentierte er zufrieden. »Wir leben in einer Medienwelt und sind pragmatisch geworden.«

»Pragmatiker haben keine Visionen«, wandte Melanie ein.

»Hitler hatte eine Vision, und wohin hat's geführt?«
Eine so dumme Antwort war es nicht wert, kommentiert zu werden, und Melanie erinnerte sich, dass sie, wie oft in letzter Zeit, das Gefühl hatte, sich unendlich zu langweilen. Größtenteils hatte sie es nur noch mit den selbstgefälligen Angehörigen diverser Egowerkstätten zu tun, die das eigene Ich genauso inbrünstig anbeteten wie fromme Christen die Heilige Dreifaltigkeit. Und die inzwischen medial so abgeklärt waren, dass sie weder kritisierten noch etwas verändern wollten, sie wollten nur noch profitieren. Gott sei Dank arbeitete sie nicht nur als Journalistin, sondern auch als Assistentin ihres Vaters. Kümmerte sich um seinen Bürokram, um Pressetermine und um seine Werkstatt, die überquoll von all den Utensilien, die er als politischer Aktionskünstler in seinen Regalen hortete.
Die Erinnerung an jenes Autorengespräch deprimierte sie so sehr, dass sie von Prosecco zu Wodka wechselte. Sie war eine leidenschaftliche Wodkatrinkerin. Da die Leute immer annahmen, sie habe lediglich Wasser in ihrem Glas, hielten sie sie für eine Abstinenzlerin und für stocknüchtern, auch wenn sie es gar nicht mehr war. Das barg Vorteile, und sei es nur, dass sie dann hemmungslos werden und Dinge sagen konnte, die ihr sonst nicht über die Lippen kamen. Dass sie es in nüchternem Zustand nicht tat, lag an der Zwiespältigkeit ihrer Erziehung. Ihre Mutter, eine zurückhaltende und sehr idealistisch geprägte Frau, hatte nie etwas anderes getan, als ihren Mann umsorgt, ihn in all seinen künstlerischen Belangen unterstützt und ihm in schlechten Zeiten Mut zugesprochen.

Sie malte und zeichnete und war mit ihrer sanften Stimme und den ruhigen, fließenden Bewegungen wie ein warmes weiches Tuch, in das man sich behaglich kuschelte. Während ihr Vater das Feuer im Hause war. Der innerlich Zornige. Ein Provokateur, der die Meinung vertrat, dass man in diesen Zeiten nicht in einem Atelier sitzen und Blümchen malen konnte, sondern dass man im Gegenteil in das tägliche Geschehen ringsum eingreifen und mitreden musste. Als Aktionskünstler wirkte er mit der ständigen Absicht zu konfrontieren. Nach außen hin sehr freundlich, redegewandt und seinem jeweiligen Gegenüber zugetan, war er doch in seinem Inneren von kristallklarer Härte. Er benutzte seine Kunst unverhohlen als Instrument. Eine Jahrhundertspur zum Beispiel, die sich als blutiger Kunstschleim über die Straße und über Bodenplatten mit Totenzahlen vom ersten Kreuzzug bis zum letzten Golfkrieg zog. Am Ende ein Triptychon aus drei Stahlkreuzen, an denen jeweils ein Gerippe mit Stahlhelm hing. Das war seine Art, sich einzumischen. Die Provokation unter die konservative Gürtellinie. Ja – und zwischen diesen beiden Menschen Melanie. So redegewandt wie der Vater, so leicht entflammbar und empört über Ungerechtigkeit und Heuchelei, und dann wieder weich und nachgiebig wie die Mutter. Unsicher, wenn sie auf Menschen traf, die sehr viel stärker waren als sie. Trotzdem zäh und ausdauernd, sodass sie leicht unterschätzt wurde.

Sie nahm einen großen Schluck Wodka, der Alkohol erwärmte sie. Sie gesellte sich zu Sarah, die neben Jimmy stand, der einen Kopf kleiner war als Sarah, ebenholzschwarz und kraushaarig. Er betrieb seine Kneipe, die in der Innenstadt lag, schon seit Jahren. Er war ein beträchtliches Stück älter als Sarah und sprach akzentfrei Deutsch. Was Wunder – er war in Deutschland geboren und in einem Heim in Berlin aufgewachsen. Mehr wusste man nicht, er sprach nicht darüber, nicht einmal mit Sarah.

Sarah prostete Melanie zu, sie lächelten sich an, und Melanie wurde warm ums Herz, wie immer, wenn sie sich in ihrer Nähe befand. Sarah arbeitete in der Rechtsabteilung des Rundfunksenders, für den Melanie ihre kleinen Interviews machte. Sie hatten sich kennen gelernt, als Melanie einen Vertrag unterschrieb. Sarah bugsierte sie in ihr enges Büro und tat alles gleichzeitig. Mit ihr reden, telefonieren, Stapel von Papier vom Fußboden auf ihren Schreibtisch hieven und einem Kollegen zurufen, dass seine Tochter unten am Empfang stehe und heule, Liebeskummer, wahrscheinlich. Sie blies ihren rotblonden Pony aus der Stirn und meinte: »Gehen wir doch einen Kaffee trinken.« Sie sagte »Kaffee«, meinte aber Rotwein. Nach drei Gläsern wussten sie alles Wesentliche voneinander. Dass Melanie dreißig war und Sarah drei Jahre älter. Dass Melanie in einem zentral gelegenen Apartment lebte und Sarah und Jimmy in einer großen Wohnung, wenige Straßen entfernt. Dass Sarah sich mit ihren Eltern nicht verstand und Melanies Mutter an Krebs gestorben war. Dass Sarah Jimmy von dem Moment an geliebt hatte, als er ihr in seiner Kneipe ein Glas Rotwein zuschob und sagte: »Kommen auch bessere Tage«, gerade in dem Augenblick, als Sarah wieder einmal beschlossen hatte, ihrem Leben ein Ende zu setzen – ein Entschluss, den sie nach jeder Liebesenttäuschung gefasst hatte und der eher als Rettungsring diente nach dem Motto: Diese letzte Konsequenz bleibt dir immer noch. Und dass Melanie sich seit Monaten von Philip trennte, Auslandskorrespondent, in Hamburg lebend und verheiratet. Fast jeden Freitagabend trafen sie sich in einer kleinen Rushhour-Bar, um ihre Trennung zu besprechen.

»Moralische Bedenken, oder wird er versetzt?«

»Keine moralischen Bedenken«, sagte Melanie und fügte seufzend hinzu, sie sei lediglich eine schlechte Geliebte. Wolle den anderen spontan auch mitten in der Nacht sehen können und nicht so viele komplizierte Pläne machen müssen.

»Bin zu schusselig für eine solche Geliebte. Weiß nie, wann ich ihn anrufen kann und wann nicht, ob seine Frau immer mittwochs oder donnerstags beim Jazztanz ist, und ich verwechsele ständig seine zwei Handynummern. Die für sein bürgerlich-ordentliches Leben und jene für die Seitensprünge.«

»Und? Wann wird die Trennung endgültig?«

»Wir trennen uns eigentlich schon, seit wir uns kennen. Unvereinbarkeit der Lebensplanung. Er liebt so viele andere Dinge. In erster Linie seinen Beruf. Dann seine Frau, weil sie ihn grenzenlos bewundert und sehr eifersüchtig ist. Das schmeichelt ihm. Ich bin auch eifersüchtig, aber ich schmeichle ihm damit nicht, es amüsiert ihn höchstens. Das ist auch der Grund, warum er in mich verliebt ist. Weil ich ihn amüsiere und weil ich noch so unfertig bin, wie er sagt, und alles Unfertige den Mann in ihm herausfordert, den Professor Higgins, nur, dass er nicht meine Sprache verbessern muss, sondern mein Selbstwertgefühl. Das meint er durchaus ironisch, aber er hat Recht. An einem Tag will ich so stark sein und so viel bewirken wie mein Vater und am nächsten mir eine grüne Wiese und einen blauen Himmel malen und mich mitten reinsetzen in diese Idylle. Nicht anecken. Von allen gemocht werden.«

»Heiliger Strohsack! Das klingt ja wirklich bedenklich«, hatte Sarah damals gemeint.

Melanie goss sich ihr Wodkaglas nochmals voll und setzte sich auf eine Bank, die gleich neben der Eingangstür zwischen zwei Zimmerpalmen stand. Sie saß wie in einem schattigen Hain und widmete sich ihrem Wodka. Ihre Augen maßen Gruppe um Gruppe der Leute, die in Jimmys Kneipe herumstanden, die redeten, lachten, tranken und rauchten. Gern hätte sie mehr über diese Menschen gewusst, aber die meisten kannte sie nur flüchtig. Die schlanke Dunkelhaarige dort drüben zum Beispiel. Sie arbeitete im Vorzimmer des Rundfunkchefs, und man erzählte sich, sie sei geschieden und habe ein behindertes Kind. Aber dort drüben Frank. Den kannte sie ein bisschen besser. Er wohnte im Haus seiner verwitweten Mutter und hatte gestern erfahren, dass die kleinen Vergesslichkeiten, mit denen sie ihn oft erheiterte, gar keine Vergesslichkeiten waren. Dass die Mutter vielmehr alle Anzeichen der Alzheimer-Krankheit zeigte und sich deswegen in den kommenden Tagen testen lassen musste. Und dort Jimmy, Sarahs Freund. Er trug ein schwarzes Hemd, eine schwarze Hose, war wie ein schwarzes Fanal in der bunt gewürfelten Gesellschaft und wirkte fröhlich und ausgelassen. Doch in seiner Post befand sich seit Wochen jeden Morgen ein Drohbrief, eher ein Drohzettel, auf dem stand, er solle mit seiner Negerkneipe aus der Gegend verschwinden und dorthin gehen, wohin er gehöre: in den afrikanischen Busch.

Bedeutsame Schicksale also, sodass sich Melanie vorkam wie ein biografisches Leichtgewicht. Was hatte sie schon vorzuweisen? Eine seit Monaten unglücklich endende Beziehung? Lächerlich! Sie saß in ihrer netten Wohnung, konnte von ihrer Arbeit leben und hatte in ihrem Vater einen Menschen, der ihr wirklich nahe stand. Nicht nur, weil sie miteinander verwandt waren, sondern weil sie an die gleichen Dinge glaubten. Allerdings verteidigte ihr Vater seine Überzeugungen mit einer Vehemenz, die sie manchmal erschreckte.

Diese Leidenschaft fehlte ihr, oder, besser gesagt, sie ließ sie nicht zu. Sie versteckte sich hinter Kulturberichten, hinter fein geschliffenen, humorvollen Rundfunkbeiträgen, hinter der journalistischen Arroganz, jede Meinung angreifen, aber keine eigene preisgeben zu müssen. Doch ihr Vater machte ihr das nie zum Vorwurf. Ja, und große Laster plagten sie auch nicht, ihre Wodkatrinkerei mal ausgenommen. Auch keine Krankheiten, nicht einmal Fußpilz oder ein Hühnerauge. Nie fiel sie unangenehm auf, war auch bei den politischen Kunstaktionen ihres Vaters eher eine Handlangerin, die sich verlegen zurückzog, wenn aufgebrachtes Publikum protestierte.

»Ich bin eine Null«, sagte sie zu Sarah, die sich zu ihr setzte.

Sarah blickte auf das Wodkaglas und verzog den Mund.

»Wenn je einer kommt und erkennt, wie ängstlich und schwach ich bin, dann rette mich vor ihm!«
Sarah nickte und ahnte nicht, dass der Tag, an dem Melanie gerettet werden musste, schon fast vorbei war.

# 2

Wolf Eckart befand sich nur zufällig auf Sarahs Party. Er war mit einer Frau da – Vanessa –, die in seiner Kanzlei arbeitete und die ihn gebeten hatte, sie zu begleiten. Eigentlich ging Wolf nur mit Frauen aus, die potentielle Anwärterinnen auf eine Ehefrau waren, und Vanessa gehörte mit Abstand nicht dazu. Sie hatte wechselnde Liebespartner, nahm es also mit der Treue nicht so genau, sie war ehrgeizig, auf ihren eigenen Vorteil bedacht und wusste nie, wann es einfach besser war, den Mund zu halten. Aber er war mitgegangen. Es war ein kühler Abend, kurz nach Neujahr, die Straßen glänzten vor Nässe, er lief mit Vanessa über diesen kalten, abweisenden Asphalt und ärgerte sich, dass er sich von ihr hatte überreden lassen, eine Ansammlung von Menschen aufzusuchen, die er gar nicht kannte. Als sie ankamen, warf Vanessa sich sofort ins Getümmel, und er stand da, ein Glas in Händen, und überlegte, ob er nicht lieber sofort wieder verschwinden solle.

Da sah er sie. Sie saß auf einer niederen Bank und sprach mit einer überschlanken, rotblonden Frau. Sie hatte einen hellen Teint und Augenbrauen, die sich fast bis zu ihrem Haaransatz hochschwangen. Etwas in seinem Inneren sagte ihm, er müsse sofort zu ihr gehen, sie an der Hand nehmen und aus diesem Raum führen. Das war natürlich albern, also näherte er sich den beiden Frauen, die tief im Gespräch waren, Schrittchen für Schrittchen und kam sich vor wie ein nächtlicher Unhold, der seine Opfer umkreist und sich harmlos verkleidet zu ihnen schleicht.

»Wenn je einer kommt und erkennt, wie ängstlich und schwach ich bin, dann rette mich vor ihm!«, sagte die junge Frau gerade, die er so gern an der Hand nehmen wollte.

Er lachte im gleichen Moment, da sie lachte, und sie sah erstaunt zu ihm hinüber, während die andere Frau, vielleicht ihre Freundin, vielleicht nur eine Bekannte, etwas sagte.

»Entschuldigung, ich wollte Sie nicht belauschen.«

»Wer sind Sie?«

»Wolf Eckart. Ich bin mit Vanessa hier.« Er deutete vage auf eine Gruppe von Leuten, die am Korken einer Rotweinflasche rochen.

»Ich bin Melanie Wagner. Und das ist meine Freundin Sarah. Sie ist die Gastgeberin.«

»Die sich jetzt wieder um ihre Gäste kümmern muss«, sagte Sarah und zwinkerte ihm zu. Er sah, wie sie zu einem Schwarzen ging und ihren Arm um seine Hüften legte. Unbehagen regte sich in ihm. Diese rotblonde große schlanke Frau und daneben dieser schwarze Mann. Was trieb Menschen dazu, kulturelle Ketten zu sprengen? Er hing der tiefen Überzeugung an, dass Rassenunterschiede nicht zu überbrücken waren.

»Darf ich mich setzen?«, fragte er.

»Aber ja doch. Passen Sie aber auf! Diese Bank ist so

niedrig, dass nur Menschen, die den freien Fall beherrschen, damit zurechtkommen.«
Er setzte sich neben sie, und der erste Eindruck, den er von ihr hatte, da er ihr jetzt so nahe gekommen war, bestand in einer geradezu naiven Freundlichkeit.
Sie trug ihr Haar zu einem braunen Pagenkopf geschnitten, ihre Augen, ebenfalls braun, schimmerten wie dunkler Honig. Ihr Gesicht war schmal, die Lippen zart und so fein gezeichnet, dass die Konturen sich in einem dunkleren Rot abhoben. Wenn sie lächelte, bildeten sich kleine Fältchen neben dem Mund. Sie war nicht schön, nicht einmal hübsch im landläufigen Sinn, aber sehr apart.
Ihm gefiel auch, dass sie nur Wasser trank und nicht rauchte.
»Kennen Sie all die Leute hier?«, fragte sie.
»Nein. Ich bin nur ein Anhängsel, das auf diese Party mitgeschleppt wurde.«
»Also auch nicht beim Rundfunk beschäftigt?«
»Anwalt. Ich arbeite in einer Sozietät in der Innenstadt. Eine große Kanzlei, sehr angesehen.«
»Strafrecht?«
»Patentrecht.«
»Dafür gibt es eigene Kanzleien?«
»Natürlich. Es kommen vorwiegend Firmen zu uns, deren Mitarbeiter Erfindungen gemacht haben, und wir haben die Aufgabe, den Erfindungsgedanken korrekt zu formulieren und beim Patentamt anzumelden.«
»Ist das nicht schrecklich trocken?«
»Aber nein, gar nicht. Sehen Sie ... ich bin in erster Linie Elektroniker. Ohne ein abgeschlossenes naturwissen-

schaftliches Studium können Sie gar nicht Patentanwalt werden.«

»An was arbeiten Sie gerade?«

»Es gehen wöchentlich Dutzende von Anmeldungen über meinen Tisch. Aber das Interessanteste, das ich momentan bearbeite, sind neue Peilsysteme. Black Boxes, die verdeckt an Autos oder anderen Gegenständen angebracht werden. Das BKA und das LKA arbeiten mit solchen Systemen.«

»Klingt nach James Bond«, sagte Melanie.

Wolf lachte. »Und Sie? Lassen Sie mich raten. Ein sehr weiblicher Beruf. Ärztin. Krankengymnastin. Stewardess.«

»Ganz falsch. Ich bin Journalistin. Ich interviewe Autoren, schreibe Film- und Fernsehkritiken und mache Rundfunkbeiträge. Sie wissen schon: Beinhaltet Ihr neuer Roman eine Botschaft? Oder: Ihr neues TV-Melodram ›Liebe auf dem Prüfstand‹ hatte ja sensationelle Einschaltquoten.« Sie seufzte. »Ich wollte mal politische Journalistin werden. Blieb aber hängen bei den kulturellen Themen. Aus Neigung und auch, weil es mir an Ellbogen fehlt. Die braucht man nämlich, wenn man sich in einer männlichen Domäne wie der Politik behaupten will.«

»Ja, ja … Frauen und Politik …« Er lächelte.

»Oh, bitte«, sagte sie. »Sie haben einen so netten Eindruck auf mich gemacht. Zerstören Sie ihn nicht!«

Er suchte ihren Blick. »Ich verbinde mit Frauen sehr positive Dinge, ich halte sie sogar die meiste Zeit für die besseren Menschen. Politik aber ist in meinem Kopf negativ besetzt.«

»Mein Vater würde sagen, man kann die Verhaltensweisen der Politiker nur ertragen, wenn man die geschaffenen Realitäten ständig infrage stellt. Wenn man mitredet und mithandelt und somit selbst dazu beiträgt, die Politik positiver zu gestalten. Tja …« Sie seufzte. »In diesem Zusammenhang hätte er mich gern etwas mutiger.«
Daraufhin meinte Eckart, sie könne mit dem Mutigsein sofort beginnen und mit ihm anderswo einen Kaffee trinken gehen.
»Nach dem ganzen Wasser, das Sie da in sich hineinschütten …«
Sie kicherte. »Sie haben Recht. Zu viel Wasser ist ungesund.«
Er half ihr hoch, sie holten ihre Mäntel und verließen die Party. Es schneite. Entzückt sah er, wie sie ihr Gesicht dem Schnee entgegenhob, die Augen schloss und tief durchatmete. Sie hatte etwas Unschuldiges an sich, auch etwas sehr Weiches, Frauliches, und die Ahnung stieg in ihm auf, dass er vielleicht gefunden hatte, was er suchte.

# 3

Am nächsten Abend bereits trafen sie sich in einem Lokal, das sie nicht kannte und das sie unter anderen Umständen nicht besucht hätte. Zu teuer, und das Ambiente zu kühl. Sie gestand sich ein, dass sie beeindruckt war von seinem Aussehen – er trug Anzug und Krawatte – und angetan von seinen guten Manieren. Er half ihr aus dem Mantel, er rückte ihren Stuhl zurecht, er benutzte seine Serviette, bevor er einen Schluck Wein nahm, und zerlegte seinen Fisch so gekonnt, als habe er nie etwas anderes getan. Er entpuppte sich auch als guter Unterhalter. Er war lässig, witzig. Wie er sein Elternhaus beschrieb ... Sein Vater, ebenfalls Ingenieur, war nach einem zweiten Herzinfarkt Frührentner geworden, worauf seine Mutter, die bis dahin Hausfrau gewesen war, berufstätig wurde. Sie arbeitete in einer auf biologische Präparate spezialisierten Kosmetikfabrik und füllte den lieben langen Tag Cremes in winzige Plastiktöpfchen, die dann den diversen Kosmetiksalons als Proben überlassen wurden, um in Wettstreit mit den Massenprodukten der Großfirmen zu treten. Er sprach mit so viel Liebe und Enthusiasmus von seiner Mutter, das nahm sie für ihn ein. Mit seinem Vater schien er weniger zurechtzukommen. Sie entnahm das dem kaum verhohlenen Sarkasmus, mit dem er von ihm erzählte. Der Vater würde seine Frau nicht so respektieren, wie sie es verdiene. Das liege an der Herkunft der beiden. Sein Vater entstamme einem wenn auch verarmten, aber großbürgerlichen Haus, auf das er und seine Schwestern sich eine Menge einbildeten, was lächerlich sei, wenn man genauer hinsehe. Sein Großvater, ein Apotheker, sei nämlich im Alter von sechzig Jahren mit einer Hausangestellten durchgebrannt, habe die Apotheke verkauft, seine restlichen Tage in Italien verlebt und das gesamte Vermögen durchgebracht. Und die beiden unverheirateten Schwestern des Vaters, die so hochnäsig auf seine Mutter herabsähen, hätten es nicht weiter gebracht als zu kleinen Büroangestellten. Seine Mutter, die Tochter eines Handwerkers und aufgewachsen auf dem Dorf, sei dazu erzogen worden, eine gute Ehefrau zu werden und es ihrem Mann und ihrem Kind behaglich zu machen. Dass sie kein Abitur, keine akademische Bildung besaß, habe sein Vater doch von Anfang an gewusst. Aber da habe das rassige Aussehen seiner Mutter – sie sei in früheren Jahren eine dunkelhaarige Schönheit gewesen – die größere Rolle gespielt. Inzwischen, und das sei die eigentliche Ironie, sei seine Mutter dem Vater an Allgemeinbildung weit überlegen. Denn sie habe all die Jahre so viele Bücher gelesen, so viele Theaterstücke und Konzerte besucht – allein, wohlgemerkt, da ihr Gatte bei kulturellen Veranstaltungen regelmäßig einschlief –, dass sie ihn inzwischen auf diesem Terrain in die Tasche stecken konnte. Sein Vater habe nur seine Fachzeitungen gelesen oder in den Fernsehapparat geglotzt. Und am Ende sei seine Mutter auch noch berufstätig geworden, weil die Rente ihres frühpensionierten Mannes viel zu knapp war, um einen gewissen Lebensstandard aufrechtzuerhalten.

Melanie lauschte fasziniert. Sie liebte Familiengeschichten, sie stellte sich Wolfs Vater vor, seine Mutter, seine Tanten und sah diese Menschen dank seiner Schilderung sehr deutlich vor sich. Sie war überzeugt davon, dass sie mit ihnen würde auskommen können. Jedermann kam im Grunde sehr gut mit ihr zurecht, was – wie Sarah meinte – nicht unbedingt für sie sprach. Das zeige nur, dass sie den anderen immer Recht gebe und sich nie auf die Hinterbeine stellte, wenn sie anderer Meinung war oder wenn man sie schlecht behandelte. Was natürlich Unsinn war. Es lag vielmehr daran, dass sie, da ihr Vater ständig Konfrontationen schaffte, quasi als Puffer zur Umwelt diente. Und ein Puffer federt ab, dämpft.

»Und Ihre Eltern?«, fragte er.

Schwierige Frage. Instinktiv ahnte sie, dass dieses zarte Pflänzchen Zuneigung, das hier zwischen ihnen beiden heranwuchs, allzu scharfen Wind nicht vertrug. Sie kannte Wolfs Einstellung zu den wichtigen Dingen des Lebens, zum Beispiel zur Politik, nicht. War er eher konservativ oder sehr liberal? Wahrscheinlich konservativ im gutem Sinne, so wie er über Frauen dachte. Dieser etwas untersetzte, kräftige Mann mit dem markanten Gesicht, den dunklen Haaren – die hatte er wohl von seiner rassigen Mutter geerbt – und den exzellenten Manieren war ihr noch fremd, also beschloss sie, etwas allgemein zu bleiben.

»Meine Mutter ist vor sechs Jahren an Krebs gestorben. Magenkrebs. War eine sehr schlimme Zeit. Im Januar, kurz nach Silvester, erfuhren wir die Diagnose, im September starb sie. War nichts mehr zu machen. Sie war zu spät zum Arzt gegangen, weil mein Vater im Jahr zuvor eine große Kunstaktion vorbereitete und sie deshalb verschwieg, dass sie sich nicht wohl fühlte. Sie wollte ihn schonen und ihn unter keinen Umständen bei seinen Planungen stören. Mein Vater hat sich hinterher verrückt gemacht mit Vorwürfen.«

»Ihr Vater ist Künstler?«

»Er war früher Steinmetz und wurde dann Bildhauer«, sagte sie einsilbig.

Wolf war fasziniert. »Erzählen Sie weiter!«

»Er hat, als er noch jung war, Gedenkstätten gestaltet, Kriegermonumente. Namenslisten in Granit gehauen. Solche Sachen.«

Wolf sah sie so interessiert und fragend an, dass sie die Biografie ihres Vaters hier unmöglich abbrechen und von Belanglosem sprechen konnte. Sie fühlte sich unbehaglich. Aber warum wollte sie ihm nicht von Jobst Wagner erzählen, wenn sie doch sonst so stolz auf ihn war?

»Na ja … er hat damals gut verdient, obwohl er noch nicht einmal fünfundzwanzig war. Aber dann hatte er eine Krise … Hier.« Sie deutete auf die Stirn. »Die Bundeswehr kam. Er ist Pazifist. Und deshalb gelangte er zu der Auffassung, dass er mit seinen Denkmälern eine Art Vorschub leiste für konservative Weihen. Dass Gedenken dem Denken häufig im Weg stehe.« Sie hätte nun fortfahren können, dass er sich deshalb vom Denkmalbauer zum Denkmalzersetzer entwickelt hatte. Dass er mit seinen Aktionen gegen Kriege, Umweltkatastrophen und Konsummanipulation kämpfte. Stattdessen sagte sie nur: »So veranstaltet er nun Kunstaktionen, die zum Nachdenken anregen sollen.«

»Und wie macht er das?«

Sie entschied sich, vage zu bleiben. »Er kreiert Bildkästen mit Zeitbezug. Umwelt, Wiedervereinigung. Oder er arbeitet mit Metallprofilen, mit Holz ... Auch mit Originalteilen. Orden. Waffen. Fahnen. Und mit Überresten. So heißt eine seiner Arbeiten. ›Über-Rest‹. Was bleibt übrig bei der ›freien Fahrt für freie Bürger‹. Autoschrott, die Uhr des toten Vaters, das Parfüm der toten Mutter, die zerstörte Puppe des Kindes.«

»Hoffentlich lerne ich ihn einmal kennen.«

Sie lächelte ihn an. »Aber sicher. Wenn Sie das wollen ...«

Er brachte sie nach Hause, und sie bot ihm an, ihm ihre Wohnung zu zeigen. Eine eindeutige Sache, diese Einladung, und sie gestand sich ein, dass sie schon so in seinem Bann stand, dass es ihr einerlei war, ob es sich schickte, bereits nach dem ersten Treffen mit ihm zu schlafen. Sie wollte es, basta, und da herkömmliche moralische Grundsätze nicht zum Repertoire ihrer Erziehung gehört hatten, fand sie nichts dabei, sich ganz offen zu geben.

Seine Reaktion überraschte sie. Sie standen vor ihrem Haus, der Schneefall vom Vortag war wieder in Regen übergegangen. Sie malte sich bereits aus, wie sie die Treppe zu ihrer Wohnung hinaufstiegen, wie sie in den Flur traten, sich zum ersten Mal küssten, wie sie Tee kochte, sich mit ihm unterhielt, vielleicht über ihren neuen Artikel »Welchen Weg nimmt eine Hose, bis ein deutscher Verbraucher in sie hineinschlüpft«, der natürlich etwas mit Globalisierung zu tun hatte und vielleicht ein erster

Schritt dazu war, sich von der rein kulturellen zur politischen Journalistin zu mausern. Er würde von ihr allerdings so berauscht sein, so verzaubert, dass er nichts von Globalisierungsthemen wissen wollte.
Doch er reagierte anders, als sie erwartet hatte. Er strich ihr sehr zärtlich übers Gesicht, das feucht vom Regen war, und blickte ihr in die Augen. »Ich glaube«, sagte er, zum Du übergehend, »dass ich mich in dich verlieben werde. Ich bin noch nicht verliebt ... denn das Wort ›Liebe‹ bedeutet sehr viel für mich. Und deshalb möchte ich, dass wir uns Zeit lassen.«
Sie nickte. Überwältigt. Er schien aus einer anderen Sphäre, einem anderen Kosmos zu kommen. Aber ihr gefiel es. Aufgewachsen in dem Bewusstsein, dass Männer nun mal aggressiver, aktiver und lüsterner als Frauen sind (wer aber war in diesem Moment eigentlich lüstern?), empfand sie sich plötzlich als sehr kostbar, sehr geschätzt.
Er küsste sie auf die Stirn, auf beide Augen und zog sie für einen Moment an sich.
»Bis bald?«
Wieder nickte sie, bevor sie ins Haus schlüpfte und für einen Moment am Fuß der Treppe stehen blieb. Was war ihr da über den Weg gelaufen? Ein Asexueller? Ein Romantiker? Sie dachte an die vielen Wochen, die sie sich unentwegt schon von Philip trennte. Er hatte sie, als sie ihn während eines Symposiums kennen lernte, zuerst mit Penne arrabiata gefüttert und dann mit auf sein Hotelzimmer genommen. Da gab es keine Romantik, keine hehren Worte, denn Philip scheute große Begriffe. Da existierten lediglich geistige Verwandtschaft und körperliches Begehren,

was, wie Philip argumentierte, die beste Voraussetzung für eine dauerhafte Verbindung bedeutete. Aber war sie ihm je kostbar gewesen? Lächerlicher Gedanke!

Als sie im Bett lag, sehr unruhig, zugegeben, denn ihre letzte Nacht mit Philip lag einige Zeit zurück, verlangte es sie, sofort mit Sarah zu telefonieren. Sie konnte dies getrost tun, denn Sarah ging nie vor Mitternacht zu Bett, und Jimmy war sicherlich noch nicht zu Hause, seine Kneipe schloss erst in einer Stunde.
Sarah zeigte sich nur mäßig interessiert, ließ sich aber dennoch zu einem Kommentar herbei. Sie habe, nachdem sie gesehen hatte, dass Melanie mit Wolf die Party verließ, Vanessa über ihn ausgefragt und erfahren, er gelte als unnahbar und sehr schwierig. Er habe ein verqueres Weltbild. Es sei recht vergnüglich, mit ihm darüber zu diskutieren, aber seine Ansichten seien schwer integrierbar ins tägliche Leben.
»Nur weil er Frauen achtet und nicht sofort mit jeder in die Kiste springt?«, fragte Melanie verärgert.
»Schätzchen, ich weiß es nicht. Ich gebe nur wieder, was sie mir erzählt hat.«
»Was ist los? Du bist so kurz angebunden.«
»Ich mache mir Sorgen um Jimmy. Immer diese Drohungen in seinem Briefkasten ... und jetzt erhält er auch noch Nacht für Nacht seltsame Anrufe.«
»Er muss zur Polizei gehen.«
Sarah lachte verächtlich. »Die werden doch erst tätig, wenn sie ihm das Lokal zertrümmert haben und er im Krankenhaus liegt.«

»Hat er eine Ahnung, wer dahinter stecken könnte?«
»Er hat mal zwei Glatzköpfe hinausgeworfen, die ein paar Türken anpöbelten. Im Lokal war zuvor nur seine Bedienung Lisa, du weißt ja, blond, stämmig und ausgesprochen deutsch. Er kam von einer Einkaufstour zurück. Als sie mitkriegten, dass nicht Lisa, sondern ein Schwarzer der Pächter der Kneipe ist, wollten sie eine Rauferei anzetteln. Aber Lisa rief die Polizei. Kurz darauf begann der Terror.«
»Das hast du mir nie erzählt.«
»Wir hatten den Vorfall vergessen. Gibt immer ein paar Blöde, die man vor die Tür setzen muss.«
Nachdem sie sich von Sarah verabschiedet hatte – nicht, ohne ihr nochmals ans Herz zu legen, die Polizei einzuschalten, blieb Melanie lange wach. Sie dachte an Philip. An Wolf Eckart. An sich. An die Zeit, die verging. Schon kurz nachdem sie Philip Rosin kennen gelernt hatte, fragte sie ihn, ob er und seine Frau Kinder wollten. Er hatte verneint. Sie sah ihn noch vor sich. Er saß im weißen Bademantel des Hotels auf dem Bett, die Arme leicht gebräunt, das blonde Haar lockenverfilzt, und drehte sein Weinglas in den Händen. »Früher vielleicht«, sagte er, »als die Familien noch elternkonzentriert waren. Aber heute? Heute kreist doch die ganze Familie um das Kind. Wie ich meine Frau kenne, würde sie ein Prestigeobjekt daraus machen. Ein vorzeigbares kleines Monster, das zu den Klavierstunden, zum Judounterricht und zu Geburtstagspartys chauffiert wird. Ich lasse mir aber von einem Kind nicht die Müslisorte vorschreiben, auch nicht, welches Auto ich mir kaufe oder welche Turnschuhe man

trägt.« Sie hatte gelacht damals. Und war innerlich froh gewesen. Sich seine Frau vorzustellen, wie sie Nobelboutiquen besuchte und Friseurtermine wahrnahm, war wesentlich leichter, als sie gleichsam als Muttermythos vor Augen zu haben. Denn ein Kind würde auch Philip verändern, da mochte er, noch kinderlos, sagen, was er wollte. Sie hatte das zu oft erlebt. Menschen, die ihr auf eine unkomplizierte Weise als weltoffen und vernünftig erschienen waren, mutierten als Eltern zu engstirnigen Ratgebern in Kinderfragen. Mit der gleichen Ernsthaftigkeit und Begeisterung, mit der sie früher über Weltpolitik oder Theaterpremieren gesprochen hatten, redeten sie nun über die Konsistenz des Babystuhlgangs und gezuckerte Kindertees.

Ob Wolf Eckart heiraten und Kinder haben wollte? Das wäre nicht gut. Denn sie hatte sich zur Kinderlosigkeit entschlossen, obwohl es wieder ausgesprochen schick geworden war, Mutter zu werden. Eine Flucht vor der harten Berufswelt, in die viele junge Frauen mit den gleichen Qualifikationen eingestiegen waren wie ihre männlichen Kollegen, ohne je die Karriereleiter hochzukommen. Und der Wind blies scharf. Also zurück zu den fünfziger Jahren und zu einer neuen Mystifizierung der Mütter. Deutschland hatte sowieso zu wenig Kinder. Melanie erkannte sehr wohl, dass die Wirtschaft auf Kindersegen hoffte, schließlich benötigte man neue Konsumenten, neue Arbeitskräfte, neue Rentenbeitragszahler. Nichts für sie. Sie besaß eine recht klare Vorstellung, wie sie ihr Leben einrichten wollte: als Journalistin weiterkommen, ihrem Vater zur Seite stehen und mit einem emanzipierten

Partner zusammenleben, der sie ernst nahm und respektierte. Wenn sie ein Kind wollte, dann ein adoptiertes. Schließlich neigten nur die Wohlstandsländer zur Kinderlosigkeit. Ansonsten erfreute sich die Menschheit einer Fruchtbarkeit, die katastrophal war.
Heiliger Strohsack!, wie Sarah sagen würde. Es konnte ihr doch egal sein, ob Wolf Eckart Kinder wollte oder nicht. Sie kannte ihn ganze zwei Tage! Allerdings fand sie ihn sehr attraktiv und reizvoll. Reizvoll vielleicht gerade deshalb, weil er sie so sehr achtete, dass er ihre kaum verhüllte Einladung zu sexuellem Handeln abgelehnt hatte. Gab es das, dass man von heute auf morgen dem Richtigen begegnete? Sie erinnerte sich, dass sie nach einer Vernissage, auf der ihr Vater einen Bildkasten zum Thema »Die Würde des Menschen ist unantastbar« gezeigt hatte, mit ihm in einer Frankfurter Weinkneipe gesessen und über das Zusammenleben von Mann und Frau gesprochen hatte. Er wusste von Philip und enthielt sich jeglichen moralisch verbrämten Kommentars. Er legte ihr nur ans Herz, auf dreierlei zu achten, wenn sie sich einmal ernsthaft binden würde: Der Mann sollte ihre Ansichten und politischen Überzeugungen achten, auch wenn sie nicht in seinem Sinne waren, er sollte ihr im täglichen Leben größtmögliche Freiheit zugestehen, und er sollte unter keinen Umständen über das normale Maß hinaus eifersüchtig sein. Ob solch ein Heiliger existierte? Wahrscheinlich nicht. Also am besten gar nicht heiraten, dachte sie und kuschelte sich in ihr Kopfkissen. Einzelbetten hatten schließlich auch etwas für sich!

# 4

Wolfs Sonntagsbesuche bei seinen Eltern Ruth und Alfred waren ein Ritual, das er auf der einen Seite hinnahm als eine alle Zeiten überdauernde Pflicht, andererseits aber auch genoss. Schon wenn er die Wohnung betrat, durchflutete ihn tiefe Zufriedenheit. Der große Flur, die Türen, die zu den einzelnen Zimmern führten, Wohnzimmertür und Küchentür stets geöffnet, die Lämpchen an der Wand, ein freundliches, warmes Licht verströmend, das Gutbürgerliche der Räume, das war es, was ihn anzog und sofort wieder zum Kind werden ließ. Während er seinen Mantel auszog, atmete er den köstlichen Geruch des Bratens ein und hörte mit tiefer Befriedigung aus der Küche das leise Brutzeln des Buttergemüses. Seine Mutter in einem engen schwarzen Rock und einer pastellfarbenen Bluse umarmte ihn, während sein Vater vom Wohnzimmer aus zwei Schrittchen in den Flur tat, stehen blieb und ihn ansah, als wundere er sich, dass schon wieder ein Sonntag ins Land gezogen war, wo der letzte doch erst einige Stunden entfernt schien.

»Hallo! Wie geht's euch?«

Er umarmte seine Mutter und sog den feinen Duft, der ihrer Kleidung entströmte, genauso behaglich ein wie vorher den Geruch des Bratens. Sie benutzte noch immer das gleiche Parfüm wie zu der Zeit, als er ein Junge war. Ein klassischer Duft, teuer, eigentlich konnte sie ihn sich nicht leisten. Aber in solchen Kleinigkeiten zeige sich, ob man Stil habe, hatte sie einmal behauptet. Also schenkte Wolf ihr jedes Weihnachten eine Flasche ihres Lieblingsparfüms, so wie er seinem Vater jedes Jahr eine teure Strickweste überreichte, braun, mit V-Ausschnitt, nicht zu dick, nicht zu dünn; denn sein Vater, der immer noch Tag für Tag am Schreibtisch saß, obwohl er nichts mehr zu tun hatte, liebte seine Strickwesten.

Er ging zu ihm, legte ihm eine Hand auf die Schulter, seine Art der Begrüßung. Nie wäre es ihm eingefallen, seinen Vater zu umarmen. Einmal hatte er es getan, schon vor Jahren, als er erfuhr, dass er sämtliche Prüfungen mit erstklassigen Noten bestanden hatte. Da war er in die Wohnung gestürmt, hatte seine Mutter in die Luft gehoben und seinen Vater umarmt. Er spürte noch heute, wie dieser von ihm abgerückt war, während rote Flecken sich auf seinen Wangen ausbreiteten. Wolf hatte ihn sofort losgelassen und nur gesagt: »Ich habe bestanden.« Aber seine überschwängliche Freude war dahin gewesen.

Während sie am Tisch saßen und den knusprigen Braten, den mit Butter sämig geschlagenen Kartoffelbrei und das mit frischen Kräutern und einem Hauch von Muskatnuss gewürzte Gemüse aßen, erinnerte sich Wolf der unzähligen Sonntagmittagessen der vergangenen Jahre, und es schien ihm, als liefen sie alle nach dem gleichen Schema ab. Seine Mutter erkundigte sich nach seinem Berufsalltag, nach den Arbeitskollegen und mit einem unruhigen Zwinkern in den Augen nach dieser oder jener weiblichen

Kollegin. Der Vater aber schob vorsichtig kleine Bratenstückchen und etwas Kartoffelbrei auf die Gabel, führte sie zum Mund, kaute und schwieg. Über seine rechte Wange verlief eine lange Narbe – er war in seinen Studentenzeiten in einer schlagenden Verbindung gewesen. Als Kind hatte Wolf sich vor dieser Narbe, die sich rot verfärbte, wenn sein Vater zornig wurde, gefürchtet. Geschämt hatte er sich für ihn, als habe der Vater ein Gebrechen. Bis zu jenem Tag, da ihm seine Mutter erklärte, dass der Schmiss im Gesicht des Vaters etwas Besonderes darstelle. Da war er ihm eine Zeit lang wie ein Held erschienen, aber das Heldenhafte konnte er leider seinen Schulkameraden schwer verständlich machen, und wenn er es dennoch versuchte, waren sie nur mäßig beeindruckt. Deren Väter hatten anderes aufzuweisen: ein neues Auto, ein größeres Fernsehgerät, eine Karibikreise. Wolf war siebzehn, als sein Vater mit fünfzig den ersten Herzinfarkt erlitt, der zweite, der ihn zum Frührentner machte, ereilte ihn fünf Jahre später. Dann war seine Mutter auf den Plan getreten. Nach außen hin sollte alles bleiben, wie es war, das Gutbürgerliche, das sie so schätzte, sollte unter keinen Umständen verloren gehen. Sie kaufte heimlich in billigeren Läden ein und änderte ihre Garderobe jedes Jahr mit einem Geschick, das Wolf tief beeindruckte. Das blaue Kleid erhielt einen cremefarbenen Kragen und einen modischen Ledergürtel, und schon wirkte es wie neu. Ein Seidenschal veränderte die Kostüme und Hosenanzüge, ein neuer Pelzkragen den Wintermantel. Abends aß man jetzt kalt, aber sie verstand es, die im Großmarkt gekaufte Wurst, die billigen Tomaten und

Radieschen so phantasievoll auf den Tellern anzurichten, dass man nie das Gefühl hatte, ein Armeleuteessen zu sich zu nehmen. Sie kündigte ihr Theater- und Konzertabonnement und stellte sich Woche für Woche an der Vorverkaufskasse an, um preiswerte Plätze in den oberen Rängen oder Stehplatzkarten zu ergattern. Auch Bücher kaufte sie nicht mehr neu, sondern wurde Mitglied der Städtischen Bibliothek, die beitragsfrei war. Sie sparte an allen Ecken und Enden, und trotzdem verlief ihrer aller Leben nach außen hin wie immer. Das Geld, das sie in der Kosmetikfirma verdiente, wurde größtenteils für Wolfs Studium verwendet. Natürlich arbeitete Wolf ebenfalls, er nahm jeden Job an, der sich ihm bot. Eilbriefzusteller, Möbelpacker, Kellner in einer Studentenkneipe.

Sein Vater allerdings tat nichts. Er saß den ganzen Tag in seinem Arbeitszimmer, an seinem Schreibtisch, er sprach wenig und wenn, dann schwang vor allem seiner Frau gegenüber in seinen Worten ein gewisser ironischer Ton, was Wolf noch mehr gegen ihn aufbrachte. Welche Arbeiten sein Vater an dem alten Schreibtisch verrichtete, blieb ein Rätsel. Die kleine dürftige Steuererklärung, die einmal im Jahr abzugeben war, erledigte Wolf für seine Eltern. Berufliche Unterlagen benötigte sein Vater nicht mehr, wenn man davon absah, dass er alte Konstruktionspläne geordnet und katalogisiert, in Sichthüllen gesteckt und in einer Schublade vergraben hatte. Die rechte Seite des Schreibtisches war stets verschlossen. Wenn man fragte, welche wichtigen Dokumente er hier aufbewahre, meinte er nur einsilbig, da drinnen lägen Unterlagen für seine Arbeit am Stammbaum der Eckarts. Denn dies war die einzige Beschäftigung, der sich Wolfs Vater mit Leidenschaft hingab. Bis ins achtzehnte Jahrhundert zurück reichten seine Ermittlungen schon, die er über Behörden und Pfarreien anstellte, wenngleich im Moment die Forschungen etwas stagnierten. Denn einer der Ahnen, der für recht gewichtig und angesehen gehalten worden war, hatte schlicht und einfach eine Menge Dreck am Stecken gehabt. Er war damals aus dem Dorfleben ausgeschlossen und wegen Betrügereien in die Einöde verdammt worden, ein schwarzes Schaf im Stammbaum. Ein Betrüger, während es doch sonst nur so wimmelte vor reichen Kaufleuten, Priestern und Großbauern.

»Ich habe am Dienstagabend bei dir angerufen, aber du warst nicht zu Hause«, sagte Wolfs Mutter.

»Ich war eingeladen. Eine Party in einem kleinen Lokal.«

»Bist du alleine hingegangen?«

»Mit Vanessa.«

Neugierde blitzte in den Augen seiner Mutter auf. »Nettes Mädchen?«

»Kein Mädchen, Mutter. Eine Frau. Sie ist nur eine Arbeitskollegin.«

Ihr Interesse erlosch. Er wusste, sie wartete schon lange darauf, dass er heiratete. Ihr Enkelkinder schenkte. Im Gegensatz zu seinem Vater, dem das vollkommen gleichgültig schien, verwunderlich für einen, der am Familienstammbaum arbeitete. Aber im Grunde wollte er mit seinen Nachforschungen nur beweisen, welch erfolgreiche Ahnenkette er besaß. Ob diese Kette fortgesetzt oder durch Wolfs Untätigkeit jäh abreißen würde, bedeutete ihm anscheinend nicht sonderlich viel. Nur einmal ließ er eine Bemerkung in Sachen »Eheschließung« fallen. Wolf solle sich in Acht nehmen. Als gut verdienender Anwalt sei er ein gefundenes Fressen für Frauen, die nur darauf warteten, ihn einzufangen und ihm ein Leben lang auf der Tasche zu liegen. Dieser Satz galt mehr seiner eigenen Frau, aber Ruth hatte eine bewundernswerte Geduld an den Tag gelegt und mit feiner Ironie erwidert: »Hoffentlich hast du nicht den Eindruck, dass ich dich und deine kleine Rente ausbeute? Aber nein, das kann nicht sein. Ich verdiene inzwischen ja selbst, nicht wahr? Und mehr als die paar Kröten, die dir der Staat zugesteht.«

Um seiner Mutter eine Freude zu machen, sagte Wolf: »Aber ich habe eine ganz reizende Frau kennen gelernt.«

»Wirklich?«

»Sie ist Journalistin.«

»Für welche Zeitung schreibt sie?«

»Freie Journalistin. Sie arbeitet für verschiedene Tageszeitungen, für Frauenmagazine und einen Rundfunksender.«

»Freie Journalistin bedeutet, dass sie kein regelmäßiges Einkommen besitzt«, spöttelte sein Vater.

»Bitte, Alfred. Warum machst du immer alles von vornherein schlecht, was man dir erzählt? Warum siehst du nie etwas Positives in den Dingen?«

»Weil es wenig Positives gibt. Und positive Partnerschaften ganz selten, wie wir wissen. Denk an diese Anna! Da hatte man zuerst auch gedacht, sie sei die ideale Schwiegertochter. Und wie hat's geendet? Katastrophal, wenn ich mich recht erinnere.«

»Anna war eine durchtriebene Person. Gott sei Dank hat Wolf das noch rechtzeitig bemerkt! Nein, nein ...« Sie tätschelte die Hand ihres Sohnes. »Heiraten liegt wieder im Trend. Das könnte es doch nicht, wenn man es nicht als etwas sehr Positives empfinden würde.«

»Modeerscheinung«, sagte Alfred. »Außerdem ... die Frauen heutzutage sind doch nur mehr gestresste und erschöpfte Möchtegernmanagerinnen. Und die Männer weinerliche Waschlappen. Was kann schon dabei rauskommen, wenn sich zwei Menschen solchen Typs zusammentun?«

Ruth winkte verächtlich ab und wandte sich wieder Wolf zu. »Willst du sie nicht einmal mitbringen?«

»Nein, Mutter. Dazu ist es noch zu früh. Obwohl ich glaube, dass sie dir gefallen würde.«

Später saßen sie allein in der Küche und tranken Kaffee. Alfred lag im Wohnzimmer auf der Couch, ein Kissen im Rücken, und hatte den Fernsehapparat laufen. Wenn er seine Zeit nicht am Schreibtisch verbrachte, sah er fern, sehr zum Abscheu seiner Frau, die sich nicht viel aus Fernsehen machte. Politische Sendungen interessierten sie nicht, die immer härter werdenden Kriminalfilme lehnte sie ab, Kitsch mochte sie auch nicht. Ihre Lieblingsfilme liefen unter der Sparte »Der Topfilm der Woche«, aber auch da hatte sie in letzter Zeit bei der Auswahl der Themen signifikante Änderungen feststellen müssen. Unterschwellig wurde ihr bewusst, dass es um Dinge ging, mit denen sie sich eigentlich nicht mehr befassen mochte. Vorwiegend Beziehungsgeschichten mit den ewig alten

Fragen und Verwicklungen, aber in Hochglanz und höchst modernem Gewand präsentiert. Sie wunderte sich zum Beispiel, dass die Menschen in diesen Geschichten in keinen normalen Wohnungen oder Häusern mehr lebten. Alle besaßen sie, unabhängig von ihrem Einkommen, Villen und Lofts, oder aber sie hausten in alten Fabrikgemäuern oder Werkstätten, die zu einer modernen Bleibe umgestaltet waren. Realistisch war das nicht. Außerdem ertranken die Bilder in süßlicher Musik und den kitschigsten Farben, selbst Büros, in denen manche Szenen spielten, erinnerten an bunte Kindergärten. Die Krimivariante dagegen gefiel sich ausschließlich in düsteren Grautönen. Die Schauspieler schleppten sich durch triste Straßen, verwüstete Industriegelände, und alles legte sich in seiner Endzeitstimmung dermaßen aufs Gemüt, dass man direkt froh war, in der Tagesschausprecherin wieder ein Normalwesen auf dem Bildschirm begrüßen zu dürfen. Nein. Ruth las lieber, nähte oder hörte Musik.
»Was ist mit diesem Kollegen geworden, der den Skiunfall hatte?«, fragte sie, während sie Wolf ein Stück Apfelkuchen auf den Teller legte.
»Er ist immer noch im Krankenhaus. Ein Blutgerinnsel im Gehirn. Die Lähmungen gehen allmählich zurück, aber das Sprachzentrum ist gestört. Er wird wie ein kleines Kind wieder lernen müssen zu sprechen.«
Seine Mutter fragte nicht aus reinem Mitgefühl, das wusste er sehr wohl. Dieser Kollege, Knut Weller, war Anwalt wie er und der aufstrebende Mann der Kanzlei. Die anderen beiden Anwälte, ein Ingenieur und ein Chemiker, waren Inhaber der Kanzlei und näherten sich

bereits dem Pensionsalter. Deshalb hatte man vor kurzem noch einen jungen Anwalt eingestellt, ebenfalls einen Chemiker. Knut Weller aber hatte wie Wolf ein Elektronikstudium hinter sich, sodass zwischen den beiden ein erbitterter Konkurrenzkampf schwelte. Nicht offen ausgetragen, aber latent vorhanden. Natürlich konnte die Kanzlei gut und gerne zwei Fachanwälte der gleichen Sparte vertragen. Die ganz großen Elektrokonzerne hatte jedoch Knut Weller betreut. Der jetzt nicht mehr sprechen konnte. Und vielleicht nie mehr arbeiten. Das war auch Ruth bekannt.

»Ich habe seine Aufgaben übernommen. Man weiß ja nicht, ob er wiederkommt. Man wird vorübergehend noch einen jungen Ingenieur einstellen, der die Firmen bearbeitet, mit denen ich bis jetzt zu tun hatte.«

»So traurig der Anlass ist … für dich ist es eine große Chance.«

»Das ändert aber nichts an der Tatsache, dass ich nie in der Lage sein werde, mich in die Kanzlei einzukaufen. Knut Weller hätte dies gekonnt. Und andere werden es auch können«, sagte er. Als er das unglückliche Gesicht seiner Mutter sah, tat ihm seine Bemerkung sofort Leid. »Aber darauf kommt es nicht an«, fügte er schnell hinzu. »Sie zahlen mir ein sehr, sehr gutes Gehalt, und Geld ist schließlich nicht alles.«

Sie nickte.

Er ergriff ihre Hand. »Wie geht es dir? Ich meine … Wie geht es dir wirklich?«

Sie setzte ihr tapferes Gesicht auf. So nannte er es immer bei sich – ihr tapferes Gesicht. Eine Miene, die besagte,

dass große Lasten auf ihren Schultern ruhten, dass sie diese Lasten aber tragen wolle und nur eins im Sinne habe: dass es ihrem Jungen, ihrem Wolf, an nichts mangele.
»Du weißt ja«, sagte sie, »Vater.« Sie verdrehte ein bisschen die Augen, um anzudeuten, dass sie einiges auszuhalten habe, es aber mit Geduld und Humor nehme.
»Was ist los mit ihm?«, rätselte Wolf. »Er macht einen so ... apathischen Eindruck. Nein ...«, er verbesserte sich, »eher einen missmutigen. Ist es, weil er nicht mehr arbeitet? Aber er arbeitet schon seit Jahren nicht mehr.«
Sie blickte ihn sinnend an, als wisse sie nicht, wie viel sie erzählen solle und wie viel nicht. Sie errötete.
»Er hat auch noch andere Probleme.«
»Geld?«
Sie schüttelte den Kopf.
»Was dann? Mir kannst du es doch sagen.«
»Nein, das ist ...« Abermals schüttelte sie den Kopf und spielte mit ein paar Krümeln auf der Kuchenplatte. Dann straffte sie die Schultern, als habe sie sich doch entschlossen, darüber zu sprechen. »Er hat Probleme ... auf sexuellem Gebiet.« Nun färbte sich ihr Gesicht noch dunkler.
Wolf traf es wie ein Schlag. Nicht die Tatsache, dass sein Vater anscheinend sexuelle Defizite erlitt, sondern dass er, der Sohn, damit konfrontiert wurde, schockierte ihn zutiefst. An seine Mutter als eine Frau zu denken, die nachts bei seinem Vater lag, unter ihm lag – oder auf ihm saß? –, schwer atmend, stöhnend ... Nein, das verbat er sich. Natürlich gestand er sich im gleichen Augenblick ein, dass man heute in aufgeklärten Zeiten lebte, seine Empfindungen also absolut verklemmt waren. Überdies

war seine Mutter immer noch eine attraktive Frau. Aber er wollte sie unter keinen Umständen – *unter keinen Umständen*, wiederholte er in Gedanken – sexualisieren. Sie war seine Mutter. Sie trug nette Röcke, gediegene Blusen, sie roch angenehm, und ihre Hände fühlten sich sanft und weich an, wenn sie ihm übers Gesicht strichen. Aber andererseits – er war kein Kind mehr. Seine Mutter sprach zu ihm als Mann. Und als Mann hatte er jetzt zu bemerken, dass sein Vater vielleicht ärztliche Hilfe benötige, einen Urologen, Medikamente ... aber er brachte es nicht über sich, sich sachlich zu äußern. Er ärgerte sich, dass sie ihn damit belastete. Er wollte sich diesen dicklichen, kleinen Mann, der meist in seiner braunen Strickjacke am Schreibtisch oder im Wohnzimmer auf der Couch saß, nicht als Liebhaber vorstellen. Und seine Mutter nicht als Frau, die ihn umarmte. Und er hatte deswegen noch lange keinen Ödipuskomplex; denn er begehrte seine Mutter nicht. Er wollte ganz einfach nur die Begriffe »Eltern und Sohn« und »Mann und Frau« fein säuberlich getrennt wissen. Er fand es einfach nicht fair, dass seine Mutter ihn wie einen alten Schulfreund behandelte, dem sie gestand, ihr Mann sei impotent. Der alte Schulfreund konnte zweierlei tun. Er konnte ihr mit feinem Lächeln erklären, dass dies Probleme waren, die ältere Männer oft betrafen und mit denen sie nicht nur körperlich, sondern auch psychisch zu kämpfen hatten, oder er konnte die Situation ausnützen und beginnen, um diese immer noch rassige Person zu werben. Aber er, der Sohn? Sollte er seine Mutter fragen, ob es vielleicht an den Praktiken lag, die sie beide anwandten? Sollte er ihr raten, mit aufreizender

Wäsche den lustlosen Gatten auf Trab zu bringen? Er wusste nicht einmal, welche Wäsche seine Mutter bevorzugte. Wenn er ihr in früheren Jahren beim Abnehmen der Wäsche zur Hand gegangen war, hatte er nicht darauf geachtet. Die Farbe Weiß war ihm in Erinnerung geblieben, mehr nicht.

»Das tut mir Leid«, sagte er lahm.

»Ja. Ist auch für mich nicht einfach. Ich meine ... ich bin ja noch nicht so alt.«

Das wurde ja immer besser! Er schwieg.

»Aber bei ihm ist es etwas anderes. Er ist besessen von Sex.«

Wolf traute seinen Ohren nicht. Sein Vater? Schütteres Haar, schlaffe Wangen, die Missmut in Person – sexbesessen?

»Wie meinst du das?«

»Er sieht nachts Erotikfilme. Einmal, als ich zur Küche ging, um mir ein Glas Wasser zu holen, sah ich durch die offene Tür, dass er solch einen Film sah und ...« Jetzt wurde sie wieder glutrot. »Na, ja ... du weißt schon.«

Wollte sie damit sagen, sein Vater onanierte, während er Sexfilme sah?

»Und auf der Straße guckt er in jeden Ausschnitt und auf jeden jungen Po in Jeans«, fuhr sie fort.

»Mein Gott, Mutter. Das tun neunundneunzig Prozent der anderen Männer auch.«

»Aber die tun es, weil es ihnen Spaß macht. Er tut es, weil er ... gierig ist. Wie ein alter Mann ohne Zähne, der unbedingt nochmals harte Brotrinde essen möchte.«

Wolf schwieg erschüttert. Ein gemütlicher Sonntagnachmittag driftete ab und stürzte ihn in so große Verlegenheit, dass seine Nackenhaare sich sträubten. Er blickte durch die geöffnete Balkontür auf den gepflegten Hinterhof, der noch mit leicht vertrockneten Erikagewächsen in Terrakottatöpfen winterlich geschmückt war.

»Das ist nur eine Phase, das geht vorüber«, sagte er, wohl wissend, dass er die nahe liegende Frage, wie seine Mutter denn mit der Impotenz ihres Mannes umgehe, ob sie mit ihm darüber spreche, ihn tröste, ihm gut zurede, nicht stellte. Das würde noch fehlen, dass sie sich in Details erging! Trotzdem wirkte ihr Gesicht ganz so, als ob sie diese Frage erwartet und sich schon darauf vorbereitet habe.

Er stand auf. »Wird Zeit für mich. Hab mir Arbeit vom Büro mit nach Hause genommen.«

Sie sah ihn enttäuscht an und erhob sich auch. »Schade«, sagte sie. »Die Sonntagnachmittage mit dir sind noch meine einzige Freude.«

Wolf verkniff sich ein Lächeln. Emotionalen Druck auszuüben, das beherrschte sie wie keine andere. Er trug ihr das nicht nach, er bewunderte dieses Talent. Es hatte etwas Weibliches. Er ging ins Wohnzimmer. Sein Vater wandte seinen Blick nur kurz vom Fernsehschirm, auf dem halb nackte Frauen in schwindelerregend hohen Sandaletten an muskelbespannten Beinen mit ihren Partnern über die Tanzfläche stoben.

»Weltmeisterschaften in den lateinamerikanischen Tänzen«, sagte sein Vater in einem Anfall von Kommunikationsbereitschaft. Wolf argwöhnte, dass es weniger die sportlichen Leistungen waren, die seinen Vater interessierten, als die aufdringliche Körperlichkeit der Frauen.

»Na, dann viel Spaß noch!«
Sein Vater nickte und wandte sich wieder dem Bildschirm zu. Wolf verließ das Zimmer, schlüpfte in seinen Mantel und umarmte wie vor ein paar Stunden mit herzlicher Geste seine Mutter. Aber die Umarmung geriet anders. Das ganze Gerede um sexuelle Probleme legte sich wie Blei auf seine Muskeln. Er umfasste da nicht eine Mutter, sondern eine Frau, deren Mann keinen mehr hochbrachte. Sofort verbot er sich diesen Ausdruck. Er hasste die Fäkalsprache, mit der heute der Liebesakt bedacht wurde. Er mochte weder das Wort »ficken« noch »vögeln« noch »bumsen«. Aber fest stand, dass seine Mutter gefickt werden wollte, sein Vater ficken wollte, aber wegen Fehlfunktion seines Schwellkörpers dazu nicht in der Lage war, zumindest ohne Fernsehschirm nicht. Er erinnerte sich, dass ihm ein Kollege einmal grinsend eine Patentanmeldung zugeschoben hatte, in der es um eine mechanische Erektionshilfe ging. Mein Gott, es waren seine Eltern! Was taten sie ihm an? War das Leben um ihn herum nicht ernüchternd genug? Sie hatten ihm etwas geraubt, das hieß, in diesem Fall hatte seine Mutter, indem sie aus ihrer Intimsphäre plauderte, ihm etwas Wichtiges, Grundlegendes genommen. Nämlich ruhige, friedliche Sonntage, an denen er wieder Kind sein durfte. Wenn er in einer Woche hier in dieser Wohnung am Tisch sitzen und sein krosses Bratenstück schneiden würde, würde er zugleich herumrätseln, ob sein Vater sich die Nacht vorher erfolgreich oder erfolglos an die Mutter herangemacht hatte. Ob die permanent schlechte Laune Alfreds der Tatsache entsprang, dass er's wieder nicht gebracht

hatte – grässlicher Ausdruck – oder dass einfach der Magen drückte oder die Prostata nicht richtig arbeitete? Was zu der weiteren Frage führte, ob es nicht auch an seiner Mutter lag? Gehörte sie zu den Frauen, die alles nur über sich ergehen ließen? Entmannte seinen Vater enttäuschte Erwartung? Oder war sie aktiv? Er sah sie vor sich, wie sie seinen Vater streichelte, seinen Penis in den Mund nahm – auch das Wort »Schwanz« war ihm zuwider – und wie sie versuchte, ihn zu stimulieren. Übelkeit stieg in Wolf auf.

»Bis nächsten Sonntag«, sagte Ruth und strich ihm mit ihrer weichen Hand übers Gesicht.

»Bis nächsten Sonntag«, erwiderte er angestrengt und fühlte sich so matt, dass er am liebsten in sein ehemaliges Jungenzimmer gegangen und sich aufs Bett geworfen hätte.

Sie winkte ihm nach, er winkte zurück, immer noch todmüde, obwohl er sich ein Lächeln abrang, damit sie keinen Verdacht schöpfte und sich Sorgen machte.

Mitten in der Nacht wachte er auf. Drei Uhr vierzig, zeigte sein Wecker. In einem der Heizungsrohre tuckerte und vibrierte es. Sein Schlafanzug fühlte sich am Rücken feucht an, und er erinnerte sich schwach an einen Traum, in dem er sich, eingeschlossen in großen Röhren, kriechend vorwärts bewegt hatte in der furchtbaren Gewissheit, dass ihm etwas folgte, etwas Schreckliches, aber er wusste nicht, ob Mensch oder Tier. Darüber war er aufgewacht. Er mühte sich aus dem Bett, einen bitteren Geschmack im Mund, und holte sich eine Flasche Mineralwasser aus der Küche. Stand dann fröstelnd in seinem feuchten Schlafanzug im Flur, trank in kleinen Schlucken, und eine Leere dehnte sich wie schwerer Nebel in seinem Inneren aus, drückte gegen sein Herz, den Magen und schnürte ihm die Luft ab. Er trippelte mit kleinen, alten Schritten, fast wie sein Vater, ins Wohnzimmer und ließ sich in einen kalten Ledersessel fallen. Vor den Fenstern dämmeriges Dunkel. Seltsam, wie sehr Dunkelheit ein Zimmer veränderte. Die wuchtige Couch, glatt und zierlos, der niedrige Glastisch, dessen Platte auf einem Metallsockel ruhte, der alte Sekretär aus einem der teuersten Antiquitätenläden der Stadt – bei Tag Behaglichkeit verströmend und Zeugen seines Wohlstands, verloren die Möbel ihre Konturen an die Dunkelheit und wurden eins mit ihr. Sein Herz begann gegen die Rippen zu pochen, er legte erschrocken seine Hand darauf und spürte die dumpfen, schnellen Schläge, als wollten sie seinen Brustkorb dehnen und ausweiten, um Raum und Luft zu schaffen. Sein Herz. Zuverlässig sogar nach zwei Stunden schweißtreibenden Squashspiels. Er war noch nicht einmal vierzig! Hatte seine Laborwerte im Kopf. Hämoglobin, Leukozyten, Thrombozyten, Calcium, Kalium, Gamma-GT. Er war kerngesund.

Die Hand immer noch auf die Rippen gepresst, beugte er sich zu einer Tischlampe und schaltete sie ein. Sofort tauchten die Konturen der Möbel aus der Dunkelheit auf, gewannen an Farbe, sein Herz beruhigte sich.

Was war mit ihm los? Woher kam der dumpfe Groll, der von Tag zu Tag heftiger wurde und sich wie Säure in seinem Mund ausbreitete? Woher die Angst?

Da er gewohnt war, Fakten zusammenzutragen und akribisch genau zu notieren, ging er zum Sekretär, holte Block und Bleistift, setzte sich und begann zu schreiben. Positives, Negatives. Fazit. Lösungsmöglichkeiten.
Sein Berufsleben. Das Positive: Er war in der Kanzlei Dr. Ernst Wilbert & Dr. Jakob Fincke fest angestellter Patentanwalt mit einem Einkommen von hundertdreißigtausend Euro im Jahr. Man hielt ihn für ausgesprochen tüchtig, versiert und zuverlässig. Seine Kollegen schätzten ihn, die weiblichen Mitarbeiterinnen begegneten ihm mit Höflichkeit und Respekt, wenn man von Vanessa, der Referendarin, absah, die ihn ungeniert auf den Arm nahm und ihm mehr als einmal signalisiert hatte, dass sie nichts gegen eine Liebesbeziehung mit ihm einzuwenden hätte. Die Mandanten vertrauten ihm.
Das Negative: Er besaß nicht annähernd genügend Geld, um sich in die Kanzlei einzukaufen, er konnte das Firmenschild also nicht um seinen Namen erweitern. Lediglich im Briefkopf war er zusammen mit den anderen fest angestellten Anwälten aufgeführt. Sehr negativ: Er hatte eigentlich selbst Erfinder und kein Sachverwalter erfinderischer Gedanken werden wollen. Aber schon während seines Studiums hatte er festgestellt, dass es ihm an Visionen mangelte. Immerhin half er nun begabteren Visionären, ihre technischen Neuerungen gekonnt in das Korsett gesetzlich vorgeschriebener Regelungen zu pressen. Er half, Prüfverfahren, die sich oft jahrelang hinzogen, gelassen zu überstehen, um am Ende dem Mandanten die Patenturkunde überreichen zu können. Er wirkte im Vorfeld und klärte ab, ob der neue Gedanke überhaupt

schutztauglich war und ob man ihn auch weltweit anmelden konnte. Außerdem war er Spezialist für Markenzeichen. Sämtliche Markenregistrierungen der Kanzlei bearbeitete er und stellte sich als ausgefuchster Gegner bei Widerspruchsverfahren heraus. Das Widersprechen lag ihm sowieso. Auch bei Diskussionen im Kollegenkreis, egal ob es um technische, politische oder andere Dinge ging, hatte er eine Art, ständig nachzubohren, nachzufragen, sodass manch ein Gesprächspartner resigniert aufgab, ohne wirklich überzeugt zu sein. Wolf wollte immer die Kontrolle behalten, er wollte siegen, selbst wenn ihm dämmerte, dass er im Unrecht war.

Aber weiter. Sein Privatleben. Seine Eltern bereiteten ihm zunehmend Kummer. Das Positive: Er war ein guter, geduldiger Sohn. Er vermied Streit mit seinem Vater und liebte seine Mutter aufrichtig. Er hatte zwar keine engen Freunde, pflegte aber durchaus kameradschaftliche Beziehungen. Zu Felix, seinem Squashpartner, beispielsweise. Ein netter Kerl, den er im Squashclub kennen gelernt hatte, wenngleich Felix einen abenteuerlichen Lebensweg hinter sich hatte, vor allen Dingen beruflich. Momentan arbeitete er in einer Detektei, was Wolf im Grunde so lachhaft fand, dass er das Thema »Beruf« völlig aus ihren Gesprächen heraushielt.

Was noch? Er ging sehr sporadisch zu einem Stammtisch ehemaliger Studenten, die seine Gesinnung teilten und mit denen er sich politisch und sozialkritisch austauschen konnte.

Das Negative? Lange saß er da, den Bleistift in der halb erhobenen Hand. Dann schrieb er zögernd: »Meine Beziehung zu Frauen.« Er legte den Block zur Seite, steckte den Bleistift gedankenverloren in die Schlafanzugtasche und stierte auf den mit Schlieren überzogenen Glastisch – ein Werk seiner Zugehfrau, die mit Putzmitteln so sorglos umging, als habe sie noch nie etwas von Umweltsünden und den schlimmen Auswirkungen chemischer Substanzen gehört.

Er schweifte schon wieder ab. Um die Wahrheit zu sagen – er hatte keine Beziehung zu Frauen. Beziehung hieß, etwas von einer Frau zu wissen, ihr Aussehen, ihre Gedanken zu mögen, sie als Person zu respektieren und sie körperlich zu begehren. So eine Frau hatte er – mit Ausnahme von Anna – noch nicht getroffen. Zwar hatte er Frauen ihres Aussehens wegen gemocht und sie körperlich begehrt, sie auch körperlich benutzt – ja, dies war der richtige Ausdruck dafür –, aber eine Beziehung hatte er nicht mehr gehabt, seit er sich vor fünf Jahren von Anna getrennt hatte. Anna, die ihn hinters Licht geführt hatte. Die ihm vorgegaukelt hatte, jene Frau zu sein, die er sich so sehnlichst wünschte. Und die sich dann im Grunde als der gleiche Typ Frau herausstellte wie Vanessa. Sie hatte ihm an den Kopf geworfen, er sei ein puritanisch denkender Greis in Jungmännergestalt. Was hatte er nicht alles unternommen, um diese Beziehung zu retten! Wie hatte er Anna verwöhnt. Versucht, ihr alles Unangenehme abzunehmen. Sie zu beschützen, ja, auch manchmal vor sich selbst, da sie so sprunghaft und unüberlegt handelte. Und wie hatte sie es ihm gedankt? Und dann ihre gluckenhafte Angst, es könne zu spät für Kinder werden. Er wollte keine Kinder. Er wollte die Frau, die er liebte, nicht teilen.

Wollte keine Frau wie seine Mutter – und erschrak vor seinem ketzerischen Gedanken. Seine Mutter hatte nie einen Zweifel daran gelassen, dass ihr Sohn immer an erster Stelle stehen würde. Als Sohn hatte er sich natürlich darüber gefreut, aber als ihr Mann, wie hätte er da reagiert? Es mochte ja an seinem Vater liegen. Wenn man als Ehemann ungerecht und unaufmerksam war, wandte die Frau sich ausschließlich dem Kind zu. Doch tief unten, im Keller seiner Gefühle, erkannte er, dass dies auf seine Eltern nicht zutraf. Nein, es gab Frauen, die immer Frauen blieben, auch wenn sie ein Kind hatten. Und andere, die zu Müttern mutierten. Er aber wollte seine Frau (welche Frau denn, du Trottel?) ganz für sich. Eine Einheit bilden. »Wir beide, Liebes, gegen den Rest der Welt.« Er griff wieder nach seinem Bleistift und verstärkte gedankenverloren die Buchstaben dieses wichtigen Satzes. Was also konnte er als Fazit seiner nächtlichen Überlegungen sehen?

Er hatte Vereinsamungsängste.

Er ging ins Schlafzimmer zurück, kroch ins Bett und schloss die Augen. Und sah Melanie vor sich. Eine schlanke, zierliche, dunkelhaarige Person, die sich mit ihrer warmen Stimme, den ausdrucksvollen Augen und dem netten Lächeln stark von all den selbstbewussten, coolen – auch ein Wort, das er hasste – und erfolgsorientierten Frauen seiner Umgebung unterschied. Eine, die den Beschützerinstinkt in ihm wachrief. Die gewiss nicht immer betonen würde, dass sie eines Mannes nicht bedurfte. Zu der man Vertrauen haben konnte. Die in einem aufging.

Ganz warm wurde ihm bei diesem Gedanken, vor allen Dingen, als er daran dachte, was für eine phantastische Figur sie besaß. Von einer festen Zähigkeit. Wie eine gespannte Feder hatte sie auf ihn gewirkt, bereit, vor übersprudelndem fröhlichem Tatendrang emporzuschnellen und ihn mit sich zu reißen.
Er musste sie anrufen. Gleich morgen früh.

# 5

Wenn Melanie eines hasste, dann war es ein bleigrauer Montagmorgen. An keinem anderen Tag – nicht am Dienstag, Mittwoch oder Donnerstag – wurde einem die Mühsal des Lebens so bewusst wie an dem Tag, der auf den Sonntag folgte. Sonntags war man herausgenommen aus der Realität. Konnte im Bett liegen bleiben, Tee trinken, fernsehen, mit Sarah telefonieren, politische Leitartikel lesen, die Klatschspalte einer Frauenzeitschrift, wieder ein Stündchen schlafen und alles aus seinem Kopf schieben, was einen belastete. Oder man sprang gut gelaunt aus den Federn, zog Jeans und Sweatshirt an und sprintete zum nächsten Café, um sich ein formidables Frühstück mit Ei und Speck, Kaffee und Orangensaft zu gönnen. Sonntage waren wie Pfannkuchen mit Butter. Montage schmeckten nach fadem Porridge, wie ihn die Engländer mögen. Wie konnte eigentlich ein Volk so selbstbewusst und angriffslustig sein, wenn es jeden Tag Porridge aß?

Während Melanie, immer noch im Pyjama, am Küchentisch saß und die Zeitung durchblätterte – Streit um Flächentarifverträge, ein Lehrer aus Uelzen schießt Nacktbilder, die Nähe von Kunst und Gewalt –, dachte sie daran, dass heute Nachmittag Abgabetermin für einen

Artikel war, der sich mit einer Dramatisierung von »Effi Briest« befasste und der sie ziemlich anödete. Das hieß nicht, dass sie nicht Mitleid hatte mit der Frauensperson einer verflossenen Epoche, die nach Stand und Geld hatte heiraten müssen und deshalb an einen knochentrockenen Landrat verkuppelt wurde. Und der man es wahrlich nicht übel nehmen konnte, einem Verführer anheim zu fallen. Melanie sagte sich auch, dass die Geschichte zwar heute so nicht mehr denkbar war. Da schossen sich die Gegner nicht der Ehre wegen im Morgengrauen tot, höchstens aus Eifersucht und mit zu viel Whisky im Leib. Dennoch war die Story zeitlos; denn auch heute noch existierte in vielen Köpfen ein mehr als abstruses Bild von der Stellung der Frau in der Gesellschaft. Doch was sie wirklich störte, war, dass das Publikum sich Abend für Abend so sattzufrieden selbst beklatschte. Als sei man am Gipfel des Fortschritts angekommen, da man aus Liebe auch einen abgebrannten Studenten des zweiten Bildungsweges heiraten konnte. Wir Aufgeklärten, Liberalen – klatsch, klatsch! Einen türkischen Schwiegersohn akzeptierte man allerdings nicht, auch keinen aus Ghana, es sei denn, er erspielte sich in der Bundesliga ein Millionenvermögen. Sarahs Eltern beispielsweise hatten sich geweigert, jemals Jimmys Kneipe zu betreten. Sie saßen in ihrem Einfamilienhaus am Rande der Stadt und erzählten ihren Freunden, Sarah sei ein typisches Produkt ihrer Zeit, eine erfolgreiche, berufstätige Frau, die beschlossen habe, allein zu leben. Lieber keinen Schwiegersohn als einen dunkelhäutigen, der noch dazu nicht Akademiker, sondern Kneipenwirt war. Sarah behauptete, das fechte sie nicht an, ihre Eltern seien schon mit einem Brett vorm Hirn geboren worden. Außerdem erfülle ihr Bruder voll und ganz die Erwartungen. Er habe es bereits zu einem eigenen Haus gebracht, das der Abklatsch des Hauses der Eltern sei, und zu einer Ehefrau nebst zwei Kindern, denen sie lieber Videospiele schenkten, als ihnen jemals etwas zu verbieten. Aber Melanie hatte den Verdacht, dass Sarah trotzdem unter der Ächtung durch ihre Eltern litt. Sie liebte Jimmy, und es tat weh, wie borniert und eingebildet ihr eigen Fleisch und Blut war. Was unterschied Sarahs Eltern von den Eltern Effi Briests? Sie wünschten sich für ihre Tochter einen respektablen Schwiegersohn, eine gesicherte Existenz und die Zustimmung der mit ihnen verbundenen Freunde und Verwandten. Und von ihrer Tochter verlangten sie ein gehöriges Maß an Anpassung. Also, auf zu Effi und einem rebellischen Artikel über gesellschaftliche Heuchelei! Das war nicht öde! Das konnte spannend werden!

Zuerst aber duschen, anziehen, an den PC setzen und die Gedanken ordnen. Ihren Vater anrufen und ihn daran erinnern, dass der Mensch nicht von seinem Zorn allein, sondern auch von ein paar Kohlehydraten und Vitaminen lebte. Seit Melanies Mutter gestorben war, führte Jobst Wagner ein noch unsteteres Leben als vorher. Viel auf Reisen, vergaß er, dass er in einem bis aufs Letzte durchorganisierten und reglementierten Land lebte. Hypothekenzahlungen, Überweisungen, Steuererklärungen, Vorsorgeuntersuchungen und Versicherungsverträge. Es war nun Melanies Aufgabe, sich um diese Dinge zu sorgen. Das wenige, das ihrem Vater nie ausging, waren gute

Rotweine, französische Käsesorten und Kaffee. Das Rauchen hatte er aufgegeben, wenngleich er sich nach besonders aufwühlenden Aktionstagen immer noch ein paar Zigaretten oder Zigarillos genehmigte. Mit fünfundsiebzig, behauptete er, werde er sowieso wieder zu rauchen beginnen. Dann sei die Zeit messbar, und sein Ziel sei es nicht, mit rosafarbener Lunge und Demenz ins hohe Alter zu schreiten. Jetzt war er knapp siebzig, grauhaarig, ein bisschen übergewichtig und so strotzend vor Leben, dass er auch in einem Raum voller Menschen sofort alle Blicke auf sich zog. Melanie wusste bis heute nicht, wie er dem Druck standhielt, den er durch seine Arbeiten erzeugte. Er wurde beschimpft, er wurde angegriffen – eine Zeitung hatte einmal formuliert, er sei der meistbeschimpfte Künstler dieser Tage – und oft von der Realität eingeholt.

Sie erinnerte sich an eines seiner Kunstobjekte gegen den radioaktiven Tod, das er in Moskau ausgestellt hatte. Drei Jahre später ereignete sich Tschernobyl. Seine Arbeiten bedurften nicht der interpretatorischen Vertiefung nach dem Motto: Was will uns der Künstler damit sagen? Man erkannte sofort, was Jobst Wagner zu sagen hatte. Es kam ihm kaum auf den künstlerischen Wert an, obwohl der natürlich vorhanden war, auch nicht auf den Marktwert, daher die desolaten Kontoauszüge. Es ging ihm darum, auf seine Art und Weise in das Geschehen ringsum einzugreifen. Er war immer unterwegs. Ein Beobachter von Menschen, Landschaften und Geschehnissen. Ein leidenschaftlicher Diskutierer, aber kein Eiferer. Kein Fanatiker. Seine Kunstaktionen fanden nicht in

Museen statt, sondern dort, wo man thematisch Betroffene ansprechen konnte.
»Wo erreiche ich die Menschen, die voller Fremdenhass sind? Im Museum? Nein. Ich erreiche sie auf der Straße«, sagte er, als er mit einer Nazifahne und leeren Benzinkanistern gegen die tödlichen Folgen der Ausländerfeindlichkeit und des Menschenhasses rebellierte. Ja, Melanie war stolz auf ihren Vater, sie war dankbar, in einer Atmosphäre des Mitdenkens und Mitleidens aufgewachsen zu sein. Ihm war immer der Mensch wichtig, nie das, was dieser darstellte.
Das Telefon klingelte. Als sie abnahm, erkannte sie Wolf Eckart sofort an seiner kräftigen, tiefen Stimme.
»Wie geht's?«
»Oh, montagmäßig.«
»Was machst du gerade?«
»Ich arbeite an einem Artikel über eine Theateraufführung. Und du?«
»Ich tue so, als ob ich arbeite. Aber in Wirklichkeit denke ich unablässig an dich.«
Sie wurde rot, gut, dass er sie nicht sehen konnte.
»Hast du heute Abend schon etwas vor?«
Klüger wäre es gewesen, so zu tun, als sei sie eine der frequentiertesten jungen Frauen der Stadt, verfolgt von Dutzenden von Einladungen. »Nein«, sagte sie.
»Wie wär's mit einem Weinlokal?«
»Die Aussicht darauf könnte tatsächlich diesen Montag erträglich machen.«
Er wollte sie abholen. Sie lächelte, als sie auflegte. Ihr gefiel seine etwas altmodische Art, mit Frauen umzugehen.

Philip hatte sie immer herbeizitiert. »Um neun in der Lobby des ›Excelsior‹.« Kein Fragezeichen, sondern die Befehlsform.
Sie setzte sich wieder an ihren Schreibtisch. Effi Briest. Eine Frau, die das bürgerliche Leben und damit eine bestimmte Gesellschaftsform repräsentierte ... Plötzlich wusste sie, was sie schreiben wollte.

Sie gestand es sich nicht ein, aber sie verausgabte sich an diesem Abend, bevor Wolf sie abholte. Sie duschte ein zweites Mal, wusch sich die Haare, verabreichte sich eine Peelingmaske, legte Feuchtigkeitscreme auf und stand lange vor dem Kleiderschrank. Ein Weinlokal. Wie sie ihn kannte, keine Kaschemme, sondern etwas Gepflegtes mit Kerzen auf dem Tisch und freundlichen, unauffällig agierenden Obern. Also den neuen Jeansrock und die weiße Spitzenbluse. Nun. Sie sah aus wie ein Kindergartenkind, fehlte nur noch das Täschchen mit den von Mutti geschmierten Broten. Also eine schwarze Hose, einen schwarzen eng anliegenden Pullover und als bürgerliches Zugeständnis die kleine Perlenkette, die sie von ihrer Mutter geerbt hatte. Ja, so war es besser. So entsprach sie dem Bild der allein lebenden, gut verdienenden jungen Journalistin schon eher.
Wenn sie später an diesen Abend zurückdachte, gestand sie sich ein, dass hier die eigentliche Geschichte begann. Hatte sie sich so heftig verliebt, weil sie mehr Alkohol getrunken hatte als sonst? Es ging eine für sie unerklärliche Präsenz von Wolf aus. Er schien – im Gegensatz zu ihr – genau zu wissen, was er wollte. Dabei redete er eher über

jene Dinge, die er nicht wollte. Er wollte nicht in anwaltsübliche Geldgier verfallen und schon gleich gar nicht jenen Zynismus praktizieren, der Anwälten so eigen war. Er wollte beruflich erfolgreich sein, ohne dass sein Privatleben dabei auf der Strecke blieb. Er wollte ein mitdenkender Bürger sein – dies beeindruckte Melanie am meisten –, ohne zum parteiblinden Mitläufer zu werden. Und er wollte einen Menschen an seiner Seite haben, mit dem er alles teilen konnte: seine materielle Existenz, seine geheimsten Gedanken, schlichtweg sein ganzes Leben. Er glaubte bedingungslos an eine Liebe, die so intensiv und verlässlich war, dass sie dem Alltag standhielt.

»Als ich dich neulich auf dieser Party sah, da fühlte ich mich dir so nah. Ich konnte mir das nicht erklären, ich bin kein Romantiker in herkömmlichem Sinn ... aber auch kein Pragmatiker ... ich glaube eher an intuitive Erkenntnisse. Und da war was zwischen dir und mir. Oder bist du anderer Meinung?«

Sie versuchte, sich zu erinnern. An ihren ersten Eindruck. Sie glaubte nämlich vor allen Dingen an erste Eindrücke. Also, ein kräftiger dunkelhaariger Mann mit hellen Augen – grün, wie sie jetzt bemerkte – ohne die lässige Lockerheit der anderen um ihn herum. Ein ernster Typ, nicht uninteressant. Aber mehr?

»Ich weiß nicht ...« Dann erinnerte sie sich. »Ich mochte dein Lachen. Als du gesagt hast: ›Mutig genug, um mit mir einen Kaffee trinken zu gehen?‹ ... oder so ähnlich.«

»Ich habe gesagt: ›Sie können mit dem Mutigsein sofort beginnen und mit mir anderswo einen Kaffee trinken gehen.‹«

»Das weißt du noch?«
Im Grunde war es ganz einfach: Sie hatte sich an diesem Abend verliebt in seine Verliebtheit. In seine Andersartigkeit. Er erschien ihr als Ausweg, als Alternative zu der quälenden, immer noch andauernden Trennung von Philip. Plötzlich verglich sie Philip mit ihm und wagte es, diesen gedanklich zu kritisieren. Philip behandelte sie wie ein Kind. Wolf nahm sie ernst. Philip ließ keinen Zweifel daran, dass es außer ihr noch genügend andere wichtige Dinge gab, die ihn fesselten. Wolf suchte nach der ausschließlichen Liebe, ein Begriff, der Philip sicherlich zu einem Heiterkeitsausbruch veranlasst hätte. Wolf – das spürte sie – begehrte sie mit einer fast weihevollen Intensität. Und Philip? Er entledigte sich seiner Kleider, setzte sich nackt aufs Bett, entkorkte eine Weinflasche und wartete, dass sie sich ebenfalls auszog. Sehr zielgerichtet nach dem Motto: »Liebling, ich habe leider nicht so viel Zeit, ich habe daneben auch noch zu tun.« Kurz: Wolf stellte sie auf ein Podest, Philip stand selbst darauf.
Natürlich war sie klug genug, sich zu durchschauen. Aber was nützte es, wenn sie sich dennoch immer mehr von Wolf Eckart angezogen fühlte? Wahrscheinlich ist er eine Niete im Bett, versuchte sie sich zu beruhigen. Sie hatte einige Männer gekannt, die eine sehr blumenreiche Sprache pflegten, um darüber hinwegzutäuschen, dass sie, aus welchen Gründen auch immer, lausige Liebhaber waren.
Sie schnitt eine kleine Grimasse. »Das letzte Mal hast du mir bedeutet, du seist im Begriff, dich in mich zu verlieben. Das hast du hoffentlich nicht getan, du Ärmster.«

Er nahm ihre Hand. Seine Augen schienen sich zu verdunkeln, wurden smaragdgrün, und der völlige Ernst, der aus ihnen sprach, berührte sie mehr als jedes Wort. Sie schwieg ebenfalls. Unwirklich erschien ihr dieser Moment. Eine Art »Warum nicht?« blitzte in ihren Gedanken auf. Warum sollte es solch tiefe Augenblicke nicht geben? Warum nicht diese glückliche Erwartung auf etwas völlig anderes? Als würde das Leben durch Zauberkraft neu beginnen?

Als sie eng aneinander gepresst auf ihrem Bett lagen, verzückte sie seine besitzergreifende Art, die so gar nichts mit Philips nur auf Erfüllung gerichteten Pragmatismus zu tun hatte. Draußen trommelte schon wieder Regen gegen die Fenster, aber hier, in ihrem Bett, wärmte ihrer beider Hitze die Laken. Wolf grub seine Finger in ihre Schultern, er bog sie zu sich, als wolle er schon vor der Vereinigung mit ihrem Fleisch verschmelzen. Es war mehr als Sex. Auch als er in sie eindrang, verspürte sie wieder jene Intensität, den absoluten Willen, sie so an sich zu binden, dass kein Raum blieb für anderes. Er umklammerte sie ganz fest, und sie hielten beide den Atem an, sodass es ihr schien, sekundenlang in einem luftleeren Raum zu schweben, bis er zustieß und es fertig brachte, dass sie sich tatsächlich völlig selbst vergaß, ein Gefühl, das sie nie erlebt hatte. Kein Restchen ihres Verstandes, sonst immer noch vorhanden, blieb zurück, nur Lust und Entfesselung.
Er hielt sie auch hinterher eng an sich gedrückt, und eine tiefe Befriedigung durchströmte sie. In diesem Moment

konnte sie verstehen, was er meinte, wenn er sagte, er suche einen Menschen, mit dem er eins werden könne.
»Sag meinen Namen«, flüsterte er. »Ich mag es, wenn du meinen Namen sagst.«
»Wolf.« Sie wunderte sich über den Klang ihrer Stimme. Sie neigte normalerweise mehr zu liebevoller Ironie denn zu leidenschaftlicher Pathetik. Und nun sprach sie seinen Namen so feierlich aus wie ein Priester den Namen Jesu. Sie witzelte: »Ich komme mir auch vor wie Rotkäppchen.«
Er ging nicht darauf ein. Er bettete ihren Kopf an seine Schulter und sagte: »Ich habe lange nach dir gesucht.«
In Melanie stritten die verschiedensten Gefühle miteinander. Sie war versucht zu lachen und andererseits doch tief beeindruckt. Wann traf man schon noch auf Menschen, die es wagten, tiefes Empfinden auszudrücken, wohl wissend, dass sie sich vielleicht lächerlich machten? Gewohnt, von ihrer Mitwelt zwar geliebt, aber nicht immer ganz ernst genommen zu werden, empfand sie sich nun als etwas Besonderes, Auserwähltes. Es fiel ihr nicht schwer, sich mit dem Gedanken anzufreunden, wirklich besonders und außergewöhnlich zu sein. Ein gut aussehender, wohlhabender Mann, Anwalt, in der Liebe mehr als erfahren, erhob sie, Melanie, die leichtgewichtige Journalistin, die geduldige Assistentin ihres Vaters, die pflegeleichte Geliebte, zu einer angebeteten Frau. Sie begriff nun, was Frauen erblühen ließ. Sie erfuhr es an sich.
»Ich möchte, dass wir uns alles sagen. Dass wir keine Geheimnisse voreinander haben. Dass einer die Hälfte des

anderen ist. Dass jeder, der uns sieht, sofort weiß: Diese beiden gehören zusammen. Und das … für alle Zeit.« Er nahm ihr Gesicht zwischen seine Hände und küsste sie sanft auf den Mund.

»Du meinst … wie ein Zwilling?« Sie fühlte sich trotz allem ein wenig unbehaglich.

Er sah sie an mit einer Offenheit, die sie fast nicht ertrug und die sie doch völlig im Ungewissen ließ. Als teile er alles mit, was in ihm war, so ehrlich, so umfassend wie ein Buch, dessen Seiten aber trotzdem zu schnell umgeblättert wurden und denen man wegen der Fülle der Buchstaben nichts entnehmen konnte. Als tarne er sich durch diese überquellende Offenheit. Doch was verbarg er? Vor was hatte er Angst?

Er lachte und sprang aus dem Bett. Fuhr sich mit der Hand durch die Haare und sagte: »Wie wär's mit einer Tasse Kaffee?«

Sie war froh, zur Normalität zurückkehren zu können. »Und Rührei. Ich liebe es, nachts Rührei zu essen.«

»Zeigen Sie mir die Küche, Mylady. Sie erhalten die besten Rühreier Ihres Lebens.«

Sie sah zu, wie er nackt über den Flur zur Küche ging. Sie fühlte sich glücklich, die Zukunft erschien ihr verheißungsvoll, als befinde sie sich in einem allumfassenden Zustand der Gnade, der, wie sie vermutete, nur einen Lidschlag der Zeit andauern konnte. Dieser eine Moment ungetrübten Glücks – vielleicht würde es der einzige in ihrem Leben bleiben. Daran wollte sie immer denken.

Am nächsten Tag interviewte sie einen Fernsehregisseur, der sich darüber beklagte, dass es keine guten Drehbücher mehr gebe, dass er meist nur die Konfetti einer Story erhalte und dann selbst zusehen müsse, wie man daraus einen guten Film zimmern könne. Melanie kommentierte sein Gejammer nicht. Er war dafür bekannt, an den Drehbüchern herumzumäkeln, um dann beim Produzenten ein zusätzliches Honorar für eine letzte Überarbeitung herauszuschinden. Seine Filme, eher mittelmäßig, besetzte er mit großen Namen. Dieser Umstand bescherte eine hohe Einschaltquote, die heilige Kuh des Fernsehens, der zunehmend alles, was als Qualitätskriterium galt, zum Opfer fiel. Logik, Realität, Glaubwürdigkeit der Figuren. Wenn Melanie Gespräche zwischen Fernsehredakteuren verfolgte, lautete die Frage nicht mehr: »Wie hat dir der Film gefallen?«, sondern: »Was glaubst du, was für eine Quote wir hatten?« Es war auch müßig, dagegen anzukämpfen. Seit der Kommerzialisierung war es stetig bergab gegangen. Öffentlich-rechtlicher Auftrag, der zur Qualität verpflichtet? Mitnichten. Melanie erinnerte sich, dass ihr Vater vor vielen Jahren noch ein Flugblatt gegen die Privatisierung der Medien entworfen und verteilt hatte, die ein bayerischer Ministerpräsident aus nahe liegenden Gründen unterstützte. Interessiert hatte es die meisten Leute nicht.

»Sie haben einmal ein Fernsehspiel über Rassendiskriminierung inszeniert und dafür den Grimme-Preis erhalten. Schmerzt es Sie, heute solche Filme nicht mehr drehen zu können … oder zu wollen?«

»Ja, sicher. Aber man muss ja auch Geld verdienen. Und

Gelder für sozialkritische Filme fließen immer spärlicher. Also entscheidet man sich im Laufe der Zeit für ein anderes Genre.«

»In Ihrem Fall für Melodramen.«

Er lächelte maliziös. »Wichtig ist doch nur, dass ich die Zuschauer erreiche. Und das tue ich. Sieben Millionen mit meinem letzten Film, genauer gesagt.«

Melanie schaltete ihr Tonbandgerät ab. »Eine ganz persönliche Frage.«

Er schien überrascht. »Aber bitte.«

»Glauben Sie, dass man den Geschmack des Publikums peu à peu zerstören kann? Ich meine ... wenn man immer nur leichte Kost vorgesetzt kriegt, verträgt der Magen nichts Schwereres mehr. Wenn man nur mehr Heftchenromane liest, wird man mit der Zeit kein anspruchsvolleres Buch mehr lesen können, es interessiert einen auch nicht mehr. Trägt man nicht ein Stück Verantwortung in Ihrer Position?«

Nun lachte er. »Sie sind noch jung, ich hätte mich in Ihrem Alter das auch gefragt. Aber heute – tut mir Leid, das sagen zu müssen – ist es mir egal. Wenn die Leute sich mit Schund und billiger Action die Birne verkleben wollen – bitte schön! Ich bin fünfundfünfzig Jahre alt und mache mir in Bezug aufs Publikum keine Illusionen mehr. Brot und Spiele ... und je primitiver oder grausamer die Spiele, desto mehr Menschen als Zuschauer werden sie anlocken.«

»Das klingt schrecklich, finden Sie nicht?«

»Da es immer schon so war – denken Sie ans alte Rom! –, wundere ich mich nicht. Was uns früher als ungeheuerlich erschien, auch das werden wir noch erreichen. Zum Beispiel eine reale Menschenjagd im Fernsehen. Und es wird immer Fernsehmacher geben, die eine wortreiche Entschuldigung für all das finden und behaupten werden, der Zuschauer selbst bestimme die Qualität des Programms.«

»Wenn niemand die pervertierten Talkshows einschalten würde, würden sie mangels Quote sehr schnell vom Schirm verschwinden.«

»Dazu ist es zu spät. Geschmack und Anstand sind längst dahin. Und zwar auf beiden Seiten. Sowohl auf Seiten der Macher als auch auf Seiten der Konsumierer.«

»Mein Vater ist anderer Ansicht. Er ist künstlerischer und politischer Aktivist und stellt sich immer wieder einem Publikum, das anfangs nicht interessiert scheint. Auf den Straßen, auf Bahnhöfen, auf Messen. Im ersten Moment hat er Angst davor, aber er tut's. Er gibt nie auf.«

»Tja, dann ist er ein Held. Ein Don Quichotte. Aber wird er damit die Welt verändern?«

»Er hat sicherlich so manch einen zum Umdenken veranlasst!«

»Massen sind manipulierbar in jede beliebige Richtung. Aber glauben Sie mir: Im Grunde ist der Mensch ein Egoist. Wenn es hart auf hart kommt, fallen moralisches und kulturelles Denken von ihm ab wie Schuppen.« Er nahm einen Schluck Kaffee.

»Was ist? Haben Sie noch Fragen?«

Sie schüttelte den Kopf. Wieder einmal ein Interview, das sie unendlich deprimierte.

Sie stand auf der Straße und verspürte plötzlich Sehnsucht nach ihrem Vater. Als bewege sie sich die meiste Zeit in dünner, eisiger Luft und könne nur bei ihm tief durchatmen.
Sie fuhr durch hügeliges Land. Der Himmel malvenfarbig mit Tupfern weißer Wölkchen, die nahende Dämmerung ein grauer Schleier, der alles umschloss.
Als sie das Haus von Jobst Wagner betrat, kam ihr wieder der Regisseur in den Sinn, mit dem sie vor nicht einmal einer Stunde gesprochen hatte. Der hatte sich vor kurzem einen Bauernhof gekauft, die zynische Flucht ins einfache Leben, und sie stellte Vergleiche zwischen den beiden Behausungen an. Ein modisch aufgemotzter Hof hätte ihrem Vater den Schlaf geraubt. Er bewohnte dieses alte Gemäuer am Rande eines kleinen Ortes bereits seit vielen Jahren, hatte es gekauft mit Geld, das er und seine Frau sich von verschiedenen Banken liehen. Die eine Hälfte des Hauses war geblieben, wie sie war, mit einer kleinen Diele und schmalen, eher niedrigen Räumen. In der anderen Hälfte waren Wände und Fußböden herausgebrochen worden, sodass ein hohes Atelier entstand, das Jobst aber nicht Atelier nannte, sondern Werkstatt. Seitlich führte eine Treppe in den ersten Stock zu einem Raum, dem eigentlichen Wohnraum, mit einem bis zum Fußboden reichenden Fenster, durch das man Felder und den nahen Wald sah. Nichts in dem Haus erinnerte an den luxuriösen Standard der üblichen Wohnprospekte. Die Möbel waren alt und dunkel, die Couch, die Sessel aus rissigem Leder, der große Holztisch übersät mit Kratzern, Rotweinflecken und Wachsrückständen. An den Wänden Bücherregale, eine

Musikanlage, ein paar alte Lampen, die ein anheimelndes Licht verbreiteten. Der Mittelpunkt des Hauses aber war und blieb das Atelier, an dessen Wänden riesige Eisenregale standen. Sie reichten bis zur Decke und waren voll gestopft mit Dingen, die ihr Vater unablässig sammelte, um sie für seine Objekte zu verwenden. Die einzelnen Kunstobjekte aus Metallprofilen, Holz, Plexiglas und aus Originalteilen wie Fahnen, Soldatenhelmen, Politikerporträts und elektronischen Bauelementen ragten dazwischen hoch auf. Auf Tischen und Ablagen standen Gussformen, Chemikalienbehälter, eine Waage. Pinsel und Farbe in Überzahl. Der ganze Raum zeugte von handwerklichem Geschick, von tiefer politischer Ernsthaftigkeit, aber auch von Zivilcourage. Als ihr Vater – sie war noch nicht auf der Welt gewesen – sein gut gehendes Steinmetzgeschäft, das er als freier Bildhauer betrieb, aufgab, konnte dies niemand verstehen. Er beschäftigte acht Gesellen, und sie stellten ausschließlich Kriegerdenkmäler her. In diesen Denkmälern wollte Jobst Wagner seinen Pazifismus zum Ausdruck bringen. Er und seine Bildhauertruppe belieferten Dörfer und kleinere Städte. Sie legten eine Kollektion von Entwürfen vor, maßgeschneidert für die jeweilige Gemeindekasse, und organisierten sogar die Programme für die Denkmalseinweihung. Das Geld floss, denn, so argumentierten alle Bürgermeister: »Für unsere Toten ist uns nichts zu teuer.« Dann kam die Wiederbewaffnung Deutschlands und damit die Bundeswehr. Und der junge Jobst wollte nichts mehr zu tun haben mit Kriegerdenkmälern. Er verkaufte alles, was er besaß. Sogar den Stuhl, auf dem er hockte, das Bett, in dem er schlief. Den Rest

verbrannte er und ging in eine andere Stadt. Und überlegte, was er nun mit sich und der Kunst anfangen solle.
Er studierte die Szene und wusste schon nach kurzer Zeit, dass er nichts produzieren würde, was an Wänden hing oder in Ecken stand. Kunstbesitz. Und befand sich daher genau aus diesem Grund in einer ausgesprochenen Misere. Er experimentierte. Alles, womit er tagtäglich zu tun hatte, Alltag, der ihn belastete, da er ihm plötzlich so sinnlos erschien, er tauchte ihn in Gips. Gebrauchsgegenstände, sogar Blumen und Socken. Er ironisierte seine eigene Situation: Er verfremdete. Und ging einen Schritt weiter. Das Einheitsgewehr der Nato zum Beispiel. In einem speziellen Gießverfahren stellte er ein Modell aus Weichschaumstoff her. Es erhielt einen Überzug, der sich beliebig bemalen ließ, der hart aussah, aber weich war. Alles konnte man mit diesem Gewehr anstellen, sogar einen Knoten in den Gewehrlauf winden. Verfremdung. Vorher eine furchterregende Waffe, nachher dem Gelächter des Publikums preisgegeben. Das war der Beginn.
Zurzeit arbeitete er an einem Objekt, das sich mit dem letzten Irakkrieg auseinander setzte. Als Melanie die Werkstatt betrat, befestigte er gerade die amerikanische Fahne zwischen zwei Eisenrahmen. Am Boden lagen ein Stahlhelm, ein Ölkanister, Patronengürtel, Messer und verschiedene andere Materialien. »Bloody Oil – Kreuzzüge der Neuzeit«, las sie.
Er freute sich, als er sie sah. Er habe gar nicht mit ihr gerechnet. Sofort ging er in die Küche, holte eine Flasche Rotwein und einen Teller mit Käse, schnitt Bauernbrot auf, stellte alles auf ein Tablett und stieg damit die Treppe

hoch, die das Atelier mit dem Wohnraum verband. Sie folgte ihm und wunderte sich wieder einmal aufs Neue, wie geschickt er mit seinen fast siebzig Jahren noch ausschritt, obwohl er eindeutig ein paar Kilo zu viel auf den Rippen hatte. Er stellte das Tablett auf den Tisch, holte zwei Gläser und setzte sich in seinen Lieblingsstuhl. Schenkte die Gläser randvoll und schob ihr den Teller mit dem Käse hin.

Sie ließ es sich schmecken. Die graue Dämmerung hatte nun auch das Zimmer erreicht, nur die Lampe auf dem Fenstersims brannte. Jobst zündete sich eine Zigarette an.

»Papa«, sagte sie mahnend.

»Ich habe gesagt, nur bei besonderen Anlässen. Und wenn du kommst, ist das ein besonderer Anlass.«

»Gauner. Gib mir auch eine!«

Er hielt ihr die Packung hin, und sie lächelten sich an. Wieder einmal fühlte sie, wie sehr er das Fundament war, auf dem ihr ganzes Leben gründete. Sich vorzustellen, er sei einmal nicht mehr da, versetzte sie in so tiefe Trauer, dass es sie fröstelte. Sie liebte seine allumfassende Art zu leben. Er war kontaktfreudig und scharfsinnig. Er schottete sich nicht ab, er strömte über, er riss mit. Und er war mutig. Sie kannte keinen Menschen, der sich sehenden Auges so oft Konfrontationen aussetzte, der sich so selbstlos, einer Sache dienend, der scheinbaren Lächerlichkeit preisgab, der seine Ansichten verteidigte und doch die der anderen in seine Überlegungen mit einbezog. Wenn sie der blutleeren Diskussionen ihrer journalistischen Freunde gedachte, die stets nach einem Sinn suchten, den sie ihrem Leben geben wollten, war sie geneigt auszurufen: Ihr müsst nicht übers Leben diskutieren, als würdet ihr vor einer Plastik stehen, die das Leben darstellt und die ihr, in einer ichbezogenen Blase sitzend, kritisiert! Ihr müsst euch einmischen, ihr müsst Farbe bekennen! Wie mein Vater. Gleichzeitig gestand sie sich aber ein, dass sie selbst diesen Mut auch nicht besaß, dass sie manchmal wie gelähmt war, wenn sie an Jobsts Seite verbale und sogar körperliche Angriffe miterlebte, wenn aus einer Kunstaktion gegen die Gewalt eine gewaltsame Aktion wurde. Oft wurden seine Objekte zerstört, immer wieder baute er sie auf. Geduldig und unbeirrbar. Seine Art, mutig zu sein.

»Papa ... ich habe einen Mann kennen gelernt, der mich sehr beeindruckt hat.«

Sein Gesicht, rund, gutmütig wirkend, aber beherrscht von seinen dunklen Augen, die alles zu erfassen schienen, was geschah, weitete sich, sodass es noch runder wirkte.

»Tatsächlich? Das freut mich.«

»Obwohl du Philip sympathisch findest?«

»Ich mag seine Überzeugungen, auch wenn wir nicht immer einer Meinung sind. Andererseits glaube ich, dass du dich zur Geliebten nicht eignest. Es gibt Frauen, die das tun. Die so eigenständig sind, dass das Arrangement mit einem verheirateten Mann für sie eine ideale Lebensform darstellt. So bleibt ihnen genügend Freiraum für anderes. Aber du ...« Er schüttelte nachdenklich den Kopf. »Du hast nicht diese innere Selbstständigkeit.«

Obwohl Melanie sich sagte, dass er Recht hatte, stieg ein wenig Groll in ihr auf. »Hat das nicht eher etwas damit zu tun, inwieweit man sich auf einen anderen Menschen

einlässt? Und wenn man es tut, bedeutet dies dann nicht ein großes Maß an Selbstständigkeit?«
»Aber auch an Selbstaufgabe.« Er spürte, dass er sie verärgert hatte. »Erzähl mir von ihm!«
Das tat sie gern. Er sei knapp vierzig Jahre alt, gut aussehend, Patentanwalt, besitze eine große Wohnung – in der sie jedoch noch nicht gewesen sei –, hänge sehr an seiner Mutter, an seinem Vater weniger, und sei der erste Mann, der sie vollkommen ernst nehme und der sie … ja … anbete … Sie stockte verlegen.
Jobst schwieg. Also fuhr Melanie fort: »Er hat sehr gute Manieren, was mich irgendwie … fasziniert.« Sie lachte. »Du weißt ja, wie heutzutage die Leute miteinander umgehen. Da ist sein Verhalten so … wohltuend. Er geht gern in gepflegte Lokale, er mag klassische Musik …« Ihr fiel plötzlich auf, das dies schon alles war, was sie von ihm wusste, ausgenommen der Tatsache, dass er ein phantastischer Liebhaber war, aber dies wollte sie mit ihrem Vater lieber nicht diskutieren.
»Und seine politischen Ansichten?«
»So weit sind wir noch nicht, Papa.«
»Wie schätzt du sie ein?«
Konservativ, war sie versucht zu antworten, tat es aber nicht. Denn sie hatte keine Ahnung, sie vermutete es nur. Also zuckte sie die Achseln. »Wenn der Ausdruck nicht so altmodisch besetzt wäre, dann würde ich sagen, er ist durch und durch ein Mann von Ehre. Klingt bescheuert, ich weiß. Aber diesen Eindruck macht er.«
Jobst hob ein wenig die Brauen, und wieder ärgerte sie sich.

»Ich meine das sehr positiv.«
Er beugte sich vor und nahm ihre Hand. »Nimm dir Zeit, ihn genau kennen zu lernen! Aber ... ich freue mich für dich. Sehr sogar. Und darauf trinken wir jetzt.«
Er hob das Glas und prostete ihr zu, und sie tat es ihm nach. Sonderbar nur, dass sie sich durch die Aufzählung von Wolfs herrlichen Eigenschaften nicht besser, sondern schlechter fühlte. Typisch misstrauische Journalistin, wies sie sich zurecht. Ständig auf der Suche nach Negativem.

# 6

Drei Wochen später rief Wolf seine Mutter an und bedeutete ihr, dass er am Sonntag jene junge Frau als Gast mitbringen werde, von der er ihr bereits erzählt habe. Er hörte, wie seine Mutter überrascht den Atem einzog.

»Das ging ja schnell«, sagte sie.

»Sie ist wirklich etwas Besonderes«, erwiderte er vorsichtig, was hieß: Geht sorgfältig mit ihr um! »Vielleicht könnte Vater ausnahmsweise etwas höflicher sein als sonst.«

Wenn seiner Mutter diese Bemerkung missfiel, so ließ sie es sich nicht anmerken. »Und du bist sicher, dass sie anders ist als Anna?«

»Aber ja«, rief er ärgerlich. »Anna war ein unfertiges Ding, wie sich herausstellte, nicht wahr? Und ihre Manie, ich würde sie gängeln und bevormunden ...« Er lachte unsicher, weil seine Mutter bei dem Thema »Anna« sich gewöhnlich ausschwieg.

»Na, dann ist es ja gut. Um eins? Wie immer? Wir freuen uns.«

Er hatte mit Melanie vereinbart, dass sie zuerst bei ihm einen Aperitif nehmen wollten. Sie kannte seine Wohnung noch nicht, was ein wenig verwunderlich war, da er in der ihren schon ein und aus ging, als sei er dort zu

Hause. Aber Melanie hatte die letzten paar Wochen sehr viel gearbeitet, sodass es beiden praktischer erschien, wenn er am Abend zu ihr kam und bei ihr übernachtete. Da hatte sie ihren Schreibtisch, ihren PC, ihre Unterlagen und konnte arbeiten, während er in der Küche stand und das Essen vorbereitete. Was ihm Spaß machte. Er war schließlich der Sohn seiner Mutter. Und die hatte ihn dazu erzogen, Frauen zur Hand zu gehen.

Er deckte sorgfältig den Tisch im Wohnzimmer mit Gläsern, einer Champagnerflasche, die er in einen Eiskübel stellte, Gebäck und Nüssen. Er legte Musik auf, Chopin und Mozart, sodass er nur mehr in dem Moment, da Melanie den Raum betrat, die Taste drücken musste. Er prüfte, ob es vorteilhafter sei, das Zimmer durch den halb heruntergelassenen Rollladen in ein gedämpftes Licht zu tauchen oder es taghell zu belassen. Er entschied sich für gedämpftes Licht, das machte sich besser zu Chopin. Am Ende stellte er noch einen schlichten silbernen Leuchter mit einer weißen Kerze auf den Tisch, legte Streichhölzer daneben und blickte sich anschließend prüfend um. Er war, wie stets, beeindruckt von der kühlen Eleganz seiner Behausung. Monatelang hatte er die Wohnung gesucht, ein Heer von Maklern zur Verzweiflung gebracht und dann, als er die Hoffnung schon fast aufgegeben hatte, doch noch das Passende gefunden. Vier große hohe Zimmer, eine geräumige Küche, das Badezimmer in Schwarzweiß gehalten, zwei Balkone, die man eigentlich als Terrassen bezeichnen musste. Die Diele war quadratisch und ringsum mit Bücherregalen ausgestattet. Alle Räume hatten Parkettböden. Der einzige Nachteil war, dass sich die Wohnung an der Peripherie der Stadt befand. Doch Wolf hatte sich inzwischen an den weiten Arbeitsweg gewöhnt, die meiste Zeit fuhr er mit dem Auto, aber auch S- und U-Bahn-Stationen lagen in nächster Nähe. Ja, er konnte sich glücklich schätzen, so schön und günstig zu wohnen. Allerdings hatten noch nicht viele Menschen diese Perle von einer Wohnung zu Gesicht bekommen. Felix, sein Squashpartner, war einmal hier gewesen, hatte sich aber sichtlich nicht wohl gefühlt und nach einer Stunde steifen Herumsitzens einen Kneipenbesuch vorgeschlagen.

Wolf war nervös. Nicht so sehr wegen Melanies erstem Besuch, sondern der Gedanken wegen, die er sich über das Zusammentreffen seiner Eltern mit ihr machte. In seinem Inneren war er überzeugt davon, dass kein Segen auf einer Beziehung ruhen konnte, die von den Eltern abgelehnt wurde – von seiner Mutter abgelehnt wurde, gestand er sich ein. Sein Vater beunruhigte ihn weniger. Die verletzende Gleichgültigkeit, die dieser gegen alles Persönliche, alles die Familie Betreffende an den Tag legte, machte es Wolf leichter, seine Meinung zu ignorieren. Aber Mutter! Er konnte sich nicht erinnern, je etwas unternommen zu haben, das ihr widerstrebte oder das sie nicht guthieß, von harmlosen Kinderstreichen abgesehen. »Muttersöhnchen«, hatte ihn Vanessa einmal spöttisch genannt, als er leichtsinnigerweise erzählte, dass er so gut wie jeden Sonntag seine Eltern besuchte, dies aber vor allem wegen seiner Mutter tat, die sich auf seine Besuche so freute. Doch Vanessas Spott ließ Wolf kalt. Er stand fest zu seinen traditionellen Bindungen und war der Ansicht, dass es sehr viel netter auf der Welt zugehen würde, wenn Familienzusammenhalt und gutes familiäres Miteinander noch so groß geschrieben würden wie früher. Was war so schrecklich daran zuzugeben, dass man seine Mutter liebte? Sie war der Mensch, der einem jahrelang am nächsten stand. Er hatte großes Glück gehabt, von einer Frau mit Ruths Format erzogen worden zu sein. Und auf all die Eigenschaften, derentwegen ihn einige seiner früheren Freundinnen verlacht hatten, war er stolz. Ja. Wenn man eines von ihm sagen konnte, dann, dass er pflichtbewusst und ernsthaft war. »Mein ernster, kleiner Mann«, hatte ihn Mutter vor Jahren immer genannt, wenn er ihr in der Küche half oder beim Einkaufen zur Hand ging. Sie respektierte ihn schon als Kind, was bedeutete, dass sie ihn mehr wie einen Erwachsenen behandelte. Die Mütter seiner Freunde waren salopper. Sie trugen Jeans, spielten mit ihren Söhnen Fußball, sie rauchten, tranken und trugen alle naselang eine neue Haarfarbe zur Schau. Sie hatten Liebhaber. Ließen sich scheiden. Nein, er hatte nie das Gefühl gehabt, mit diesen Kindern tauschen zu wollen. Dabei war er kein Einzelgänger gewesen, er hatte sich in der Gruppe angepasst, ein guter Schüler, den die Lehrer mochten und die Kameraden schätzten, weil er ihnen bei den Hausaufgaben half und sie jederzeit abschreiben ließ. Er war kein Mitläufer, aber auch keiner, der besonders auffiel. Das hatte sich erst geändert, als er studierte. Plötzlich wurde er selbstbewusster, entdeckte Führungsqualitäten, machte sich gern zum Sprecher aller. Dies hing wahrscheinlich mit der Erkrankung seines Vaters zusammen. Je schwächer dieser körperlich und psychisch wurde, desto mehr erstarkte der Sohn. Wolf und seine Mutter – sie hielten zusammen wie Pech und Schwefel. Eine Mieterhöhung? »Wir kriegen das hin, Mama.« Arztrechnungen, Mahnungen der Bank, ein kaputter Kühlschrank? »Ich gehe am Abend kellnern, Mama.« Die Macht des Vaters schwand.

Wolf führte Melanie durch die Wohnung und registrierte jede Regung ihres Gesichts. »Oh, du bist so ordentlich«, sagte sie, oder: »Ganz die Wohnung eines Anwalts.«

»Du meinst ... zu nüchtern?«

»Nein, nein.« Sie lachte ein wenig, und ihm schien, als klinge es gekünstelt. »Ich kriege nur ein schlechtes Gewissen. Mein Apartment ist ein Saustall dagegen.«

Sie setzten sich an den von ihm so liebevoll vorbereiteten Tisch und tranken Champagner. Er hatte sich minutiös vorbereitet auf diesen Augenblick. Er wisse, sagte er, mit hundertprozentiger Sicherheit, dass sie die ideale Frau für ihn sei. Er liebe sie und habe nichts anderes mehr im Kopf, als ständig mit ihr zusammen zu sein. »Und deshalb ...«, er hob feierlich sein Glas, »... möchte ich dich fragen, ob du mich heiraten willst.«

Sie blickte ihn mit großen Augen an. Leichte Röte stieg ihr ins Gesicht. »Aber wir kennen uns doch erst so kurz! Ich meine ... wir müssen doch nicht unbedingt heiraten. Wir können doch auch so ... glücklich sein.«

Er setzte sich zu ihr auf die Couch und schloss sie in die Arme. Er spürte, wie ihr Herz schlug, schnell und stark. Er küsste sie, und eine selten empfundene Leidenschaft überwältigte ihn.

»Ich will dich haben ... ganz. Und deshalb werden wir heiraten. Ich will *du* sein, und du wirst *ich* sein.« Und da er merkte, wie tief seine Worte sie beeindruckten, streichelte er ihr Gesicht, ihren Hals, entkleidete sie, langsam, voller Bedacht, und die Sonnenstrahlen, die durch die halb heruntergelassenen Rollladen fielen, vergoldeten ihr Liebesspiel, bis sie sich mit äußerstem Widerstreben freigaben.

Melanie seufzte. »Müssen wir wirklich zu deinen Eltern?«

»Sie freuen sich schon auf dich.«

»Das kommt mir alles so ... offiziell vor.«

»Das soll es auch, Liebes. Du und ich ... das wird etwas Besonderes werden.«

Er spürte, dass sie begriff, was er meinte. Die völlige Hinwendung zum anderen. Die Frage war – wollte sie das? Die Vereinigung zweier Menschen, die so ausschließlich war, dass nichts mehr sie trennen konnte?

Mit einigem Unbehagen erinnerte er sich an einen Vorfall zwei Tage zuvor, als sie ihm erzählte, sie führe ein Interview mit einem jungen Schauspieler, der über Nacht bekannt geworden war und auch sie durch die Darstellung eines Kriminellen tief beeindruckt hatte. Stundenlang saß er an seinem Schreibtisch in der Kanzlei und zermarterte sich den Kopf, ob sie sich vielleicht in diesen Mann würde verlieben können. Da er wusste, wo das Interview stattfand – in der Lobby eines bekannten Hotels –, verließ er am Nachmittag sein Büro, fuhr zu diesem Hotel und saß, verdeckt durch Grünpflanzen, im Empfangsraum, um sie zu beobachten. Sie begrüßte den Schauspieler herzlich, platzierte ihren Recorder und stellte ihre Fragen. Er bewunderte, wie lebendig und sympathisch ihr Mienenspiel war, er hörte ihr warmes Lachen, und auch der

junge Mann schien sehr von ihr beeindruckt. Ein Stich der Eifersucht durchfuhr ihn. Sie schien so gelöst, so glücklich – wie er es nie sein konnte, wenn sie nicht bei ihm war.
Also blieb die Frage: Wollte sie die völlige Hinwendung zu einem anderen?
Er forschte in ihrem Gesicht. Es war weich vor Liebe und Zärtlichkeit. »Ja, du willst, das sehe ich«, murmelte er und küsste sie voller Andacht.

Von Anfang an nahm er die zurückhaltende Freundlichkeit wahr, mit der seine Mutter Melanie behandelte, kaum dass sie einen Blick auf sie geworfen hatte. Sie war für diesen Besuch noch sorgfältiger gekleidet als sonst, hatte den Tisch festlich gedeckt und bat Melanie, einstweilen auf der kleinen Couch, die am Fenster stand, Platz zu nehmen. Ob sie Wolf für eine kurze Weile entführen dürfe? Ein Thermostat am Herd sei ausgefallen, und er müsse ihr behilflich sein. Sie warf Alfred einen auffordernden Blick zu. Er hatte wieder eine seiner braunen Jacken an, darunter ein cremefarbenes Hemd und eine schräg gestreifte Krawatte. Wolf und seine Mutter verließen das Zimmer.
»Und? Was sagst du?«, fragte er, als sie die Küche betraten.
»Sie kommt mir so jung vor.«
»Sie ist fünfunddreißig.«
»Tatsächlich?«
Wolf ärgerte sich über den ungläubigen Ausdruck in den Augen seiner Mutter. Sie tat ja gerade, als habe er eine

Minderjährige angeschleppt. »Wir werden heiraten«, sagte er kühl.

Sie starrte ihn an, zur Gänze überrascht und ... ja, verletzt ..., sodass er sofort ein schlechtes Gewissen bekam. Wie konnte er nur mit der Tür derart ins Haus fallen! Er legte einen Arm um Ruth und drückte sie an sich. »Tut mir Leid, dass ich nicht vorher mit dir darüber gesprochen habe. Aber es kam so plötzlich, so ausschließlich. Sie ist die Richtige für mich. Sie weiß es, ich weiß es. Also freu dich mit uns!«

Sie biss sich auf die Lippen, runzelte die Stirn und fuhr mit der Hand über den Rand des Spülbeckens. Dann rang sie sich ein Lächeln ab, dabei füllten sich ihre Augen mit Tränen. Sie wischte sie fort, und der Anblick ihrer schmalen Hand, ihrer zuckenden Lippen rührte ihn so, dass er sie abermals in den Arm nahm.

»Na ja«, meinte sie kläglich, »dann ist es wohl aus mit unseren gemütlichen Sonntagnachmittagen.« Und wieder ihr tapferes Gesicht. »Aber wenn du glücklich bist, bin ich es auch.«

»Alles wird bleiben wie bisher. Du wirst sehen, Melanie ist ein so lieber Mensch. Sie wird sich freuen, euch zu besuchen.«

Seine Mutter schien nicht überzeugt. Um sie abzulenken, sagte er forsch: »Also ... was fehlt dem Herd denn?«

Sie schüttelte den Kopf. »Das war nur eine Ausrede. Ich wollte einen Moment mit dir allein sein. Als hätte ich geahnt ...« Sie schluckte. Doch dann ergriff sie seine Hand, drückte sie, und ihre Augenlider flatterten ein wenig, als sie sagte: »Gehen wir wieder rüber! Wahrscheinlich stirbt

Vater schon tausend Tode, weil er Alleinunterhalter spielen muss.«
Sie gingen zurück ins Wohnzimmer. Wolf ließ seiner Mutter höflich den Vortritt und sah, dass Melanie mit starrem, unglücklichem Gesicht auf der Couch saß, die Beine zusammengepresst, die Hände zu Fäusten geballt. Alfred saß mit dem Rücken zu ihr am Schreibtisch und kritzelte Zahlen auf einen Block.
»Alfred!«, rief Wolfs Mutter scharf. Er drehte sich erstaunt um.
»Du hast unseren Gast doch nicht …« Sie streckte Melanie beide Hände entgegen. »Bitte entschuldigen Sie! Mein Mann ist … so menschenscheu geworden.«
Melanie lächelte, aber Wolf merkte, dass sie vor Zorn kochte. »Die Macht des Schweigens ist manchmal beredter als viele Worte«, sagte sie ironisch und stand auf. Auch Alfred hatte sich erhoben. Er tat, als sei nichts vorgefallen, ging zum Tisch und machte eine Handbewegung. »Bitte. Das Essen wird gleich fertig sein. Nicht wahr?« Er blickte zu Ruth.
»Aber ja. Nehmt doch schon mal Platz!« Sie sah unschlüssig von Wolf zu Melanie. Wolf schob Melanie einen Stuhl zurecht, diese zögerte und blickte wiederum Ruth an.
»Nein, nein. Ich muss zurück in die Küche. Hausfrauenlos.«
»Kann ich helfen?«, fragte Melanie.
»Das wäre ja noch schöner! Kommen Sie … setzen Sie sich! Ich bin gleich wieder zurück.«
Alles lief falsch, Wolf spürte es. Obgleich der Braten

knusprig war wie immer, das Gemüse sämig und der Nachtisch vorzüglich. Alfred bemühte sich, Konversation zu machen, Ruth erzählte von früher, während Wolf wie auf Kohlen saß und immer wieder Melanies Blick suchte, um ihr zu bedeuten, dass er bei ihr sei und völlig auf ihrer Seite.

»Wolf und Melanie werden heiraten«, sagte Ruth plötzlich.

Alfred lächelte, der Schmiss auf seiner Wange zuckte. »Und ich dachte immer, *ihr* beide heiratet einmal – nach meinem dritten Infarkt«, er blickte zuerst Ruth und dann Wolf an.

Lähmende Stille breitete sich am Tisch aus. Melanie lachte, hoch und nervös.

»Mein Mann gehört leider zu den Menschen, die eifersüchtig werden, wenn sie nicht die Hauptrolle spielen.«

»Oh. Eine kleine Nebenrolle hätte mir schon genügt.« Mit spöttischem Lächeln sah Alfred Melanie an und fragte: »Wollen Sie Kinder?«

»Ich weiß nicht … nein, ich glaube nicht. Ich denke, wenn, dann sollte man ein Kind adoptieren, aber …« Sie blickte Hilfe suchend zu Wolf.

»Wir wollen keine Kinder, Vater. Wir haben uns, das genügt.«

»Das habe ich mir gedacht«, sagte Alfred.

Die folgenden zwei Stunden erschienen Wolf wie eine Ewigkeit. Er lauschte dem zähen Gespräch zwischen seinen Eltern und Melanie, die sich die allergrößte Mühe gab, nett und höflich zu sein, um den unglücklichen Einstieg dieses Familienessens vergessen zu machen. Geduldig beantwortete sie sämtliche Fragen nach ihrer Herkunft: »Papa ist Bildhauer … Mama war seine rechte Hand und natürlich Hausfrau …«, nach ihrem Beruf: »Journalistin, die sich mit Kultur befasst …«, nach ihren Hobbys: »Lesen, ich fresse Bücher. Und schwimmen, lange Strecken, ich bin ausdauernd …«

»Und wenn ich sehr viel Zeit finde, arbeite ich an einem Band mit Kurzgeschichten«, sagte sie abschließend.

Wolf blickte sie überrascht an. »Das wusste ich gar nicht.«

Melanie wurde verlegen. Vor einigen Jahren seien von ihr ein paar Geschichten veröffentlicht worden, das habe sie auf die Idee gebracht, in dieser Richtung weiterzuarbeiten. Ein rasches Lächeln. »Jeder Journalist bildet sich ein, mal ein Buch schreiben zu müssen. Bei mir sind es die Kurzgeschichten.«

Wolf war begeistert. »Das finde ich großartig. Irgendwann einmal schreibst du einen Roman … Musst nicht mehr irgendwelchen journalistischen Aufträgen hinterherjagen, sondern sitzt gemütlich zu Hause und kannst dir deine Arbeit einteilen.«

Melanie schüttelte den Kopf. »Ich glaube nicht, dass mich das reizen würde. Ich bin gern unter Menschen. Und gerade dass ich so viele verschiedene kennen lerne, macht meinen Beruf so interessant. Autoren, Regisseure, Schauspieler …«

Wolfs Mutter presste die Lippen aufeinander. Er ahnte, was dies bedeutete. Anna. Anna hatte als Stoffdesignerin gearbeitet und es ebenfalls wunderbar gefunden, nach Mailand, nach Paris zu fliegen, fremde Menschen zu treffen, sich mit ihnen auszutauschen und mit einem Packen neuer Adressen und Telefonnummern nach Hause zu kommen.

Ruth fragte: »Wo wollt ihr wohnen?«

An Melanies Gesichtsausdruck sah man, dass sie darüber noch gar nicht nachgedacht hatte.

Wolf sagte schnell: »Wir haben uns noch keine Gedanken gemacht. Aber meine Wohnung wäre perfekt. Ein großes Arbeitszimmer mit Terrasse für Melanie ... nicht wahr, Liebling? Da hättest du Luft und Licht und könntest ganz für dich sein.«

Melanie schwieg. Ein leichtes Lächeln nistete in Ruths Mundwinkel. »Melanie scheint aber nicht so begeistert zu sein.«

»Na ja ... ich liebe meine kleine Wohnung. Sie liegt so zentral, meine Freundin wohnt praktisch nebenan ...« Ihr Blick begegnete dem von Wolf. Unsicher schob sie nach: »Sarah und ich sind sehr eng befreundet, wir haben auch beruflich miteinander zu tun.«

Alfred mischte sich ein, und man spürte, dass es ihm Spaß machte, Melanie Recht zu geben. »Eine Journalistin braucht ein bisschen Trubel. Ihr könntet ja beide Wohnungen behalten ... als Doppelverdiener.«

»Unter keinen Umständen«, sagte Wolf so scharf, dass Melanie zusammenzuckte. Deshalb griff er über den Tisch und nahm ihre Hand. »Ich halte nichts von Ehepaaren in getrennten Wohnungen. Aber wir finden sicher eine Lösung.«

Melanie nickte, blickte dann zu Alfred und lächelte ihn schüchtern an. »Man könnte meine Wohnung ja als eine

Art Büro umfunktionieren. Ich arbeite auch noch für meinen Vater. Kümmere mich um seine Ausstellungen, um die Werbung … eine Menge Papierkram.«
Wolf bemerkte, wie Alfred sich freute, ein bisschen Zwietracht gesät zu haben. Deshalb betonte er nochmals, dass man sich darüber auch ein andermal unterhalten könne.
»Wollen wir dann gehen?« Er wandte sich an Ruth. »Melanie möchte noch einen Artikel fertig schreiben, den sie morgen abgeben muss.« Das war gelogen, aber er befürchtete, dass sein Vater mit wahrer Wonne das Thema »Zweitwohnung« zu Tode reiten würde, und auch seine Mutter benahm sich seltsam. Normalerweise wäre sie ihm sofort zu Hilfe gekommen, doch hielt sie sich heute – aus welchen Gründen auch immer – dezent zurück. Überhaupt entsprach dieser Besuch nicht im Mindesten seinen Vorstellungen.
Melanie war aufgestanden und gab seiner Mutter die Hand. »Herzlichen Dank für das schöne Essen!« Sie wandte sich an Alfred, und Wolf sah überrascht, dass dieser Melanie freundlich zuzwinkerte, ihr für seine Verhältnisse fast euphorisch die Hände drückte und meinte: »Tut mir Leid, dass ich vorhin so unhöflich war. Ich bin wirklich ein bisschen menschenscheu geworden. Und zerstreut …«
»Ist schon gut.« Das rasche, nette Lächeln, das Wolf an Melanie so liebte, erhellte ihr Gesicht.
»Sollte mein Sohn nicht spuren, dann lassen Sie es mich wissen!«
Das war schon fast ketzerisch. Aber Melanie schien dies

nicht aufzufallen. Sie lachte und meinte: »Ich glaube, das wird nicht nötig sein.«
»Na, warten Sie's ab! Er hat schon mal eine in die Flucht geschlagen. Anna hieß sie.«
»Jetzt rede keinen Unsinn!«, schaltete sich Wolfs Mutter ein und legte einen Arm um Melanies Schulter. »Diese andere hatte bestimmt nicht Ihr Format. Übrigens ... sollten wir uns nicht duzen?«
Nach der üblichen Umarmerei, die Wolf, der bis zum Rand mit Zorn angefüllt war, mit zusammengebissenen Zähnen überstand, verabschiedeten sie sich. Sie stiegen in sein Auto, das er vor dem Haus geparkt hatte, winkten noch einmal zurück und fuhren davon. Schweigen. Dann fragte Melanie: »Wer ist Anna?«

# 7

Anna war also Stoffdesignerin. Anna und Wolf lebten ein halbes Jahr zusammen. Anna hatte er ebenfalls heiraten wollen. Anna hatte plötzlich Zicken gemacht. Anna war unfähig zu Nähe. Anna war nicht treu. Anna hatte eines Tages, als er auf Geschäftsreise war, die Wohnung verlassen. Anna hatte es abgelehnt, zu ihm zurückzukehren, sosehr er sich auch darum bemühte. Anna ließ ihm durch einen Anwalt mitteilen, sie wünsche keinen Kontakt mehr zu ihm. Anna hatte ihn tief verletzt.

Melanie war völlig verwirrt nach seinem atemlosen Bericht. Sie waren in ihre Wohnung gefahren, in der die übliche Unordnung herrschte, ihr aber die Sicherheit gab, die sie jetzt dringend benötigte. Denn anstatt Wolf nach dem Besuch bei seinen Eltern besser zu kennen, war er ihr entrückt. Ihr fiel auf, dass sie dies schon öfter wahrgenommen hatte. Waren andere Menschen dabei – und seien es nur Gäste in einem Restaurant –, veränderte sich ihr Verhältnis zueinander.

Einmal hatte er sie neckend gefragt: »Warum siehst du immer diesem Ober nach? Gefällt er dir?« Sie hatte gelacht und gescherzt: »Er hat einen niedlichen Hintern, findest du nicht?« Doch als sie Wolfs schmerzlichen Blick bemerkte, strich sie ihm sofort zärtlich übers Gesicht.

»War nur ein Scherz. Ein kleiner, kleiner Scherz.« Und als er immer noch keine Antwort gab: »Komm! So schlimm war das doch nicht.«
Da führte er ihre Hand zu seinem Mund, küsste die Innenfläche und sagte leise: »Ich möchte, dass wir anders miteinander umgehen. Dieses modische Geplänkel: ›Der hat einen süßen Hintern‹, oder ›den würde ich auch nicht von meiner Bettkante stoßen‹, das ist unser nicht würdig. Findest du nicht?«
Sie blickte ihn skeptisch an. »Warum nimmst du alles so tierisch ernst?«
»Tu ich das?« Er wirkte erschrocken. »Ja, bitte sag mir, wenn ich mich albern benehme. Aber du bist in meinen Augen so etwas Besonderes, da dachte ich … Bitte, Liebling, verzeih mir!«
Sein Ton hatte sie gerührt. Sie hatte sich stark in diesem Moment gefühlt, ihm überlegen. Ihre Art, das glaubte sie ganz fest, würde ihm gut tun. Fast kam sie sich wie ihre Mutter vor. Hatte diese nicht auch durch ihr heiteres, warmherziges Wesen den Vater oft von seinen düsteren Gedanken abgelenkt? Ihn aufgemuntert, ihm Mut zugesprochen? Allerdings – gerade wenn andere Menschen um die beiden waren, blühten sie auf, ergänzten sich. Sie schäkerten mit den Freunden, umarmten sie, frivole Bemerkungen flogen hin und her. Die Gäste fühlten sich wohl bei ihren Eltern, nie störten sie, auch nicht, wenn sie unangemeldet vor der Tür standen. Ein offenes Haus, das war es, was die beiden geführt hatten. Und was sie sich mit Wolf zusammen nicht vorstellen konnte, gestand sie sich ein.

»Warst du traurig, als es mit Anna zu Ende war?«
»Ja, sehr. Ich hatte mir wirklich große Mühe gegeben. Aber sie hatte nicht deine geradlinige Art, deine Persönlichkeit. Daran ist unsere Beziehung letztendlich gescheitert. Dass Anna zu oberflächlich war.«
Und da war es wieder – das Bezwingende, das von ihm ausging, als er sie dann herzlich und voller Hochachtung anlächelte, dieser leidenschaftliche Sog, als er sie dann in die Arme nahm. Den Gedanken, dass sie ihn körperlich noch mehr begehrte als geistig, wies sie sofort von sich. Und wenn, dann würde sich das ändern. Eines Tages würde sie genauer darüber Bescheid wissen, was hinter seiner Stirn vorging. Das war der Lauf der Dinge. Man gefiel sich, man begehrte sich, man lernte sich immer gründlicher kennen und konnte mit der Zeit sogar die Fehler des anderen lieben. Und darüber lächeln. So wie sie es jetzt schon tat, wenn er allzu ordentlich war und ihre Küche mit der Zeit so auf Vordermann brachte, dass sie nichts mehr fand. Weil das Salz da stand, wo es eigentlich hingehörte, und die Messer nicht mehr zwischen den Gabeln lagen. Ja. Sie würden einander ergänzen.
Er presste sie eng an sich. »Glaubst du an Bestimmung?«, flüsterte er. Nein, eigentlich nicht, war sie versucht zu sagen. Aber als sie den warmen Glanz in seinen Augen sah, nickte sie. Das war nicht richtig gelogen, oder? Das war einfach nur taktvoll.

Zwei Abende später fuhren sie in Melanies Auto zu ihrem Vater. Nun war sie es, die sich nervös fragte, wie der Abend wohl verlaufen, wie ihr Vater auf Wolf reagieren

würde. Normalerweise kam Jobst mit den meisten Menschen gut zurecht. Er war kein Heiliger, auch er hatte seine Marotten, seine Launen, aber er besaß die Gabe, ruhig und verständnisvoll zu bleiben, selbst wenn man ihm eine Meinung präsentierte, die der seinen völlig widersprach. Sie hatte ihn nur einmal sehr, sehr zornig erlebt. Während einer Ausstellung, die sich gegen Ausländerhass richtete und unter dem Motto »Unser Land – fremdes Land« lief.
»Du Schweinepriester, du willst, dass unser Deutschland durchrasst und von Ausländern ausradiert wird«, rief ein älterer Mann. Und ein anderer: »Jetzt verdreckt der auch noch die Hakenkreuze, für die so viele gefallen sind.«
Sie erinnerte sich, dass ihr Vater mit weißem Gesicht dastand und leise sagte: »Was sind das für Menschen, diese Durchschnittsdeutschen, die so still und friedlich scheinen, wenn sie durch die Stadt gehen – aber dann so brutal reagieren?« Und voll ohnmächtigem Zorn hatte er die Fäuste geballt, zu den Beschimpfungen allerdings verächtlich geschwiegen.
Wolf sah sie von der Seite an. »Du bist so ruhig.«
»Nervosität. Ich wünsche mir so sehr, dass ihr euch versteht.«
Sie spürte seinen aufmerksamen Blick und wandte die Augen zu ihm. »Was ist?«
»Dir liegt viel an deinem Vater.«
»Wie dir an deiner Mutter.«
Er antwortete nicht. Erst nach einer Weile sagte er: »Du bist mir wichtiger als meine Mutter. Du bist für mich der wichtigste Mensch auf der Welt.«
»Das kann man, glaube ich, nicht miteinander verglei-

chen. Die Liebe zu meinem Vater ist ja eine ganz andere als zu dir. In diesem Fall können sicherlich ein paar Götter nebeneinander existieren, findest du nicht?« Sie lächelte ihn an und konzentrierte sich wieder auf die Fahrbahn.

Seine Stimme klang kalt. »Bei mir nicht. Wenn ich mich für einen Menschen entscheide, dann ausschließlich.«

Sie trat so erschrocken auf die Bremse, dass der Wagen schlingerte. Er ergriff mit seiner linken Hand das Steuerrad, sodass das Auto bei verminderter Geschwindigkeit wieder in die Spur kam.

»Liebes, verzeih mir«, sagte er zerknirscht. »Das klang so hart, so habe ich es nicht gemeint. Natürlich sollst du deinen Vater lieben. Aber mich darüber nicht vergessen.«

Sofort war sie wieder versöhnt. Sie kam immer mehr zu der Überzeugung, dass er sich bei aller Selbstsicherheit mit Komplexen herumschlug. Nur ein Mensch, der sich seiner selbst nicht sicher war, konnte so ängstlich befürchten, nicht genug geliebt zu werden. Sie steuerte auf eine Parkbucht zu, brachte den Wagen zum Stehen und nahm seine Hände zwischen die ihren. »Wolf. Du bist ein ganz wundervoller Mann. Und ich bin eine erwachsene Frau. Wenn ich sage, ich will mit dir zusammen sein, dann meine ich das ernst. Also kein Grund, dir über irgendetwas Sorgen zu machen. Oder zu glauben, ich würde andere Menschen bevorzugen.«

Sie sah, dass seine Augen feucht wurden, und umarmte ihn.

»Du musst mir einfach vertrauen!«

Er blickte sie dankbar an. »Seit ich diese Enttäuschung

mit Anna erlebt habe, bin ich ... so verletzlich geworden.«
»Das kann ich verstehen, sehr gut sogar. Komm ... jetzt fahren wir zu Papa. Er wird dir Rotwein anbieten, Brot und Käse, und im Nu wirst du dir vorkommen, als kenntest du ihn schon ewig.«
Voller Vorfreude lachte sie auf. »Er ist wirklich großartig, du wirst sehen.« Sie startete den Wagen und fuhr schwungvoll zur Landstraße zurück. Und bemerkte, dass er die Zähne zusammenbiss und starr geradeaus blickte.
»Hey! Keine Angst! Ich fahr dich nicht an einen Baum.«

Er ging mit ihrem Vater durch die Werkstatt. Vor einer der Arbeiten, einer Großplastik, die auf das Attentat vom 11. September Bezug nahm, blieb er stehen. Sie zeigte einen aus der Asche des World Trade Center aufsteigenden Phönix, der sich wie in der alten Sage emporhebend selbst erneuerte. Der friedliche Vogel verwandelte sich im Flug aus den Trümmern in einen patriotischen Wappenadler. Licht fiel durch eines der hohen Fenster auf das schillernde, kalte Material der Flügel, die sich in Melanies Phantasie veränderten und ausdehnten zu Tragflächen von Flugzeugen, die Bomben abwarfen. Ein Schauer lief ihr über Arme und Nacken. Eine bedrückende Arbeit, wie sie fand, die sich zwar gegen jede Art von Terror wandte, aber dennoch einen neuen bedrohlichen Weg suggerierte, einen mit noch mehr Kriegen und noch mehr Terror.
Wolf sagte gar nichts. Er lauschte Jobsts Erklärungen, nickte höflich, aber Melanie spürte, dass ihn die Wucht der Aussage der Bildkästen, der Plastiken, der gesammel-

ten Accessoires wie Orden, Stacheldraht, Waffen und Fahnen verwirrte. Er hatte sich unter künstlerischer Arbeit offensichtlich etwas ganz anderes vorgestellt, wahrscheinlich eine Art Kunst, die der politischen Wirklichkeit enthoben war. Was er hier sah, war die leidenschaftliche Auseinandersetzung mit der alltäglichen Realität. Sie hätte Wolf erzählen können, dass ihr Vater bereits mit vielen Preisen und Auszeichnungen bedacht worden war, hatte es aber absichtlich nicht getan. Sie ließ ihn immer selbst wirken. Sie erinnerte sich noch, als Sarah und Jimmy zum ersten Mal in der Werkstatt ihres Vaters gewesen waren. Sarah hatte ihn umarmt, Jimmy hatte geschwiegen wie jetzt Wolf, aber seine Augen hatten geglänzt, und mit beiden Händen hatte er die ihres Vaters ergriffen und sie geschüttelt, bis beide in Lachen ausgebrochen waren und sich sofort geduzt hatten.

Ja, sie tranken Rotwein und aßen Käse und Bauernbrot. Wolf erzählte von seiner Arbeit als Patentanwalt, von seinen Eltern, in einem höflichen, unverbindlichen Ton. Und ihr Vater, der sonst übersprudelte vor Temperament, der normalerweise aufsprang, einen Zeitungsausschnitt, ein Buch holte, sich wieder setzte, mit den Armen fuchtelte, lachte – er blieb so sachlich und höflich wie Wolf. Als würden die beiden sich belauern, einer den anderen, als würden sie lächelnd um etwas kämpfen, ohne sich eine Blöße geben zu wollen. Und mit genau diesem Lächeln sagte Wolf: »Melanie und ich wollen heiraten. Das kommt vielleicht etwas überraschend, aber …« Er legte einen Arm um Melanie, und sie machte sich ganz klein in diesem Arm, weil das Gesicht ihres Vaters ihr so

fremd vorkam. »Sicher, wir kennen uns noch nicht lange. Aber so etwas gibt es ja … dass man sehr bald weiß, dass man zusammengehört.«
Ihr Vater tat alles, was sich für einen guten Gastgeber geziemte. Er holte eine Flasche Champagner aus dem Kühlschrank, er brachte einen Toast aus »… Auf eine glückliche Zukunft …«, er hörte aufmerksam zu, als Melanie erzählte, sie und Wolf wüssten noch nicht, wie sie das mit beiden Wohnungen handhaben würden, und erwähnte mit keinem Wort, wie sehr es ihn verwunderte – auch verletzte? –, dass sie nicht vorher mit ihm gesprochen und ihn eingeweiht hatte. Melanie wurde sich der Ungeheuerlichkeit in dem Augenblick bewusst, als ihr Vater die Gläser nochmals voll schenkte und sie die Beklemmung auf seinem Gesicht, das im Schatten lag, erkannte. Sie war seine Tochter. Sie arbeitete mit ihm. Er kannte all ihre Freunde. Er war mehr als ein Vater, er war auch ein Freund. Aber von Wolf hatte sie ihm nur spärlich erzählt. Warum? Sie schaute die beiden Männer an, die die wichtigsten in ihrem Leben waren, aber in einem jähen, tiefen Erschrecken erschien ihr Wolf plötzlich wieder als völlig Fremder. Himmel! Sie liebte ihn doch! Sie erinnerte sich an die vielen kleinen Momente, da er ihr so nah gewesen war, sie sah seine Augen wieder vor sich, als er sagte: »Du und ich … das wird etwas Besonderes werden.« Draußen auf der Straße schwand das Licht, und hier, ihr gegenüber, saß ein Mann, den sie in einigen Wochen heiraten würde. Wie würde es sein, jeden Tag zusammen mit ihm aufzuwachen, gewöhnliche kleine Dinge zu tun wie neben ihm im Badezimmer zu stehen und sich die Zähne zu

putzen, oder seine Anzüge zur Reinigung zu bringen, mit ihm fernzusehen, sich beim Frühstück die Zeitung zu teilen, ihm Kamillentee zu kochen, wenn er krank war? Würde er Angewohnheiten entwickeln, die sie störten? Sie hörte Philips Stimme … »Alltag macht Beziehungen kaputt …«, und fast war sie versucht aufzuspringen und zu rufen: Halt! Ich habe mich getäuscht. Ich will gar nicht heiraten.

Da sah er sie an. In seinen Augen war so viel Zärtlichkeit, er streckte die Hand nach ihr aus, und sie ergriff sie. Wie winzige Wellen, die ans Ufer schlagen, erreichten sie die kleinen Vibrationen seiner Liebe und seines Begehrens. Du Idiotin, schalt sie sich. Er ist das Beste, das dir je widerfahren ist, also nimm dieses Geschenk einfach an und freu dich drüber!

»Und wie geht es beruflich bei dir weiter?«, hörte sie ihren Vater fragen.

»Es bleibt alles wie gehabt. Ich arbeite als Journalistin und natürlich arbeite ich weiterhin für dich.«

Wolf lächelte. »Vielleicht sollte Melanie den Journalismus an den Nagel hängen und schriftstellerisch tätig sein. Wussten Sie, dass sie Kurzgeschichten schreibt?«

»Ja, natürlich.« Jobst warf Melanie einen belustigten Blick zu.

»Aber mir hat sie gesagt, dass sie es nicht schafft, immer nur allein zu Hause zu sitzen. Schriftstellerei ist eine einsame Sache. Während Journalisten ständig mit Menschen zusammen sind. Und mit ganz verschiedenen, was es noch spannender macht.«

Melanie mischte sich ein. »Kurzgeschichtenbände werden

kaum veröffentlicht. Und wenn, dann nur, wenn man schon einen bekannten Namen hat. Außerdem verdient man viel zu wenig. Es sei denn, man schreibt einen Bestseller.«
»Aber, Liebling. Ums Verdienen geht es doch nicht! Ich verdiene genug für uns beide.«
»Stopp«, widersprach Melanie heftig. »Ich will finanziell unabhängig sein. Ich dachte, das hätten wir geklärt?«
Wolf setzte sofort ein verbindliches Lächeln auf. »Natürlich. Ich habe es nur gut gemeint.« Er wandte sich an Jobst. »Ich habe überhaupt nichts dagegen, wenn eine Frau berufstätig ist. Aber ich dachte, wenn man zu Hause arbeiten kann, ist es irgendwie ... netter. Sie arbeiten doch auch hier ... in dieser Werkstatt ... ganz allein.«
»Aber ich bin viel unterwegs. Zu Ausstellungen, Veranstaltungen, oder ganz einfach so ins Blaue hinein. Ich fahre im Land herum und sehe mich um. Rede mit den Menschen. Setze mich in Kneipen und höre ihnen zu.«
»Interessant«, sagte Wolf höflich. Dann wieder sein werbendes, sympathisches Lächeln. »Alles, was Melanie glücklich macht, soll sie tun.«
Er und Jobst sahen sich an – nein, sie maßen sich mit Blicken, dachte Melanie. Als würde einer dem anderen nicht trauen.

Auf der Heimfahrt schwiegen sie. Trauer überflutete Melanie. Sie sah ihren Vater vor sich, wie er schwerfällig vor ihnen die Treppe hinuntergestiegen war und sie zur Tür begleitet hatte. So müde Schritte ... Sie konnte sich nicht erinnern, ihn je müde erlebt zu haben.

Als sie vor ihrem Haus einparkte – direkt hinter Wolfs Auto, das er hier abgestellt hatte –, merkte sie, dass er zögerte. Sicher erwartete er, dass sie ihn einlud, bei ihr zu übernachten. Aber sie wollte allein sein. Nachdenken. Ein Glas Wein trinken, nochmals mit ihrem Vater am Telefon sprechen, um dann um die Ecke zu flitzen, in Jimmys Lokal, zu Sarah. Denn auch Sarah hatte noch keine Ahnung, wie schnell und rasant Melanies Leben sich verändert hatte. Aus irgendeinem Grund, den Melanie nicht genau benennen konnte, hatte sie ihrer Freundin gegenüber Wolf kaum erwähnt. Eine geheime Geschichte ... Ja, Sarah würde Augen machen!
Sie küsste Wolf zärtlich. »Bist du mir böse, wenn ich heute allein bleiben will? War ein anstrengender Tag.«
Sie bemerkte den verletzten Ausdruck seines Gesichts, reagierte aber nicht. Die letzten Wochen erschienen ihr im Nachhinein wie ein Rausch, als sei sie durch die Tage getanzt und habe unentwegt Champagner getrunken. Sie wollte zur Ruhe kommen und die Dinge in ihrem Kopf ordnen. Und es gab nur zwei Menschen, die ihr dabei helfen konnten: ihr Vater und Sarah. Aber das durfte sie Wolf nicht sagen. Denn wenn ihr auch noch so manches an ihm rätselhaft und fremd war, eines hatte sie dennoch begriffen: Man musste rücksichtsvoll mit ihm umgehen. Er ertrug es nicht, zurückgesetzt zu werden, auch wenn Gespräche mit Sarah oder ihrem Vater natürlich keine Zurücksetzung bedeuteten.
»Liebling ... nicht beleidigt sein! Ich brauche manchmal ein bisschen Zeit für mich.«
»Jetzt schon?«, fragte er, angestrengt lächelnd.

Sie umarmte ihn, weil sie nicht wusste, was sie antworten sollte, und als er sie an sich zog und ihr Gesicht mit kleinen Küssen bedeckte, als sei es ein Abschied für immer, schwand ihr Verlangen, allein zu sein. Doch dann machte sie sich los, holte ihre Handtasche vom Rücksitz und stieg aus. Er tat es ihr gleich und sperrte sein Auto auf.
»Bis morgen!«, sagte sie. Er nickte und sah ihr nach, bis sie im Haus verschwunden war.

Sie duschte, zog sich Jeans und einen bequemen Pulli an und telefonierte mit Jobst. Sie stellte sich vor, wie er jetzt am Tisch saß, noch ein Glas Rotwein vor sich, und über sie und Wolf nachdachte.
»Papa. Wie hat dir Wolf gefallen?«
Das kurze Schweigen beunruhigte sie.
»Ich kann wenig sagen, Melanie. Er hat nicht viel von sich preisgegeben. Aber ganz sicher ist, dass er dich liebt.«
Sie lächelte erleichtert.
»Nun ja … vielleicht solltest du aufpassen, dass er dich mit seiner Liebe nicht erdrückt. Ich hatte so den Eindruck …« Er verstummte.
Melanie wartete.
Jobst seufzte. »Schleierhaft ist mir allerdings, warum ihr so schnell heiratet. Und warum du sofort deine Wohnung aufgibst.«
»Aber wenn man sicher ist, dass man zusammengehört …«
»Kind. Du bist doch keine sechzehn mehr. Du weißt, dass im Alltag sich manches ändert.«
Wie Philip, dachte Melanie zornig. »Es wird gut gehen, Papa, glaub mir!«, antwortete sie steif.

Wieder Schweigen. Sie war enttäuscht, auch beunruhigt. »Ich ruf dich morgen wieder an«, sagte sie und legte auf.

Als sie die Wohnung verließ, wurde ihr ganz leicht zumute, so sehr freute sie sich, Sarah zu sehen. Sarah war ihre Freundin, kein besorgter – und vielleicht eifersüchtiger? – Vater. Außerdem besaß sie eine ganz bestimmte Art, Dinge zurechtzurücken. Schon allein, wie sie ihre Fragen stellte. Aufmerksam, ruhig, während sie sich eine Zigarette anzündete und einem ein Lächeln schenkte, das sofort alle Sorgen kleiner werden ließ.

So auch heute. Sie saßen auf Barhockern an der Theke, Jimmy eilte mit einem Tablett von Tisch zu Tisch, leiser Souljazz aus den Lautsprechern, und Melanie atmete tief und wie befreit auf.

»Bin ich froh, dass ich hier bin.«

Sarah schob ihr ein Glas Wodka hin. »Ich dachte schon, du bist verschollen.«

Melanie lächelte geheimnisvoll.

»Hab ich was verpasst?«

»Was würdest du sagen, wenn ich heirate?«

»Spinnst du?«, fragte Sarah belustigt.

»Nein, im Ernst. Ich werde heiraten.«

»Hast du über Nacht einen Typen im Lotto gewonnen? Und hat er dich hypnotisiert? Du redest ein bisschen irre.«

»Wolf Eckart«, sagte Melanie. »Erinnerst du dich?«

Sarah schüttelte den Kopf. »Sagt mir gar nichts.«

»Der Dunkelhaarige, den Vanessa auf deine Neujahrsparty mitgeschleppt hat.«

Sarah runzelte die Stirn, dann schien es ihr wieder einzufallen, und sie blickte Melanie misstrauisch an. »Der Mensch mit dem verqueren Weltbild? So drückte sich wenigstens Vanessa aus.«

»Diese Vanessa ist sauer, weil Wolf sie schon ein paar Mal hat abblitzen lassen.«

»Ja, aber ... wie lange kennt ihr euch denn? Nicht mal zwei Monate.«

»Du hast dich in Jimmy am ersten Abend verliebt. Und bist heute noch bei ihm.«

»Das ist richtig. Aber wir sind nicht verheiratet.«

»Was macht das für einen Unterschied? Ihr lebt zusammen. Du bist, wenn ich mich recht entsinne, schon nach ein paar Wochen bei ihm eingezogen.«

»Dann mach es doch auch so! Zieh zu ihm! Aber behalte deine Wohnung. Man muss doch nichts überstürzen.«

Melanie stellte sich vor, wie Wolf reagieren würde. Sein Vater hatte ja schon vorgeschlagen, ihre Wohnung zu behalten, und sie konnte sich noch genau an Wolfs empörtes Gesicht erinnern.

»Er ist ein bisschen altmodisch ... auf eine sehr nette, sympathische Weise«, setzte sie schnell hinzu. »Er meint, ich sei die Frau seines Lebens. Und die will er Tag und Nacht um sich haben.« Sie lachte unsicher.

»Darum geht's doch gar nicht.«

»Sondern?«

»Ob er für dich der Mann des Lebens ist.«

Melanie schwieg.

Sarah drückte ihr die Hand. »Es ist ernst, oder?«

Melanie nickte.

»Wenn er dich so liebt, wie du sagst, dann wird er dich verstehen. Und wenn nicht ... dann ist was faul.«
Jetzt ärgerte sich Melanie. Sie wollte, dass Sarah sich mit ihr freute, dass sie schon überlegte, welches Brautkleid zu Melanie passen würde, sie wollte, dass sie Champagnerkorken knallen ließ und eine Lokalrunde ausgab.
Sarah schenkte ihr nochmals das Wodkaglas voll und goss sich selbst Rotwein nach. »Salute!«
»Du freust dich gar nicht für mich«, klagte Melanie.
»Quatsch. Natürlich freue ich mich.«
Plötzlich erstarrte Melanie. »Da hinten sitzt er«, flüsterte sie entsetzt.
Sarah drehte sich um. Und tatsächlich. An einem Tisch in der Ecke saß Wolf, ein volles Glas Bier vor sich, und blickte zu ihnen herüber. Melanie rutschte vom Hocker und ging zu ihm.
»Was machst du hier?«
»Was machst *du* hier?«, fragte Wolf eisig.
»Ich habe Sarah besucht.«
»Ich dachte, du wolltest allein sein. Weil du müde bist und Zeit für dich selbst brauchst.«
»Ich habe es mir anders überlegt. Ich wollte Sarah von dir erzählen, schließlich ist sie meine beste Freundin.«
Er musterte sie, und ihr wurde seltsam zumute unter seinem kalten Blick. »Komm doch zu uns rüber, dann lernst du Sarah gleich ein bisschen besser kennen.«
»Ich will nicht stören.«
»Aber du störst doch nicht.«
»Nein.« Er schob das Glas zur Seite, legte einen Geldschein auf den Tisch, stand auf und schlüpfte in seinen

Mantel. »Schönen Abend noch«, meinte er sarkastisch und verließ das Lokal.

Melanie stand da wie ein gescholtenes Kind und fühlte sich schuldig, obwohl sie eigentlich nicht genau wusste, warum. Sie ging zu Sarah zurück und seufzte. »Jetzt ist er sauer.« Sie nahm einen großen Schluck Wodka. »Wir waren heute bei Jobst. Und hinterher sagte ich Wolf, ich wolle allein sein, ich sei müde. Und jetzt trifft er mich hier bei dir.«

»Ja, und? Du bist doch nicht seine Leibeigene. Du kannst doch deine Meinung geändert haben.«

»Gib mir noch ein Glas!«, sagte Melanie und versuchte den Gedanken an Wolf beiseite zu schieben. Aber es gelang ihr nicht. Wie er sie angesehen hatte! Als habe sie einen schweren Vertrauensbruch begangen. Trotz stieg in ihr auf. Wieso war er auch ausgerechnet in Jimmys Kneipe gelandet? Hatte er sie beobachtet? Nein, er war vor ihr hier gewesen. Also purer Zufall!

Sie trank ihr Glas leer und schenkte sich den nächsten Wodka selbst ein. »Scheißmänner«, sagte sie zu Sarah, und Sarah lachte und meinte, jetzt würde sie schon wieder ein bisschen mehr wie sie selbst klingen.

»Wieso? Wie habe ich vorher geklungen?«

»Wie eine leicht geistesgestörte, romantische Vierzehnjährige.«

Melanie starrte Sarah an. Ihr dämmerte, dass sich vor ihr zwei grundsätzliche Haltungen auftaten. Dass Jobst und Sarah die Vernunft vertraten und Wolf ... Ja, was vertrat er? Tatsächlich das verquere Weltbild, das Vanessa ihm unterstellte? Nur weil er sich zu großen Gefühlen bekann-

te, sie heiraten und für immer bei sich haben wollte? Weil er halbe Sachen ablehnte?
»Das Leben ist Risiko und die Liebe auch«, sagte sie und trank ihr Glas wieder in einem Zug leer. Und endlich fragte Sarah: »Was willst du denn zur Hochzeit anziehen?«

Am nächsten Morgen war sie verkatert. Ihr Kopf schmerzte, ihr Herz schlug die eine Minute zu langsam, die andere zu schnell. Außerdem hatte sie geraucht. Das tat sie nur selten, auf Partys, nach Theaterbesuchen, wenn sie sehr glücklich oder wenn sie sehr traurig war. Auch etwas, das Wolf, ein leidenschaftlicher Nichtraucher, nicht wusste. »Ich rauche, wann ich will, und ich trinke Wodka, so viel ich will. Und ich behalte diese Wohnung, basta«, murmelte sie, als sie sich starken Kaffee kochte und eine Aspirintablette nahm. Doch ihre widerspenstige Haltung schwand von Stunde zu Stunde, als Wolf nichts von sich hören ließ. Schlimmeres konnte man Melanie nicht antun, als nicht mit ihr zu sprechen. Schon als Kind hatte sie eine Harmoniesucht an den Tag gelegt, die ihren Eltern Sorge bereitete. Wenn sie mit einer Freundin stritt, war in der Regel sie es, die nachgab und die sich sogar entschuldigte, wenn sie eindeutig im Recht war. »Ich mag keinen Streit«, lautete ihr Argument. Ihre Mutter vertrat die Ansicht, dass Melanie nur deshalb so auf Ausgleich bedacht war, weil Jobst als Künstler von so vielen Leuten angegriffen und beschimpft wurde. Also versuchte Jobst, Melanie klar zu machen, dass er gut damit zurechtkam, konnte sie aber trotzdem nicht davon abhalten, schon als Kind ihren Charme und ihre Diplomatie in die Waagschale zu werfen, um für gute Stimmung zu sorgen. Sie nahm seine Hand, wenn Passanten hitzig mit ihm diskutierten, und lächelte so strahlend in die Runde, dass manche Stimme wieder zu Normalstärke zurückfand, manch böses Wort abgeschwächt wurde. Als sie während einer Ausstellung einmal weinte und ihre Arme um den Hals ihrer Mutter schlang, beschlossen die Eltern, Melanie erst wieder an Kunstaktionen teilnehmen zu lassen, wenn sie älter war.

Am Nachmittag rief sie Wolf im Büro an. Er sei in einer Besprechung, ließ er ausrichten. Sie bat um seinen Rückruf und saß nervös am Telefon, unfähig, ihre Gedanken beieinander zu halten und zu arbeiten. Als er bis zum Spätnachmittag immer noch nicht zurückgerufen hatte, setzte sie sich ins Auto und fuhr zu seiner Kanzlei. Sie parkte den Wagen auf der gegenüberliegenden Straßenseite und wartete.

Eine Stunde später – endlich – kam er aus dem Haus. Er sah blass und ernst aus, und es schnitt ihr ins Herz, dass offensichtlich sie es war, die ihn so unglücklich machte. Sie stieg aus und ging zu ihm hinüber. »Wolf ...«

Er schaute sie an, dann begann er zaghaft zu lächeln. Sie umarmte ihn, drückte ihr Gesicht an das seine und flüsterte: »Es tut mir so Leid. Ich habe mir gar nichts dabei gedacht.« Ohne noch ein Wort zu verlieren, stieg sie in seinen Wagen und fuhr mit ihm zu seiner Wohnung. Während sie im Lift standen, hatten sie nur Augen füreinander. Noch immer schwiegen sie. Er sperrte die Tür auf, und mit einiger Rührung sah sie, dass die Kleidungsstücke, die er am Vortag getragen hatte, am Boden lagen und auch die Küche unaufgeräumt wirkte. Er, der so ordentlich war! Sie schlüpfte aus ihrem Kleid, ihrer Wäsche und konnte es kaum erwarten, bis auch er nackt war und sie umarmte. Noch nie war es so herrlich, so unendlich beglückend gewesen, mit ihm zu schlafen. Als sie später nebeneinander lagen, sein Arm unter ihrer Schulter, überkam sie tiefe Zärtlichkeit. Ihm Vorhaltungen zu machen schien ihr undenkbar.

»Ich liebe dich«, sagte er leise. »Wenn du wüsstest, wie sehr ich dich liebe.«

Sie streichelte sein Gesicht.

»Und dass du den ersten Schritt getan hast, zeigt mir, was für ein wundervoller Mensch du bist.«

»Ich bin nicht wundervoll. Ich bin egoistisch. Ich konnte es keine Minute mehr länger ohne dich aushalten.«

Er drückte seine Lippen auf ihren Arm. »Verzeih mir! Ich habe mich idiotisch benommen.«

»Ich auch.«

Sie sahen sich in die Augen und begannen zu lachen.

»Unser erster Streit.«

»Die erste Versöhnung.«

Ja, diese Versöhnung war einen Streit wert. Denn jetzt glaubte Melanie endgültig zu wissen, dass sie ihn wollte – und zwar für immer.

# 8

Wolf war auf der Hut. Zwar glaubte er Melanies Beteuerungen, dass nichts sie trennen konnte, dennoch vermeinte er förmlich zu spüren, wie sehr andere, Dritte, sich in ihre Beziehung einmischten. Nicht seine Mutter, die sich bei jedem Telefonat nach Melanie erkundigte, wenngleich ein weiteres Sonntagmittagessen mit ihr nicht mehr stattgefunden hatte. Die letzten Male war Wolf alleine bei seinen Eltern gewesen, weil Melanie keine Zeit hatte. Sie musste sich um ihren Vater kümmern und außerdem einige Artikel vom Tisch kriegen. Auch Alfred sagte mit keinem Wort etwas gegen Melanie, verwunderlich genug, wenn man bedachte, wie negativ er sonst auf alles reagierte, was mit Wolf zu tun hatte. Nein, es waren die Menschen in der Umgebung Melanies, die Wolf Sorgen bereiteten. Sarah beispielsweise. Er besaß ein tiefes Misstrauen gegen die Art von Frauen, die Sarah verkörperte. Diese selbstbewusst auftretenden Weiber, stets einen lockeren Spruch auf den Lippen und finanziell völlig unabhängig, was sie ihre Umwelt, um nicht zu sagen die mit ihnen lebenden Männer, deutlich spüren ließen. Und wenn man bedachte, dass Sarah mit einem Schwarzen zusammenlebte! Man mochte aufgeklärt sein, wie man wollte – ein beklemmendes Gefühl blieb, ein Frösteln, wenn man die beiden zusammen sah. Natürlich ließ er kein Wort darüber Melanie gegenüber verlauten, er würde sich hüten. Es war ja auch rührend, wie sehr diese zu ihrer Freundin hielt, das war eben ihre warmherzige, tolerante Art, von der Wolf aber glaubte, dass man sie weidlich ausnütze, weil Menschen wie Melanie eben immer leicht zu durchschauen und auszunützen seien. Auch dieser Philip bereitete ihm Kopfzerbrechen. Er hatte Melanie gefragt, ob sie es ihrem Exliebhaber bereits gesagt habe, dass sie im Begriff stand zu heiraten, aber sie hatte nur gemeint, Philip sei schon seit Wochen in London, er habe zwar ein paar Mal mit ihr telefoniert, aber nur ganz kurz, und sie habe im Grunde nichts Persönliches mit ihm besprochen. Das werde sie nachholen, wenn er aus London zurück sei, aber das könne dauern, wahrscheinlich seien sie bis dahin bereits verheiratet. Sie hatte ihn so nett und liebevoll dabei angelächelt, dass er nickte und nicht weiter in sie drang, aber beruhigt war er dennoch nicht. Und dann dieser Frank. Eigentlich nur ein Berufskollege mit guten Kontakten zum Rundfunk, aber er schusterte Melanie so manchen Auftrag zu, einfach weil er sie mochte, wie Melanie behauptete. Was hieß das – weil er sie mochte? Männer vom Schlage Franks, lebenslustige Singles also, hatten immer Hintergedanken, davon war Wolf überzeugt. Also auch eine Front, die er beobachten musste. Am meisten beunruhigte ihn jedoch Melanies Vater. Er empfand es als ausgesprochen unnatürlich, wie eng ihr Verhältnis zu Jobst Wagner war. Ganz lächerlich, es mit seiner Bindung an seine Mutter zu vergleichen. Sie war eine Frau, die seine Hilfe, seine starke Schulter brauchte, während es bei Melanie umgekehrt war: Sie brauchte ihren Vater. Alles besprach sie mit ihm, stundenlang erzählte sie ihm am Telefon von ihren Interviews, von den Kritiken, die sie schrieb, oder davon, wie sie ihn bei einer seiner seltsamen Aktionen unterstützen könne. Dies war nicht normal. Sie war fünfunddreißig Jahre alt, da besprach man nicht alles mit seinem Vater! Er erzählte seiner Mutter nur jene Dinge, die er in seinem Kopf schon für sie zurechtgestutzt und vereinfacht hatte. Nette, harmlose Sachen, die sie nicht beunruhigten. Er befürchtete, dass sich Melanies Mitteilungsdrang ihrem Vater gegenüber auch nach der Heirat nicht ändern würde. Er wollte aber nicht, dass irgendetwas oder irgendjemand zwischen ihm und ihr stand. Er würde also tatsächlich auf der Hut sein müssen.

Sie beschlossen, am siebenten März zu heiraten, Melanies Geburtstag. Schwierig blieb die Frage, wie die Zeremonie ablaufen solle. Denn Wolf hätte Melanie gern in einem weißen Brautkleid gesehen. Er hatte sich sogar schon Gedanken gemacht über das Blumenbukett, das er ihr besorgen wollte – weiße Orchideen, rote Rosen –, und hatte sich ausgemalt, wie sie am Arm ihres Vaters zum Altar schritt, ihm strahlend zulächelte, während er ihr die Hand entgegenstreckte … Aber daraus wurde nichts. Melanie lehnte zwar die kirchliche Trauung nicht ab – sie wusste, dass Wolf von seiner Mutter streng katholisch erzogen worden war –, wollte aber den ganzen übrigen Klimbim, wie sie sich ausdrückte, nicht mitmachen. Alles an einem Tag, sagte sie. Die standesamtliche Trauung, hinterher die Kirche, schlichte Kleidung und am Abend eine zwanglose Party in Jimmys Lokal. Wolf war nahe daran, dies sehr entrüstet von sich zu weisen, aber da war noch die strittige Frage der beiden Wohnungen, und er war Anwalt genug, um zu wissen, dass man nur über Kompromisse zu einem achtbaren Erfolg kam. Und dass sie ihre Wohnung aufgab, war ihm wesentlich wichtiger als die Abwicklung der Trauungsfeierlichkeiten. Also stimmte er lächelnd zu und hoffte, dass nun Melanie ein Zugeständnis machen würde. Oder erwartete sie, dass er in allem nachgab?

»Es wäre doch gar nicht so schlecht, meine Wohnung als Büro zu behalten«, sagte Melanie.

»Aber wozu denn, Liebling? Meine Wohnung ist riesengroß. Wohnzimmer, Schlafzimmer, zwei Arbeitszimmer, die Küche, auch nicht gerade klein, zwei Terrassen. Den Vorratsraum nicht zu vergessen, den begehbaren Schrank, der im Grunde schon wieder ein Zimmer darstellt, und der geräumige Flur mit all den Büchern und der Polstergarnitur ... ein Bibliotheksraum, wenn du so willst.«

Sie blickte ihn hilflos an. Er nahm sie in den Arm. »Liebling. Ich werde dich nicht belästigen, während du arbeitest. Ich bin doch die ganze Woche im Büro. Muss zu Arbeitsessen. Habe den Squashabend mit Felix.«

Sie nickte. Runzelte dann die Stirn und meinte: »Aber meinen Namen behalte ich.«

Insgeheim war er enttäuscht. *Melanie und Wolf Eckart ...* Er hatte schon das neue Türschild vor sich gesehen, wobei er sich durchaus eingestand, dass er, was diesen Umstand anging, ziemlich sentimental war. »Also nach

außen hin nichts, was uns in Verbindung bringt«, sagte er traurig.
Sofort sah er, dass sie schwankend wurde. Sie wandte zwar noch ein, dass der Name Melanie Wagner in der journalistischen Branche bereits bekannt sei, es also nicht sehr klug wäre, ihn zu ändern, aber sie erklärte sich damit einverstanden, einen Doppelnamen zu wählen. Melanie Wagner-Eckart. Lediglich für ihre Veröffentlichungen würde sie bei dem ursprünglichen Melanie Wagner bleiben.
Er küsste sie dankbar. Eigentlich hatte er alles erreicht, was er sich erträumt hatte. Sie gab ihre Wohnung auf, sie trug seinen Namen, wenngleich nur an zweiter Stelle, und was die Hochzeit selbst betraf – nun, er würde diese Negerparty (sofort schämte er sich für diesen Ausdruck) in Jimmys Lokal überstehen. Denn dann war sie bereits seine Frau. Dann gehörte sie endlich ihm.

# *Zweiter Teil*

# 1

Die Bilder in Melanies Kopf, wenn sie an ihren Hochzeitstag zurückdachte, schienen kleine farbige Blitze zu sein, Puzzlestücke, die sie auch jetzt, auf ihrer Reise durch Sizilien, noch nicht vollständig zusammengesetzt hatte. Die standesamtliche Trauung, die Zeremonie in der Kirche, ihr Vater, Wolfs Eltern, Sarah ... bruchstückhaft. Sie erinnerte sich nur an ihre Gefühle. Weinen, Lachen, Trauer, Glück.

Sie hatte geweint, als sie ihr geliebtes Apartment ausräumte, die Blumen vom Balkon nahm und das Türschild abschraubte. Als habe sie einen Teil ihrer selbst hergegeben, die traute Geborgenheit verschachert und verraten an Wolfs Nobelwohnung, in der sie immer ein Frösteln überkam, wenn sie sie betrat. Sie schalt sich gründlich wegen ihres kindischen Verhaltens, und es wurde ja auch besser, als sie das größere der beiden Arbeitszimmer mit ein paar ihrer Möbeln bestückte, ihre Mobiles aufhängte und die alten Familienfotos an die Wand pinnte.

Und sie hatte gelacht und sich geschmeichelt gefühlt, als Wolfs Nervosität von Tag zu Tag stieg, je näher der Hochzeitstermin rückte. Da war nichts mehr übrig von seiner unerschütterlichen Selbstsicherheit. Der dunkle Anzug, gefiel er ihr? Eine Krawatte oder eine Schleife?

Der Brautstrauß – schlicht oder pompös? Und die Hochzeitsreise »… Liebling, wohin du willst. Mit dir fahre ich auch nach Grönland …«

Und sie war traurig gewesen, als Sarah in heller Panik anrief und ihr gestand, die Hochzeitsfeier könne nun doch nicht in Jimmys Kneipe stattfinden. Sie und Jimmy hatten schon ein Schild ins Fenster gestellt: *7. März wegen Familienfeier geschlossen.* Dann aber ein neuerlicher Drohzettel in Jimmys Briefkasten. »Wenn du die Negerfeier nicht absagst, passiert was!« Wenigstens da hatte Wolf seine alte Sicherheit zurückgewonnen. Innerhalb eines Tages hatte er – für Melanie unerklärlich – ein italienisches Lokal ausfindig gemacht, das einsprang. Hatte den Druckauftrag für die Einladungskarten gestoppt und den Text geändert. Und Melanie getröstet, die sich so sehr auf die zwanglose Party in Jimmys Kneipe gefreut hatte.

Ja – und sie war glücklich gewesen! Aber nicht, wie man annehmen sollte, als sie neben Wolf im Standesamt saß oder in der Kirche auf ihn zuschritt. Nein. Dieses unbeschreibliche Glücksgefühl, das man nur so selten im Leben verspürt, das nur einen Lidschlag der Zeit bedeutet und einen so leicht und fröhlich macht, als könne man vom Boden abheben, das erfasste sie, als sie durch eine Hintertür des italienischen Lokals ins Freie schlüpfte und neben leeren Bierkästen und Wasserträgern eine Zigarette rauchte. Sie vernahm die Stimmen und das Gelächter aus dem Lokal und sah Wolf vor sich, wie er mit strahlendem Gesicht am Tisch saß und sie nicht eine Minute aus den Augen ließ. Einem anderen Menschen so viel zu bedeuten, dass sein Blick einem ständig folgte, dass seine

Hände einen stets zärtlich berührten, am Arm, an der Schulter, an der Hüfte, seine Knie einen streiften und ein Prickeln des Verlangens sich übertrug – sie hatte nicht gedacht, dass ihr dies einmal widerfahren könne. Da fiel es ihr auch leicht, die ernsten Gesichter ihres Vaters und Sarahs zu ignorieren, die an der Ecke eines Tisches zusammensaßen und sich unterhielten. Über sie und Wolf? Unsinn. Eher über den neuerlichen Drohzettel, der die Hochzeit in Jimmys Lokal unmöglich gemacht hatte. Trotzdem bemerkte Melanie, wie Sarah immer wieder nachdenklich zu ihr und Wolf herüberblickte. Aber das focht sie nicht an; denn ein so starkes Gefühl der Zuversicht durchströmte sie in diesem Moment, dass sie fast laut aufgelacht hätte. Sie und Wolf – sie würden durch die Art, wie sie zusammenlebten, wie sie miteinander umgingen, alle Zweifel beseitigen. Sicher, sie hatten überstürzt geheiratet. Und ebenso sicher waren sie sehr unterschiedlich. Aber gerade weil sie – anders als andere Paare – nicht blindlings daran glaubten, dass mit dem Tage der Hochzeit das schiere Glück erreicht sei, weil sie ganz im Gegenteil davon überzeugt waren, man müsse viel, unendlich viel dazu beitragen, um sich seine Gefühle zu erhalten, war Melanie nicht bange. Mit Wolf an der Seite fühlte sie sich sogar ein wenig stärker und besser als alle anderen Paare, die sie um sich sah, Sarah und Jimmy vielleicht ausgenommen. Die beiden verkörperten für Melanie eine untrennbare Einheit, das lag an Jimmy, der in seiner ruhigen, humorvollen Art den Eindruck vermittelte, als habe er schon so viel im Leben gesehen und durchlitten, dass nichts ihm fremd war.

Sie sprach am Abend vor der Hochzeit mit Wolf darüber – sie hatten ein Glas Wein getrunken und auf den nächsten Tag angestoßen. Wolf hörte ihr schweigend zu und strich ihr dann lächelnd übers Gesicht, so sehr hatte sie sich in Eifer geredet über Jimmy und Sarah und ihre großartige Beziehung. Er argwöhnte, Jimmy liebe Sarah mehr als sie ihn, das sei meistens so, dass der eine mehr liebe als der andere. Melanie hatte heftig protestiert, aber Wolf hatte es sich nicht nehmen lassen: Sarah sei eine recht kühle, abwägende Person, sicherlich eine gute Freundin, warum auch nicht, aber sie profitiere sozusagen von der Liebesfähigkeit anderer. Von der Jimmys und auch von der Melanies. Für einen winzigen Moment war Melanie verstimmt, ihn so über Sarah sprechen zu hören, doch dann sagte sie sich, dass er seine Meinung ändern werde, wenn er Sarah erst einmal besser kennen lernte.

Sie flogen über Rom nach Catania, mieteten sich ein Auto und fuhren zu einem Ort namens San Giovanni la Punta, an dessen Rand ein kleines luxuriöses Hotel lag. Wolf hatte ihr schon vor der Hochzeit davon erzählt und es als liebevoll umgestaltete Villa beschrieben. Melanie, die es gewohnt war, preisgünstig zu reisen, war beeindruckt von der Eleganz der Räume, von dem herrlich weiten Blick, den sie von ihrer Suite aus auf den Ätna hatten, und lief aufgeregt wie ein kleines Kind vom Salon ins Schlafzimmer und ins Badezimmer. »Kostet das auch nicht zu viel?«, fragte sie immer wieder, wartete aber Wolfs Antwort nicht ab, sondern öffnete die hinter einer antiken Schranktür verborgene Minibar und entnahm ihr ein Fläschchen

sizilianischen Wein. Sie goss ihn in hohe Gläser und reichte eines davon Wolf.
»Auf dich, auf mich, auf unser neues Leben!«, sagte sie feierlich. Dann lachte sie ein bisschen, denn just in diesem Augenblick kam ihr Philip in den Sinn – der übrigens immer noch nichts von ihrer Heirat wusste. Philip machte sich über Menschen lustig, die allzu pathetische Aussprüche taten. Armer Philip im kalten London, dachte Melanie, er hat keine Ahnung, was ihm alles entgeht, kopfgesteuert und nüchtern wie er ist.
Dann standen sie nebeneinander am geöffneten Fenster. Sonne, Wolken, ein kühler Ostwind. Die Südhänge des Vulkans liefen in eine Ebene aus, durch die sich Zitronen- und Orangenplantagen zogen. Mandelbäumchen standen in voller Blüte. Seitlich des Hotels auf einer mit Bäumen gesäumten Straße beobachtete Melanie einen Mann in mittleren Jahren, der einer beleibten Frau, wohl seiner Mutter, fürsorglich aus dem Auto half.
»Die wichtigste Frau im Leben eines Sizilianers ist nicht die Ehefrau, auch nicht die Geliebte, sondern seine Mutter. Und weißt du, warum?«, fragte sie lächelnd.
»Weil sie ihn voll im Griff hat?«
»Weil sie noch das Geheimnis handgemachter Nudeln kennt, weil sie die besten Soßen dazu kocht und weil sie bis zu ihrem Lebensende stolz sein wird auf ihren Sohn. Auf das Haus, das er baut. Auf die Kinder, die er zeugt. Auf das Auto, das er besitzt.«
»Da kann ich keinen wesentlichen Unterschied zu deutschen Müttern erkennen. Oder zu irgendwelchen anderen.«

»Unter deutschen Müttern hat sich herumgesprochen, dass auch Töchter zu allerlei fähig sind. Sag ... wenn wir Kinder wollten, was würdest du haben wollen? Einen Jungen oder ein Mädchen?«
»Ich will keine Kinder«, antwortete Wolf und blickte sie argwöhnisch an.
»Nur mal in der Phantasie – einfach so.«
»Du hast es dir doch nicht anders überlegt?«
Melanie lachte. »Nein, überhaupt nicht. Hat mich nur interessiert.«
Er schloss sie in die Arme und drückte sein Gesicht in ihr Haar. »Ich will dich nicht teilen, mit niemandem. Auch nicht mit einem Kind.«
Melanie verspürte einen feinen Stich, weil sein letzter Satz so kühl und abweisend geklungen hatte. »Auch nicht mit einem Kind ...« Es wäre doch ihrer beider Kind gewesen, ein Zeichen der Liebe, ein Stück von ihm, ein Stück von ihr. Fast tat ihr dieses ungeborene und von vornherein nicht gewollte Kind Leid, doch dann rief sie sich zur Ordnung. Männer sehen Dinge nun einmal nüchterner.
Sie lenkte ab: »Was ist?« Sie nahm eine Landkarte vom Tisch. »Wollen wir Richtung Riposto fahren und einen langen Strandspaziergang machen?«
»Jetzt gleich?«, fragte er und küsste sie. Flüsterte ihren Namen und sagte, dass er sie nicht nur haben wolle, jetzt, sofort, sondern dass er förmlich in sie hineinschlüpfen, dass er *sie* sein wolle, so wie sie *er* sei, für immer und ewig und ewig und immer.
Wer konnte da schon widerstehen?

Der Sandstrand war breit und flach und von Kies gesäumt. Sie trugen Turnschuhe und dicke Pullover, es blies immer noch ein scharfer Wind, der ihnen Tränen in die Augen trieb. Sehnsüchtig blickte Melanie aufs Wasser, sie zog sogar Schuhe und Socken aus und prüfte die Temperatur. »Höchstens fünfzehn Grad, schade«, meinte sie.

»Schwimmst du gern?«

»Oh, ja. Schwimmen war schon immer mein Lieblingssport. Als Kind war ich nicht aus dem Wasser zu kriegen, ich war in einem Schwimmverein und die beste Langstreckenschwimmerin, die sie hatten.«

»Ungewöhnlich für ein Kind.«

»Das meinte der Sportlehrer auch. Aber für mich gab es nichts Schöneres, als unentwegt meine Bahnen zu ziehen und dabei über alles nachzudenken, was mich bewegte. Diese Verbindung zwischen Körper und Kopf ... Ich wurde ganz ruhig dabei ... und ich war ungeheuer ausdauernd.«

Er blickte sie überrascht an. »Das hätte ich dir gar nicht zugetraut. Eher schnelle hundert Meter ... oder Kopfsprünge.«

»Und du? Kein Wasserfanatiker?«

»Meine Mutter machte sich immer Sorgen um mich. Aber ich kann natürlich schwimmen, gar nicht mal so schlecht.«

»Und andere Sportarten? Fußball? Handball?«

»Kein Mannschaftssport. Ich weiß, man sagt, er sei gut für die Entwicklung von Kindern. Aber mir lag nicht sehr viel an diesem Gruppendenken. Tennis habe ich ein paar Jahre gespielt. Aber dann wurde mein Vater krank und arbeitslos, und ich gab es auf.«

Sie zog Socken und Schuhe wieder an. Und meinte, nun habe sie unwahrscheinlich Lust auf diese herrlichen Blätterteigtaschen, die mit Käse, Sardellen und Oliven gefüllt seien, und auf ein Glas Rotwein, natürlich. Sie nahm seine Hand und zog ihn mit sich.

»Ich habe im Ort ein *Caffè* gesehen. Ich sterbe vor Hunger.«

Sie sah, wie er glücklich lachte. Sein Gesicht gerötet vom Wind, seine Augen hell wie nie, grün, so grün wie das Meer, über das die Gischt trieb. Und schon wieder verspürte sie das Verlangen, mit ihm zu schlafen, so sehr begehrte sie ihn in diesem Moment. »Ich habe den aufregendsten Mann der Welt«, rief sie in Wind und Wellen und Himmel hinein.

»Und er gehört Melanie. Und sie gehört ihm«, schickte er ihren Worten hinterher.

Eine Stunde später war alles anders. Da saßen sie sich in dem kleinen *Caffè* gegenüber und starrten sich an. Melanies Augen voller Bestürzung, sein Blick feindlich, als habe sie ihn tödlich beleidigt.

»Was soll das?«, stammelte Melanie.

»Das frage ich dich.«

»Ich wollte vom Ober nur wissen, ob er hier im Ort wohnt. Ob er verheiratet ist und ob er Kinder hat.«

»Ich spreche nicht Italienisch. Das weißt du.«

»Aber ich spreche es.«

»Du kannst alles Mögliche zu ihm gesagt haben. Ich kann es nicht überprüfen.«

Melanie schüttelte ungläubig den Kopf.

»Und so, wie er gelacht hat und mit dir geflirtet ... da kann ich mir kaum vorstellen, dass es um seine Frau und seine Kinder ging.«

»Wolf! Vor zwei Stunden noch habe ich mit dir geschlafen, habe dir gesagt, wie glücklich ich bin ... und jetzt traust du mir zu, ich bändle so mir nichts, dir nichts mit einem italienischen Ober an?«

Er schwieg.

Sie sah, wie er seine Finger um den Kaffeelöffel krampfte, ganz Misstrauen und Argwohn. Ihre Augen füllten sich mit Tränen. »Ich versteh das nicht. Ich habe doch gar nichts getan.«

Der Ober trat an den Tisch, ein Foto in der Hand, und lehnte es an die Zuckerdose. Deutete auf eine junge Frau, auf ein kleines Mädchen. *Famiglia*, sagte er und strahlte zuerst Wolf und dann Melanie an.

Sie zwang sich zu einem Lächeln, sagte einige belanglose Sätze und gab das Foto zurück. Dann wandte sie sich an Wolf und übersetzte hastig, was sie gesagt hatte. »Nette Frau, hübsches Kind ...« Verstummte, starrte ins Leere, stand auf und verließ das *Caffè*. Verharrte auf der Straße und bebte vor Zorn. Vor allen Dingen, als sie daran dachte, dass Wolf die Autoschlüssel für den Leihwagen in der Tasche trug und sie hier stand wie ein kleines Kind, das nicht wusste, wohin. Taxi? Sie blickte sich suchend um. Ein Bus fuhr um die Ecke, *Catania* las sie. Der Bus hielt, Leute stiegen aus, andere stiegen ein. Sie auch. Ob der Bus in San Giovanni la Punta halten würde, wollte sie wissen. Der Fahrer nickte, sie bezahlte und setzte sich auf einen einzelnen Platz. Sie sah, dass Wolf das *Caffè* verließ und sich suchend umblickte. Der Bus fuhr rüttelnd an und bog um die Ecke.

Als sie im Hotel unter der Dusche stand und an die Szene im Lokal dachte, kochte ihr Zorn abermals hoch. Sollte das ihre Zukunft sein? Das Zusammenleben mit einem Mann, der keinen Funken Zutrauen zu ihr hatte? Das Gespräch mit ihrem Vater vor vielen Jahren in Frankfurt kam ihr in den Sinn. »Und unter keinen Umständen ein Mann, der über das normale Maß eifersüchtig ist.« Mein Gott, was hatte sie getan! Ihr wurde klar, dass sie verdammt wenig über Wolf wusste. Er war Anwalt, er versuchte, in seiner Kanzlei vorwärts zu kommen, er verstand etwas von Essen und Trinken, er war ein guter Liebhaber, er war eher konservativ, und er vergötterte sie. Ihr ging auf, dass sie dies wohl am meisten an ihm fesselte: seine unabdingbare Verehrung. Egal, was sie sagte, er fand es köstlich. Wenn sie von einem Redaktionsleiter einen Artikel zurückerhielt mit der Bitte, dies oder jenes noch zu ändern, dann stellte er sich voll und ganz auf ihre Seite und erklärte, dass dieser Mensch ein Idiot und sie auf jeden Fall die bessere Formuliererin sei. Er lachte über ihre witzigen Beschreibungen kleiner Alltagsbegebenheiten, er studierte nach einem langen Arbeitstag ihr Gesicht und fand, sie bürde sich zu viel auf, er nahm sie sogar vor seiner Mutter in Schutz, die Melanies fehlende hausfrauliche Qualitäten beklagte, kurz: Er trug sie auf Händen. Doch welchen Preis hatte sie für all dies zu zahlen? Dass sie stets mit seinem Misstrauen rechnen musste? Voll Unbehagen dachte sie an ihre zahlreichen Abende mit Sarah, ihre Kinobesuche, die anschließenden gemütlichen Stunden in irgendeiner Kneipe – wie würde Wolf sich dazu stellen? Würde er auch auf ihre beste Freundin eifersüchtig sein?

Sie hörte ihn die Zimmertüre aufsperren und drehte die Dusche ab. Während sie sich abtrocknete, begann sie, ein läppisches Liedchen zu summen, nur um ihm zu zeigen, dass sie keine Angst vor ihm oder einer Auseinandersetzung hatte.

Er öffnete die Badezimmertür und maß sie mit einem erbitterten Blick. »Bist du per Anhalter gefahren?«

Sie schaute ihn zornig an, wickelte sich in ihr Badetuch und ging in den Salon. Holte aus ihrer Geldbörse die Busfahrkarte und drückte sie ihm in die Hand. Er sah mit gerunzelter Stirn auf den Fahrschein, sein Gesicht entspannte sich, aber sie kümmerte sich nicht darum, sondern schlüpfte in frische Unterwäsche, Strümpfe und ein gemustertes Kleid. Dann schaltete sie den Fernsehapparat ein und tat so, als interessiere sie sich für den Vorabendfilm, den sie dort zeigten. Sie gab sich den Anschein, völlig entspannt und mit sich im Reinen zu sein, obwohl in ihrem Inneren sich tausend Gewitter entluden.

Schweigend aßen sie zu Abend. Melanie tat es in der Seele weh, nicht Hand in Hand mit ihm in diesem hübschen Speiseraum mit dem herrlichen Blick auf die fernen Lichter Catanias sitzen zu können. Das festliche Porzellangeschirr, die blendend weißen Tischdecken, die Kerzenleuchter – alles war vorhanden, was sich ein jung verheiratetes Paar wünschen konnte, und sie schwiegen sich an. Sie wagte einen vorsichtigen Blick in sein Gesicht. Sogar in dem gedämpften Licht bemerkte sie, wie blass er war, wie zerquält er aussah, und ihr Zorn fiel in sich zusammen. Er spürte, dass sie ihn musterte, und sofort begann er zu sprechen.

»Ich war damals mit Anna in Barcelona. Anna hatte dort Freunde, mit denen sie geschäftlich verbunden war. Sie sprach ausgezeichnet Spanisch, ich nicht. Ich spreche nur Englisch und ein klein wenig Französisch. Mit einem dieser Spanier unterhielt sie sich den ganzen Abend, sie lachte und flirtete, und später erfuhr ich, dass die beiden einmal eine Affäre miteinander gehabt hatten. Am nächsten Tag schob sie einen Friseurtermin vor. Aber zufällig entdeckte ich sie mit diesem Mann in einer Bodega. Sie tranken Wein, und so, wie sie sich anschauten ...« Er räusperte sich. »Da gab es keinen Zweifel mehr. Und deshalb ...« Er nahm ihre Hand. »Wahrscheinlich habe ich einen Komplex seit damals. Ich weiß, ich habe mich unmöglich benommen. Und ich verspreche dir, Liebes, es wird nie, nie mehr vorkommen.« Seine Augen schimmerten feucht, so sehr schien ihn ihr Streit mitzunehmen.

»Verzeihst du mir?«, fragte er leise.

Sie wurde schwankend, aber sie wollte es ihm nicht zu leicht machen. Sie meinte, sie würde ja verstehen, dass Annas Verhalten ihn gekränkt habe. Aber sie habe nur mit einem Ober gesprochen. Da sei doch kein Zusammenhang vorhanden.

Er nickte voller Reue. Und antwortete, dass sie gerade heute, nach diesem Spaziergang am Meer, so bildschön, so voller Ausstrahlung gewesen sei. Alle Männer auf der

Straße hätten sich nach ihr umgedreht. Natürlich sei er stolz gewesen, aber andererseits habe er plötzlich Angst bekommen. Unattraktiv und langweilig sei er sich neben ihr vorgekommen, und als dann dieser Ober sie so bewundernd angeschaut und um sie herumscharwenzelt sei, da sei einfach eine Sicherung bei ihm durchgebrannt. Was kann ich ihr schon bedeuten?, habe er sich gefragt. Sie ist so jung, so schön, so ... selbstständig. Braucht sie mich überhaupt?
Melanie, nun völlig gerührt, beugte sich zu ihm, umfasste zärtlich sein Gesicht und küsste ihn. »Du bist dumm. Du musst doch spüren, wie sehr ich dich liebe.«
Nun traten tatsächlich Tränen in seine Augen. »Danke«, stammelte er und lachte dann unvermittelt auf. »Ich bin so ein Idiot ...« Er schüttelte den Kopf.
Damit war die Angelegenheit erledigt. Während der ganzen Hochzeitsreise sprachen sie nicht mehr davon. Wolf verhielt sich mustergültig. Keine Eifersucht mehr, keine misstrauischen Blicke – Melanie ging wie auf Wolken. Im Grunde war sie dem Schicksal dankbar für diesen Vorfall. Mochte sein, dass Wolfs Eifersucht unangebracht war, aber welcher Mann war schon bereit, seinen Fehler so schnell einzusehen, ihn zuzugeben und nicht zu wiederholen? Sie hatte das große Los gezogen, trotz alledem. Diese Erkenntnis verfestigte sich immer mehr in ihr.

# 2

Sie waren seit drei Wochen wieder zu Hause. Wolf fuhr jeden Tag in die Kanzlei, Melanie erhielt einen Auftrag, der sie mit Stolz erfüllte. Für eine Zeitung, die ein Wochenendmagazin herausgab, sollte sie einen großen Artikel über eine Künstlerin schreiben, die es im frühen zwanzigsten Jahrhundert trotz einer eindeutig patriarchalischen Gesellschaft geschafft hatte, sich durchzusetzen und sich einen Namen zu machen. Stundenlang unterhielt sie sich mit Wolf über die Lebensläufe verschiedenster Kandidatinnen, wobei Wolfs Beitrag sich eher aufs Zuhören beschränkte. Letztendlich entschied sich Melanie, über Virginia Woolf zu schreiben. Die Redaktion, die den Auftrag erteilte, ließ durchblicken, dass weitere Beiträge folgen könnten, sollte man mit Melanies Arbeit zufrieden sein.

Sosehr sich Wolf für Melanie freute – es nistete sich dennoch ein Funken Argwohn bei ihm ein. Im Grunde hatte Frank Bärwald, Melanies Kollege, ihr diesen Auftrag zugeschanzt. Er kannte den Redaktionsleiter, war mit ihm befreundet und hatte Melanie als sehr geeignet vorgeschlagen. Wolf war sowieso suspekt, wie Melanies Verhältnis zu diesem Frank war. Sie würden sich schon seit Jahren kennen, hatte Melanie ihm erzählt. Aber da Frank

sich vorwiegend mit Sport und Wirtschaftspolitik befasste und vorwiegend für den Rundfunk arbeitete, waren sie sich beruflich nie ins Gehege gekommen. Kennen gelernt hatten sie sich bei einem Journalistenball. Seither seien sie gute Freunde – nun, Freunde sei vielleicht etwas zu hoch gegriffen –, eher gute Kollegen. Aber ab und an traf man sich zu einem Bier, fachsimpelte und tauschte den neuesten Klatsch aus. Nirgends werde so viel geklatscht wie in Journalistenkreisen, hatte Melanie lachend berichtet, vielleicht noch in der Filmbranche, wobei beide Geschäftszweige sich dennoch wesentlich unterscheiden würden. Journalisten redeten süffisant und ironisch übereinander, es herrsche permanenter Berufsneid, und die wenigsten zeigten Mitleid, wenn es einem Kollegen dreckig ging. In der Filmbranche klatschte und tratschte man auch. Man sei hier ebenfalls eifersüchtig auf die Erfolge anderer. Dennoch halte man zusammen wie Pech und Schwefel, sollten Störungen, Verleumdungen oder anderes Unangenehme von außen hereingetragen werden.
Wolf war also auf der Hut. Er befand sich in einer nervösen Unruhe, eigentlich schon seit dem Tag, da sie beschlossen hatten zu heiraten. Mein Gott, bis er sie so weit hatte, ihre Wohnung zu räumen. Wie geschickt er vorgehen musste, dass sie auch seinen Namen trug. Und dann dieser aberwitzige Einfall, in Jimmys billiger Kneipe zusammen mit den Familien und Freunden jene Stunden zu verbringen, die für ihn mit zu den wichtigsten seines Lebens gehören sollten. Nein, sicher, die feine Art war es nicht gewesen, sein Wissen von den Drohbriefen, die Jimmy erhielt, auszunutzen, aber eigentlich hatte Melanie

ihm keine Wahl gelassen. Nicht daran zu denken, wie sich seine Mutter, die für die Hochzeit extra ein teures Seidenkleid erstanden hatte, über Jimmys Lokal geäußert hätte. Als ihm das klar wurde, fiel es ihm gar nicht so schwer, den Drohbrief in Jimmys Briefkasten zu stecken, auch wenn er sich seiner Handlung schämte. Aber es ließ sich nicht leugnen: Melanie in ihrer Gutmütigkeit bedurfte seines Schutzes. Bestimmt hatte sie Sarah und Jimmy einen lukrativen Auftrag zuschustern wollen – eine Hochzeit bedeutete immerhin ein gutes Geschäft. Und Melanies Freude darüber, dass er so schnell ein anderes Lokal präsentieren konnte, wog die nagende Scham wegen des Briefs wieder auf.

Ja, und dann die sizilianischen Tage, wie er sie bei sich nannte. Er lernte eine Eigenschaft Melanies kennen, die ihm vorher so nicht bewusst geworden war. Mit offenen Armen und einer entwaffnenden Unschuld ging sie auf alle Menschen zu, die sie trafen. Jedem schenkte sie ein rasches Lächeln, mit jedermann sprach sie, was bedingte, dass man auch auf sie zuging, als würde man sie schon ewig kennen. Sicher, sie besaß eine bezaubernde Art, aber ein bisschen mehr Zurückhaltung und Distanz hätte Wolf sich schon gewünscht. Diese Geschichte in dem *Caffè* beispielsweise. Natürlich hatte er sich idiotisch benommen. Aber fest stand auch, dass der Ober die Augen nicht von Melanie lassen konnte. Und man wusste ja, wie südländische Männer reagieren, Frau und Kind hin und her. Und als sie dann einfach verschwand! Er war schier verrückt geworden vor Angst. Sich vorzustellen, sie habe einfach ein Auto angehalten! Sie war so arglos. Als er sie in den

Gässchen des kleinen Ortes suchte, malte er sich aus, wie sie zu einem Fremden ins Auto stieg, wie dieser sich mit ihr unterhielt, wie sie ihm ihr reizendes Lächeln schenkte, wie er seine Hand auf ihren Schenkel legte … Und Melanie war erotischen Anfechtungen gegenüber nicht sehr standhaft. Misstrauisch, wie er war, kehrte er sogar noch einmal in das *Caffè* zurück, um sich zu vergewissern, dass der junge Ober dort noch unverdrossen seine Arbeit tat. Und dann war sie mit dem Bus gefahren, und beim Anblick der Fahrkarte wurde ihm siedend heiß bewusst, wie heftig seine ungezügelte Phantasie wieder einmal mit ihm durchgegangen war. Oft hatte er sich schon gefragt, woher sein ständiges Misstrauen Frauen gegenüber kam. Und ohne es zu wollen, dachte er an seine Mutter. Ja, an *sie*. Alles hatte sie vor ihrem Mann verheimlicht. Sie sparte, ohne dass er es ahnte, Geld, um Wolf neue Turnschuhe zu kaufen. Sie flunkerte dem geizigen Alfred vor, sie habe länger gearbeitet, wenn sie sich mit einer Freundin zu einer Tasse Kaffee traf. Sie telefonierte mit dieser Freundin sogar von der Telefonzelle aus, nur damit Alfred nicht über die hohe Telefonrechnung wetterte. Und sie ging ein paar Mal mit ihrem Chef ins Theater, weihte aber nur Wolf ein, ja, kokettierte sogar ein wenig, als sie ihm erzählte, ihr Chef finde sie sehr reizvoll. Als er sie einmal fragte – er war vielleicht fünfzehn oder sechzehn –, ob sie Alfred liebe, meinte sie, ja … ja, das tue sie. Und sie habe sich immer gewünscht, wirklich alles, jeden Gedanken, jede Handlung, mit ihm teilen zu können. Aber Wolf sehe ja selbst, dass dies nicht möglich sei. Alfred sei ein sehr komplizierter Charakter, und da habe sie sich nicht für ihn, sondern für seinen Sohn entschieden. Mit ihm, Wolf, teile sie jetzt ihre kleinen Geheimnisse, mit ihm könne sie über alles sprechen. Wolf fühlte sich geschmeichelt, aber schon in jenem Augenblick entschloss er sich, einmal zu erreichen, was seine Mutter nicht erreicht hatte: in einem anderen, geliebten Menschen aufzugehen. Wenngleich nicht in einem Kind. Kinder störten eine Beziehung.

Er gestand sich ein, dass Melanies Reaktion ihn erschreckt hatte. Ihr mürrisches Schweigen, als er sie mit seiner Eifersucht konfrontierte. Sie zeigte durchaus ihren eigenen Kopf, und er war vorsichtig geworden. Fazit: Für ihn gestaltete sich die Hochzeitsreise eher anstrengend, und bald schon hatte er sich nach den eigenen vier Wänden gesehnt, wo er Melanie wieder ganz für sich hatte, wo er nicht ständig, im Hintergrund agierend, unbemerkt darauf achten musste, dass sie keine allzu leichtsinnigen Bekanntschaften schloss und die Sorte von Männern anzog, mit der sie sich besser nicht abgeben sollte. Als er einmal vorsichtig davon sprach, fragte sie erstaunt: »Welche Art von Männern meinst du?«

»Solche wie Philip«, stieß er hasserfüllt hervor; denn Philip war ihm der größte Dorn im Auge.

»Du kennst Philip doch gar nicht.«

»Doch, ich kenne ihn. Er ist ein Macho.«

Sie lachte amüsiert. »Philip? Ein Macho? Aber nein. Er ist alles andere als das. Er hat mir nie Vorschriften gemacht. Er hat mich tun und denken lassen, was ich wollte.«

»Aus Desinteresse.«

»Das ist nicht wahr.«

»Du warst nur seine Geliebte. Frag mal seine Frau!«
Ihr Gesicht wurde ernst. »Sieh mal, Wolf. Damit sollten wir erst gar nicht beginnen. Dass wir das Leben, das wir vorher geführt haben, schlecht machen. Philip hatte Vorzüge und Fehler wie jeder andere Mensch auch. Aber ich habe ihn einmal sehr gern gehabt, ich habe sogar geglaubt, ihn zu lieben. Die Erinnerung daran sollte man nicht kaputtmachen.«
Er schwieg, aber nicht, weil sie ihn überzeugt hatte. Sondern weil der Verdacht, dass sie Philip immer noch liebte, sich wie Feuer in seinen Adern ausbreitete. Ohne Argwohn hatte sie ihn angelächelt. »Ich will auch nicht, dass du Anna vergisst. Egal, was sie getan hat, du hast sehr viel für sie empfunden.«
Anna! Er konnte ihr schlecht gestehen, dass er nichts als Hass empfand, wenn er an Anna dachte. »Du hast Recht, Liebes«, hatte er mühsam erwidert. »Aber wir werden weder von Anna noch von Philip sprechen. Nur von uns.« Und dann: »Hast du Philip inzwischen gesagt, dass du verheiratet bist?«
»Er kommt nächste Woche aus London zurück. Er hat mich kurz angerufen, aber ich wollte es ihm nicht am Telefon ... Ich meine, das wäre irgendwie ... nicht richtig.«
Und so hatte sich die nächste Front aufgetan. Sie wollte sich tatsächlich noch einmal mit Philip treffen. Auch als er ihr vorschlug, ihm einen Brief zu schreiben, Schreiben sei doch ihr Metier, in einem Brief könne man alles sehr viel besser erklären, und überhaupt, welches Recht habe dieser Philip eigentlich auf ihre Rücksichtnahme, verheiratet wie er war ... Da hatte sie abgelehnt. »Lass mich nur

machen!«, hatte sie gesagt, und das klang nicht gut in seinen Ohren. Gar nicht gut.

Die Kanzlei Wilbert & Fincke, in der Wolf bereits seit vier Jahren arbeitete, wuchs rasch. Das jährliche Umsatzvolumen belief sich nun schon auf zwölf Millionen Euro, eine stattliche Summe, auf die man stolz war. Knut Weller, das erfuhr Wolf nach der Rückkehr aus seinem Hochzeitsurlaub, würde der Kanzlei nicht mehr zur Verfügung stehen. Nie mehr würde er in der Lage sein, schwierigen technischen Abhandlungen zu folgen, Schriftsätze zu formulieren oder Parteiverkehr zu übernehmen. Ein trauriges Schicksal. Dennoch – das Leben ging weiter. Man hatte bereits Ersatz gefunden. Einen Anwalt namens Dirk von Langen, der ebenfalls die zum Einkauf in die Kanzlei notwendigen Mittel aufbringen würde. Wolf konnte von solch einer Summe nur träumen: eineinhalb Millionen. Aber trotzdem schien auch er einen Riesenschritt nach vorne tun zu können. Man unterbreitete ihm den Vorschlag, seine Bezüge neu zu regeln, und bot ihm eine Umsatzbeteiligung an. Dies war für ihn, der aus einfachen Verhältnissen stammte und sich mit erheblichen finanziellen Mühen durch sein Studium geboxt hatte, ein beachtlicher Erfolg. Als er es erfuhr, saß er für einige Augenblicke stumm und voller Dankbarkeit in seinem Büro. Er erinnerte sich an die Jobs, mit denen er sein Studium mitfinanzierte, an die Möbel, die er geschleppt, an die Briefe, die er ausgetragen, und die Bierflaschen, die er verkauft hatte. Und an seine Mutter, die damals das ihre dazu beigetragen hatte und die nun durch den Erfolg

ihres Sohnes belohnt wurde. Wolf beschloss, ihr ein Konto einzurichten und ihr jeden Monat eine bestimmte Summe zu überweisen. Das würde sie unabhängiger machen und sie in die Lage versetzen, sich endlich all jene kleinen Wünsche zu erfüllen, die sie sich immer versagen musste.
Nach Büroschluss besorgte er Wein und Blumen und fuhr zu ihr. Es war der erste Mittwoch im Monat, der Tag, an dem sein Vater sich regelmäßig mit früheren Arbeitskollegen traf. Sie waren Rentner wie er und nutzten diese Treffen, um über längst verstorbene Vorgesetzte, über den ehemaligen Arbeitgeber, die Regierung und die Verwahrlosung der Sitten zu schimpfen. Alte Geschichten, über die man immer noch lachte, wurden hervorgekramt, die Erfolge der Kinder herausgestellt, über die Ehefrauen gelästert. Alfred kam nach solchen Zusammenkünften aufgekratzt und in aufsässiger Stimmung nach Hause, als habe er in den paar Stunden Kraft getankt für den stummen Krieg, den er seit Jahren mit seiner Frau führte.
Ruth öffnete die Tür, ein Strahlen ging über ihr Gesicht. Wolf drückte ihr die Blumen in die Hand und hob die Flasche hoch.
»Wir haben was zu feiern.« Er erzählte ihr von dem Angebot der Kanzlei. Sie entkorkten die Flasche, tranken den Wein aus Kristallgläsern, die sie sonst nur zu Festtagen benutzten, und erinnerten sich all der Begebenheiten, die dazu geführt hatten, dass sie heute hier sitzen und seinen Erfolg feiern konnten. Er berichtete ihr haarklein, wie sehr die beiden Seniorpartner ihn gelobt hatten, was alles sie sich noch von ihm erwarteten, was alles er noch von sich erwartete. Als er ihr sagte, dass er ein Konto für

sie einrichten wolle, war sie zu Tränen gerührt. »Das musst du aber nicht tun, Wolf«, meinte sie, doch er lachte nur. »Eines Tages werde ich ziemlich reich sein. Es wird uns gut gehen. Und wenn jemand verdient hat, daran teilzuhaben, dann du.«

»Hast du es Melanie schon erzählt?«

»Nein. Ich möchte sie überraschen, wenn sie heute Abend nach Hause kommt.«

»Wird sie nicht beleidigt sein, dass du zuerst bei mir warst?«

»Bestimmt nicht, Mutter. Melanie ist ...« Er atmete tief durch und lächelte glücklich. »Sie hat für so etwas Verständnis. Sie ist sehr familienverbunden.«

Ruth blickte ihn nachdenklich an. »Wenn du jetzt noch besser verdienst als vorher ... da könnte sie doch eigentlich ihren Beruf an den Nagel hängen. Und ihren Roman schreiben. Ihre Kurzgeschichten. Oder was immer das war.«

Er seufzte. »Ich bin mir nicht sicher, ob sie das will.«

»Aber du willst es, nicht wahr?«

Er hatte schon drei Gläser Wein getrunken und vergaß die Vorsicht, die er sonst bei Gesprächen mit seiner Mutter an den Tag legte. »Ja. Es wäre mir lieber. All diese Autoren, Schauspieler und Regisseure ... Eine fremde Welt, ich kann damit nichts anfangen. Und ständig sind da irgendwelche Interviewtermine, die eigentlich mehr Partycharakter haben. Ein Film, der im Fernsehen gezeigt werden soll, wird vorgeführt, es gibt zu essen, zu trinken ... Manchmal dauern solche Treffen den ganzen Nachmittag, manchmal finden sie auch erst abends statt.

Oder die Lesungen von Autoren. Hinterher geht man mit den Verlagsleuten und den anderen Journalisten noch in ein Lokal, wieder wird es spät nachts ...« Er zuckte die Achseln.

»Aber sie scheint diesen Trubel zu brauchen.«

»Ich weiß nicht. Oft jammert sie auch, dass die Leute sie anöden. Dass sie so egozentrisch und oberflächlich sind.«

»Aber dann verstehe ich nicht ...«

»Manchmal kommt sie aber auch völlig begeistert nach Hause. Sie erzählt mir dann, über was alles diskutiert wurde ... Weißt du, ich fühle mich dann so ausgeschlossen.« Trotzig setzte er hinzu: »Im Grunde macht sie diesen Job, weil sie unabhängig sein will. Hätte sie von einem Verlag einen Buchvertrag ... vielleicht würde sie dann doch ganz gern zu Hause bleiben.« Wieder seufzte er. »Man wird sehen.«

Ruth lächelte ihn an, und er erwiderte ihr Lächeln. Wie das verklärte Ebenbild einer sanften Madonnenstatue kam sie ihm in diesem Moment vor. Selbst in ihren langen Hosen und dem bunten Shirt erwartete man, dass ihre Hände ruhig im Schoß lagen und ihre Augen liebevoll strahlten. Natürlich war er sich darüber klar, dass das Bild, das er sich von ihr machte, der Wirklichkeit nur ähnelte. Aber es tat gut, so an sie zu denken. Ein ruhender Pol, seine Mutter.

Er straffte die Schultern und trank sein Glas leer. »Ja, dann werde ich mich auf die Socken machen.«

Sie erhoben sich, und er rieb ihr mit der flachen Hand über den Rücken. »Mach's gut! Ach ja ...« Er wurde verlegen. »Vater braucht nichts zu wissen von dem Konto,

das ich dir einrichte. Ich meine ... du hast es wirklich verdient, mal was für dich alleine zu haben.«
Sie schüttelte den Kopf. »Das kann ich nicht, Wolf. Das wäre ein bisschen mehr, als ihm eine schlechte Mathenote zu verheimlichen oder ein kaputtes Fahrrad.«
»Und warum sperrt er seinen Schreibtisch ab?«
Sie blickte ihn an und dachte ... ja, an was dachte sie? An Alfreds spöttische Bemerkungen, an sein Desinteresse an der Familie? An die schweigsamen Abende vor dem Fernsehapparat, an das Haushaltsgeld, das er ihr mürrisch auf den Tisch legte, an die Kosmetikfirma, in der sie Döschen um Döschen füllte, ein unterforderter Geist, weil sie zwar zum Kochen und Putzen und Kinderkriegen erzogen worden war, ihr Hunger nach Bildung und Wissen sich aber als stärker herausgestellt hatte, als die Umwelt ihr zugestand?
»Du hast Recht«, sagte sie. »Ich werde ihm nichts sagen.«
Sie nickte, als habe er sie überzeugt, und er spürte, dass sie alles, ihre ganze Misere, schon lange mit sich herumtrug und darauf wartete, dass etwas sich änderte. Nun – jetzt änderte sich etwas. Zumindest ein wenig. Ein eigenes Konto. Eigenes Geld.
Während Wolf zu seinem Wagen ging, regte sich ein unbehagliches Gefühl in ihm. Heute Abend, wenn er mit Melanie seinen Erfolg feierte, wollte er ihr vorschlagen, mit ihm zusammen ein gemeinsames Bankkonto einzurichten. Alles in einen Topf, so wollte er argumentieren. Er hatte sich eingeredet, es zu tun, weil er so viel mehr verdiente als sie und nicht wollte, dass dies so offen zu Tage trat. Aber wenn er ehrlich war, dann ging es ihm

darum, sie und ihr Tun besser kontrollieren zu können. Doch warum erachtete er ein eigenes Konto als einen grandiosen Fortschritt für seine Mutter, wenn er gleichzeitig dabei war, genau diese Selbstverständlichkeit seiner Frau auszureden? Nun ja. Melanie war eben nicht seine Mutter, deren Leben ihm so klar schien wie Wasser. Melanie war ein komplexerer Charakter. Woher sollte er wissen, dass sie während ihrer beruflichen Reise tatsächlich in Köln war und nicht – beispielsweise – bei Philip in Hamburg? Konnte er ihr wirklich trauen? Sicher, er liebte sie, und er spürte, dass sie seine Gefühle ehrlich erwiderte. Aber sie war impulsiv, etwas leichtsinnig. Er musste ständige Gewissheit haben, und diese Gewissheit musste er sich verschaffen. Das konnte er aber nur, wenn er sie im Auge behielt.

Also nutzte er am Abend ihre Freude über seine Beförderung, um ihr die Dinge schmackhaft zu machen, an denen ihm lag. Sie kam nach Hause, abgehetzt, sie warf ihre Umhängetasche, in der sich ihr dicker Notizblock und das Kassettengerät befanden, auf den Boden, schlüpfte aus ihren Schuhen, ließ sie einfach stehen – eine Angewohnheit, die ihn amüsierte und ärgerte zugleich – und kam zu ihm in die Küche. Er bereitete Salat zu und maß mit einem Esslöffel das Öl ab. Sie stellte sich hinter ihn und umarmte ihn, so dass er ein wenig Öl verschüttete.

»Was für ein Scheißtag«, sagte sie. »Ich habe eine Schauspielerin interviewt, die schon jetzt, bevor sie sechzig ist, ihre Autobiografie schreibt. Sie tratscht über Kollegen, über Regisseure, über ihre Ehe und ihre Kinder. Und, weißt du, es war ganz seltsam: Je mehr sie erzählte, desto langweiliger wurde mir. Mich hätte jede andere Frau mit einem durchschnittlichen Leben mehr interessiert als sie. Jahrelang gab es über diese Schauspielerin Homestorys, jeder Furz von ihr wurde in der Presse breitgetreten – was schon soll sie uns noch erzählen können?«

Er trug den Salat auf und warf die Steaks in die Pfanne. Als sie den so sorgsam gedeckten Tisch sah, blickte sie ihn fragend an. Er nickte lächelnd.

»Du bist ... warte mal ... befördert worden?«

Während sie aßen, erzählte er ihr von den neuen Konditionen, die man ihm angeboten hatte, von dem Geldsegen, der auf sie beide niedergehen würde, von den Reisen, die sie nun würden unternehmen können, von dem Auto, das er für sie kaufen wolle.

»Aber mein alter Wagen läuft ausgezeichnet. Ich hänge an ihm.«

Er überzeugte sie trotzdem. Es gehe ihm lediglich um ihre Sicherheit. Bei einem Unfall habe sie mit einem größeren Auto einfach mehr Chancen, unverletzt zu bleiben. Und auf ihren langen Fahrten sei eine Klimaanlage nicht zu verachten. Vom elektronischen Leitsystem einmal ganz abgesehen. »Erinnerst du dich? Als du zu dem Interview mit diesem Fernsehpfarrer zu spät kamst, weil du die gottverdammte Straße nicht finden konntest? Das wird dir jetzt nicht mehr passieren.«

Schließlich willigte sie ein. Mit dem gemeinsamen Bankkonto wurde es schon schwieriger.

»Wenn ich ein Geburtstagsgeschenk für dich kaufe und mit Karte bezahle, dann erscheint es auf dem gemeinsamen Kontoauszug, und es ist keine Überraschung mehr.«

Geduldig setzte er ihr auseinander, dass die Aufstellung der Kartenabrechnungen immer einen Monat später gesondert erfolge, auf dem Bankkonto erscheine nur der Gesamtbetrag. »Und die detaillierte Abrechnung will ich gar nicht sehen. Sie ist an dich adressiert.« Er wich ihrem Blick aus, da er so unverschämt log.

»Aber kein eigenes Geld mehr ...«, sagte sie unschlüssig.

»Wir haben *unser* eigenes Geld und *unser* eigenes Bankkonto. Sieh mal, Liebling ... Ich finde es grauenhaft, wie die Paare heutzutage zusammenleben. Immer dieses Aufrechnen. ›Ich zahle die Miete, du die Versicherungen.‹ – ›Ich den Haushalt, du das Auto.‹ – ›Urlaub fifty-fifty.‹ So stelle ich mir Ehe nicht vor. Nein. Gemeinsame Kosten aus dem gemeinsamen Topf. Jeder nimmt sich, was er braucht.«

»Aber ich verdiene sehr viel weniger als du.«

»Es kommt doch nicht aufs Verdienen an! Du arbeitest den ganzen Tag, ich auch. Wenn du vorübergehend weniger Aufträge hast, wirst du sicherlich mehr im Haushalt tun. Das gleicht sich alles aus.«

Sie stimmte zögernd zu.

Den Terminkalender, den er neben das Telefon legte und in den sie beide ihre Verabredungen eintrugen, fand sie allerdings witzig. Wolf gelang es, diese Einführung als besonders fortschrittlich darzustellen. Keiner müsse dem anderen ausführlich erklären, wann er abends nach Hause komme, wo er sei ... Im Notfall liege da ja das Terminbuch, ein Blick, und man könne sich informieren. Dass er die Telefongesellschaft angewiesen hatte, den Rechnungen eine Anruferliste beizufügen, verschwieg er allerdings. Bis die erste Rechnung eintrudelte, vergingen ein paar Wochen, und dann würde es aussehen, als habe er schon immer diesen Modus gewählt. Was ihm noch Kopfzerbrechen bereitete, war ihr Handy. Es war auf ihren Namen eingetragen, die Rechnungen gingen an sie, er hatte also keinerlei Möglichkeit zu überprüfen, mit wem sie jeweils sprach. Nun, auch da fand sich sicherlich eine Lösung.

Es war nicht so, dass er sich bei manchen Dingen, die er plante und ausführte, nicht unbehaglich fühlte. Er selbst predigte doch immer die absolute Einheit, das absolute Vertrauen, die Ehrlichkeit, das beschwörende Du-bist-ich-und-ich-bin-du. Aber immer wieder flüchtete er sich in seine Standardausrede: Er musste auf die leichtgläubige, vertrauensselige Melanie aufpassen. So wie er früher auf seine Mutter aufgepasst hatte. Und wie er Anna beschützt hatte, obwohl sie es ihm schlecht gedankt hatte.

Um Melanie eine Freude zu bereiten, bestellte er am nächsten Tag per Internetversand sämtliche Werke, die er über Virginia Woolf fand, und schenkte sie ihr. Sie war gerührt, dass er an ihrer Arbeit so großen Anteil nahm. Und er freute sich tatsächlich, wenn sie ihm von ihren Artikeln erzählte oder von den Büchern, die sie las. Er hörte aufmerksam zu, wenngleich ihm manches sehr fremd war. Dieses sonderbare Hineinschlüpfen in andere Menschen und Schicksale ... Wenn er ehrlich war, interessierte ihn, wenn überhaupt, nur sekundär, weshalb die Leute um ihn herum dieses oder jenes taten. Sie hatten ihre Gründe, so wie er die seinen hatte. Und wenn ihn diese Menschen schon nicht sonderlich bewegten, warum dann fiktive Personen? Oder berühmte, wie diese Virginia Woolf? Was war so Besonderes an ihr? Eine schwierige Frau, depressiv, mit einem traurigen Leben trotz aller Erfolge. Menschen waren nun mal kleine Schräubchen im großen Getriebe – auch sie, die Berühmte. Sie drehten sich oder drehten sich nicht, sie hielten oder zerbarsten, und neue Schräubchen kamen. Die Welt blieb davon unberührt.

Melanie war anderer Ansicht. »Sie war und ist für viele Frauen ein Vorbild für Selbstverwirklichung und Vorurteilslosigkeit. ›Verdient euer eigenes Geld und verschafft euch Muße und ein Zimmer für euch allein‹, rief sie den Frauen zu, die künstlerisch tätig sein wollten. Ihre Worte wirkten wie ein Vermächtnis, verstehst du? Sogar in den Literaturseminaren, die ich besucht habe, haben wir stundenlang über ihre Thesen diskutiert. Zum Beispiel, dass die künstlerische Unzulänglichkeit der Frauen jahrhundertelang vor allen Dingen soziale und wirtschaftliche Ursachen hatte.« Melanie sprang auf, holte ein Buch und las vor: »›Wenn jede von uns fünfhundert im Jahr hat und ein Zimmer für sich allein; wenn wir an die Freiheit gewöhnt sind und an den Mut, genau das zu schreiben, was wir denken; wenn wir dem gemeinsamen Wohnzimmer ein bisschen entronnen sind und menschliche Wesen nicht immer nur in ihrer Beziehung zueinander sehen, sondern in Beziehung zur Wirklichkeit …‹« Melanies Gesicht strahlte einen Ernst aus, der Wolf Unbehagen bereitete und ihn eifersüchtig machte.

»Dem gemeinsamen Wohnzimmer entrinnen …«, rief sie begeistert aus. »Und dann …«, sie schüttelte den Kopf,

»dann geht sie zum Flussufer und steckt sich einen Stein, größer als ein Hundekopf, in die Tasche. Mitsamt ihren Schuhen watet sie ins Wasser, immer weiter hinein. Die Strömung erfasst sie und reißt sie mit. Der Stein zieht sie in die Tiefe ... Wie verzweifelt muss man sein, um so etwas zu tun?«

Er blickte sie schweigend an. Ja, es war dieser grüblerische Ernst, der sie immer wieder erfasste und der ihn ahnen ließ, dass sie weit mehr war als das, was er in ihr sah. Mochte sein, dass sie nach außen wirkte wie ein fröhlicher Schmetterling. Manches Mal jedoch überraschte sie ihn mit einer scharfsichtigen Tiefe, die ihn unruhig werden ließ. Dann war sie nicht mehr *seine* Melanie, die ihre Schuhe und Kleider wahllos in der Wohnung verteilte, die ihre Schlüssel vergaß und mitten in der Nacht aufstand, um sich Rühreier zu braten. Ein Kobold, über den man lächeln und den man unbegrenzt lieb haben konnte. Nein, dann machte sie ihm Angst mit all den Räumen, die in ihr waren und die er nicht betreten konnte, weil er keinen Schlüssel dazu fand.

»Wärst du auch dazu fähig?«, fragte er sie.

»Wenn man sich so tiefe Verzweiflung nicht vorstellen kann, kann man auch nicht sagen, was man tun würde, wenn man sie empfinden könnte.« Sie blickte ihn nachdenklich an. »Aber hinausschwimmen, immer weiter ... und weiter ...« Sie lächelte ein wenig. »Nur einen Stein ... nein, den würde ich mir nicht in die Tasche stecken.«

Sie frühstückten, und er sah ihr an, dass etwas sie bedrückte.

»Hör mal, Liebling. Morgen Abend treffe ich mich mit Philip. Er ist in der Stadt, und wir haben uns zum Essen verabredet.«

Er erschrak, zwang sich aber zu einem Lächeln. »Gut. Dann wird dieses Kapitel abgeschlossen, und wir müssen uns keine Sorgen mehr darüber machen.«

Aber er machte sich Sorgen. Er musste wissen, wo sie sich trafen. Er musste wissen, worüber sie sprachen, er war wie besessen von diesem Gedanken. Er überprüfte den Terminkalender und las: »Dienstag, 20 Uhr, Philip. ›Gallo Nero‹«.

Kaum im Büro, rief er Felix, seinen Squashfreund, an und verabredete sich mit ihm im bewussten »Gallo Nero«, einem italienischen Lokal in der Innenstadt, zum Mittagessen. Wenn Felix über diese Einladung erstaunt war, so ließ er sich nichts anmerken. Sie aßen und tranken, und erst bei Espresso und Grappa rückte Wolf mit seinem Anliegen heraus. Eine unangenehme Geschichte sei das. Seine Frau, der er ansonsten rückhaltlos vertraue, treffe sich hier, in diesem Lokal, mit einem verflossenen Liebhaber, um jenem schonend beizubringen, dass sie während seiner beruflichen Abwesenheit geheiratet habe.

»Der Mann ist gefährlich«, sagte Wolf, aber das würde Melanie in ihrer gutmütigen Naivität nicht erkennen. Deshalb sei es für ihn wichtig zu erfahren, wie dieses Treffen verlaufe, was gesprochen werde, damit er gewappnet sei, falls tatsächlich Gefahr von diesem Kerl ausginge.

»Aber sie wird dir von dem Gespräch doch erzählen?«

»Nein, bestimmt nicht. Sie neigt dazu, alle Menschen in Schutz zu nehmen, auch wenn sie sich noch so schlecht

aufführen. Außerdem will sie mich immer schonen. So ist sie einfach ... etwas ganz Besonderes.«
»Mit anderen Worten«, sagte Felix, »du willst, dass ich deine Frau während dieses Essens und auch hinterher observiere.«
Das klang brutal. Wolf trank seinen Grappa aus, um die Situation zu entschärfen. Eine geschäftliche Unterredung, das Ganze, nichts anderes.
»Wie ich gerade sagte ... es richtet sich nicht gegen Melanie. Ich will nur wissen, ob der Typ ihr Schwierigkeiten macht.«
Felix sah ihn prüfend an, dann zuckte er die Achseln. »Okay. Wenn du meinst ... Mein Stundensatz beträgt achtzig Euro, die Spesen gehen extra.«
»Und wie ... wirst du es bewerkstelligen?«
»Kein Problem. Ein fernsteuerbarer Minisender, mehr brauche ich nicht.«
»Aber du weißt gar nicht, wo die beiden sitzen werden?«
Felix lächelte. Dann blickte er hinüber zu dem Stehpult neben der Eingangstür, auf dem das aufgeschlagene, in Leder gebundene Gästebuch lag. Kamen Gäste herein, eilte der Empfangschef zu diesem Pult, überprüfte die Einträge und führte die Gäste zu dem für sie reservierten Tisch.
Felix stand auf, näherte sich dem Pult, blickte sich unauffällig um und warf einen Blick auf die Einträge. Als ein Ober an ihm vorbeieilte und ihn verwundert musterte, strich er mit der Hand über das alte Holz des Pultes und meinte anerkennend: »Schönes Stück.« Der Ober lächelte und ging weiter.

Felix kehrte zu Wolf zurück und setzte sich wieder.
»Tisch drei. Dort drüben.« Er deutete auf einen Ecktisch, direkt neben einer breiten Fensterbank, die mit einem kunstvoll drapierten Seidenstoff verkleidet war und auf der altes Messinggeschirr stand. Ein idealer Platz, mutmaßte Wolf.
»Fotos brauchst du ja keine«, sagte Felix.
»Nein, natürlich nicht. Also, nochmals Felix: Ich möchte nicht, dass du einen falschen Eindruck erhältst. Ich misstraue Melanie in keiner Weise. Diesem Philip aber schon.«
Täuschte er sich, oder huschte ein ironisches Lächeln über Felix' Gesicht?
»Weißt du, Wolf. In meinem Beruf fragst du nicht nach dem Warum. Sicherlich gibt es Grenzfälle, ich habe auch schon Aufträge abgelehnt. Aber dein Anliegen ist völlig normal. Und es interessiert mich, ehrlich gesagt, nicht, ob du nun wirklich in Sorge um deine Frau bist oder eifersüchtig. Beide Gefühlsregungen fallen in mein Aufgabengebiet, davon lebe ich. Okay?«
Wolf atmete erleichtert auf. »Sag mal ... diese Wanzentechnik ... wird die nicht immer mehr und mehr angewendet, obwohl sie verboten ist?«
»Ja, klar. Sowohl in der Wirtschaft wie im Privatleben. Die heutigen Wanzen sind klein, leistungsstark und sehr bedienungsfreundlich. Aber der Hauptgrund, warum sie neuerdings so boomen, ist, dass jeder sie problemlos übers Internet bestellen kann. Nicht mehr kontrollierbar, im Gegensatz zu früher.«
Wolf wusste dies natürlich. Da er als Anwalt schon ganze

Peilsysteme zur Anmeldung beim Patentamt gebracht hatte, war er auf dem Gebiet versiert. Doch Felix gegenüber wollte er sich den Anschein völliger Ahnungslosigkeit geben. Er lenkte das Gespräch auf Belanglosigkeiten, auf die Squashabende, die Freizeitliga, an der sie beide teilnahmen, und auf Felix' neue Freundin, die in einer Parfümerie arbeitete. Dann bezahlte Wolf die Rechnung und betonte, wie sehr er sich gefreut habe, Felix zu sehen. Sie vereinbarten, dass dieser sich melden würde, wenn sein Auftrag beendet war.
»Zeichnest du das Gespräch zwischen Melanie und Philip auf?«
»Ja. Du erhältst die Kassette. Und einen kleinen schriftlichen Bericht.«
Wolf nickte und verzog betont gequält das Gesicht. »Ist mir wirklich unangenehm.«
»Lass gut sein, Kumpel!«, antwortete Felix gutmütig. »Da schlagen sich andere mit viel schlimmeren Problemen herum.«

Am Dienstag sah Wolf zu, dass er früher als gewöhnlich zu Hause war. Er ertappte Melanie dabei, wie sie, in weißer Spitzenunterwäsche, ratlos vor einem Berg von Kleidern stand, die alle auf ihrem Bett lagen. Ein feiner Duft ging von ihr aus, ihr Haar war im Nacken noch feucht von der Dusche. Als Wolf so plötzlich und unerwartet in der Tür stand, zuckte sie zusammen. Ihr Gesicht färbte sich rot.
»Du bist schon da?«
»Ich muss noch eine schwierige Sache ausarbeiten. Das

kann ich hier besser als im Büro.« Er blickte sich um und tat so, als habe er längst vergessen, dass sie abends ausgehen wolle.
»Willst du noch weg?«
»Ich bin doch mit Philip verabredet«, erwiderte sie. Sie lachte nervös. »Und jetzt weiß ich nicht, was eine Frau trägt, die ihrem verheirateten und stets abwesenden Geliebten gesteht, dass sie ihr Herz an einen anderen verloren und inzwischen sogar selbst geheiratet hat.«
»Am besten etwas züchtig Hochgeschlossenes«, versuchte Wolf zu scherzen.
»Oder etwas tief Ausgeschnittenes, damit er sieht, was er verliert.«
Wolf durchfuhr ihre Antwort wie ein heißer Strahl. »Du meinst, wenn er sich entschlossen hätte, sich scheiden zu lassen, dann hättest du mich nicht geheiratet?«
Sie blickte ihn so verdutzt an, dass sogar er, der stets Misstrauische, sich wieder beruhigte.
Belustigt sah er, wie sie die Kleider vom Bett fegte, sich setzte und mit der Hand auf das Polster klopfte. »Komm her!«
Er blieb vor ihr stehen. Sie zog ihn zu sich aufs Bett.
»Sag so was nie wieder!«
Er nahm sie in die Arme. »Ich hab das nicht so gemeint.«
Sie streichelte sein Gesicht. Tiefes Behagen breitete sich in ihm aus, fast tat es ihm Leid, dass er sich mit Felix getroffen und ihm diesen aberwitzigen Auftrag erteilt hatte. In diesem Moment traute er sich sogar zu, sie so weit zu bringen, dass sie sich gar nicht mit Philip traf. Er küsste sie, und sie schloss die Augen, während er die seinen offen

hielt und sie beobachtete. Plötzlich sah sie ihn an. Er hatte keine Zeit mehr, seinen prüfenden Blick abzumildern.
Sie fuhr zurück. »Was ist los?«
»Ich habe dein Gesicht beobachtet.«
»Das ist unfair.«
»Aber doch nur, weil es so schön ist. Ich könnte dich immerzu ansehen.«
Sie entspannte sich, aber der Moment der Intimität war vorüber. Er fluchte innerlich. Wenn er sie schon nicht abhalten konnte, sich mit diesem nichtsnutzigen Journalisten zu treffen, so wäre ihm doch nichts lieber gewesen, als jetzt, eine Stunde vor ihrem Treffen, mit ihr zu schlafen. Zu wissen, dass sie zu dem anderen ging, während die Liebkosung seiner Hände, seines Atems noch auf ihrer Haut war und sie ihn noch in sich spürte. Ja, das war es, was er sich gewünscht und was er gründlich verpatzt hatte.
Sie erhob sich seufzend und schlüpfte in ein beinahe knöchellanges grünes Seidenkleid, dessen fließendes Material sich um ihren Körper schmiegte.
Er runzelte die Stirn. »Findest du das nicht ein wenig auffällig?«
»Nein, gar nicht, wieso?«
Er schwieg verstimmt. Sie betrachtete ihn einen Moment lang. Ihre Stimme klang ernst. »Hör mal. Das ärgert mich. Dass du mir Vorschriften machst, was ich anzuziehen habe. Vielleicht schreibst du mir auch noch vor, wann ich zu Hause sein soll?«
Ja, war er versucht zu antworten, ja, ich will dir vorschreiben, was du anziehst, zumindest dieses eine Mal.

Und ich will wissen, wann du nach Hause kommst. Aber er hielt sich zurück.

»Entschuldige, dass ich meine Meinung geäußert habe«, erwiderte er frostig und verließ das Zimmer. In der Küche schenkte er sich ein Glas Wein ein. Appetit hatte er keinen. Er hörte, wie sie noch einmal ins Badezimmer ging, wahrscheinlich, um den Lippenstift neu aufzutragen, nachdem er so rücksichtslos gewesen war, sie zu küssen. Die Tür des Schuhschrankes öffnete und schloss sich, ihre Schlüssel klirrten leise, als sie in die Handtasche fielen, dann kam sie zu ihm.

»Ich fahre mit der U-Bahn. Und mit dem Taxi nach Hause.«

»Warum nicht mit dem Auto?«

»Weil ich sicherlich Alkohol trinke.«

»Na, dann viel Spaß!« Es wusste, dass seine Stimme ihn verriet und ihr zu verstehen gab, dass er ihr alles andere wünschte als Vergnügen und Freude. Aber es war ihm gleichgültig. In seinem Inneren lauerte wieder diese wütende Hitze, die er auch früher verspürt hatte, wenn Anna ihre Handtasche nahm und, gekleidet wie die Königin von Saba, das Haus verließ.

»Es wird kein Spaß werden«, sagte sie ernst. »Vielleicht geht es Philip näher, als ich denke, ich weiß es nicht.« Sie verzog den Mund, zögerte einen Augenblick, ging aber dann doch zu ihm und umarmte ihn noch einmal. »Bis später, Liebling!«

Er blickte ihr nach, als sie die Wohnung verließ. Vor seinen Augen erschien ein grässliches Bild: Ein kerzengeschmückter Tisch, der große, schlanke, gut aussehende

Philip sprang auf, ein Weinglas kippte um, er riss Melanie in seine Arme, und sie, überwältigt von seiner leidenschaftlichen Reaktion, legte schluchzend den Kopf an seine Brust und wurde in diesem Moment gewahr, was sie verlor.
Wolf schenkte sich noch ein Glas Wein ein und nahm die Flasche mit ins Wohnzimmer. Eigentlich hatte er vorgehabt, einen Prüfbericht des Patentamtes zu bearbeiten, um die Stunden, die vor ihm lagen, besser überbrücken zu können. Aber daran war gar nicht zu denken. Immer wieder stellte er sich Melanie vor, wie sie liebevoll auf Philip einredete, wie sie seine Hand mitfühlend drückte, wie dieser mit ihr sprach, sie an Vergangenes erinnerte ... Nein, er musste damit aufhören! Er stand auf und begann, die Wohnung aufzuräumen. Er säuberte und ordnete in der Küche den Gewürzständer, in den Melanie eine heillose Unordnung gebracht hatte, er hängte ihre Kleider, die im Schlafzimmer noch auf dem Boden lagen, auf Bügel und rieb im Badezimmer den Spiegel blank. Zwischendurch blickte er auf die Uhr – eine halbe Stunde vergangen, eine Stunde ... Seine Phantasie trieb immer heftigere Blüten. Wie lange dauert ein Gespräch, bei dem man eine Beziehung beendet? Vorspeise, Suppe, Hauptgericht? Oder schon ein Streit nach dem Aperitif?
Er setzte sich auf die Couch im Wohnzimmer, unfähig, noch irgendetwas zu tun. Die Flasche Wein war fast leer. Er stellte sich eine Umkehrung der Verhältnisse vor: *Er* ließ Melanie alleine, um sich von Anna endgültig zu trennen. Würde sie auch hier sitzen und sich den Kopf zermartern? Nein, dachte er bitter. Sie würde sofort zu Sarah

und Jimmy rennen und sich einen netten Abend machen. Ihm ging auf, dass Melanie bei aller Weichheit, die man in ihr spürte, von sich überzeugter war als er. Nur ein in sich gefestigter Mensch war fähig, in einer solchen Situation nicht misstrauisch und unsicher zu werden. Selbstmitleid überfiel ihn. Er dachte an seine Kindheit, an die vielen kleinen und großen Verletzungen, die er hatte hinnehmen müssen, an seinen Vater, der ihn kaum wahrnahm, an seine Mutter, die ihm zu viel aufbürdete, an die Schulkameraden, die Dinge besaßen, die für ihn unerschwinglich waren, sogar seine erste große Liebe fiel ihm ein, Beate, ein blondes Mädchen, das er während seines Studiums kennen gelernt hatte. Charmant, gescheit, mit einer scharfen Zunge, wenn etwas nicht nach ihrem Kopf ging. Warum sie sich mit ihm zusammentat, obwohl er auf dem Fahrrad zur Uni fuhr und sie nur in billige Kneipen einladen konnte, war nicht zu ergründen, er vermied es auch, sie danach zu fragen; denn er war verliebt. Richtig verliebt. Kopflos verliebt. Sie besaß ein hinreißendes Temperament, sie studierte Elektronik wie er, mit dem Nebenfach Informatik, und ihre klare Logik versetzte ihn immer wieder ins Staunen. Aber sie enttäuschte ihn. Weil sie protestierte, als er begann, Zukunftspläne zu schmieden. Sie wolle ungebunden sein. Sie sei noch zu jung, um sich fest zu binden. Sie wolle auch mit anderen Männern ausgehen, alleine in Urlaub fahren, frei sein. Als er ihr in einem besonders zärtlichen Augenblick seine These auseinander setzte, sie solle er sein und er sie, sah sie ihn so belustigt an, als hätte er einen gelungenen Witz erzählt. »Spinnst du?«, fragte sie, und noch heute spürte er die kalte Enttäuschung, das Erstarren, das Bewusstsein, sich lächerlich gemacht zu haben. Er erinnerte sich, dass er gelacht hatte und so getan, als habe er sich nur einen romantischen Ausrutscher erlaubt. Er entwickle irrationale Verhaltensweisen, wenn er auf eine Frau scharf sei, erklärte er und hielt der Form halber die Beziehung zu Beate noch einige Wochen aufrecht. Denn ihm war wichtig gewesen, dass *er* sich von ihr trennte.

Um elf war Melanie immer noch nicht zu Hause. Er öffnete noch eine Flasche Wein. Saß sie jetzt bei Philip im Wagen? Küssten sie sich? Vielleicht schliefen sie noch einmal miteinander, ein letztes Adieu, im Zimmer eines dieser Luxushotels, in denen Philip stets wohnte. Hotel »Excelsior«, er erinnerte sich, dass sie diesen Namen im Zusammenhang mit Philip einmal erwähnt hatte. Er holte das Telefonbuch, suchte nach der Nummer und rief an. Verlangte nach Philip Rosin und erhielt die Auskunft, dass sein Telefon nicht abgenommen werde. Natürlich. Wer mit Melanie im Bett lag, reagierte nicht auf das Klingeln eines Telefons. Aber vielleicht trieben sie es auch in einem Park, Melanie war in dieser Beziehung sehr unkonventionell.

Mit zitternder Hand schenkte er sich ein neues Glas Wein ein. Angst umklammerte seine Brust, und er war nun voller Wut. Er hatte gedacht, wenn sie heirateten, gehöre sie ihm. Lachhaft! Sie gehörte ihm schon nicht mehr, wenn sie eines ihrer Bücher las, die voll gestopft waren mit fremden Leben und Schicksalen, ausgedacht von fremden Menschen, um das, was sie der Welt zu sagen hatten, zwischen zwei Buchdeckel zu pressen. Wie gesagt, er las keine Romane, sie interessierten ihn nicht. Er interessierte sich ausschließlich für *sein* Leben. Er interessierte sich für Sachen. Für Politik. Für Technik. Für die Börse. Für Rechtsfälle. Las er einen Roman, schweiften seine Gedanken sofort ab. Er konnte mit höchster Konzentration einer langen Abhandlung über die Patentfähigkeit einer technischen Erfindung folgen – und konnte seine Gedanken nicht zusammenhalten, wenn er versuchte, sich in einen Roman zu vertiefen.

Wie war er denn jetzt darauf gekommen? Ah, ja, Melanie. Die verschiedenen Möglichkeiten, untreu zu sein. Er blickte zur Uhr. Fast zwölf. Er war jetzt sehr betrunken. Was, glaubte diese Hure eigentlich, ließ er sich alles bieten? Er trank den Rest der zweiten Flasche aus. Einen Moment die Beine hochlegen und die Augen schließen. Und wenn sie dann kam, die fünf Sinne beieinander halten und sachlich wie bei einem Prüfverfahren ihr unmögliches Benehmen darlegen. Tränen traten ihm in die Augen. Wie war es möglich, fragte er sich, dass man rasende Wut gegenüber einer Frau empfand und sie trotzdem liebte? Eine Wallung ergriff ihn, halb Zorn, halb tiefes Elend, und er packte eines der Bücher, das das Leben dieser verdammten Lesbe Virginia Woolf zum Inhalt hatte, und zerfetzte es.

# 3

Melanie hatte sich genau zurechtgelegt, wie sie Philip das Ende ihrer Beziehung und die Tatsache, dass sie inzwischen verheiratet war, beibringen wollte. Zuerst ein paar höfliche Fragen nach seinem Job, seinem Londoner Aufenthalt, seiner Frau ... was dann den passenden Übergang darstellen würde, ihm zu erklären, dass sie nun auch Ehefrau sei, eine sehr glückliche sogar. Sie glaubte, ihn zu kennen. Eine Augenbraue spöttisch hochgezogen, ein durchdringender Blick, eine flapsige Bemerkung, in etwa, dass eine Ehe noch lange kein Hinderungsgrund sei, sich weiterhin zu treffen, die besten Ehen seien sowieso jene zu dritt. Doch sie würde ihm auseinander setzen, dass sie fürs Betrügen nicht geeignet sei, es auch gar nicht vorhabe. Sorry, Philip, da bin ich anders als du ...

Als sie an den Tisch trat, saß er entgegen seiner Art ernst und nachdenklich vor einem Glas Campari. Sie sah sein Gesicht im Profil, die gerade Nase, die hohe Stirn, das ausgeprägte Kinn. Widerstrebend gestand sie sich ein, dass er ihr immer noch gefiel.

Er hob den Kopf und schien sich über ihr Kommen aufrichtig zu freuen. Sie beugte sich zu ihm und küsste ihn zuerst auf die rechte, dann auf die linke Wange.

»Hallo, Philip!«

Er stand auf. »Schön, dich zu sehen.« Er schob ihr, genau wie Wolf es immer tat, einen Stuhl zurecht, eine für seine Verhältnisse höchst konventionelle Geste. Während sie sich setzte, wurde ihr bewusst, wie verwundert sie ihn anblickte, sodass er ein kleines Lachen ausstieß. »Was ist?«
»Ein neues Vokabular. Sonst begrüßt du mich immer mit ›Na, du Süße? Alles paletti?‹«
»Ich habe heute meinen wohlerzogenen Tag.«
»Welcher Tatsache verdanke ich das?«
Er dachte einen Moment nach. Dann nahm er ihre Hand, ihm fiel gar nicht auf, dass sie einen schmalen goldenen Ring mit einem kleinen Diamanten trug.
»Hm … Scheint so, als habe mich der Ernst des Lebens eingeholt.«
»Was ist passiert?«
Ein schiefes Lächeln. Er schwankte zwischen Ironie und Feierlichkeit, das spürte sie.
»Meine Frau und ich … Wir lassen uns scheiden. Auf meinen Wunsch.«
Da lief etwas falsch. Melanies Mund wurde trocken, sie brachte keinen Ton heraus.
»Du sagst ja gar nichts.«
»Das ist … Ich kann das nicht glauben.«
»Tja …« Endlich die hochgezogene Braue. »Was nun folgt, meine Liebe, ist die herzergreifende Beichte eines Mannes, der eine seltsame Wandlung erfuhr.«
Sie ging auf seinen Ton ein. »Dann lass mal hören! Ich liebe emotionale Bekenntnisse.«
»Dann hättest du es also lieber als gefühlvolle Erzählung. Nicht als sachliche Reportage.«

»Richtig.«

»Nun gut. Der Held, nennen wir ihn Philip, lief eines Abends durch London. Tagelang war es schwül gewesen, ungewöhnlich für den Monat März. Und jäh und ebenso ungewöhnlich brach ein Gewitter los. Es krachte und donnerte, Blitze zuckten über den Himmel, gezackte, sternförmige, unser Held hatte so etwas noch nie erlebt. Vielleicht sollte man noch hinzufügen, dass er durchs nächtliche London lief, weil er sich seit Wochen extrem müde und deprimiert fühlte, weil er unzufrieden war mit seiner Arbeit, mit den Kollegen, mit seinem ganzen Leben ... Er fühlte sich ausgebrannt und leer. Als jedoch diese Blitze und der Donner vom Himmel krachten, Äste von den Bäumen fielen und Hagelkörner ihm wie Schrotkugeln auf den Kopf prasselten, da explodierte etwas hinter seiner Stirn. Er sah seine Geliebte, die zauberhafte Melanie, plötzlich so klar und deutlich vor sich, als würde sie neben ihm stehen. Der Sturm zerrte an ihm, Regen durchnässte seine Kleidung, doch er ging immer weiter, und je weiter er ging, desto ruhiger wurde er. Endlich gestand er sich all die Fehler und Unterlassungen ein, die er begangen hatte. Er wurde wütend auf sich, so wütend wie lange nicht mehr.«

Philip hob den Blick und seufzte ein wenig. »Ich habe dich schäbig behandelt, Melanie. Ich habe nie zugelassen, dass du merkst, wie sehr ich dich mag. Ich sah in mir immer den smarten, wendigen Journalisten, eine Frau zu Hause, eine Geliebte in einer anderen Stadt ... dabei war ich nur ein Feigling. Also, langer Rede kurzer Sinn: Meine Frau und ich trennen uns. Offiziell, mit Urkunde, Stempel, Wohnungswechsel. Was mit uns beiden geschieht, mit dir und mir, musst nun du entscheiden.« Wieder geisterte das spöttische Lächeln über sein Gesicht.

»Mit anderen Worten: Ich bin Ihnen verfallen, meine Gnädigste, verfügen Sie über mich!«

Melanie hielt die Luft an vor ... ja, was? Tiefer Befriedigung? Entsetzen? Bedauern? Wie oft hatte sie sich ausgemalt, wie es sein würde, sollte Philip genau jene Worte zu ihr sprechen, die jetzt aus seinem Mund gekommen waren. Sogar das jäh aufwallende Glücksgefühl hatte sie sich in solchen Momenten vorstellen können. Und jetzt?

»Du scheinst nicht sehr begeistert zu sein.«

Der Ober trat an den Tisch, und wie durch einen Nebel hörte Melanie sich einen Wodka bestellen ... »Einen doppelten, bitte. Mit etwas Zitrone und Eis ...« Sie schwiegen, bis Melanie das Bestellte vor sich stehen hatte.

»Ich habe geheiratet«, sagte sie und trank das Glas auf einen Zug leer.

Philip blickte sie sprachlos an. »Wen?«, fragte er nach einer Weile.

»Einen Anwalt. Du kennst ihn nicht.«

»Wie lange kennst *du* ihn?«

»Vier Monate.«

»Du hast also vor vier Monaten einen Mann kennen gelernt, der so einmalig war, dass du ihn ... wann?«

»An meinem Geburtstag.«

»Dass du ihn ... lass mich mal nachrechnen ... zwei Monate später geheiratet hast.«

Philip verstummte und starrte sie an, als wären aus ihrem Mund Wörter gekommen, die er nicht begriff. Dann fasste er sich und winkte dem Ober. Er bestellte zwei Gläser Champagner und sprach jetzt mit einer seidenweichen, verwunderten Stimme, die Melanie mehr ans Herz ging, als sie sich eingestehen wollte. »Ihr seid in die Flitterwochen gefahren, ihr habt eine gemeinsame Wohnung bezogen, du hast, wie ich dich kenne, jede Nacht mit ihm geschlafen, hast mit ihm gefrühstückt, ihm von deinen Interviews erzählt ... und während all dieser Zeit zugleich mit mir telefoniert, mir von deinem Vater berichtet und seiner neuen Arbeit – ein US-Phönix, wenn ich mich recht entsinne – und mit keinem Wort erwähnt, dass dein Leben sich grundlegend geändert hat.«

Der Champagner kam. Philip nahm sein Glas und prostete ihr zu. »Ich muss schon sagen, das hätte ich dir nicht zugetraut.«

In Melanie regte sich Widerstand. »Philip. Seit Monaten wollten wir uns trennen, schon vergessen? Dann gingst du nach London ...« Sie unterbrach sich, da sie selbst spürte, wie dünn ihre Argumente klangen. »Ich war unglücklich. Ich war allein. Und habe mich verliebt.«

»Und sofort geheiratet. Ich hatte von dir nie den Eindruck, dass du so versessen warst aufs Heiraten. Aber gut, lassen wir das! Jetzt nimm schon dein Glas und stoß mit mir an!«

Er versuchte zu lächeln, und es rührte sie, wie sehr er um Haltung bemüht war. Sie nahm einen kleinen Schluck.

»Erzähl mir von ihm! Oder nein ... lass mich raten. Er ist in allem das genaue Gegenteil von mir. Er ist ernsthaft, zuverlässig, ein Fels in der Brandung. Er liest dir jeden Wunsch von den Augen ab und ist ... ja, was soll ich

sagen … romantischer als ich? Und natürlich ein guter Liebhaber, denn darauf legst du Wert, wenn ich mich recht entsinne.«
Sie tat es ihm nach und versuchte, ebenfalls zu lächeln. »Du warst schon immer ein exzellenter Analysierer. Ja. Ich liebe es, wie er mich behandelt. Er gibt mir das Gefühl, etwas Besonderes zu sein. Nicht, dass ich etwas Besonderes wäre, aber es ist schön zu wissen, dass ein anderer Mensch einen so hoch einschätzt. Dass man ihm so viel bedeutet, dass er jede Minute mit einem zusammen sein möchte.« Sie stockte, weil ihr jäh die Szene in der Küche in den Sinn kam, als Wolf sich so frostig von ihr verabschiedet hatte. Sie spürte Philips Blick, deshalb fuhr sie hastig fort: »Er ist ganz anders als du. Du brauchst sehr viel Freiraum, er nicht, da bin eher ich diejenige, die sich manches Mal entzieht. Aber er akzeptiert das.« Du lügst, fuhr es ihr durch den Sinn. Er akzeptiert es nicht, und du weißt es.
Alles hatte sie erwartet, aber nicht, dass Philip nun so voller Wärme und Zuneigung ihre Hand drücken würde. »Tja, dann … viel Glück, Melanie!«
»Es tut mir Leid«, flüsterte sie. »Es tut mir wirklich Leid.«
Er meinte, es geschehe ihm ganz recht. In die eigene Grube gefallen. Er habe sie so lange auf Distanz gehalten, bis sie diese akzeptiert und darauf reagiert habe. Aber eines müsse sie ihm versprechen. Wann immer sie das Gefühl habe, ihn zu brauchen, sei es am Tag oder tief in der Nacht, er sei für sie da. Er halte zwar nichts von dem Gefasel, man solle nun ewige Freundschaft pflegen. Den-

noch ... wieder nahm er ihre Hand. »Lass den Kontakt nicht ganz abbrechen!« Ein Essen, eine Tasse Kaffee, das seien sie sich schuldig. Schließlich habe sie ihn einmal geliebt, nicht wahr? Und schließlich liebe er sie immer noch. Sie nickte.

Während des Essens unterhielten sie sich über berufliche Dinge.

Philip erzählte, er berichte immer noch für seine Hamburger Zeitung über die diversen politischen Querelen ständiger Vor- und Nachwahlperioden in aller Welt, außerdem schreibe er an einem Buch, das gesellschaftspolitische Glossen enthalten werde. Ein namhafter Verlag habe es in Auftrag gegeben. Er meinte, dies sei ein Lichtblick im sonst eher tristen journalistischen Alltag, es bereite ihm großen Spaß, daran zu arbeiten. Als Melanie sagte, sie vertiefe sich gerade in das Leben von Virginia Woolf, gab er ihr Ratschläge, versprach ihr, eine Biografie zu schicken, die sie noch nicht besaß, und schlug ihr vor, sich für den zweiten Artikel, wenn es denn dazu käme, mit dem Leben von Sylvia Plath zu befassen. Leben und Werk dieser Schriftstellerin passten zum Thema. Auch da besitze er ein paar lesenswerte Biografien mit ganz verschiedenen Ansätzen, die würde er ihr ebenfalls gerne leihen, wenn sie es wünsche.

Fast war es wie in alten Zeiten, als sie das Lokal verließen. Sie redeten und lachten, Philip atmete tief durch, sog die kühle Nachtluft ein und meinte: »Was für ein schöner Abend!« Nun war es tatsächlich vorhanden, dieses Gefühl des Bedauerns. Früher hatten sie sich ein Taxi gerufen und waren in zärtlichem Geplänkel zu Philips

Hotel gefahren. Jetzt aber standen sie sich verlegen gegenüber und wussten nicht, wie sie sich verabschieden sollten.
»Ja, dann ... mach's gut, Philip!«
»Soll ich dir ein Taxi rufen?«
»Nein. Ich laufe noch ein paar Schritte.«
»Soll ich mitkommen?«
Sie schüttelte den Kopf.
Er strich ihr zärtlich übers Gesicht und drückte sie kurz an sich. »Alles Gute! Und grüß deinen Vater von mir! Ich werde ihn die nächsten Tage mal anrufen. Wegen eines Artikels über seine Arbeit. Hab grünes Licht erhalten vom Chefredakteur.«
Sie erschrak. Wenn das Wolf erfährt ... Im gleichen Moment ärgerte sie sich. Wieso gipfelte seit neuestem jede noch so kleine Begebenheit in der Überlegung, ob sie Wolf passe oder nicht?
»Da wird Jobst sich sehr freuen«, meinte sie steif. Philip, wieder ganz der Alte, verzog spöttisch die Mundwinkel. Sie biss sich auf die Lippen.
»Ist alles in Ordnung mit dir?«, fragte er.
»Aber ja.« Sie wich seinem Blick aus und bemerkte, dass ein Mann aus dem Schatten eines Baumes trat und zu seinem Auto ging. Umständlich suchte er nach dem Autoschlüssel und sah kurz zu ihnen herüber.
»Hast du eine Zigarette für mich?«
Philip fischte eine Packung aus seiner Jackentasche, zündete eine Zigarette an und schob sie ihr zwischen die Lippen. »Du rauchst, wenn du glücklich bist oder sehr traurig oder sehr nervös. Was ist es heute?«

Sie seufzte. »Ich bin nervös. Ich hatte Angst vor diesem Abend. Und jetzt bist du so ... nett und verständnisvoll. Ich weiß einfach nicht, was ich von dir halten soll. Das wusste ich nie so richtig.«
Sie warf die Zigarette auf den Boden und trat sie aus. »Ich muss los.«
»Noch ein kleiner Absacker gegen die Nervosität?«
Sie blickte auf die Uhr. Schon fast Mitternacht. Doch weil sie wieder an Wolf dachte und sich vorstellte, wie er ebenfalls ständig auf die Uhr schaute, und weil ihr aufging, dass dies nun ihr Leben sein würde – nie mehr frei, nie mehr unabhängig –, sagte sie: »Warum nicht?« Und kehrte mit Philip ins Lokal zurück, setzte sich mit ihm an die Bar und trank noch einen Wodka. Einen doppelten. Mit Eis und Zitrone. Schließlich stand in jener Gefängnisordnung, die der Standesbeamte verlesen hatte, mit keinem Wort, dass sie ihr ganzes Leben lang Punkt zwölf Uhr zu Hause zu sein hatte!

Zwei Stunden später steckte sie mit klopfendem Herzen den Schlüssel ins Türschloss und versuchte, so geräuschlos wie möglich die Wohnung zu betreten. Leise schlüpfte sie aus ihren Schuhen und ging ins Wohnzimmer. Das Licht brannte. Wolf lag auf der Couch, zwei leere Flaschen Wein standen auf dem Tisch, daneben ein Glas. Über den Tisch verstreut lagen die Fetzen eines Buches. Sie wollte ihren Augen fast nicht trauen und versuchte, die Situation zu erfassen.
Ihr Mann, anscheinend betrunken, schlief tief und fest. Er schien sich über ihr Ausbleiben so geärgert zu haben, dass

er eines ihrer Bücher zerrissen und voller Wut auf den Tisch geworfen hatte. Sie aber packte ihn nicht empört an der Schulter, rüttelte ihn wach und fragte ihn, was dieser Vandalismus zu bedeuten habe.

Nein, sie stand wie ein ertapptes Kind im Türrahmen und konnte zwischen Gut und Böse nicht mehr unterscheiden. Herrgott! Sie war mit einem Freund beim Essen gewesen, sie hatte dies nicht verheimlicht, hatte sogar erzählt, wo dieses Essen stattfand, sie blieb auch nicht über Nacht aus, war sich keines Unrechts bewusst – und trotzdem hatte sie ein schlechtes Gewissen. Und Angst. Ja, sie spürte, wie die Angst sie gleich einem bösartigen Tier überfiel. Wenn er schon damals auf Sizilien fast ausgerastet war, als sie sich mit einem x-beliebigen Ober nett unterhielt, wie würde er dann wohl reagieren, wenn sie sich mit ihrem früheren Geliebten getroffen hatte und nicht zur rechten Zeit zu Hause erschienen war. Doch was bedeutete die »rechte Zeit«? Wer bestimmte, was die »rechte Zeit« war?

Sie ging ins Badezimmer, putzte sich die Zähne, zog ihr Nachthemd an und kroch fröstelnd ins Bett. Der Wein, der Wodka ... sie würde morgen früh darüber nachdenken müssen, wie die Sache zu bewerten sei. Nur gut, dass Wolf nicht gesehen hatte, wie Philip sie zum Abschied küsste. Und dass er nicht ahnte, wie ihr Herz sich vor Trauer zusammenzog bei dem Gedanken, dass Philips Wandlung ein paar Monate zu spät erfolgt war.

Gegen Morgen erwachte sie. Sie lag mit dem Gesicht nach unten auf dem Bett und meinte zu ersticken. Ihr Kissen war nass von Schweiß. Sie setzte sich auf.

Wolf stand vor ihr, keinen Meter entfernt, und starrte sie unverwandt an.
»Was ist los?«, stammelte sie.
Er antwortete nicht. Ihre Augen gewöhnten sich an das graue Dämmerlicht, und sie sah, dass er seine Hände zu Fäusten geballt hatte. Sein Gesicht war bleich. Melanie knipste die Leselampe an und fragte abermals: »Was ist los?«
Er warf ihr einen so verächtlichen Blick zu, dass ihr der Atem stockte. Dann wandte er sich ab und verließ den Raum.
Sie sprang aus dem Bett und folgte ihm.
Er stand in der Küche und trank in gierigen Zügen Mineralwasser aus der Flasche.
»Als ich nach Hause kam, hast du geschlafen«, sagte sie.
Wieder schwieg er, und wieder dieser verächtliche, hasserfüllte Blick.
»Was habe ich denn getan?«, rief sie, nahm ihm die Flasche aus der Hand und stellte sie heftig auf den Tisch. »Du führst dich auf, als hätte ich ein Verbrechen begangen.«
»Du treibst dich die ganze Nacht lang mit deinem verflossenen Liebhaber herum und fragst mich, was du getan hast?«, brüllte er sie plötzlich an. »Du wagst es, mich zu fragen, was du getan hast?«
»Mach dich doch nicht lächerlich! Ich war mit Philip beim Essen. Wir waren schon am Gehen, als wir uns entschlossen, noch einen Kaffee zu trinken. Wir haben uns nett und sachlich unterhalten, er hat mir viel Glück gewünscht und mir von seiner Arbeit erzählt. Und ich ihm

von der meinen. Das war alles. Und jetzt gehe ich wieder ins Bett, ich habe nämlich einen harten Tag vor mir.«
Sie ging zornig zurück ins Schlafzimmer, ließ sich auf ihr Bett fallen und löschte das Licht. Sie hörte, wie Wolf sie mit spöttischer Stimme nachäffte, wie er heftig die Kühlschranktür zuwarf und gegen einen Stuhl stieß. Die Situation kam ihr so unwirklich vor, dass sie ihre Angst vergaß. Was bildete er sich ein? Sollte das vielleicht ihr künftiges Leben sein? Überwacht wie ein kleines Kind? Mein Gott, in was für ein Chaos hatte sie sich hineinmanövriert! Hatte einen Mann geheiratet, den sie im Grunde gar nicht kannte. Irgendetwas stimmte doch nicht mit ihm. Die Szene mit dem Ober in Sizilien! Lächerlich, wie er sich schon da verhalten hatte. Sie steigerte sich in ihre Wut hinein, nur um ihre Angst zu unterdrücken, ihr Herz klopfte heftig, kein Darandenken, jetzt schlafen zu können. Doch als er ins Zimmer kam, zwang sie sich zu tiefen, ruhigen Atemzügen, während sie ihre Fingernägel in die Handballen drückte. Da konnte sie sich noch so sehr einbilden, lediglich zornig zu sein – sie war es nicht. Sie war vielmehr entsetzt.
»Von seiner Arbeit hat er ihr erzählt, dass ich nicht lache! Putzt sich heraus wie eine Filmdiva und will mir dann einreden, er habe ihr lediglich von seiner Arbeit erzählt. Unverschämtheit, das.«
Schwer setzte er sich aufs Bett und zog an ihrer Decke. Sie wurde sich unangenehm bewusst, dass ihr Nachthemd sich verschoben hatte, sie mit nackten Beinen und nacktem Po dalag und er sie so sah. Trotzdem tat sie, als schlafe sie fest.

Da rüttelte er sie an der Schulter. »Wach auf!«, sagte er böse. »Ich will mit dir reden.«

Sie rührte sich nicht.

»Ich weiß, dass du wach bist.«

Sie stand wortlos auf und schleppte ihr Kissen und die Decke ins Wohnzimmer.

Er folgte ihr. »Das wirst du nicht tun. Du wirst mich hier nicht stehen lassen wie einen Idioten. Du wirst mir nun haarklein erzählen, was du diesen Abend gemacht hast. Und erst dann, hörst du, erst dann wirst du ins Bett gehen und schlafen.«

Sie war so verblüfft, dass sie jetzt tatsächlich ihre Angst vergaß. »Wie bitte? Ich muss deine Erlaubnis einholen, um schlafen zu dürfen? Wo, glaubst du, dass wir leben? Im Orient?«

Mit einer einzigen Bewegung fegte er die Weinflaschen und das Glas vom Wohnzimmertisch. »Du unverschämtes Miststück! Ich hätte mir ja gleich denken können, was und wer du bist, als ich dich das erste Mal mit deiner Freundin sah. Die gleiche Nutte wie du!«

Sie konnte nicht glauben, dass er das gesagt hatte. Sarah eine Nutte! Ihr wurde ganz schwach, sodass sie sich setzen musste, so sehr zitterten ihr plötzlich die Knie.

»Bist du verrückt geworden?«, flüsterte sie und blickte ihn so erschüttert an, dass ihm aufzugehen schien, wie er auf sie wirken musste. Ein trotziger Ausdruck schlich in seine Augen, er schüttelte nur den Kopf und sagte: »Mach doch, was du willst!« Mit wütenden Schritten stapfte er aus dem Wohnzimmer. Sie hörte, wie er unter die Dusche ging, sich ankleidete und das Haus verließ. Wie vernichtet

saß sie da, unfähig, sich zu bewegen. Nach unendlich langer Zeit, wie es ihr schien, erhob sie sich und machte sich daran, die Scherben vom Boden aufzuheben und in den Abfall zu werfen. Sie wischte den Tisch ab, öffnete die Fenster. Kühle Luft drang ins Zimmer, der Himmel färbte sich hell, Vögel zwitscherten.
Dann ging sie in ihr Arbeitszimmer. Auch hier öffnete sie die Fenster, und als sie sah, wie ihre Mobiles sich sacht im leichten Luftzug bewegten, füllten sich ihre Augen mit Tränen. Das Zimmer kam ihr vor wie das einzige Stück Heimat, das sie noch besaß. Was sollte sie jetzt tun? Sie konnte die unbeschreibliche Szene mit Wolf weder ihrem Vater noch Sarah schildern. Mit einem Mal gestand sie sich ein, dass sie von Anfang an geahnt hatte, was die beiden von Wolf hielten. Sie erinnerte sich an die zögernde Zurückhaltung ihres Vaters, als sie ihm kurz vor der Hochzeit während einer Museumsausstellung von Wolfs früherem Leben erzählt hatte. Eine karge Erzählung, eher eine nüchterne Aufzählung von Fakten. Sie, die sonst so gern Menschen beschrieb und sich stundenlang mit Jobst über Charakter und Seelenlage ihrer Freunde unterhalten konnte, fand im Grunde nur dürre Worte. Aber Jobst war viel zu sehr darauf bedacht, ihre Entscheidung zu respektieren und ihr die Freude über die bevorstehende Hochzeit nicht zu verderben, als dass er sich in irgendeiner Weise negativ geäußert hätte. Und Sarah hatte sie noch weniger erzählt. Sie fürchtete Sarahs nüchternen Blick, ihre Bemerkungen, die wie Pfeile wirken konnten, wenn sie mit einem Menschen nicht einverstanden war, und mit Wolf war sie nicht einverstanden. Doch auch

Sarah hatte sich zurückgehalten, hatte lediglich gemeint: »Du weißt, dass ich dir alles Gute wünsche. Und wenn's schief geht – bei Jimmy und mir gibt's immer ein Süppchen, und ein Bett steht auch bereit, falls du auf die Nase fällst.« Sie hatten gelacht damals, sie ein wenig fröhlicher als Sarah, wenn sie sich recht entsann. Seltsamerweise aber tröstete sie jetzt der Gedanke an ihr Gespräch mit Sarah. Als würde ihr aufgehen, dass es da draußen noch eine andere Welt gab als die Enge dieser Wohnung. Menschen konnten sich von heute auf morgen entschließen, ihr Leben zu ändern. Einen Koffer zu packen, zum Bahnhof zu gehen und sich in Afrika wiederzufinden. Oder hoch oben im Norden. Sie stellte sich vor, in der unendlich kalten Weite der Arktis zu stehen oder in den Steppen Russlands. Was bedeutete die Existenz eines Wolf Eckart angesichts einer rötlich braunen Steppe und vom Wind gejagter Wolken? Angesichts von weiten Wäldern, Sonnenuntergängen oder Berggipfeln, die in einem kalten Feuer leuchten? Sie musste sich zwingen, in anderen Dimensionen zu denken. Aus dem eigenen Wohnzimmer hinausdenken, nicht wahr, Virginia? Ihre Ansichten, ihr Empfinden durften nicht beengt und kleinlich werden, was hieß schon, du bist ich und ich bin du? Ein Anachronismus. Nur wir beide zählen, die restliche Welt existiert nicht, und wenn sie existiert, was kümmert uns das? Sie beide ein Mikrokosmos? Grauenhafter Gedanke. Ihr Vater hatte einmal all sein Hab und Gut verkauft und ganz von vorn begonnen, um dem kleinlichen Denken und der Enge zu entfliehen. Alles verkauft, die sichere Existenz aufgegeben, um wieder durchatmen zu können.

Diese Möglichkeit gab es auch für sie. Käfigtüren konnte man öffnen.
Sie packte kurz entschlossen Badeanzug und Handtuch in einen Beutel, denn wie stets, wenn sie sich in einer scheinbar ausweglosen Situation befand, sehnte sie sich nach Ruhe und körperlicher Anstrengung. Mit kräftigen Zügen schwimmen. Eintauchen, hochschnellen, außer Atem kommen. Lange, ruhige Bahnen, die vor einem lagen und die man gleichmäßig durchpflügte.
Sie verließ die Wohnung und ging zu ihrem Wagen. Als sie einen Blick in den Rückspiegel warf, bemerkte sie Wolfs Auto. Es stand auf der gegenüberliegenden Seite der Straße. Zuerst glaubte sie, der Wagen sei leer. Doch dann sah sie Wolf. Er saß auf der Rückbank und beobachtete sie. Sie stieg wieder aus und schlenderte mit Bedacht sehr langsam über die Straße. Da Wolf keine Anstalten machte, die Autotür zu öffnen, klopfte sie an die Scheibe. Eine Weile starrte er sie regungslos an, dann öffnete er die hintere Wagentür einen Spalt.
»Ich fahre jetzt zum Schwimmen ins Westbad. Nur für den Fall, dass du es wissen willst. Ich habe mich dort nicht mit einem meiner zahlreichen Liebhaber verabredet, sondern will tatsächlich nur schwimmen. Nicht ficken. Kapiert?«
Sie wandte sich um, ging zu ihrem Auto zurück und fuhr davon.

Am Nachmittag besuchte sie ihren Vater. Jobst saß auf der Bank vor dem Haus, neben sich ein Glas Rotwein. Er rauchte. Den Aschenbecher hatte er auf einen Hocker gestellt. Als er sie sah, ging ein Lächeln über sein Gesicht, aber er stand nicht auf, er schien erschöpft. Sie kannte diesen Zustand bei ihm. Sicherlich war er mit seiner Arbeit ein Stück weitergekommen und genoss nun diesen Augenblick der inneren Zufriedenheit. Sie setzte sich neben ihn, nahm einen Schluck aus seinem Glas und blickte hinüber zu den blühenden Sträuchern, die ihre Mutter gepflanzt und jedes Jahr liebevoll gestutzt hatte. Jetzt wucherten sie in alle Himmelsrichtungen, manche Zweige hingen bis zum Boden, der vermoost war und voller Unkraut.

»Mama würde uns ausschimpfen, wenn sie ihren Garten sähe.«

Jobst hob die Achseln. »Was soll ich machen? Ich eigne mich nicht zum Gärtner.«

»An was arbeitest du gerade?«, fragte Melanie.

»Oh. Eine interessante Sache. Ein Konzert mit so genannter entarteter Musik ist geplant. Auf dem Gelände der ehemaligen Reichsparteitage in Nürnberg. Wir arbeiten an einer Art optischer Erweiterung. Am Aktionstag werden wir ein fliegendes Kunstobjekt einsetzen. Einen großen, ferngelenkten Zeppelin mit der Aufschrift *Nie wieder*. Wir lassen ihn kreisen … über dem Veranstaltungsort, über allen Besuchern.« Er lockerte die verkrampften Schultern, und seine Miene drückte eine so tiefe Mischung aus Freude und gleichzeitiger Resignation aus, dass es ihr ins Herz schnitt. Sie wusste, dass er bis zu seinem letzten Atemzug versuchen würde, politische Wirklichkeit mit seiner Kunst zu verbinden, aber sie ahnte auch die Niedergeschlagenheit, die ihn manches Mal befiel, da er sich tagtäglich mit dieser politischen Wirklichkeit auseinander setzen musste. Bisher hatte sie solche Augenblicke mit ihm durchlitten, andere mit ihm genossen, hatte sich mit ihm gefreut, sich seine Arbeiten angesehen, Anregungen gegeben, auch Kritik geübt. Nun, schien ihr, war alles anders. Sie saß gefangen in einer Spirale von stumpfer Angst und wütender Empörung, die sie blind machte für die Dinge um sie herum. Und was das Schlimmste war: Sie konnte mit ihrem Vater nicht darüber sprechen. Sie schämte sich, da sie sich selbst in diese Lage gebracht, keinen Einwand bedacht, kein Argument gegen die überstürzte Heirat zugelassen hatte.

»Komm doch mit Wolf am Wochenende zu mir! Wir könnten eine Flasche leeren und den Pressekram besprechen.« Er blickte sie von der Seite an. »Du kümmerst dich doch noch darum?«

»Natürlich.« Sie zwang sich zu einem Lächeln. »Kann aber sein, dass ich alleine komme. Wolf sitzt gerade an einer schwierigen Sache ... irgendeine Erfindung ...« Sie verhaspelte sich.

Jobst bückte sich nach einem verwelkten Zweig zu seinen Füßen. Er drehte ihn zwischen seinen Fingern hin und her und sah sie dann unvermittelt an. »Ist alles in Ordnung mit dir?«

Nein!, schrie es in ihr. Nichts ist in Ordnung. Ich bin traurig und ratlos. Und völlig verstört. »Aber ja«, sagte sie. »Was sollte denn sein?«

Er antwortete nicht, sondern stand stöhnend auf und hielt sich das Rückgrat. »Machen wir einen kleinen Spaziergang!«

Sie gingen den schmalen Weg entlang, der hinter dem Haus durch Rapsfelder zum Wald führte. Als Kind war sie hier mit dem Fahrrad gefahren, bis sie zu einem Froschteich kam, ihrem Lieblingsplatz. Sie bildete sich ein, die Frösche sängen ihre kuriosen Lieder nur für sie. Stundenlang konnte sie dem rauen Quaken lauschen, auf einer Decke liegend, einen Stoß Bücher dabei und belegte Brote, die ihre Mutter für sie eingepackt hatte. In jedem der Bücher las sie bestimmte Kapitel oder Abschnitte, die ihr besonders gefielen, las sie immer wieder, eine Angewohnheit, die sie auch heute noch besaß. Mit Philip hatte sie sich oft darüber unterhalten, sie hatten gelacht, wenn er gestand, er lese Mark Twain, wenn ihn die Wehmut des mittleren Alters überfalle, und sie hatte ihm gebeichtet, dass sie sich in romantische Liebesgeschichten flüchte, wenn sie nichts mehr von den Grausamkeiten des eigenen Lebens wissen wolle. Wieso denn ihr Leben so grausam sei?, hatte er sie gefragt. Und sie hatte geantwortet: »Weil ich unentwegt auf etwas warte. Auf den Artikel meines Lebens, auf die Vernunft der Menschen, auf einen Mann, für den ich Greta Garbo bin.« Er hatte sie geneckt und gemeint, göttlich sei sie, wenngleich auf ganz andere Art, als sie es sich wohl wünsche.
Den Froschteich gab es nicht mehr. Schon vor Jahren war er trockengelegt und mit Kies und Schutt aufgefüllt worden. Und doch hatte sie immer noch das leise Quaken im Ohr, spürte die Sonne auf ihren nackten Armen und das wohlige Gefühl, wenn sie in ihren Büchern blätterte, voller Vorfreude auf jene Stellen, die sie schon auswendig wusste und die das Tor zu einer aufregenden Zukunft

öffneten. Sie würde selbst Bücher schreiben, so hatte sie es sich vorgestellt, vielleicht würde sie aber auch eine berühmte Schwimmerin sein und zu Olympiaden gesandt werden. Oder sie würde einen Mann treffen, den sie so sehr liebte, dass sie zu ihm sagte: »Ich werde für dich sein, was immer du willst.«

Jobst blieb stehen. »Manchmal frage ich mich, ob es gut ist, alt zu sein und so wütend. Wenn ich die Zeitung aufschlage, könnte ich manches Mal verzweifeln. Dann bin ich mir der Vergeblichkeit, Dinge zu verbessern, so bewusst, dass der Tag für mich verloren ist. Ich bringe dann nichts zustande. Du kannst die Menschen nicht ändern, sage ich mir dann. Sie werden immer dieselben Fehler machen und in dieselben Fallen tappen.«

»Wahrscheinlich ist nur wichtig, das zu tun, was einem am Herzen liegt. Bei dir ist es das Aufbegehren gegen diese Vergeblichkeit.«

»Und was ist dir wichtig?«

»Nach meinen Vorstellungen zu leben und trotzdem im Einklang zu sein. Mit den Menschen im Allgemeinen und mit jenen, die mir nahe stehen. Aber auch ich bin mir der Vergeblichkeit meiner Wünsche bewusst.«

»Vielleicht täuschst du dich?«

»Nein. Es kann nicht gelingen. Entweder du bleibst ein freier Geist, dann wirst du zwangsläufig anecken. Oder du wirst handzahm. Dann bist du zwar im Kopf oder in deiner Vorstellung noch frei, aber du weißt nicht mehr, wie du dich verhalten sollst. Du hast keine Prägung mehr.«

Er warf ihr einen verwunderten Blick zu und lächelte

leicht. Sie kamen zum Haus zurück. »Komm«, sagte er, »ich will dir was zeigen.« Er ging ihr voran, hinein in seine Werkstatt, kramte in einer Schublade des Schreibtischs und hielt ihr ein Schriftstück hin. Sie las, hob den Kopf und sah ihn überrascht an.

»Du hast mein altes Apartment gemietet?«

Er nickte.

»Wieso denn das?«

Leichte Röte stieg ihm ins Gesicht. »Ich habe bemerkt, wie schwer es dir gefallen ist, es aufzugeben. Ich dachte mir … Aber das richtet sich jetzt nicht gegen deinen Mann. Ich wollte einfach, dass du weißt, diese Wohnung gehört dir noch.« Er griff in eine Tonschale voller Schlüssel, nahm einen davon und reichte ihn ihr.

»Mein nachträgliches Hochzeitsgeschenk.«

Sie umschloss den Schlüssel mit ihrer Hand. »Dann warst du es, der die restlichen Möbel abgelöst hat? Mein Vermieter sagte mir, ich könne alles belassen, wie es ist.«

»Ich habe lediglich ersetzt, was du mitgenommen hast. Einen Schreibtisch, ein paar Regale … Ich finde den Gedanken, das Apartment als Büro zu nutzen, nach wie vor gut. Und außerdem wollte ich …« Er unterbrach sich, seufzte und strich ihr eine Haarsträhne hinters Ohr. »Ich wollte, dass du noch etwas Eigenes hast. Ist zwar nur eine gemietete Wohnung …«

Sie lehnte ihren Kopf an seine Schulter und schluckte schwer an ihren Tränen. »Danke, Papa.«

Unbeholfen drückte er sie an sich. »Und bei dir zu Hause ist wirklich alles in Ordnung?«

Sie sah ihm in die Augen. »Das weiß ich noch nicht. Aber

wenn ... wenn etwas sein sollte, dann verspreche ich, dass ich zu dir komme.«

Nun galt es, sich zu überlegen, wie – in welcher Weise, mit welchem Gesicht, mit welcher Haltung – sie Wolf am Abend begegnen sollte.
Doch zuerst fuhr sie zu Sarah. Sie betrat das Lokal, das völlig leer war. Der lange Tresen, die ordentlich aufgereihten Flaschen auf dem Bord über dem Spiegel, die rohen Holztische, die geschmackvollen Kerzenleuchter – alles in einer dämmerigen Stille, als komme man nach Hause, dachte sie, als öffne sich gleich die Tür und Freunde und Verwandte träten hervor, um einen freudig zu begrüßen. Schon wieder diese dummen Tränen, die ihr in die Augen stiegen! Sie hatte so nah am Wasser gebaut seit der letzten Nacht, was Wunder, wenn man bedachte, was vorgefallen war. Ihr kamen diese Illustriertenfotos in den Sinn, diese Vorher-und-nachher-Bilder: vom Aschenputtel zur Prinzessin. Bei ihr schien es umgekehrt zu sein. Vorher ein leuchtendes Strahlen, nachher die vom Leben zerzauste Person.
Sarah kam aus der Küche. »Hey, hab ich eine Erscheinung, oder bist du's wirklich?«
Sie nahm Melanie in die Arme und küsste sie auf beide Wangen. Sie roch nach Zwiebeln und Fleisch. »Bin grade beim Bulettenmachen.«
Melanie sah über ihre Schulter zur Küche hinüber.
»Jimmy ist einkaufen gefahren«, meinte Sarah, als habe sie Melanies Gedanken erraten. Sie ging hinter den Tresen und schenkte zwei Gläser Rotwein ein.

»Ich habe bei dir im Büro angerufen. Sie haben mir gesagt, du habest dir freigenommen.«
»Ja. Resturlaub abfeiern.«
Sarah schob Melanie ein Glas zu. »Salute! Auf die verlorene Tochter!«
Sie tranken. Sarah zwickte die Augen zusammen und schüttelte den Kopf. »Du siehst beschissen aus. Was ist los?«
Abermals wurden Melanies Augen feucht. Sie presste die Lippen aufeinander. Nein, sie konnte nicht darüber sprechen, noch nicht, nicht, bevor sie sich mit Wolf auseinander gesetzt und etwas Licht ins Dunkel gebracht hatte.
Sarah hielt ihr die Zigarettenpackung hin. Melanie nahm eine Zigarette, legte sie wieder weg, nahm sie dann doch und zündete sie an. »Ich kann jetzt nicht darüber sprechen. Aber ich habe Ärger, großen Ärger.«
»Wolf ist eifersüchtig«, stellte Sarah fest. »Und zwar so eifersüchtig, dass dir angst und bange wird.«
Melanie zuckte zusammen. »Wie kommst du darauf?«
»Weil ich eins und eins zusammenzählen kann. Dass er damals ausgerechnet hier im Lokal saß, als du mit mir reden wolltest. Dass er dich keine Minute aus den Augen lässt, nicht einmal bei eurer Hochzeit, und da steht einem der Sinn sicherlich nicht nach Flirts mit anderen. Dass er dich permanent abschirmt, wenn man dich sprechen will …«
»Wieso? Wann?«
»Ich habe dich vor ein paar Tagen angerufen. Er ist am Telefon gewesen und hat gesagt, du seist nicht da. Fünf

Minuten später hast du mich angerufen und gesagt, dass du in deinem Arbeitszimmer sitzt und dich langweilst.«
»Aber wieso sollte er auf dich eifersüchtig sein?«
»Für eine Journalistin stellst du bescheuerte Fragen. Eifersüchtige sind auf alles eifersüchtig. Auf andere Männer, und wenn es nur der Obsthändler um die Ecke ist, auf deine Freundinnen, auf deine Katze – gut, dass du keine hast, sonst würde sie schon tot im Fensterkreuz baumeln –, sogar auf deine Erinnerungen. Noch nie davon gehört?«
Melanie schwieg. Sarah hatte Recht. Als sie kurz nach der Hochzeitsreise alte Liebesbriefe und Tagebücher aus einer Kiste holte und in einer Schublade verstauen wollte, hatte Wolf sie mit einem so schmerzlichen Ausdruck in den Augen angeblickt, dass sie sich selbst als rücksichtslos schalt, dies in seiner Anwesenheit getan zu haben. Sie entschuldigte sich bei ihm und versicherte, nichts, aber auch gar nichts liege ihr an den Relikten aus vergangenen Tagen. Er nahm sie in die Arme und küsste sie so leidenschaftlich und schmerzhaft, dass es ihr vorkam, er wolle jede einzelne Erinnerung an früher aus ihr herausküssen. Noch im Arbeitszimmer, auf dem kostbaren Perserläufer, den ihr Vater ihr nach einer seiner Orientreisen geschenkt hatte, hatte er sie entkleidet und wie ein Verrückter den kleinen Teppich unter ihr hervorgezerrt und zur Seite geschoben. »Nur du und ich«, hatte er geflüstert, und wie immer hatte sie sich hinreißen lassen von seiner Glut, seinen zärtlich gestammelten Worten, mit dem Ergebnis, dass sie hinterher die Briefe und Tagebücher vor seinen Augen zerriss und in eine Mülltüte steckte.

»Ich werde heute Abend mit ihm sprechen. Menschen haben ihre Gründe, warum sie so sind, wie sie sind. Ich werde ihm helfen, darüber hinwegzukommen.«

»Du bist naiv, Melanie. Wenn, dann müsste er schleunigst zu einem Therapeuten. Was ist eigentlich vorgefallen?«

»Er hat Terror gemacht, weil ich erst nach Mitternacht nach Hause gekommen bin. Und da sind noch andere Anzeichen ... Aber, wie gesagt, ich werde das regeln.« Sie trank ihren Wein aus und rutschte vom Barhocker. »War schön, dich zu sehen.«

Sarah begleitete sie zur Tür. »Ein Anruf genügt, und wir kommen, Jimmy und ich.«

»Ich weiß«, sagte Melanie. Verwundert stellte sie fest, dass ein diffuses Gefühl sich in ihr einnistete wie ein befruchtetes Ei in der Gebärmutter. Sie hatte Wolf verraten. »Nur du und ich«, hörte sie ihn wieder sagen, und sie wünschte sich, daran glauben zu können, dass diese Einheit, die er immer beschwor, möglich sei. Aber nicht so!, rief sie sich zu. Nicht, indem man sich bewacht und ausspioniert. Die Freunde des anderen diffamiert. Die Luft mit Misstrauen schwängert. Das musste sie ihm klar machen. Heute noch.

# 4

Wolf saß in seinem Büro am Schreibtisch, zur rechten Seite einen Stapel von Akten, daneben seine Schreibtischgarnitur, links davon ein Diktiergerät und das Telefon, in der Mitte aber, direkt in seinem Blickfeld, ein Bild Melanies, auf dem der Wind durch ihr Haar fuhr und sie lachend ihren Strohhut festhielt. Sein Herz zog sich zusammen, als er an diesen Tag in Rom dachte. Sie hatten geheiratet, sie hatten ihren Vater, Sarah und Philip weit hinter sich gelassen und freuten sich auf ihre Reise nach Sizilien. Sein Glück schien grenzenlos, die Zukunft strahlend.

Vanessa betrat den Raum, sie balancierte zwei Tassen Kaffee in den Händen, unterm Arm eine umfangreiche Akte, und setzte sich auf den Besucherstuhl, der vor Wolfs Schreibtisch stand.

»Dr. Fincke hat gemeint, ich solle mir von dir ein paar Tipps für die Begründung dieses Widerspruchs geben lassen.« Sie öffnete die Akte und reichte ihm einen Bescheid des Patentamtes.

Wolf fiel es schwer, sich zu konzentrieren. In der geöffneten Schublade neben ihm stand der kleine Rekorder, in dem das Band lag, das Felix ihm ausgehändigt hatte, und er wollte es sich, zum dritten Mal an diesem Tag, anhören. Deshalb fertigte er Vanessa, so schnell es ging, ab, diktierte ihr ein paar der Argumente, die anzuwenden waren, und komplimentierte sie so rasch wieder aus seinem Büro, dass sie spöttisch die Lippen verzog, als er sie sogar zur Tür begleitete und diese höflich öffnete.

»Hast du deinen menschenscheuen Tag, oder hat dir deine Gattin verboten, länger als zehn Minuten mit einer anderen Frau im Zimmer zu sein?«

»Ich bin ziemlich im Druck, entschuldige.«

»Gehen wir zusammen mittagessen?«

»Nein, leider, hab keine Zeit.«

Sie nickte. »Das wundert mich nicht. Dr. Fincke meinte auch, du seist ziemlich im Rückstand mit deiner Arbeit. ›Der ist wohl immer noch im Honeymoon‹, so beliebte er sich auszudrücken, der alte Sack.«

Wolf erschrak. Nichts war ihm unangenehmer als die Kritik eines Vorgesetzten, zumal er in dem Ruf stand, produktiver als jeder andere Mitarbeiter zu sein. »Ich habe ein paar knifflige Fälle, das ist alles. Aber ich werde mit ihm darüber sprechen.«

»Nein, bloß nicht! Sonst weiß er sofort, dass ich getratscht habe.«

Sie verließ das Zimmer. Wolf schloss die Tür und ging zu seinem Schreibtisch zurück. Er schaltete den Rekorder ein und ließ ihn zurückspulen bis zu jener Stelle, die er nun schon fast auswendig kannte.

»Er ist ganz anders als du. Du brauchst sehr viel Freiraum, er nicht, da bin eher ich diejenige, die sich manches Mal entzieht. Aber er akzeptiert das.«

»Tja, dann … viel Glück.«

Wolf beugte sich vor. Das Ohr ganz nahe am Apparat, verkrampfte er seine Hände, sein Herz pochte gegen die Rippen, als er Melanies flüsternde Stimme vernahm.
»Es tut mir Leid. Es tut mir wirklich Leid.«
Er schaltete das Gerät aus und stierte auf ein Schriftstück, das vor ihm lag. Die Buchstaben verschwammen vor seinen Augen. Es tat ihr also Leid. Was tat ihr Leid? Dass sie mit ihm verheiratet war und nicht mit Philip? Dass sie so vorschnell gehandelt hatte? Hielt sie sich vor Augen, dass sie jetzt mit Philip glücklich sein könnte? Diese sentimentale Story, die dieser arrogante Typ über seinen Londoner Spaziergang zum Besten gab! Wie konnte seine kluge Melanie darauf hereinfallen? Bestünde die Möglichkeit, nicht ertappt zu werden – hundertmal hätte er Philip umbringen können. Er griff in seine Sakkotasche und holte Philips Bild hervor. Ja, als Melanie am Morgen so zornig vor seinem Auto gestanden hatte und anschließend ins Schwimmbad fuhr, war er zurück in die Wohnung gestürmt und hatte sämtliche Fotoalben aus der Schublade ihres Schreibtisches gerissen. Und dann vor Philips Foto gesessen, das sie in eines der Alben gesteckt hatte, und die schwach vergilbten Ränder eines Bilderrahmens bemerkt. Ein blonder, hochgewachsener Mann, ein Mann wie tausend andere Männer auch, nach Wolfs Geschmack viel zu schlampig gekleidet mit Jeans, einem offenen Hemd und Turnschuhen. Turnschuhe! Zu ihm hatte Melanie gesagt, sie finde es reizvoll, wie gut und geschmackvoll er immer angezogen sei. Was also hatte sie an Philip gefunden?
Er stützte den Kopf in seine Hände. Warum liebte er sie

nur so? Was war es, was sie für ihn so einzigartig machte? Sie war apart, aber nicht schön. Sie war die meiste Zeit ähnlich lässig gekleidet wie der verdammte Philip, sie schminkte sich auch selten, da war sie ganz anders, als Anna gewesen war. Anna hatte als Stoffdesignerin natürlich sehr viel Wert auf ihr Äußeres gelegt. Was also war an Melanie, dass sich sein Kopf, sein ganzer Körper mit Wärme füllte, wenn er sie nur sah oder ihre Stimme hörte? Warum trieb ihn allein der Gedanke, sie könne von einem anderen Mann begehrt oder gar berührt werden, zur Raserei?
Müde erhob er sich und trat ans Fenster. Er musste seine Gedanken beieinander halten, er musste arbeiten. Die Übersetzung einer amerikanischen Prioritätsanmeldung sollte bis morgen früh fertig sein, damit die Sekretärin sie schreiben und fristgerecht beim Amt einreichen konnte. Aber er fühlte sich nicht fähig, auch nur eine Zeile zu diktieren. So viele Probleme, die es jetzt zu bewältigen gab. Er sah Melanie wieder vor sich stehen, die Augen vor Zorn zu Schlitzen zusammengezogen. »Ich will schwimmen, nicht ficken«, hatte sie sich nicht so ausgedrückt? Wie eine kalte Dusche hatten ihre Worte auf ihn gewirkt. Aber wenn er es sich genau überlegte, wenn er sich dazu durchrang, logisch zu denken, dann musste er sich eingestehen, dass ihr Zorn berechtigt war. Nichts auf Felix' Band ließ auf unkorrektes Verhalten schließen. Felix hatte ihm berichtet, die beiden seien während ihres Essens höflich und nett zueinander gewesen, seien nach einer kurzen Unterhaltung auf der Straße noch einmal ins Lokal zurückgekehrt, hätten einen Schnaps getrunken und

sich dann endgültig getrennt. Melanie sei in ein Taxi gestiegen, Philip sei zu Fuß in sein Hotel zurückgekehrt. Lediglich geküsst habe Philip Melanie zum Abschied. Ein zärtlicher Kuss, das wohl, aber eher freundschaftlich, nichts, das man als Untreue werten konnte.

Was ihn belastete und was sich in seinem Kopf wie ein ziehender Schmerz ausbreitete, war eine Art vorauseilende Eifersucht. Philip hatte vorgeschlagen, sich nicht ganz aus den Augen zu verlieren. Er hatte angedeutet, einen Artikel über Melanies Vater schreiben zu wollen, und er, Wolf, konnte das nur als heuchlerische Absicht werten. Der Kerl wollte nicht aus Melanies Dunstkreis entschwinden. Als geübter Ehebrecher wusste er natürlich, dass Heirat kein Hinderungsgrund war, jemanden zurückzuerobern. Wolf sah die Szene bereits vor sich. Melanie, die ihm mit bedauerndem Blick mitteilte, die Scheidung eingereicht zu haben, weil sie Philip nicht vergessen könne. Schließlich, was bedeutete es heutzutage schon, verheiratet zu sein? Nicht das Schwarze unterm Fingernagel. Wenn Wolf in seinen Gedanken so weit gekommen war, überfielen ihn Wut und Schmerz in einem. Nicht mit ihm! Das Einzige, was er tun musste, war, einen kühlen Kopf zu bewahren. Wie sollte er agieren? Er hatte Melanie beleidigt und ihr eine schreckliche Szene gemacht. Den schlechten Eindruck, den er hinterlassen hatte, musste er so schnell wie möglich ausmerzen. Und wenn sie ihm verziehen hatte, wenn sie ihm glaubte, dass er geläutert und voller Vertrauen zu ihr war, musste er ganz anders zu Werke gehen als bisher. Er musste sie in Sicherheit wiegen. Er durfte sich keine Aussetzer mehr erlauben.

Aber insgeheim, ganz im Verborgenen, würde er jeden Schritt wissen, den sie tat. Er würde sie beobachten und analysieren, unbemerkt, heimlich.
Jetzt, da er einen Plan hatte, fiel es ihm leichter, die schwierige technische Übersetzung zu diktieren. Er legte die fertigen Kassetten auf den Tisch der Sekretärin, ging mit ein paar Akten zu Dr. Fincke ins Zimmer und bemerkte ganz nebenbei, dass er an einer haarigen, brenzligen Sache gesessen habe. Die Lösung sei ihm zu Hause besser gelungen als hier im Büro. Aber nun sei er über dem Berg. Er lachte, als er das sagte, und Dr. Fincke klopfte ihm wohlwollend auf die Schulter und meinte, er wisse, was Wolf für die Kanzlei leiste. »Keine Sorge, lieber Eckart!«
Wolf verließ das Büro und fuhr in die Innenstadt. Ein später sonniger Nachmittag, er fühlte sich innerlich stark und voller Tatendrang. Er besorgte Champagner, einen Arm voller Rosen, Dutzende von Teelichtern und jene Biografie Virginia Woolfs, die er in seinem Zorn zerfetzt hatte. Er hoffte, Melanie sei noch unterwegs, und war erleichtert, als er auf dem Weg zur Tiefgarage ihren Wagen nirgends entdecken konnte. Er räumte die Wohnung auf und schmückte das Wohnzimmer mit Teelichtern und Rosen. Den Champagner stellte er kalt, die Gläser polierte er, bis sie das letzte Sonnenlicht spiegelten, das durch die Fenster fiel. Er verpackte das Buch und legte eine der Rosen darauf. Dann duschte er und zog eine graue Flanellhose und ein weißes Hemd an. Die vielen Teelichter anzuzünden erforderte viel Mühe, und die ganze Zeit hindurch verbat er sich den Gedanken, Melanie könne gar

nicht mehr nach Hause zurückkehren, sondern bei Sarah oder ihrem Vater bleiben. Oder bei Philip. Nein. Sie war kein Feigling. Wenn sie ging, dann nicht, ohne noch einmal mit ihm zu sprechen. Es war diese geradlinige Tapferkeit, die er an ihr bewunderte – und auch fürchtete. Aber dieses Mal würde er sich geschickter verhalten, und am Ende, dessen war er sich sicher, würden er und Melanie wieder die glücklichsten Menschen der Welt sein. Natürlich würde er stets ein wenig über sie wachen müssen, Glück fiel einem nicht in den Schoß, aber wem schadete es schon, wenn sie nichts davon bemerkte?

Eine halbe Stunde später kam sie. Als sie ins Zimmer trat, den Kerzenschein, die Rosen, den Champagner sah, stahl sich ein merkwürdiger Ausdruck auf ihr Gesicht. Als wittere sie eine Falle, als sei es ihr nicht recht, auf diese Art begrüßt zu werden. Sie schwieg. Wolf, der am Fenster stand, ging zu ihr und sah sie schweigend an. Ihre Augen waren weit geöffnet, ihre Lippen zitterten.
»Melanie«, stammelte er heiser und wollte sie an sich ziehen. Sie trat einen Schritt zurück. Ihm wurde kalt vor Angst. Er spürte, wie die Kälte ihn durchlief, und in Anbetracht dessen, wie er sie behandelt hatte, schämte er sich nun all des Firlefanzes, der Teelichter, der Rosen, des Champagners.
Er deutete auf das Zimmer. »Ich wusste nicht, was ich sonst tun sollte. Oh, Melanie. Zu sagen, es tue mir Leid, entspricht nicht im Mindesten dem, was ich fühle. Ich habe mir den Kopf zermartert, warum ich so ausgerastet bin. Es gibt keine Entschuldigung dafür. Es war dieser

Gedanke an Philip ... Ich hatte solche Angst, dass er erkennt, was du ihm bedeutest«, fügte er schlau hinzu. »Man erkennt das ja erst, wenn man Gefahr läuft, jemanden zu verlieren. Ich dachte mir, vielleicht lässt er sich scheiden, wenn du ihm sagst, dass du ihn tatsächlich verlassen hast. Den ganzen Abend steigerte ich mich in diesen Gedanken hinein, ich trank zu viel und ...« Er hob hilflos die Schultern und bemerkte, dass seine Worte sie verunsicherten, dass ihr Gesicht weich wurde, auch nachdenklich, und so fuhr er schnell fort: »Aber das alles hat jetzt ein Ende. Ich glaube dir, wenn du mir sagst, dass Philip dir nichts mehr bedeutet. Schließlich wirst du ihn nicht wiedersehen und ...« Er stockte, weil er sich vor ihrer Antwort fürchtete. Er kannte Felix' Bericht.

»Er schreibt einen Artikel über meinen Vater. Ich werde es also nicht verhindern können, ihn ab und zu noch zu sehen.«

Dankbarkeit durchflutete ihn, da sie ihn nicht anlog. »Aber das hat nichts mit dir zu tun. Das verstehe ich doch, Liebling. Mach dir keine Gedanken!« Er legte die Arme um sie, und nach einem kurzen Zögern schmiegte sie sich an ihn. Er küsste sie, und ihre Lippen öffneten sich bereitwillig seinem Kuss. Geschafft!, jubelte es in ihm. Ich habe es geschafft. Er zog sie zum Tisch, entkorkte den Champagner und goss ein. Sie lächelte, immer noch zaghaft, als könne sie nicht glauben, dass nun doch wieder alles ins Reine kommen würde. Er hob feierlich sein Glas.

»Verzeih mir, Melanie! Nie wieder werde ich dich so ungerecht behandeln. Ich bin ein Idiot, aber einer mit Besserungsabsichten.«

Sie blickte ihn an mit einem Ernst, der ihm nahe ging, weil er ihm zeigte, wie wichtig er für sie war. »Ich war so unglücklich heute, ich kann mich nicht erinnern, mich je so traurig und einsam gefühlt zu haben«, sagte sie.
Er reichte ihr das Buch. Sie wickelte es aus und nickte. »Ja. Das hat mich wohl am meisten erschreckt. Diese blinde Zerstörungswut.«
»Ich war betrunken.«
»Da ist noch etwas«, sagte Melanie zögernd. »Der Chefredakteur schickt Frank und mich nach Hamburg zu einem Interview. Wir werden zwei Tage weg sein, und ich möchte nicht, dass du auf falsche Gedanken kommst.«
Es kostete ihn viel Mühe, sich seinen Schrecken nicht anmerken zu lassen. Frank Bärwald. Das konnte ihm doch keiner erzählen, dass der sich nicht für Melanie interessierte? Warum sonst sorgte er sich um Melanies Aufträge? Rief immer an und fragte, wie es ihr gehe? Und jetzt flog sie mit ihm nach Hamburg, sie wohnten im selben Hotel, sicherlich aßen sie zusammen, saßen noch an der Bar ... »Ich dachte, Frank ist zuständig für Wirtschaft und Sport?«, rang er sich ab und nahm einen Schluck Champagner, um ihr zu bedeuten, dass er sich keinen Augenblick sorge.
»Wir interviewen einen Autor, der einen Bestseller über betrügerische Bankiers geschrieben hat. Frank ist für die fachlichen Fragen zuständig, ich mehr für die privaten.«
Sie setzte sich auf die Couch. Er schenkte die Gläser nochmals voll und lächelte sie an. »Das wird dir sicher gut tun. Du reist doch so gerne. Und Hamburg ist eine herrliche Stadt.« Ich könnte mitkommen, dachte er. Zwei Tage

Urlaub wären kein Problem. Wie lange dauerte solch ein Interview? Ein paar Stunden? Wir könnten den Abend zusammen verbringen, ich kenne ein sehr gutes Fischlokal am Hafen.

»Ja. Ich freue mich. Frank hat mich für den Abend in ein gutes Fischrestaurant eingeladen, ein Freund von ihm, auch ein Redakteur, wird uns begleiten.«

Das wurde ja immer schöner. Plötzlich durchfuhr es ihn wie ein Blitz. Philip lebte in Hamburg! Wer sagte ihm denn, dass diese Reise kein Vorwand war? Vielleicht flog Frank gar nicht mit Melanie nach Hamburg? Oder vielleicht flog er nach Hamburg und lieferte – als guter Freund – Melanie den Vorwand, ebenfalls dorthin zu reisen? Damit sie sich mit Philip treffen konnte? Er war so schockiert, dass er sich kurz entschuldigte und ins Badezimmer ging. Er versperrte die Tür, öffnete den Wasserhahn und setzte sich auf den Wannenrand. Seine Gedanken überschlugen sich. Was sollte er tun? Natürlich musste er unbedingt bei der von ihm eingeschlagenen Taktik bleiben, sie in Sicherheit zu wiegen, sich nicht das Geringste anmerken zu lassen – aber was *sollte er tun?* Er beschloss, vorerst all seine Befürchtungen zur Seite zu schieben, mit Melanie einen netten Abend zu verbringen und dann, wenn sie tief und fest schlief, weiter über die Angelegenheit nachzudenken. Er stand auf, drehte den Wasserhahn ab, benutzte ein wenig Rasierwasser und kehrte zu Melanie zurück.

»So, mein Liebes. Was möchtest du nun unternehmen? Sollen wir essen gehen? Soll ich etwas kochen?«

Sie sah ihn an und lächelte leicht. »Nach Essen ist mir

eigentlich nicht zumute.« Sie schlüpfte aus ihren Schuhen. Sie trug keine Strümpfe, ihr enger weißer Rock reichte nur knapp über ihre Schenkel. Er setzte sich zu ihr und begann, sie zu streicheln. Sie stöhnte und zog ihn an sich.
»Ich bin so glücklich, dass wir nicht mehr streiten«, flüsterte sie.
Er flüsterte zurück: »Das kam alles nur, weil ich dich so unendlich liebe.« Und es war ihm ernst damit.

Die zwei Tage, die Melanie in Hamburg verbrachte, wurden ihm zur Qual. Wie eine aufgezogene Puppe spulte er die Zeit der Trennung ab. Er ging ins Büro, diktierte, telefonierte, begleitete Vanessa zum Essen und saß am Abend, ohne fernzusehen oder Musik zu hören, in der Küche und überlegte, was Melanie jetzt wohl tat. In der Nacht lag er wach, schmiedete Pläne und verwarf sie wieder. Er stand auf, ging in ihr Arbeitszimmer und blätterte in ihren alten Unterlagen, in Briefen, die sie von Freundinnen erhalten hatte, sogar ihre Geburtsurkunde studierte er, nahm die kleinen Andenken ihrer Kindheit in die Hand ... einen zerknautschten Teddybären, alte Schulhefte, einen Veranstaltungskalender, in dem ihr Vater als Objektkünstler aufgeführt war. Er fand auch einen Schlüssel, der ihm Kopfzerbrechen bereitete, und den Ordner mit den Kurzgeschichten, die sie geschrieben hatte. Er las sie und war überrascht, welch ... ja, fast morbide Phantasie aus ihnen sprach. Er studierte auch die aufmunternden Briefe der Redakteure, die ihr rieten, nicht nachzulassen und nicht aufzugeben, und der Gedanke verfestigte sich in ihm, sie so weit zu bringen, dass sie nur

mehr zu Hause arbeitete. Wie er das anstellen sollte, war ihm noch nicht ganz klar, aber er würde einen Weg finden. Wenn er sie in Zukunft in den eigenen vier Wänden wusste, würde ihr beider Leben sehr viel klarer und einfacher werden.
Schon früh am Morgen frühstückte er und sah die Post des vergangenen Tages durch. Ah, ja. Die Telefonrechnung. Er riss das Kuvert auf und durchforstete die Nummern, die angewählt worden waren. Die meisten kannte er. Die Nummer seiner Eltern, ihres Vaters, Sarahs Nummer, der Rundfunk, die Zeitung. Aber hier: eine Hamburger Nummer. Er stutzte. Philip? Er schrieb sich die Nummer auf – er würde sie später vom Büro aus überprüfen.
Noch bevor er in die Kanzlei fuhr, kaufte er ein neues Handy für sie. Er wählte mit Sorgfalt eine teure Marke mit Fotofunktion aus, um begründen zu können, warum sie unbedingt ein anderes Handy benötige. Da er es als Geschenk deklarieren wollte, verfügte er, dass die Rechnungen mit Nummernachweis an ihn gingen. Dann fuhr er zu seinem Autohändler, bat um Prospekte der neuesten Modelle und erkundigte sich genauestens über die Leistung hochmoderner Navigationssysteme. Im Büro versuchte er, die verlorene Zeit durch besonders konzentriertes Arbeiten hereinzuholen. Als die meisten Mitarbeiter die Kanzlei schon verlassen hatten, wählte er die ihm unbekannte Nummer in Hamburg. Es meldete sich ein Thomas Baretti, und sofort fiel ihm ein, dass dies der Autor war, den Frank und Melanie am vergangenen Tag interviewt hatten. Er entschuldigte sich und sagte, er habe sich verwählt. Unendliche Erleichterung durchströmte

ihn. Sie hatte nicht mit Philip telefoniert, und, was noch besser war, sie hatte tatsächlich mit diesem Autor einen Termin vereinbart. Was hieß, dass das Interview stattgefunden hatte und kein von Frank vorgeschobener Grund war, Melanie eine Reise zu ihrem verflossenen Geliebten zu ermöglichen. Ein Rest Misstrauen blieb natürlich. Vielleicht war ja nicht Philip der Grund der Hamburgreise, sondern Frank selbst? Und warum, das fiel ihm erst jetzt siedend heiß ein, hatte sie ihm eigentlich nicht erzählt, dass Philip sich scheiden lassen will?
Als Nächstes suchte er nach den Patentanmeldungen, die er vor einem halben Jahr für eine renommierte Firma auf dem Gebiet der Peilsysteme getätigt hatte. Er studierte die Prospekte, die der Anmeldung beilagen, und spielte mit dem Gedanken, einen der in Deutschland nicht zugelassenen, aber übers Internet leicht erhältlichen Minisender zu bestellen. Dann schämte er sich. Wohin trieb ihn sein nagendes Misstrauen? Er stellte sich Melanies klares Gesicht vor, ihre offene Art, ihr Lächeln, das so rasch aufblühte und ohne jeden Hintergedanken, ohne Argwohn war. Er entnahm der Akte die Prospekte und steckte sie in seine Schreibtischschublade. Sicherlich genügte es, wenn er wusste, mit wem sie telefonierte. Sollte er wirklich einmal Grund zur Annahme haben, dass sie ihn betrog oder auf dem Weg dazu war, konnte er immer noch reagieren. Gut auch das neue Auto, das er schon für sie im Kopf hatte. Es besaß ein Navigationssystem, bei dem ein kleiner Knopfdruck genügte, um zu kontrollieren, wohin sie gefahren war, immer vorausgesetzt, sie hatte den Straßennamen eingegeben. Wenn sie natürlich zu einem

Liebhaber fuhr, würde sie wissen, wohin sie zu fahren hatte, und das System erst gar nicht benützen. Verabredete sie sich aber mit ihm an einem unbekannten Ort, in einer anderen Stadt, in einem Hotel, dann würde sie die Leithilfe brauchen. Bei diesem Gedanken angelangt, durchfuhr ihn wieder heiße Scham. Worin verrannte er sich nur?

Am Abend holte er sie vom Flughafen ab. Zwar argumentierte er vor sich selbst, er tue dies, um ihr eine Freude zu bereiten, aber insgeheim gestand er sich ein, dass eine unablässige innere Unruhe, sie zu beobachten und zu testen, ihn dazu veranlasste. In welcher Stimmung schritt sie zum Ausgang? Wie ging sie mit Frank um? Wie verabschiedete sie sich von ihm?

Er kaufte einen bunten Sommerstrauß – sie hatte ihm einmal erzählt, sie liebe Sommerblumen – und stellte sich abseits der Glastüren, aus denen die Fluggäste strömten. Bald schon bemerkte er sie. Sie unterhielt sich mit Frank und lachte über etwas, das dieser sagte. Er hörte, wie Frank ihr vorschlug, sie im Auto mitzunehmen. Aber sie meinte, sie werde mit der S-Bahn fahren, das sei schon in Ordnung.

»Oder trinken wir zur Feier des Tages noch ein Gläschen?«

»Ja, warum nicht?«, antwortete sie fröhlich. Sie wandten sich um, gingen zu einem der Bistros und stellten sich an die Getränketheke. Wolf folgte ihnen. Hinter einer Reklametafel blieb er stehen.

Frank orderte zwei Gläser Prosecco und stieß mit ihr an.

»Ich bin froh, dass du mit in Hamburg warst. Du hast den Autor sehr beeindruckt, aber wen beeindruckst du nicht?«
»Unsinn. Er war nur höflich, er hat eben ausgezeichnete Manieren.«
»Die ich nicht habe?«
»Doch, doch ...« Wieder lachte sie. »Wenn man bedenkt, dass du mich sogar noch unbedingt auf mein Zimmer begleiten wolltest ...«
»Ja, meine Liebe. Der Wein ... der Aquavit ... da gehen die Hormone mit einem durch.«
Melanie kicherte. »Ich wusste gar nicht, dass du so charmant sein kannst. Du hast gestern Abend mit Komplimenten nur so um dich geworfen.« Sie nahm einen kleinen Schluck und seufzte tief. »Hat mir gut getan, diese Reise.«
»Na, na. Und das aus dem Mund einer jungen Ehefrau?«
»Einer glücklichen Ehefrau. Aber das heißt ja nicht, dass man nicht auch noch ein eigenes Leben führt.«
Ein guter Zeitpunkt, um aufzutauchen. Wolf eilte auf die beiden zu, täuschte heftiges Atmen vor und tupfte Melanie auf die Schulter. Sie wandte sich erstaunt um. »Wolf ...« Er überreichte ihr die Blumen, und sie umarmte ihn. »Wir haben noch etwas getrunken, Frank und ich. Das Interview feiern.«
Frank reichte ihm die Hand. »Hallo! Schön, dass Sie Melanie abholen. Die ganze Zeit hat Sie nur von Ihnen gesprochen.«
Der falsche Hund. Wolf hatte Mühe, seinen Ärger nicht zu zeigen. Er atmete tief aus. »Puh. Bin ich gerannt. Ich

geriet in einen Stau und dachte schon, ich hätte dich verpasst. Und dann sah ich euch hier stehen.« Er küsste Melanie absichtlich lange und ausdauernd, damit Frank sah, wie die Verhältnisse lagen.
Wenig später verabschiedeten sie sich. Im Auto sprudelte Melanie über vor Mitteilungsbedürfnis. Schön sei es in Hamburg gewesen. Ein angenehmes Gespräch mit diesem Autor. Der habe zwei Jahre lang recherchiert, um jenes Buch, das nun so hoch gehandelt wurde, schreiben zu können. Es werde einschlagen wie eine Bombe. Und nur ihrer Zeitung habe er ein Interview gewährt.
Wolf warf ihr einen Blick zu und lächelte. »Ich bin stolz auf dich.« Sie lächelte zurück und legte ihre Hand auf seinen Arm. »Aber ich habe immer an dich gedacht.«
»Hattet ihr einen netten Abend?«
»Oh, ja. Wir waren zuerst in einem Fischrestaurant mit diesem Freund von Frank. Dann haben wir in der Hotelbar noch etwas getrunken.« Ein verschmitztes Lächeln. »Frank war ziemlich abgefüllt.«
Er zwang sich zu einem beiläufigen Ton, als sei er nicht sonderlich interessiert. »Und wie äußert sich das bei ihm?«
»Ach. Er war einfach nur lustig«, antwortete sie vage.
Klar ersichtlich, dass sie ablenken und nichts von Franks Annäherungsversuchen erzählen wollte. Warum nicht, wenn es belanglos für sie war? Oder war es nicht belanglos?
»Und du? Schweren Tag gehabt?«
»Das Übliche«, antwortete er. »Aber ich habe ein paar Überraschungen für dich.«
Sie strahlte ihn an. »Ich liebe Überraschungen.«

Er musste sie erst überzeugen, dass sie ein neues Handy benötige. Aber als er argumentierte, dass es sehr viel leichter zu bedienen sei als ihr altes, dass es mehr Funktionen und ein übersichtlicheres Menü besitze, freute sie sich doch. »Einer Starjournalistin angemessen«, witzelte sie. Vom Kauf eines neuen Autos wollte sie allerdings zuerst ebenfalls nichts wissen.

»Es ist so teuer, Wolf. Mein altes tut es auch noch.«

»Ich habe es dir schon mal gesagt – es ist nicht sicher genug. Hat keine richtige Knautschzone, keinen Airbag ... Liebling, ich will dich in einem guten Auto wissen, sonst mache ich mir nur unnütz Sorgen.« Am Ende gab sie nach.

Als sie beim Essen saßen – er hatte ein Nudelgericht vorbereitet –, wagte er sich noch einen Schritt vor.

»Ich muss dir etwas beichten, Melanie. Das Papier für meinen Drucker war alle. Ich habe in deinem Schreibtisch nach Ersatz gesucht.«

»Ja, und?«, fragte sie verwundert.

»Ich möchte nicht, dass du glaubst, ich wühle in deinen Sachen herum.«

»Aber ich bitte dich! Das kannst du gerne tun. Ich habe nichts zu verbergen.«

»Du bist mir also nicht böse?«

»Aber nein, gar nicht.« Sie lächelte. »Und? Hast du Druckerpapier gefunden?«

»Nein. Aber ich habe den Ordner mit deinen Kurzgeschichten gesehen. Ich konnte nicht widerstehen und habe sie gelesen.«

Sie blickte ihn erwartungsvoll an.

»Und ich fand sie großartig. Vielleicht ein wenig ... na ja, traurig, oder sagen wir lieber: morbide.«
Sie schien enttäuscht und schwieg.
Er tätschelte ihre Hand. »Ich habe dir so viel abwegige Phantasie gar nicht zugetraut.«
»Tja ... die Abgründe in uns ...« Sie lachte ein wenig.
»Aber sehr beeindruckend, wirklich. Melanie ... schreib neue Geschichten! Oder einen Roman.«
Sie schüttelte den Kopf. »Glaub mir. Der Buchmarkt ist eine harte Branche, gerade in diesen Zeiten.«
»Trotzdem. Überleg es dir! Wenn man die Gabe hat, so schreiben zu können, dann sollte man sie nützen.«
»Ich schreibe ja«, antwortete sie steif.
Er wollte nicht weiter in sie dringen. Das Saatkorn war gelegt, nun musste man abwarten, bis ein Pflänzchen daraus wurde.
»Hast du sonst noch etwas gefunden in meinem Schreibtisch?«
Er sah sie scharf an – verspottete sie ihn? »Ich habe ja nach nichts gesucht. Nur ein alter Schlüssel fiel zu Boden.« Er schaute auf seinen Teller, drehte ein paar Nudeln auf seine Gabel und schob sie in den Mund. Aber er beobachtete sie genau. Sie runzelte die Stirn, schien sich dann zu erinnern und wurde rot.
»Oh. Der Schlüssel zur Werkstatt meines Vaters. Er verlegt den seinen immer, deshalb habe ich Ersatz.«
Er lachte. »Liebling, du brauchst mir das nicht zu erklären. Ich habe bei mir im Büro tausend alte Schlüssel herumliegen. Magst du noch Wein?«
Sie nickte bereitwillig, und nun war er sich ganz sicher,

dass es mit diesem Schlüssel etwas auf sich hatte. Philips Wohnung? Nein. Bis vor kurzem noch lebte er mit seiner Frau zusammen. Frank? Oder ein früherer Freund? Als er ihren wachsamen Blick bemerkte, schenkte er schnell ihr Glas voll und tat so, als habe er über ganz andere Dinge nachgedacht. »Ich überlege gerade, ob wir am Wochenende nicht mal wieder meine Eltern besuchen könnten?«
Sie schien erleichtert über den Themenwechsel. »Laden wir sie doch zu uns ein!«, sagte sie schnell.
»Meinst du wirklich?«
Sie nickte. »Ja. Wir könnten auf der Terrasse essen, wenn das Wetter schön wird. Deine Mutter ein wenig verwöhnen. Und deinem Vater wird es auch gut tun, mal von seinem geheimnisvollen Schreibtisch wegzukommen.«
»Geheimnisvoller Schreibtisch?«
»Den er absperrt. Hast du mir doch erzählt, erinnerst du dich nicht mehr?« Sie grinste spitzbübisch. »Vielleicht hat er auch verdächtige Schlüssel aufbewahrt. Zur Wohnung einer Geliebten, beispielsweise.«
Es fiel ihm nicht leicht, unbeschwert zu lachen. »So? Meinst du? Hör mal«, lenkte er ab. »Laden wir doch deinen Vater auch ein! Ein netter Familientag.«
»Gern.« Sie stand auf und holte ein Schüsselchen Erdbeeren aus dem Kühlschrank. »Schön, wieder zu Hause zu sein.«
Den Rest des Abends grübelte er über ihre Antworten nach. Misstraute sie ihm? Oder, noch schlimmer, durchschaute sie ihn?
Sie ging vor ihm zu Bett und lag, als er kam, die Arme über dem Kopf ausgebreitet da und schlief bereits. Er

löschte das Licht. Die Dunkelheit setzte sofort seine Gedanken wieder in Gang. Warum hatte sie ihm nichts von Franks Annäherungsversuchen erzählt? Aber wenn dieser Schlüssel zu Franks Wohnungstür passte, wozu dann noch Annäherungsversuche? Nein. Um herauszufinden, ob sie die Wahrheit sagte, musste er den Schlüssel dorthin bringen, wohin er angeblich gehörte: zu Jobsts Werkstatt.

Melanie schien sich auf die zwanglose Familienzusammenkunft zu freuen. Sie, die so ungern kochte, prüfte in Frauenzeitschriften Menüvorschläge, um dann tatsächlich im Internet das Rezept einer französischen Blätterteigpastete zu finden, deren Zubereitung, wie sie fand, ihr Können nicht überstieg. Sie schmückte die Wohnung mit Blumen und deckte den Tisch auf der Terrasse mit dem Steingutgeschirr, das sie von ihrer Mutter geerbt hatte. Wie ein kleines Kind freute sie sich, als alles fertig war, und Wolf musste mit ihr von Zimmer zu Zimmer gehen, um die Blumengebinde und die geradezu mustergültige Ordnung zu bewundern. Sie ernannte ihn zum Sommelier und erinnerte ihn daran, dass ihr Vater nur Rotwein trank. In der Küche allerdings herrschte das Chaos, und doch gelang es ihr, die Pastete eine Stunde vor Eintreffen der Gäste in den Ofen zu schieben.

Wolf hätte eigentlich glücklich sein müssen, Melanie so gelöst und heiter zu sehen, aber er fühlte sich nicht glücklich, eher angespannt und nervös. Immer noch beschäftigte ihn der Gedanke an den mysteriösen Schlüssel. Er fühlte sich auch unbehaglich bei dem Gedanken, wie seine Eltern sich verhalten würden und wie er mit Melanies

Vater umzugehen hatte. Er malte sich aus, wie sehr die konservativen Ansichten seiner Familie mit denen von Jobst kollidieren würden, und spürte förmlich das peinliche Schweigen, das sich am Tisch ausbreiten würde, sollte Melanies Vater anfangen zu politisieren. Dann aber kam ihm ein glänzender Gedanke. Der Schlüssel! Tagelang hatte er sich den Kopf zerbrochen, wie er den ominösen Schlüssel in Jobsts Werkstattschloss stecken konnte, um ihn zu testen. In Melanies Beisein sicherlich nicht. In Abwesenheit von Jobst ebenfalls nicht, weil die Werkstatttür hinter der Eingangstür lag, er also keinen Zugang hatte, wenn Jobst nicht zu Hause war. Heute aber würden sich Jobsts Wohnungsschlüssel und der angebliche Werkstattschlüssel in seinen Räumen befinden, und es bedurfte nur einer kleinen Ausrede, für eine Stunde abwesend zu sein und die unerquickliche Nachforschung hinter sich zu bringen. Die Aussicht, noch am selben Tag Klarheit zu erhalten, verbesserte Wolfs Laune erheblich, und er alberte bis zum Eintreffen der Gäste mit Melanie herum, obwohl er insgeheim bereits Schritt für Schritt seines Plans durchdachte. Die betrübt vorgetragene Ausrede, auf einen Sprung ins Büro fahren zu müssen, der Griff in Jobsts Sakko, das dieser bei den warmen Temperaturen sicherlich an die Garderobe hängen würde, der Spurt in die Tiefgarage, der Weg zu Jobsts Haus, äußere Tür aufgeschlossen, Werkstatttür … ja! Wolf malte sich seine Erleichterung bereits aus, wenn er feststellen würde, dass der Schlüssel passte. Beschwingt sah er sich zum Auto zurückgehen, ein Singen im Herzen, Melanie hatte ihn nicht belogen, die Welt war ein wunderbarer Ort, er würde als strahlender Gastgeber zurückkehren, er würde sie alle lieben, die anwesend waren, am meisten aber seine Melanie, diese Frau, die sein ganzes Denken bestimmte, die ihm gehörte, ihm ... und die ihn nicht belogen hatte.

Jobst, der tatsächlich sofort sein Sakko an den Garderobenhaken hängte, zeigte sich von seiner besten Seite und behandelte Wolfs Mutter so charmant, dass diese förmlich aufblühte, und auch Alfred schien guter Stimmung zu sein. Aus für Wolf unerfindlichen Gründen hatte er Melanie ins Herz geschlossen und machte ihr Komplimente über ihr Aussehen und ihre Kochkünste, obwohl die Pastete für Wolfs Geschmack ein wenig fad schmeckte und ganz anders aussah, als auf dem im Internet ausgedruckten Bild. Nur zwischen seiner Mutter und Melanie herrschte nach wie vor eine gespannte Atmosphäre, als befänden sich beide in Warteposition, jederzeit bereit, eine Schwäche der anderen sofort aufzudecken und auszunutzen. Ruth amüsierte sich über die Tatsache, ein Kochrezept aus dem Internet zu beziehen, während Melanie konterte, man könne sich doch getrost neue Techniken zunutze machen. Auch dass Melanie zu ihrem tief ausgeschnittenen langen Sommerkleid keine Schuhe trug, sondern barfuss durch die Wohnung lief, schien Ruth zu irritieren. Sie musterte Melanies nackte Füße, die rot lackierten Zehennägel, die festen Schenkel, die sich durch das Kleid abzeichneten ... und ein seltsamer Ausdruck, wie Wolf fand, bemächtigte sich ihres Blicks. Als würde sie genau wissen, was sich abspielte, wenn die Gäste die Wohnung verließen. Als würde sie ihren Sohn vor sich

sehen, wie er Melanie berührte, sie entkleidete, ein Häufchen geblümter Seide am Boden, wie er sie küsste, auf die Couch zog und mit ihr schlief. Ja, und genauso würde es sich abspielen, dachte Wolf und spürte Stolz in sich aufsteigen. Seine Frau. Ich bin du. Du bist ich. Er lächelte seine Mutter belustigt an, und diese wandte errötend ihren forschenden Blick von Melanie.
Als er eine neue Flasche Wein aus der Küche holte, nahm er die Wohnungsschlüssel aus Jobsts Sakkotasche. Melanies Werkstattschlüssel – war es der Werkstattschlüssel? – trug er bereits bei sich. Er goss eifrig die Gläser nach und registrierte genau, dass Alfred vom Alkohol bereits rote Wangen hatte, Jobst lauter lachte als gewöhnlich und auch Ruth sich in ihrem Gartenstuhl zurücklehnte und anfing, den Nachmittag zu genießen. Er selbst trank so gut wie nichts, was allerdings in dem allgemeinen Trubel nicht auffiel. Als ihm die Gelegenheit günstig erschien, schlich er sich unbemerkt in sein Arbeitszimmer und wählte von seinem Handy aus den Apparat im Wohnzimmer an. Schon beim zweiten Klingelzeichen eilte er ans Telefon, das auf einem Tischchen direkt neben der Terrassentür stand. Er meldete sich und tat so, als ob er lausche. Melanie und seine Mutter wurden bereits aufmerksam, also runzelte er unwillig die Stirn und machte ein ärgerliches Gesicht. »Aber ich habe Gäste«, sagte er und tat wieder so, als ob er aufmerksam zuhöre. »Ein Vorschlag zur Güte«, meinte er dann. »Ich fahre schnell ins Büro, bereite die Unterlagen vor, und Vanessa bringt sie Montagmorgen sofort ins Amt.« Wieder lauschte er und bemerkte aus den Augenwinkeln, dass Melanie seine

Eltern entschuldigend anlächelte und die Schultern zuckte. Er legte auf.
»Tut mir wahnsinnig Leid. Ein Notfall. Aber in höchstens einer Stunde bin ich wieder hier.« Er küsste Melanie auf die Wange. »Weißwein ist genügend im Kühlschrank. Und der Rotwein für deinen Vater steht schon im Wohnzimmer.«
Er verließ die Wohnung, die Schlüssel in der Hosentasche. Der Spurt in die Tiefgarage. Das Auto gestartet, das Garagentor mit der Fernsteuerung geöffnet. Die Fahrt zur Stadtgrenze, die Landstraße, die fast leer war, der kleine Ort, in dem Jobst wohnte, bereits in der Ferne sichtbar. Vorsichtig vor dem Haus geparkt, nur ja keinen Unfall, keine Aufmerksamkeit erregen. Die Nachbarn saßen auf ihren Terrassen oder in ihren Gärten, doch der Eingang von Jobsts Haus lag abseits. Das Auto verlassen, die paar Schritte zum Haus, das Haus aufgeschlossen, seine Hände zittern, die Tür zur Werkstatt, das Schloss, der Schlüssel ... der Schlüssel ...
Der Schlüssel passte nicht.

# 5

Melanie konnte den Tag nicht genau bestimmen, an dem ihr zum ersten Mal bewusst wurde, dass sie sich beobachtet fühlte. Als sie zu jenem Interview ins Literaturhaus musste! Der Mann, der um die Ecke wischte, als sie das Café betrat – er ähnelte Wolf. Ein andermal glaubte sie, sein Auto gesehen zu haben, als sie von einer Redaktionssitzung nach Hause fuhr. Einmal traf sie ihn vor dem Schwimmbad, er behauptete, er sei auf dem Weg zu einem Mandanten. Und seltsamerweise stellte er oft beim Abendessen harmlose Fragen, die aber stets ins Schwarze trafen. Als entwickle er einen siebten Sinn für die Gespräche, die sie in seiner Abwesenheit führte. Wie Mehltau legte sich dieser verschwommene Verdacht auf ihr Leben und machte sie müde und gereizt. Zwar behandelte Wolf sie mit der gleichen liebevollen Zärtlichkeit wie vor jenem Sonntag, als sie seine Eltern und ihren Vater hier in der Wohnung zu Gast hatten. Dennoch – sie wurde das Gefühl nicht los, an diesem Sonntag müsse etwas vorgefallen sein und er sitze ihr ständig im Nacken, als seien seine Augen und Ohren überall. Wenn sie zurückdachte, fiel ihr allerdings auf, dass Wolf seltsam still gewesen war, als er an jenem Sonntag wieder aus der Kanzlei kam. Hatte es dort Ärger gegeben? Wieso, wenn er sich dort doch alleine aufgehalten hatte? Oder hatte sie in seiner Abwesenheit etwas getan, was ihm im Nachhinein missfiel? Ihr Gespräch mit seiner Mutter, als sie in der Küche eine Käseplatte zubereitete und Ruth ihr unbedingt helfen wollte? Vielleicht hatte sie ihrem Sohn davon erzählt? Doch sosehr sie sich auch den Kopf zerbrach – sie hatte ihre Unterhaltung mit Ruth als äußerst positiv in Erinnerung. Ruth hatte ihr erzählt, was für ein lieber Junge Wolf gewesen sei, wie sehr er sie immer unterstützt habe, und sie hatte Ruth spontan umarmt und gemeint, ja, das sei auch ihr als Erstes an Wolf aufgefallen: seine Fürsorglichkeit. Ruth hatte sie mit einem kleinen Lächeln gemustert und gefragt: »Geht sie dir manchmal auf die Nerven – diese Fürsorglichkeit?«

»Aber nein«, hatte sie verlegen geantwortet und dann gelacht. »Er meint es ja gut. Und dass er manchmal ein bisschen eifersüchtig ist …« Sie warf Ruth einen raschen Blick zu. »Aber das haben wir geklärt. Wahrscheinlich ist man am Anfang einer Beziehung immer besonders eifersüchtig. Weil man sich des anderen nicht sicher ist. Man kennt sich noch nicht.«

Ruth nickte, deshalb fasste Melanie sich ein Herz und fragte nach Anna. Sie erinnerte sich noch genau, wie Ruth reagiert hatte. Nachdenklich nahm sie einen Käsewürfel von der Platte und legte ihn von einer Hand in die andere, als müsse sie, unterstützt durch diesen manuellen Vorgang, genau abwägen, was sie Melanie antworten solle.

»Ich muss vorsichtig sein in meiner Beurteilung. Ich kannte Anna nicht sehr gut. Das lag nicht an mir. Anfangs war ich begeistert von ihr. Und glücklich. Einfach nur glücklich, weil Wolf glücklich war. Aber dann riss der gute Kontakt ab, und Wolf wurde immer verschlossener, man sah, er litt. Er litt darunter, dass Anna so viel unterwegs war und es wohl mit der Treue nicht so genau nahm. Am Ende artete die Geschichte aus. Wurde zum Desaster. Sie wohnten ja bereits zusammen. Eines Tages packte Anna ihre Koffer und verschwand. Lange Zeit wollte Wolf nicht wahrhaben, dass alles aus und vorbei war. Er bemühte sich um Gespräche mit Anna. Er schickte ihr Blumen. Er flog sogar einmal nach Mailand, sie hatte dort oft beruflich zu tun. Das Ergebnis war, dass sie ihm durch einen Anwalt mitteilen ließ, sie verbitte sich jeglichen persönlichen Kontakt. Tja … das alles hat ihn sehr mitgenommen, und es hat lange gedauert, bis er darüber hinwegkam. Eigentlich bis zu dem Tag, als er dich traf.« Nun war sie es, die Melanie spontan umarmte. Dann aber schob sie Melanie eine Armlänge von sich und sah ihr prüfend in die Augen. »Doch bei euch ist alles in Ordnung?« Und Melanie, berauscht vom Wein und der Harmonie, die zwischen ihr und Ruth herrschte, ließ sich zu der Bemerkung hinreißen, dass nach anfänglichen Schwierigkeiten nun wirklich alles bestens sei.

»Welche Schwierigkeiten?«, fragte Ruth misstrauisch.

»Wie gesagt … er war zu Beginn oft eifersüchtig. Völlig grundlos«, setzte Melanie hastig hinzu. »Aber wir haben darüber gesprochen, und es ist erledigt.«

Nein – selbst wenn Ruth Wolf von diesem Gespräch berichtet hatte, da gab es nichts, dessen Melanie sich schämen musste. Ganz im Gegenteil – sie hatte den Eindruck, dass sie sich nun sehr viel besser mit ihrer Schwiegermutter verstand. Ihre gelegentlichen Telefonate fielen herzlicher aus, sie konnten zusammen lachen und sich sogar kleine Geständnisse machen. Zum Beispiel spielte Ruth mit dem Gedanken, ihr Äußeres durch ein dezentes Permanent-Make-up auffrischen zu lassen. Natürlich durfte Alfred davon nichts wissen – allerdings würde er es sowieso nicht bemerken, fügte Ruth spöttisch hinzu. Doch Wolfs monatliche Überweisungen ermöglichten es ihr, sich selbst ein bisschen was zu gönnen. Und Melanie erzählte ihr, sie sitze zu viel am Schreibtisch, sie müsse etwas für ihre Figur tun, weshalb sie nun wieder regelmäßig zum Schwimmen gehe.

Etwas anderes musste an jenem Sonntag vorgefallen sein. Ihr fiel ein, dass sie für den Bruchteil einer Sekunde Wolfs eiskalten Blick gespürt hatte, als ihr Vater über seine künstlerischen Proteste sprach und sie begeistert von einer dieser Aktionen erzählte. Zwar hatte Wolf sich sofort wieder im Griff und reichte ihr lächelnd ein neues Glas Wein, aber dieses kurze Erschrecken, dieses Stocken in ihrer Stimme, als sie seinen Blick spürte, und sie fragte sich, ob es ihre politischen Ansichten waren, die Wolf störten, oder ihre unverhüllt erkennbare Begeisterung, wenn sie von ihrem Vater sprach.

Als die Gäste fort waren und sie sich, die Füße weit von sich gestreckt, ein letztes Glas Wein auf der Terrasse gönnte, setzte er sich nicht wie sonst zu ihr, sondern ging sofort in die Küche und begann aufzuräumen. Sie spürte seine Distanz wie einen kalten Wind. Dies so empfinden zu müssen lähmte sie und nahm ihr die ganze Freude. Also gesellte sie sich, das Glas Wein immer noch in der

Hand, zu ihm. »Ich kann die Küche doch morgen Vormittag aufräumen.«

Er arbeitete schweigend weiter.

»Hast du dich über irgendetwas geärgert?«

»Aber nein. Wie kommst du darauf?«

»Du bist anders. So zugeknöpft.«

Er schloss die Spülmaschine. »Ich bin müde. Das ist alles.«

Sie lachte ein bisschen unsicher. »Familientreffen sind immer anstrengend.«

Er sah sie an, und wieder kam es ihr so vor, als lauere eine tödliche Kälte im Grund seines Blicks. »Meine Eltern … ja … das ist Familie pur. Ein bisschen anstrengend für den Sohn«, sagte er mit einem kleinen Lächeln. »Aber dein Vater?«

»Was meinst du damit?«

»Ihr beide wirkt gar nicht wie Tochter und Vater.«

»Sondern?«

Er zuckte die Achseln. »Wie … ich weiß nicht … enge Freunde? Wobei dein Vater sehr jovial und wohlwollend ist, und du …« Er kniff die Lippen zusammen.

»Und ich?«

»Du betest ihn an. Alles, was er unternimmt, ist in deinen Augen großartig.«

»Ich finde ihn auch ziemlich großartig. Das heißt aber nicht, dass ich seine Schattenseiten nicht kenne. Er ist manches Mal viel zu ungeduldig, vor allen Dingen Menschen gegenüber, die er für oberflächlich hält. Er hat Launen. Er ist schlampig und ganz schön hinterlistig, wenn er etwas erreichen will. Aber auf der anderen Seite ist er ein wunderbarer Mensch, und ich liebe ihn sehr.«

»Tja ... da kann ich nicht mithalten, nicht wahr?«
Sie erinnerte sich, dass sie ihn völlig konsterniert angesehen hatte. Und daran, dass er mit fast boshafter Liebenswürdigkeit hinzugesetzt hatte: »Aber ich habe trotzdem nicht vor, dich mit jemandem zu teilen.«

Die folgenden Wochen verliefen reibungslos. Melanie beendete ihre Arbeit an dem Artikel über Virginia Woolf und erhielt tatsächlich das Angebot, noch über andere Künstlerinnen zu schreiben, immer unter dem Aspekt weiblicher Kreativität im jeweils herrschenden Patriarchat. Als Wolf anmerkte, dass sie diesen neuen Auftrag wohl wieder Frank verdanke, ärgerte sie sich. »Ich verdanke ihn meiner eigenen Arbeit. Frank hat damit gar nichts zu tun.«
»Siehst du ihn eigentlich noch?«
»Seit Hamburg haben wir nur noch telefoniert.«
Da sie zu spüren glaubte, dass Wolf, wenn es um ihren Beruf ging, sich ausgegrenzt fühlte, beschloss sie, ihn zu einem großen Empfang mitzunehmen, der im Rahmen einer Filmwoche stattfand. Es erwies sich als gar nicht so einfach, eine Einladung auch für ihn zu erhalten. Erst als sie behauptete, er sei Anwalt und habe sehr viel mit Urheberrecht zu tun, stellte man ihr eine zweite Einladungskarte aus.
Er schien sich zu freuen, dass sie ihn mitnahm. Doch seine Anwesenheit blockierte sie. Sie sprach anders, sie benahm sich anders und wagte nicht, von seiner Seite zu weichen. Sie sah die Party mit Wolfs Augen. Eine Menge Leute, Schauspieler, Regisseure, Produzenten, Agenten,

die sich duzten, äußerst herzlich begrüßten und im Nu ein Geschnatter im Raum erzeugten, als sei eine überdimensionale Familie zusammengekommen, um sich selbst zu feiern.
Nachdem Melanie ein paar Journalisten und Schauspieler begrüßt hatte, setzte sie sich, zwei Proseccogläser in der Hand, neben Wolf. Sie reichte ihm ein Glas. Dankbar sah er sie an. Er fühlte sich völlig fremd, das entnahm sie der steifen Haltung, in der er neben ihr saß, und sie versuchte, ihm mit ironischen Bemerkungen seine Befangenheit zu nehmen. Das dort drüben sei diese Seriendarstellerin, die er derzeit auf jedem Titelblatt bewundern könne. Ihr schauspielerisches Können sei begrenzt, aber die Zuschauer würden sie lieben, da man ihr die Rollen auf den Leib schreibe: Frauen, die ihren Weg finden und am Ende natürlich auch einen Kerl, der ihnen fürderhin traditionsgemäß die Steine aus ebendiesem Weg räumte. Und neben ihr der blutjunge Typ in der zerknautschten Leinenhose, dem lässigen Poloshirt und dem gegelten Haar, das aussehen würde, als sei es nur zufällig so struppig – das sei ein mit dem Bundesfilmpreis ausgezeichneter Schauspieler der neuen Fun-Generation. Und dort diese Schlipsgruppe – Produzenten und ein paar Redakteure vom Fernsehen. Leicht erkennbar daran, dass sämtliche Schauspielgirlies um sie herumpreschten wie großäugige Antilopen, das unsichtbare »Bitte-fresst-uns-Banner« tragend. Diese ältere Frau mit Schleifchen sei eine bekannte Filmemacherin, die daneben eine Presseagentin. Agenten könne er an deren Kleidung erkennen. Teures Schwarz-Beige-Grau, handybereit, hungriger Blick. Sie machte ihn auch

auf die armen Mauerblümchen aufmerksam, die noch keine nennenswerten Erfolge aufweisen konnten oder, noch schlimmer, deren Erfolge weit zurücklagen und die, ihr Glas fest umklammernd, durch die Menge schritten, als würden sie nach jemandem Ausschau halten, als seien sie verabredet, als sei es purer Zufall, dass sie noch nicht in einer der etablierten Gruppen standen und mit freudigen Ausrufen und Küsschen begrüßt wurden. Redakteure gehörten dazu, Autoren, Komponisten oder unbekannte Schauspieler. Ja, und dann die Zyniker. Sie säßen meist in einer Ecke, zusammen mit anderen Zynikern. Sie betrachteten den Aufmarsch der Prominenz, warfen sich ihre spöttischen Kommentare wie Pingpong-Bälle zu, aber man könne nicht sicher sein, ob sie wirklich zynisch oder nur resigniert seien. Gründe gebe es viele. Momentane Erfolglosigkeit, missbrauchtes oder prostituiertes Talent. Dann da drüben die Pressefotografen.

»Siehst du, wie zufällig die Schauspieler immer wieder an ihnen vorbeiflanieren? Sie wünschen sich nichts sehnlicher, als fotografiert zu werden. Um am nächsten Tag in der Rubrik ›Leute‹ zu erscheinen. Nichts Schlimmeres gibt es für sie, als nicht beachtet zu werden. Nur wenn man von dir spricht, über dich schreibt, betonst du deine Präsenz. Manche dieser Darsteller produzieren sich für ihr Leben gern, obwohl sie so tun, als sei ihnen die Fotografiererei lästig. Manche, nicht viele, hassen dieses Sich-in-Positur-Werfen tatsächlich. Manche sind schon so berühmt, dass sie darauf verzichten könnten. Und trotzdem schmeichelt es ihrer Eitelkeit, wenn man sich auf sie stürzt.«

Aus einem der Nebenräume schob sich eine Gruppe von Männern. Sie lachten und drehten sich um, um ihre leeren Gläser auf einem Tablett abzustellen. Melanie erschrak. Frank war unter ihnen. Er hatte sie entdeckt, schnappte sich ein neues Glas Sekt und kam zu ihnen herüber.
»Na, so eine Überraschung!« Er strahlte Melanie an und reichte Wolf die Hand.
»Was machst du denn hier?«, fragte sie.
»Ein Kollege hat mich mitgenommen. Er stellt ein paar kleinere Filmbeiträge für seine Musiksendung zusammen. Und du? Wie geht's dir?«
»Gut. Sehr gut.«
Frank sah etwas ratlos aus, er wusste anscheinend nicht, was er mit Wolf anfangen sollte, der nicht hierher gehörte und nur Melanies Anhängsel war. »Dieser Baretti ist übrigens auch hier. Sein Buch wird in eine spannende Rahmenhandlung eingearbeitet und verfilmt.«
»Tatsächlich?« Melanie blickte sich suchend um.
»Er hat schon nach dir gefragt«, sagte Frank und wandte sich an Wolf. »Ihre Frau ist sehr beliebt. Sie hat eine so besondere Art, mit Künstlern umzugehen.«
»Was immer das heißt«, erwiderte Wolf spöttisch.
Frank, schon etwas alkoholisiert, schien sich zu ärgern. »Sie können wirklich stolz auf sie sein. Ich wäre es … wenn sie meine Frau wäre.«
»Ist sie aber nicht.« Wolf stand abrupt auf. »Gehen wir dann?«
»Jetzt schon? Ich weiß nicht … Ich müsste noch mit ein paar Leuten …« Melanie zögerte.
»Dann warte ich bei unserem Italiener auf dich.«

»Aber warum willst du schon gehen? Ich meine …« Sie verstummte ratlos.
»Dein Mann muss sich keine Sorgen machen, ich pass schon auf dich auf«, sagte Frank, dem man die Freude an dem kleinen Seitenhieb anmerkte.
»Nein.« Melanie lächelte mühsam. »Ich habe die Nase eigentlich auch voll. Ist doch sowieso immer der gleiche Aufmarsch.« Sie ergriff Wolfs Arm und verabschiedete sich.
»Du hättest ruhig noch bleiben können, Liebes«, meinte Wolf mit einer Stimme, als hätte er Kreide gefressen. Melanie unterdrückte eine scharfe Bemerkung. Natürlich wäre sie gern noch geblieben. Natürlich hätte sie gern noch mit ein paar ihrer Bekannten gesprochen. Aber mit Wolfs nagendem Blick im Rücken? Oder in dem Bewusstsein, er sitze beim Italiener und male sich aus, wie sie an der Seite Franks herummarschiere?
Herr im Himmel! Was ist nur aus mir geworden?, dachte sie bitter. Sie benahm sich wie ein ängstliches Kind unter den Augen des zornigen Vaters und nicht wie eine erwachsene Frau. Die Sehnsucht nach ihrem früheren Leben überfiel sie so jäh, dass es schmerzte. Mit Tränen in den Augen schlüpfte sie in ihre Jacke und trat ins Freie. Eine so laue Nacht. Von drinnen Stimmengewirr und Gelächter. Und dicht hinter ihr Wolf. Für immer!

Und genau seit diesem Abend hatte sie endgültig das Gefühl, dass er sie ständig belauere, obwohl sich nichts in ihrem Zusammenleben änderte. Tagsüber arbeiteten sie, abends kochten sie zusammen oder gingen aus, aber rechte Freude wollte sich bei Melanie nicht mehr einstellen. Sie hatte so viel zu bedenken und zu beachten. Sie durfte nicht zu freundlich mit den netten Obern ihres Lieblingslokals sprechen, sie konnte sich nicht mit Sarah treffen, es sei denn, sie ignorierte Wolfs beleidigtes Gesicht. Sie zog zu Interviews keine ausgeschnittenen Pullis mehr an, sie verhielt sich, wenn Wolf anwesend war, am Telefon stets reserviert, um ihn nicht zu bohrenden Fragen zu veranlassen, und mit Philip telefonierte sie sowieso nur, wenn sie allein zu Hause war. Absurderweise ging ihre Vorsicht so weit, dass sie zuerst durch alle Räume ging, bevor sie Philips Nummer wählte, weil Wolf schon mehrmals still und leise nach Hause gekommen und in seinem Arbeitszimmer verschwunden war. Sie hatte sich angewöhnt, Nummern, die sie anwählte und die ihm vielleicht suspekt erschienen, sofort zu löschen. Sie überprüfte auch die in ihrer Abwesenheit eingegangenen Anrufe und entfernte die Nummern aus dem Display, wenn es die von Frank, Philip oder Sarah waren, denn sie hatte Wolf eines Tages dabei ertappt, wie er diese Funktionen genau überprüfte. Aber stets hatte er eine Ausrede parat, nie konnte sie ihm gezielt einen Vorwurf machen. Was ihr aber am meisten Sorgen bereitete, war die Tatsache, dass sie ihr Urteilsvermögen verlor. Benahm sie sich frivol? Hatte sie falsche Ansichten über die Ehe? War sie nicht liebesfähig? Ungeeignet für die Partnerschaft? Eine nicht benennbare Angst nistete sich in ihr ein. Bevor Wolf am Abend nach Hause kam, überprüfte sie ihren Schreibtisch. Dieser Zettel, auf dem stand: *Frank anrufen!* – er musste verschwinden. Das Kuvert, in dem Philip ihr lediglich einen Zeitungsausschnitt über Sylvia Plath gesandt hatte – Wolf durfte dieses Kuvert nicht sehen. Sie zerriss es und vergrub die kleinen Fetzen im Müllkübel unter dem Kaffeefilter und den Grapefruitschalen. Und sie hegte auch den Verdacht, dass das gemeinsame Konto nur eine weitere Möglichkeit barg, sie zu kontrollieren. Wie sonst hätte er so scheinheilig wie nebenher fragen können, wie es Sarah und Jimmy gehe? Ob das Lokal floriere? Er, der Sarah und Jimmy nicht mochte? Sie hatte ihrer Freundin im vorigen Monat leihweise einen kleinen Geldbetrag überwiesen, da Sarah Jimmy zu dessen fünfzigstem Geburtstag eine teure Uhr schenken wollte, die sie sich eigentlich nicht leisten konnte.

»Den beiden geht es gut«, hatte sie verwundert geantwortet. Und Wolf hatte gemeint, er frage nur, weil er in der Zeitung gelesen habe, dass alle Restaurantbesitzer sich über die Sommerflaute beklagen würden.

Eines Nachmittags, sie listete ihre Spesen auf, um sie der Zeitung in Rechnung zu stellen, suchte sie nach den Telefonbelegen. Sie hatte mit der Redaktion vereinbart, dass sie pauschal dreißig Prozent ersetzt bekomme. Also ging sie in Wolfs Zimmer, konnte die Abrechnungen aber nirgends finden. Sie öffnete seinen Schreibtisch und entdeckte durch Zufall einen Ordner, der nicht beschriftet war und wirkte, als sei er leer. Als sie ihn öffnete, fand sie die Telefonrechnungen. Und jeder Rechnung war eine genaue Auflistung sämtlicher Gespräche beigefügt. Das Herz schlug ihr bis zum Hals. Hastig überflog sie einige der Nummern. Sie hatte sowohl Frank wie Philip angerufen – und sicherlich hatte Wolf dies sofort entdeckt. Auch mit Baretti hatte sie noch einmal telefoniert, um ihm zu seinem Filmvertrag zu gratulieren. Sie stellte fest, dass der Ordner erst seit dem Zeitpunkt ihres Zusammenlebens geführt wurde. Frühere Abrechnungen waren nicht vorhanden. Nach langem Suchen fand sie im hintersten Winkel von Wolfs Schreibtisch einen Aktendeckel, in dem sich die alten Telefonrechnungen befanden. Damals hatte Wolf noch keinen Gesprächsnachweis verlangt, was bewies, dass er ihr von Anfang an misstraut hatte. Und erst in diesem Moment fiel ihr ein, dass sie zwar ein teures neues Handy besaß, aber noch nie eine Rechnung zu Gesicht bekommen hatte. Wieder suchte sie und stieß auf die Handyabrechnungen in einem Ordner, auf dem *Urlaub* stand. Und wieder das gleiche Spiel. Jeder Rechnung war ein Gesprächsnachweis beigefügt.

Lange saß sie regungslos. Die Sonne wanderte durchs Zimmer, die Schatten wurden länger, ihre Gedanken aber liefen wirr von einem Punkt zum anderen. Ihre Angst wurde konkret. Wie weit würde er gehen? Er neigte nicht zu Gewaltausbrüchen, glaubte sie zu wissen. Oder doch? Das zerfetzte Buch fiel ihr ein. Einmal hatte sie ihn beobachtet, wie er im Abfallkübel ihre Zigarettenkippen zählte – er hasste es, wenn sie rauchte. Er hatte ihr vorgeschlagen, ein Fahrtenbuch zu führen, da sie ihr Auto doch sowieso fast ausschließlich beruflich nutze. Großer steuerlicher Vorteil, wie er behauptete. Also trug sie nun alle Fahrten, die sie unternahm, fein säuberlich ein. Von diesem Punkt zu jenem, Anlass, Gesprächspartner, Kilometerzahl. Manchmal vergaß sie es auch, und seinen Fragen entnahm sie, dass er dieses Heft regelmäßig über-

prüfte. Sie war in der Tat der totalen Kontrolle unterworfen: Das gemeinsame Bankkonto gab Aufschluss über ihre Ausgaben, der Terminkalender über ihre An- und Abwesenheiten, die Telefonabrechnungen über ihre fernmündlichen, das Fahrtenbuch über die örtlichen Kontakte. Ein gläserner Mensch war sie geworden.
Dann jedoch schoben sich wieder andere Bilder vor ihre Augen. Wie er sie anlächelte, wenn sie nur das Zimmer betrat. Wie er sie verwöhnte, ihr Arbeiten abnahm, die sie hasste, wie er sie in die Arme nahm, sie spürte die Wärme seines Körpers, sie erinnerte sich an das beglückende Gefühl der Geborgenheit, an seine leidenschaftlichen Küsse, an sein zärtliches und rücksichtsvolles Bemühen, wenn sie miteinander schliefen. Sie konnte diese zwei Seiten seines Wesens nicht in Übereinstimmung bringen. Gab es denn keinen Ausweg? Keine Hilfe?
Müde erhob sie sich, legte die Unterlagen zurück in Wolfs Schreibtisch und ging in die Küche. Sie würde ein nettes Abendessen kochen, sie wusste, dass er sich freute, wenn sie kochte. Vielleicht ergab sich während eines gemütlichen Essens die Möglichkeit, mit ihm in aller Ruhe zu sprechen. Aber was sollte sie sagen? Hör mal, ich glaube, du überwachst jeden Schritt, den ich tue? Er würde ihre Beweise zerpflücken. Für alles würde er eine Erklärung finden. Nummernauflistungen ließen sich heutzutage viele Telefonkunden ausstellen. Er würde abstreiten, dass seine Frage nach Sarah und Jimmy irgendetwas mit den Bankauszügen zu tun hatte. Das Fahrtenbuch sparte Steuern. Er würde mit großen Augen dasitzen und sie mit dieser neuen sanften Stimme, die ihr mehr Schrecken ein-

jagte als lautes Brüllen, fragen, was denn in sie gefahren sei? Und sie würde keine Antwort wissen, würde sich vorkommen wie eine Närrin.
Als sie den Salat zubereiten wollte, fiel ihr ein, dass sie die Tüte mit den frischen Kräutern in ihrem Wagen vergessen hatte. Sie fuhr mit dem Lift in die Tiefgarage – seit neuestem hatte sie dort ebenfalls einen eigenen Parkplatz –, ging zu ihrem Auto und wollte schon den Kofferraum aufsperren, als sie ihn sah. Er saß hinterm Lenkrad, hatte, wohl mit ihrem Ersatzschlüssel, die Zündung betätigt und so die automatischen Funktionen in Betrieb genommen. Mit angespanntem Gesicht bediente er ihr Navigationssystem und überprüfte die Straßennamen, die sie eingegeben hatte. Sie wich einen Schritt zurück und hielt den Atem an. Sollte sie ihn zur Rede stellen? Aber er würde wieder eine Entschuldigung finden, da war sie sich sicher. Ein Kollege, der über das Navigationssystem Bescheid wissen wolle, weshalb er es teste. Die Beschreibung, die er studiert und dabei herausgefunden habe, dass das System ihres Wagens viel luxuriöser sei als sein eigenes. Das wolle er nun ausprobieren. Dass er ihren Ersatzschlüssel mit sich herumtrug, ließ sich auch erklären. Sie benutzten in Ausnahmefällen auch mal den Wagen des anderen … Wo also liegt das Problem, Liebling?
Plötzlich wandte er sich um, und sie zuckte zurück. Aber er schien sie nicht bemerkt zu haben. Er öffnete das Handschuhfach, entnahm ihm ein Papiertaschentuch und fuhr vorsichtig über den Monitor des Bordcomputers.
Sie schlich davon und kehrte in die Wohnung zurück. In ihr breitete sich eine seltsame Stille aus, als hänge ein

schweres Gewitter in der Luft, als halte alles um sie herum den Atem an. Wenn sie bis jetzt noch den geringsten Zweifel gehegt hatte, dass Wolf krank war, dass er dringend Hilfe benötigte, so war dieser Zweifel nun beseitigt. Mitleid erfasste sie. Wie sehr musste er sich quälen, wie den Kopf zergrübeln! Die andere, die dunkle Seite der Liebe war wohl jene, einem Menschen beizustehen, auch wenn er einem unrecht tat. Wenn sie offen mit ihm sprach, dann würde er sich ihr anvertrauen, und sie würden gemeinsam einen Weg aus dem Dilemma finden. Aber nicht an diesem Abend. Sie musste erst selbst zur Ruhe kommen, sich ihre Argumente zurechtlegen, sich jedes Wort genau überlegen.

Als er kam, tat er, als sei nichts geschehen. Sie umarmte ihn und meinte lächelnd, sie sei heute eine mustergültige Ehefrau und habe eine Lasagne zubereitet. Er nickte, er wirkte zerstreut, als wälze er ein Problem, und sie dachte darüber nach, auf welche Straßennamen er wohl gestoßen war, konnte sich aber nicht mehr erinnern, was sie alles eingegeben hatte.

Er ging in sein Arbeitszimmer. Die Schublade zu seinem Schreibtisch und auch die Seitentür standen einen Spalt offen; sie hatte sie in ihrer Verwirrung nicht ganz geschlossen. Sie merkte, dass er stutzte, und versuchte, ihn abzulenken. Ein neuer Film sei angelaufen, der sie sehr interessiere, ob sie nicht ins Kino gehen sollten? Sie tat, als ordne sie die Garderobenbügel, und beobachtete, wie er stirnrunzelnd seinen Schreibtisch betrachtete und die Schublade schloss.

Während des Essens wurde er plötzlich unerwartet redselig, und sie hatte den Eindruck, dass er das Gespräch absichtlich auf neue Technologien brachte, auf den Fortschritt bei Telefonen und Autos.

»Wenn man bedenkt, dass man heute Telefonrechnungen erhält, die die angewählten Nummern auflisten. Oder die Navigationssysteme ... ein kleines technisches Wunder. Ich habe mir heute dein System angesehen ... für mich als Patentanwalt natürlich wahnsinnig interessant, denn wir werden uns in Zukunft auch damit befassen müssen.«

Während er sprach, beobachtete er sie scharf, und sie hatte alle Mühe, ihn völlig arglos anzublicken. Hatte er sie in der Tiefgarage bemerkt?

»Wann warst du an meinem Auto? Jetzt? Heute Abend?«

Er nickte und lächelte.

»Ich habe dich gar nicht gesehen. Ich wollte die gefrorenen Lasagnescheiben aus meinem Wagen holen, aber dann fiel mir ein, dass ich sie schon mit hochgenommen und auf den Kühlschrank gelegt hatte.«

»Dann war ich wohl nach dir in der Garage.«

Sie tat völlig uninteressiert. »Weil du von den Telefonrechnungen sprichst – ich habe vorhin danach gesucht. Für meine Spesenabrechnung. Aber ich habe sie nicht gefunden.«

»Ich suche sie dir heraus.«

»Sind bei uns die Gespräche auch aufgelistet? Wäre gar nicht so schlecht, dann könnte ich Einzelbelege vorweisen. Obwohl ...« Sie lachte. »Wahrscheinlich bin ich mit meinen dreißig Prozent Pauschale besser dran.«

»Ich glaube schon, dass wir eine Auflistung bekommen. Ich habe bisher gar nicht darauf geachtet.«

Den ganzen Abend sprachen sie dann über andere Dinge. Den neuen Film erwähnte sie nicht mehr. Nur von der Berlinreise erzählte sie, die sie am Wochenende unternehmen wolle. Ihr Vater plante eine Kunstaktion in einem Berliner Kaufhaus, besser gesagt, im Schaufenster eines Kaufhauses, und er hielt sich bereits in Berlin auf, um die Aktion vorzubereiten. Melanie hatte Wolf vorgeschlagen, sie zu begleiten, hatte ihm aber verschwiegen, dass auch Philip anwesend sein würde. Philip konnte für seine Zeitung über diese Aktion berichten, ein guter Aufhänger für den Artikel, den er über Jobst Wagner schreiben wollte.

»Ich glaube, ich bleibe besser hier. Ich wollte mit Felix an einem Squashturnier teilnehmen. Außerdem habe ich noch so viel Schreibtischkram zu erledigen.«

»Schade«, sagte sie.

»Erzähl mir drüber! Worum geht's eigentlich?«

»Das Ganze bezeichnet mein Vater als ›Bloody Nostalgia‹. In einem Schaufenster werden fünf schwarz gestrichene, mit schwarzen Tüchern bedeckte Schaufensterfiguren nebeneinander gelegt und mit Originalkriegsutensilien ausgestattet. Am Fußende stehen Kreuze. *Gewaltopfer*, steht dort und *Die letzten Soldaten des Zweiten Weltkrieges*. Jeder Soldat trägt eine Nummer. Deutscher Soldat Nummer sowieso, sowjetischer Soldat, amerikanischer Soldat, französischer Soldat, englischer Soldat. *Getötet in Deutschland.*«

Wolf blickte sie verwirrt an. »Und wozu das alles?«

»Opfer früherer Gewalt. Eine Mahnung. Die Aufforderung, niemals zu vergessen.«

»Aber warum in einem Schaufenster? Und was ist mit den Schaufenstern nebenan? Werden da Kleider und Anzüge angeboten?«
»Sicher.«
»Das ist doch geschmacklos.«
»Vor einem solchen Schaufenster werden in einer einzigen Stunde mehr Menschen mit dem Thema konfrontiert, als es in Monaten in einem Museum geschehen könnte. Deshalb veranstaltet Papa diese Kunstaktion eben in einem Schaufenster und nicht in irgendeinem Kunsttempel. Du musst solche Aktionen dorthin tragen, wo viele Menschen sind. Wo diskutiert werden kann.«
»Ich sage dir jetzt schon voraus, dass es Proteste geben wird.«
Sie lächelte. »Ja. Und genau das will er bezwecken.«
»Ich möchte aber nicht, dass du dich in Gefahr begibst.«
»Das tu ich nicht, glaube mir. Wir machen dies ja nicht zum ersten Mal.«
Er schien nicht überzeugt, schwieg aber. Ein verbissenes Schweigen, etwas ging ihm im Kopf herum. Sie vermutete, dass er sich immer noch nicht sicher war, ob sie seine Bespitzelungen durchschaute. Oder mutmaßte er doch, dass sie Philip in Berlin sah? Also gab sie sich unbeschwert und fröhlich, und mit der Zeit merkte sie, dass er sich entspannte.

In dieser Nacht geschah es zum ersten Mal, dass ihr seine Berührungen unangenehm waren und seine Küsse sie kalt ließen. Trotzdem schlief sie mit ihm und täuschte, auch zum ersten Mal in ihrem Leben, einen Orgasmus vor.

Und als er ihren Kopf auf seine Schulter bettete und flüsterte, er liebe sie mehr, als sie sich je vorstellen könne, niemals würde er sie wieder hergeben, da fühlte sie sich leer und trostlos.
Sie schloss die Lider, die ihr so schwer vorkamen, als müssten sie ein Meer von Tränen zurückhalten. Doch sie durfte nicht weinen, damit nichts sie verdächtig machte. Daher schlang sie nur ihren Arm um seine Brust und drückte ihr Gesicht in seine Achselhöhle. Lieber Gott, betete sie, hilf ihm … und mir!
Und während sie seinen Atem vernahm, der ruhig und gleichmäßig wurde, lag sie regungslos und wartete, bis er tief und fest schlief. Dann schlüpfte sie durch seinen Arm, erhob sich leise und ging in ihr Arbeitszimmer. Sie schaltete die Schreibtischlampe an, setzte sich auf den alten, mit Stoff bespannten Stuhl, den sie aus ihrem Apartment hierher gebracht hatte, und blickte sich um. Fremd. Kalt. Die Ziffern auf der Uhr: zwölf und ein Viertel. Die Analytikerin in ihr gebot ihr, sofort die Koffer zu packen und zurück in ihre alte Wohnung zu gehen. Menschen wie Wolf waren gefährlich und unberechenbar. Die Moralistin hielt ihr vor, dass sie das ihre dazu beigetragen habe, in diese Situation zu geraten, dass sie nichts unversucht lassen dürfe, dem Mann, den sie geglaubt hatte zu lieben, beizustehen und zu helfen. Die Philosophin verführte sie zu Fatalismus. Was geschehen müsse, werde geschehen. Gottes Plan. Schicksal. Den Gesang der Totenklage ihrer Liebe aushalten bis zum bitteren Ende. Ja – und da war noch die Langstreckenschwimmerin. Die riet zum Taktieren. Abwarten, wie nahe einem der andere kam. Um sich

dann in der Zielgeraden abzusetzen und als Erste das Ufer zu erreichen.

Ihr Vater holte sie vom Flughafen ab. Kaum dass sie im Taxi saßen, erzählte er ihr, dass es bereits während der Vorbereitungsarbeiten zu tumultartigen Unruhen gekommen war. Er und seine Helfer hatten sich im Dekorationslager des Kaufhauses die Schaufensterfiguren besorgt und sie im Rückraum des Fensters ausgelegt. Sie färbten die Köpfe und Hände der Figuren schwarz, setzten den Köpfen schwarze Gasmasken und Stahlhelme auf – und da schon versammelten sich erste Zuschauer auf der Straße. Anschließend bedeckten sie die Körper der Figuren mit schwarzen Tüchern und hefteten militärische Originalreliquien an. Kampfmesser, eine zerfledderte Feldflasche, eine Gasmaskentasche, ein Essgeschirr. Die Figuren lagen da wie im Augenblick des Todes erstarrt. Ein Amerikaner, ein Franzose, ein Engländer, ein Deutscher, ein Russe. Diskussionen vor dem Fenster begannen, die Menschen klopften an die Scheibe und wollten Sinn und Zweck der Aktion erfahren. Ihr Vater mischte sich unter sie.

»Verdienst du dein Geld mit Toten?«, wurde er gefragt.

»Reden wir doch über Terror und Gewalt!«

Zustimmung. »Sicher. Mit Lale Andersen allein ist die Vergangenheit nicht zu bewältigen.«

Dann erste Beschimpfungen. »Du Nestbeschmutzer!«

»Warum steht da: *Getötet in Deutschland*?«

Ihr Vater sprach von seinen Recherchen und der Absicht, im von ihm präsentierten Aktionsbild die Opfer früherer

Gewalt im eigenen Land zu zeigen. Wieder Zwischenrufe. Ungeheuerlich sei es, Tote als Dekoration im Kaufhaus zu benutzen. Gegenstimmen: »Dies ist als Mahnung gedacht.«

»Du hast Dresden vergessen.«

»Dich sollte man totschlagen und dazulegen.«

Die Stimmung wurde aggressiver, die Geschäftsführung des Kaufhauses zeigte sich beunruhigt, das Personal eilte vor das Fenster, um sich ein eigenes Bild zu machen. »Schmeißt doch die Scheibe ein!«, rief ein Zuschauer. Von allen Seiten wurde Jobst jetzt bedrängt. Ein junger Mann rief: »Das hat mit Denken zu tun, und ihr ruft nach Gewalt.«

»Und dann kamen sie«, erzählte Jobst. »All die schlimmen Beschimpfungen, die ich schon so oft gehört habe, aber nie in dieser Schärfe. ›Saujude ... Kapitalistenknecht, du hast dich an diese Juden verkauft ... Wie viel zahlt man dir für diese Sauerei?‹ Ich habe versucht zu erklären, dass es sich um eine Kunstaktion gegen Gewalt handelt, aber damit wurde alles noch schlimmer. ›Was ist das für eine Scheißkunst?‹, schrien sie, und ein Mann brüllte zurück: ›Seht euch das doch genau an! Das ist ein Denkmal gegen den Krieg!‹ Aber sofort wurde auch er niedergeschrien und bedroht. Dann tauchten die ersten Journalisten auf, Passanten drangen in das Kaufhaus ein und riefen nach den Verantwortlichen, die Geschäftsleitung wurde angerufen. Ein Abgesandter des Volksbundes Deutscher Kriegsgräberfürsorge wollte unbedingt die Geschäftsleitung kontaktieren, er spreche für seine Kameraden, meinte er. Aber seine Empörung schwand,

als er Näheres über die Absicht der Aktion erfuhr. Sogar eine Bombendrohung ging ein. Da ließen sie im Fenster einen Vorhang herunter, aber die Diskussionen draußen gingen weiter. Also machten sie nach zwei Stunden den Vorhang wieder auf. Hunderte schoben sich jetzt vor das Fenster. Und dann agitierten drei junge Männer mit roten Abzeichen an der Jacke.
›Kapitalismus schreckt vor nichts zurück!‹, riefen sie und ›Ausbeuter!‹ und ›Tod dem Unternehmertum!‹. Ein Student begann, die Scheibe mit kleinen Zeichenblockblättern zuzukleben, das duldeten die Leute aber auch nicht. Wieder versuchte ich, mit den Menschen zu reden, eine Zeit lang gelang es mir auch, aber dann kamen wieder die Zwischenrufer. ›Seelenverkäufer!‹ und ›Arbeite lieber mal was!‹ Als jedoch einer schrie: ›Beim Militär würdest du's lernen!‹, kippte die Stimmung wieder, und eine intensive Diskussion folgte. Kleine Gruppen bildeten sich und debattierten untereinander. Die Presse schickte Fotografen, Interviews mit den Passanten begannen. Um achtzehn Uhr schlossen sie den Vorhang, aber noch drei Stunden danach standen die Menschen davor und diskutierten. Und wenn man bedenkt – dies bedeutete ja erst die Vorbereitung zu der Aktion!«
»Und was war heute?«, fragte Melanie.
»Heute blieb der Vorhang zu, aber viele Leute kamen und wollten sehen, was sich dahinter befand. Am Fenster stand die Ankündigung für das morgige Ereignis, und da wollen sie wiederkommen.«
»Wie fühlst du dich, Papa?«
»Gut«, sagte er, wenngleich er sehr erschöpft wirkte. »Ich

erreiche, was ich mir vorgenommen habe. Miteinander reden. Miteinander streiten. Erinnern. Nicht vergessen.« Sie nahm seine Hand und legte sie an ihre Wange. Nie hatte sie ihn mehr geliebt als in diesem Augenblick. Unbeirrt ging er seinen Weg. Haderte nicht, wenn man ihn beschimpfte, freute sich, wenn er Zuspruch erhielt. Er war kein weltfremder Spinner, er wusste genau, was er tat, und er tat es mit einer Vehemenz, die einem den Atem nahm. Wie unwichtig, fast lächerlich erschienen ihr da ihre eigenen Sorgen. Dieses Gerede von ewiger Liebe, inniger Zweisamkeit, dieses Geschwätz, wer wem gehöre. Erbärmlich nahm es sich aus und engstirnig. Ständig im eigenen Dunstkreis brütend, in egoistische Nabelschau vertieft. Jetzt, da so viele Kilometer zwischen ihr und Wolf lagen, fühlte sie sich wie befreit. Keine exzessive Anbetung mehr, die in einen krankhaft exzessiven Besitzanspruch mündete. Als würde ihr Geist Flügel ausbreiten. Sie beschloss, die beiden Tage, die sie mit ihrem Vater verbrachte, nicht an die Lächerlichkeiten ihres Privatlebens zu verschwenden. Deshalb freute sie sich auch, als er ihr erzählte, dass er Philip getroffen und ihn für den Abend zum Essen eingeladen habe. »Oder ist dir das peinlich?«, fragte er.

Nein, es war ihr nicht peinlich, sie empfand es als sehr natürlich, dass Philip mit ihnen aß und sich mit ihnen über den kommenden Tag unterhielt. Und wie erwartet: Er verhielt sich ihr gegenüber völlig neutral, was auch daran lag, dass dieser Berlinbesuch berufliche Gründe hatte. Er stellte während des Essens gezielt die für ihn

relevanten Fragen an Jobst, deren Beantwortung er in seinem Artikel verarbeiten wollte. Er machte sich Notizen und wandte sich an Melanie nur, wenn sie in ihrer Eigenschaft als Tochter etwas beizutragen hatte. Erst als Jobst kundtat, dass er nun unendlich müde sei und sofort ins Bett müsse, lud Philip Melanie noch zu einem Glas Wein in die Bar ein, eine Einladung, die sie gern annahm. Das Gefühl, frei und losgelöst von ihren häuslichen Schwierigkeiten zu sein, belebte sie. Am liebsten hätte sie gelacht oder getanzt, da ihr das Leben wieder so nah schien.
Sie saßen sich in schweren Samtsesseln gegenüber, tranken Gin-Tonic und berichteten über ihre Arbeit. Melanie erzählte, dass sie gerade verschiedene Biografien Sylvia Plaths durchforste, Philip sagte, sein Buch mit den Glossen zum Tagesgeschehen sei fast fertig, außerdem wolle seine Zeitungsredaktion ihn für einige Wochen in die USA schicken, um politischen Stimmungen in der Bevölkerung nachzuspüren.
»Was macht deine Scheidung?«, fragte Melanie dann endlich.
»Sie läuft, obwohl meine Frau nun plötzlich anfängt, in meinem Leben herumzustochern und nach diversen Geliebten Ausschau zu halten. Großes Gerangel um Geld gibt es nicht, weil nicht zu viel davon da ist, Kinder haben wir keine … Meine Frau wird die Wohnung behalten, ich wohne momentan bei einem Freund. Er ist auch Auslandskorrespondent und viel unterwegs.« Philip hatte nun einen Espresso vor sich stehen und rührte einen Zuckerwürfel hinein. »Und du?«, fragte er, ohne sie anzusehen.

Sie schluckte und erwog, es weiterhin mit ihrem neuen, wenn auch zeitlich begrenzten Freiheitsgefühl zu probieren. Einfach losreden, ohne Punkt und Komma, so wie früher, wenn sie und Philip sich trafen. Hör mal, könnte sie sagen, ich bin da in eine böse Sache hineingeraten. Ich habe geglaubt zu lieben und hatte mich mit aller Kraft entschieden, glücklich zu sein. Aber die Seifenblase ist geplatzt. Ich kann meinen Mann nicht mehr lieben, weil er mir nicht vertraut. Weil er mich mit seiner Eifersucht quält, mich bespitzelt und mir Angst macht. Andererseits ist es nicht so leicht, nicht mehr glücklich zu sein, wenn man so fest dazu entschlossen war. Denn den Absprung zu schaffen ist, als würde man eine Augenbinde abnehmen, wohl wissend, dass man im nächsten Moment in grelles Licht starrt. Wenn ich vor mir selbst zugebe, dass ich mich getäuscht habe und mich täuschen ließ, bin ich gezwungen, der Realität ins Auge zu sehen. Und Realität ist, dass Wolf mich niemals gehen lassen wird. Realität ist auch, dass da immer noch ein Fünkchen Hoffnung in mir ist, mich geirrt zu haben. Der sehnsuchtsvolle Wunsch, Wolf möge über Nacht ein anderer werden, sodass ich wieder mit dem Glücklichsein beginnen kann.

»Hallo, Melanie … was ist mit dir?«, fragte Philip besorgt in ihre Überlegungen hinein.

Um über ihre seltsame Stimmung hinwegzukommen, plapperte sie tatsächlich los. Redete über den Anstieg der Jugendkriminalität, über die Dürreperiode in Äthiopien, die Hautkrebsrate in Australien und die Zerstörung der Ozonschicht. Als ihr nichts mehr einfiel, breitete sich Schweigen aus.

»Ich frage dich noch mal: Was ist mit dir?«

»Nichts«, sagte Melanie erschöpft. »Ich darf nur nicht denken. Ich komme sonst aus dem Gleichgewicht.«

»Ist etwas mit deiner Ehe nicht in Ordnung?«

»Alles in Ordnung«, sagte Melanie und lachte leise. »Er ist ich, und ich bin er.«

»Hör auf mit dem Unsinn! Was passiert denn, wenn du anfängst zu denken?«

»Dann kommen die kleinen U-Boote«, erwiderte sie und lachte wieder. »All die Katastrophen, die du dir noch vor ein paar Tagen ausgemalt hast, stürzen in deinen Kopf. Und deshalb will ich nicht denken, nicht hier, nicht, wenn ich bei dir sitze und Gin-Tonic trinke.« Und da er sie immer noch so besorgt anschaute, beugte sie sich vor und nahm seine Hand: »Erzähl mir etwas! Irgendwas.«

In diesem Moment sah sie ihn. Er saß am Ende des Tresens, hielt ein Cognacglas in Händen und starrte mit zusammengekniffenen Augen zu ihnen herüber. Ein Déjà-vu-Erlebnis. Wie damals, in Jimmys Lokal. Der gleiche Gesichtsausdruck, die kalten, wütenden Augen. Als er bemerkte, wie sie mit offenem Mund zu ihm hinübersah, rutschte er vom Hocker und kam auf sie zu. Sie hielten sich immer noch an der Hand, und Philip wandte den Kopf. Da stand Wolf bereits vor ihnen.

»Hallo, Melanie.«

Sie spürte, wie alles Blut in ihr absackte, und anstatt Philips Hand loszulassen, umklammerte sie diese Hand, als sei sie ihr letzter Rettungsanker.

»Willst du mich nicht vorstellen?«

»Aber ja …« Widerstrebend ließ sie Philips Hand los. »Philip Rosin … mein Mann …«
Philip erhob sich und streckte Wolf die Hand hin. Der übersah sie. Philip setzte sich wieder, Wolf blieb stehen.
»Was tust du hier?«, fragte Melanie kühl.
Der Ton ihrer Stimme schien ihn aus der Fassung zu bringen. Auf seinem Hals breiteten sich rote Flecken aus. »Der Auftritt deines Vaters sorgt für Unruhe. Ich habe in den Nachrichten davon gehört.«
»Und da hast du dir natürlich Sorgen gemacht«, sagte Melanie, scheinbar freundlich.
»So ist es.«
»Willst du dich nicht setzen?«
»Es ist spät. Ich dachte …« Er warf Philip einen Blick zu. »Ist wohl besser, wir gehen schlafen.«
»Wo schläfst du denn?«, fragte Melanie, so freundlich wie zuvor.
Seine Augen weiteten sich.
Sie sagte: »Ich habe ein Einzelzimmer.«
»Und ich ein Doppelzimmer.«
»Aber ich werde jetzt, nachts, nicht das Zimmer wechseln.«
»Falls du überhaupt vorhattest, in deinem Zimmer zu schlafen.« Nun schaltete Philip sich ein. »Hören Sie, wir haben uns hier lediglich noch ein bisschen unterhalten.«
Die Flecken auf Wolfs Hals wurden brandrot. Mit zusammengepressten Lippen, sodass man ihn kaum verstehen konnte, zischte er: »Ich weiß alles über Sie. Aber das können Sie vergessen, dass Sie Melanie wieder zurückbekommen. Nur über meine Leiche.«

Philip schüttelte leicht den Kopf und setzte das schiefe Lächeln auf, das Melanie so gut kannte. »Was für ein Auftritt«, sagte er lässig. »Übrigens ... Sie vergessen, dass ich verheiratet bin.«

»Ach ja?«, höhnte Wolf. »Ich dachte, Sie lassen sich scheiden?«

»Woher wissen Sie das? Hast du es ihm erzählt?«, wandte sich Philip an Melanie.

»Nein«, antwortete sie tonlos. Ihre Gedanken überschlugen sich, sodass sie gar nicht merkte, dass Wolf die Fassung nun endgültig verlor.

»Aber eines können Sie sich getrost merken. Melanie ist viel zu klug, um auf einen solchen Schleimscheißer wie Sie nochmals reinzufallen. Gewitter in London, dass ich nicht lache!«

Damit drehte er sich um und ging zum Lift. Philip und Melanie sahen ihm nach. Wolf drückte auf den Knopf und stützte sich mit einer Hand an der Marmorwand ab. Mit einem leisen Klingeln öffnete sich die Lifttür, und er stieg ein.

»Das war also der berühmte Mister Eckart.«

Melanie fühlte sich unfähig, auch nur einen Ton zu sagen. Philip hatte ja keine Ahnung! Was ihm wie ein kleiner eifersüchtiger Streit erschien, bedeutete in Wirklichkeit eine Katastrophe. Was waren das Gespräch mit dem sizilianischen Ober oder das Zuspätkommen in jener Nacht gegen diese Szene? Sie, Melanie, hatte Wolf in Philips Beisein wegen des Zimmers einen Korb gegeben. Sie hatte ihn kalt und verächtlich behandelt, hatte ihm signalisiert, dass es keine Gemeinsamkeiten mehr gab. Und ob sie nun wollte oder nicht, sofort setzte wieder ihr schlechtes Gewissen ein. Hatte er sich tatsächlich Sorgen gemacht? War er gekommen, um sie während der Kunstaktion ihres Vaters zu beschützen? Und wurde hier empfangen wie ein Eindringling?

Aber nein, nein!, beschwor sie sich. Er war gekommen, um sie zu kontrollieren, um sie wissen zu lassen, dass sie keinen Schritt tun konnte, ohne dass er informiert war.

Jetzt erst wurde ihr gewahr, dass Philip schon die ganze Zeit auf sie einredete.

»Was hast du gesagt?«, murmelte sie verzweifelt.

»Wenn *du* ihm nicht erzählt hast, dass ich mich scheiden lasse, woher weiß er es dann?«

Melanie konnte nur hilflos die Achseln zucken. »Keine Ahnung.«

»Und er wusste noch mehr über unser Gespräch. Das Gewitter in London! Auch davon habe ich nur dir erzählt.«

Sie sah ihn entsetzt an. Natürlich, Philip hatte Recht. »Aber er war zu Hause. Er schlief auf der Couch, hatte zwei Flaschen Wein getrunken … Außerdem hätten wir ihn bemerkt, wenn er in dem Lokal gewesen wäre.«

»Dann hat er dich überwachen lassen.«

»Was?«

»Er hat dich überwachen lassen.«

Ihr wurde übel. Sie musste allein sein. Doch sie fühlte sich nicht einmal in der Lage, sich zu bewegen.

»Melanie.« Philip stand jetzt auf und setzte sich in den Stuhl neben sie. Legte einen Arm um sie. »Du bist leichenblass. Erzähl mir doch um Himmels willen, was hier los ist!«

Sie saß da, die Hände reglos im Schoß. Der Gedanke an ihr falsches, verlogenes Leben der letzten Monate erschien ihr unerträglich, aber sich auszumalen, was nun auf sie zukommen würde, war noch unerträglicher.
»Ich muss nach oben«, flüsterte sie und erhob sich.
»Ich begleite dich.«
»Nein, mach das nicht!«, rief sie erschrocken. »Wenn er vor der Tür steht oder uns beobachtet …« Sie begann zu weinen.
»Ich bringe dich jetzt auf dein Zimmer, und erst, wenn ich höre, dass du abgeschlossen hast, gehe ich fort. Und morgen früh rufst du an, und ich hole dich wieder ab, verstanden?«
Sie nickte. Sie hatte keine Kraft mehr. Der Schmerz, aber auch das Entsetzen in ihrem Inneren waren zu groß, als dass sie wirklich etwas gefühlt hätte. Sie ließ sich von Philip zum Lift bringen, fuhr mit ihm nach oben, betrat ihr Zimmer und drehte sich noch einmal zu ihm um. Er küsste sie auf die Wange, auf die Lippen, so behutsam, als küsse er eine Todkranke. Dann schloss sie die Tür und drehte den Hebel des Griffs nach oben. Machte Licht und blickte sich um. Das Bett war ordentlich aufgedeckt, ein Stück Schokolade lag auf dem Kopfkissen. Ein paar der Aktionsplakate standen zusammengerollt neben der Badezimmertür. Sie schlüpfte aus ihren Schuhen und ihrer Kleidung und fiel aufs Bett, zu erschöpft, um ihren Pyjama anzuziehen. Die Unfähigkeit, mit dieser Situation fertig zu werden, lähmte sie. Mein Gott! Die ganze Zeit hatte Wolf also gewusst, was Philip und sie im »Gallo Nero« gesprochen hatten. Was wusste er noch? Und wer

überwachte sie? Plötzlich setzte sie sich auf. Felix. Der Squashpartner. Wolf hatte ihr zu Beginn ihrer Beziehung erzählt, er sei Detektiv. Der Mann, der vor dem »Gallo Nero« aus der Dunkelheit getreten und zu seinem Auto gegangen war, fiel ihr ein. Auch dass er nochmals ins Lokal gekommen war und sich an der Theke Zigaretten kaufte, als Philip und sie den Wodka tranken. Ja. Vom Alter her passte es. Sie versuchte sich zu erinnern, ob sie ihn noch bei anderer Gelegenheit bemerkt hatte, aber ihre Gedanken verwirrten sich immer mehr.

Irgendwann schlief sie ein, schreckte aber hoch, als der Apparat neben ihrem Bett klingelte. Sie blickte zur Uhr. Früher Morgen, dunstiges Licht vor den Fenstern. Sie nahm ab. Niemand meldete sich.

»Wolf? Bist du das?« Sie fröstelte aus Angst vor seiner Stimme. Keine Antwort. Sie legte wieder auf und ging ins Badezimmer. Ihr Toilettenbeutel stand noch unausgepackt auf der Konsole des Waschbeckens. Sie duschte, putzte sich die Zähne und kleidete sich an. Sie gestattete sich nicht, auch nur einen einzigen Gedanken an den vergangenen Abend zu verschwenden. Sie wollte nicht denken, sie wollte nur funktionieren. Doch so ganz gelang es ihr nicht, alles Denken auszuschalten. Warum hatte er nicht ihre Handynummer gewählt? Natürlich. Einleuchtend. Rief er ihr Handy an, wusste er nicht, wo sie sich befand. In Philips Bett oder in ihrem eigenen. Plötzlich fiel ihr ein, wie wichtig dieser Tag für ihren Vater war, sie stellte sich vor, wie angespannt er die kommenden Stunden erwartete. Er durfte nicht erfahren, was sich gestern in der Bar abgespielt hatte. Sie griff nach ihrem

Handy und wollte Philips Nummer wählen, brach aber den Wählvorgang erschrocken ab. Wählte sie Philips Nummer, erschien sie auf der nächsten Handyrechnung. Also telefonierte sie vom Hotelapparat aus mit der Rezeption und ließ sich mit Philips Zimmer verbinden. Seine Stimme klang sofort hellwach, als sie sich meldete.

»Philip, ich habe eine Bitte. Erzähle meinem Vater nicht, was sich abgespielt hat. Ich werde meinen Flug umbuchen und sofort zurückfliegen. Die Morgenmaschinen sind am Wochenende meist nicht ausgebucht. Sag meinem Vater, ein dringendes familiäres Problem, meine Schwiegermutter sei krank geworden ... irgendwas. Aber ich kann heute nicht ... ich kann nicht ...« Sie verstummte und schluckte schwer.

»Ich finde es nicht gut, dass du jetzt allein bist. Ich mache mir Sorgen. Ich könnte mitkommen und ...«

»Nein«, sagte sie hastig. »Das würde alles nur noch schlimmer machen.«

»Aber du rufst mich an! Oder besser, ich rufe dich an ...«

»Ich melde mich bei dir. Von einer Telefonzelle aus.«

»Ist dein Telefon kaputt? Aber du kannst doch mit dem Handy ...«

»Kann ich nicht.«

»Warum nicht?«

»Weil dann deine Nummer auf der Abrechnung erscheint.«

Schweigen. Dann: »Willst du damit sagen, die Aufpasserei geht so weit, dass sogar deine Telefonrechnungen überprüft werden?«

»Ja.«

»Das kann doch nicht dein Ernst sein! Du musst ihn sofort verlassen, Melanie, das ist ja ...« Sie hörte, wie er wütend ausatmete.
»Ich muss das auf meine Art und Weise lösen.«
»Ist er schon einmal gewalttätig geworden?«
»Nein, das würde er nie tun, glaub mir.«
»Woher willst du das wissen?«
Sie schwieg. Völlig vergeblich, ihm zu erklären, dass es andere Mittel und Wege gab, einen Menschen unter Druck zu setzen und ihm Angst einzujagen. Außerdem – noch konnte sie nicht wissen, was Wolf als Nächstes plante. Vielleicht kam er zur Vernunft? Wieder ein Stich in ihrem Inneren. Die Tatsache, dass sie mit Philip über ihn sprach, kam ihr trotz aller Angst und Empörung wie ein Vertrauensbruch vor. Nur wir beide, du und ich, hörte sie Wolf zärtlich flüstern.
»Ich muss Schluss machen«, sagte sie hastig und legte auf.

Schon gegen Mittag war sie zu Hause. Sie wanderte vom Wohnzimmer in die Küche, ins Schlafzimmer, ins Badezimmer. Mit halbem Ohr lauschte sie auf die Tür, auf Schlüsselgeräusche. Als jemand die Nachbarwohnung aufsperrte, hielt sie den Atem an und atmete erst wieder aus, als sie sicher sein konnte, dass nicht ihre Wohnungstür aufging. Sie kam sich vor, als existiere sie gar nicht wirklich, als beobachte sie sich nur, wie sie vom Wohnzimmer in die Küche und ins Badezimmer irrte. Sie fühlte auch nichts, obwohl sie doch etwas fühlen sollte. Angst, Wut, Schmerz ... Sie versuchte, ängstlich, wütend und schmerzerfüllt zu sein, aber ihr Inneres stellte sich taub. Denn wenn sie Empfindungen, gleich welcher Art, zuließ, ließ sie auch ihre Existenz in dieser Wohnung zu. Dann war sie gezwungen, etwas zu tun. Zu essen, zu trinken, sich ins Bett zu legen. Oder ihre Koffer zu packen. Da ihre Aufmerksamkeit aber nur der Tür galt und sie auf Wolfs Rückkehr wartete, befand sie sich in einem Vakuum. Zwischen ihr und ihren Gefühlen tat sich eine Wand auf, unmöglich, hinüberzukommen zu diesen Gefühlen. Erst als das Telefon klingelte und sie vor Schreck erstarrt stehen blieb, kehrte ein bisschen Leben in sie zurück. Sie nahm den Hörer so vorsichtig ab, als sei er eine gefährliche Waffe, die sich gegen sie richtete.

Sie meldete sich.

»Ich bin noch in Berlin«, sagte Wolf mit rauer Stimme.

Sie gab keine Antwort.

»Melanie? Bist du noch da?«

War sie da? »Du bist sicher, dass du in Berlin bist und nicht schon vor unserer Haustür stehst?«

»Was meinst du damit?«

Sie legte auf.

Nach einigen Augenblicken klingelte das Telefon wieder.

»Hier ist das ›Grand-Hotel‹ in Berlin«, sagte eine fremde Stimme. »Ihr Mann steht neben mir, ich reiche jetzt den Hörer weiter.«

Einen Augenblick Schweigen, dann Wolfs Stimme. »Ich komme mit der Maschine um zwanzig Uhr dreißig. Ich habe keinen anderen Rückflug erhalten. Holst du mich am Flughafen ab?«

»Nein«, antwortete Melanie, weil sie sich nicht vorstellen konnte, in ihrer Nichtexistenz irgendwohin zu fahren,

geschweige denn stumm in der Flughafenhalle zu stehen und Wartende zu beobachten, die voller Herzlichkeit fröhlich Ankommende begrüßten. Seit wann begab sich der Delinquent freiwillig zu seinem Henker?
»Gut. Dann sehen wir uns eben zu Hause«, erwiderte Wolf sehr förmlich und legte auf.

Sie hatte also mehr als einen halben Tag Zeit. Sie überlegte, wo Wolf wohl die Kassette versteckt haben mochte, auf der ihr Gespräch mit Philip aufgezeichnet war. Sie durchsuchte seinen Schreibtisch, seinen Kleiderschrank, sie durchforstete jede noch so kleine Ecke der Wohnung, doch sie fand nichts. Von Anfang an hatte sie vermutet, dass er Dinge, die er vor ihr verheimlichen wollte, in seinem Schreibtisch im Büro aufbewahrte. Da er manchmal auch am Wochenende arbeitete, besaß er einen Schlüssel zur Kanzlei. Dieser hing am Schlüsselbrett, und ohne lange zu überlegen, nahm sie ihn an sich und fuhr in die Innenstadt. Sie parkte auf der gegenüberliegenden Straßenseite der Kanzlei und blieb noch einen Moment im Auto sitzen. Was sollte sie tun, wenn einer der Anwälte anwesend war? An einem Samstag durchaus möglich. Sie legte sich eine Ausrede zurecht. Ihr Mann sei in Berlin und habe ein privates Schriftstück, das sie benötige, in seinem Schreibtisch liegen. Warum nicht? Sonderbar musste es natürlich schon anmuten, wenn eine der Kanzlei völlig fremde Person sich Zutritt verschaffte. Aber darüber wollte sie jetzt nicht nachdenken.
Sie überquerte die Straße, betrat das Haus und fuhr mit dem Lift nach oben. Die Räume der Kanzlei nahmen das

ganze dritte Stockwerk ein. Plötzlich ging ihr auf, dass sie keine Ahnung hatte, welches der Zimmer Wolfs Büro war. Hatten die einzelnen Anwälte Schilder an den Türen?
Mit zitternder Hand steckte sie den Schlüssel ins Schloss. Er ließ sich zweimal drehen, was hoffentlich bedeutete, dass das Büro leer war. Im Flur blieb sie stehen. Kein Laut. Wolf hatte ihr einmal beschrieben, sein Zimmer gehe zum Innenhof, was er sehr begrüße, da er so vom Verkehrslärm verschont bleibe. Sie sah sich um. Die Türen zu den Büros standen offen, das Faxgerät knackte leise, in der Teeküche surrte der Kühlschrank. Mit einem Blick bemerkte sie, dass keine Schilder angebracht waren. Vier der Zimmer lagen zum Innenhof. Im ersten ein mit Schriftstücken übersäter Schreibtisch. Unmöglich. Wolf war penibel ordentlich. Im zweiten viele Blattpflanzen und auf einem Rollschränkchen ein paar weibliche Utensilien. Haarspray, eine Bürste, ein Lippenstift. Offenbar Vanessas Büro. Im Zimmer daneben ein voller Aschenbecher auf dem Schreibtisch. Wolf rauchte nicht. Also musste es das vierte Zimmer sein. Sie betrat es und zog die Tür zu. Ihr Foto auf dem Schreibtisch. Mehrere Regale mit Sachliteratur, Aktenordnern und Gesetzestexten. Auf dem runden Besuchertisch einige Notizblöcke und ein Kugelschreiber. Sie setzte sich in Wolfs Drehstuhl und öffnete die Schubladen des Schreibtisches. Dokumente, beschriftete Aktendeckel, Seminarunterlagen und Telefonbücher. Eine technische Abhandlung über Peilsysteme. In der untersten Schublade Disketten, ein Diktiergerät, ein Rekorder und unbeschriftete Kassetten. Sie

stand auf und öffnete einen schmalen, hohen Schrank. Wolfs Anwaltsrobe hing ordentlich auf einem Kleiderbügel. In einem Fach lagen ein frisches, zusammengefaltetes Hemd und eine Krawatte. Auf dem Boden des Schranks stand ein offener Schuhkarton mit schwarzen Slippers, ein Squashschläger lehnte an der Seitenwand. Sie wollte den Schrank schon wieder schließen, als ihr auffiel, dass der Schuhkarton etwas schräg stand. Sie zog ihn beiseite und fand einen braunen Umschlag darunter, der die Aufschrift *Privat* trug. Er war zugeklebt.
Melanie stand einen Moment ratlos da, das Kuvert in der Hand. Sie befühlte es, spürte, dass sich wenige Schriftstücke darin befanden und eine kleine Kassette. Der Umschlag hatte eine selbstklebende Lasche. Vorsichtig zog sie daran, und es gelang ihr, das Kuvert zu öffnen, ohne dass die Ränder einrissen.
Als Erstes fiel ihr das Farbfoto einer jungen Frau in die Hand, das auf das Schreiben eines Anwalts geheftet war. Braune Haare, graue Augen, ein lieblicher Mund. *In Liebe – Anna*, stand auf der Rückseite. Sie überflog den Brief des Rechtsanwalts, der Wolf aufforderte, seine Mandantin nicht mehr zu behelligen, da sie sonst Strafanzeige wegen Belästigung, übler Nachrede und Hausfriedensbruch stellen würde. Auf dem Schreiben war mit Bleistift in Wolfs Schrift eine Adresse notiert. *Anna Bellau, Mörikestraße 12*. Melanie riss einen Zettel von einem der Notizblöcke und notierte sich sowohl Annas Anschrift wie die des Anwalts. Bei dem anderen Schriftstück handelte es sich um ein einzelnes, eng beschriebenes DIN-A4-Blatt. Sie begann zu lesen, und das Blut stieg ihr zu Kopf.

Minutiös war aufgeführt, wann Philip das Lokal »Gallo Nero« betreten hatte, wann sie eingetroffen war und wie sie sich verhalten hatten. Wann sie das Restaurant verließen, wann sie noch einmal zurückkehrten, was sie tranken, wie sie sich benahmen. Sogar Philips zärtlich trauriger Abschiedskuss wurde erwähnt. Als Letztes nahm sie die Kassette und legte sie in Wolfs Rekorder. Ihre Knie begannen zu zittern. »Es tut mir Leid ...«, hörte sie sich flüstern. »Es tut mir wirklich Leid ...«

Sie erlebte ein Gefühl tiefster Qual. Er hatte sie also professionell überwachen lassen, war, als er damals das Zimmer mit Rosen und Teelichtern schmückte, bereits aufs Genaueste informiert. Wie eine Spinne im Netz hatte er darauf gelauert, dass sie ihn belog – was sie nicht getan hatte. Sie hatte allerdings verschwiegen, dass Philip sich ihretwegen scheiden lassen wollte. Ein Vertrauensbruch? Aber wenn Wolf in jener Nacht sich wie ein vernünftiger Mensch und nicht wie ein Berserker benommen hätte, hätte sie ihm alles erzählt. Ob Felix sie auch in Hamburg beschattet hatte?

Doch dies war nicht der Moment, sich darüber den Kopf zu zerbrechen. Sie musste weg hier, bevor es noch einem der Mitarbeiter der Kanzlei einfiel, ein paar arbeitsame Stunden im Büro zu verbringen. Sie steckte die Schriftstücke und die Kassette zurück in das Kuvert und wollte es vorsichtig wieder schließen, als sie es sich anders überlegte. Nein. Die beiden Beweise demütigender Bespitzelung gab sie nicht mehr aus der Hand. Also steckte sie lediglich das Anwaltsschreiben und Annas Foto in den Umschlag, drückte die Lasche an und deponierte ihn im Schrank.

Leise verließ sie die Kanzlei, sperrte sorgfältig die Tür ab und ging zu ihrem Wagen.

Zu Hause angekommen, rief sie sofort Frank an.

»Du hast doch noch einen alten Kombi in der Garage stehen?«

Er bejahte verwundert.

»Kannst du in zwei Stunden mit ihm hier sein?«

»Wozu brauchst du meinen Kombi?«

»Ich ziehe aus. Aber es muss schnell gehen.«

»Ich verstehe nicht …«

»Bitte, Frank. Ich habe keine Zeit, dir das alles zu erklären. Tu einfach, was ich dir sage! Sei um fünf Uhr hier und hilf mir, meine Sachen runterzutragen!«

»Und wohin willst du?«

»In meine alte Wohnung.«

»Ich denke, die hast du gekündigt?«

»Frank, ich muss mich beeilen. Um fünf, okay?«

Sie holte ihre Koffer und ein paar Umzugskartons aus dem Keller und begann, systematisch zu packen. Am schwierigsten war es, den PC, den Drucker und das Faxgerät einigermaßen fachgerecht abzumontieren und vorsichtig in die Umzugskartons zu stellen. Am Ende, es war kurz vor fünf, ging sie noch einmal durch die Wohnung. Sie hatte nur ihre persönlichen und beruflichen Dinge an sich genommen, alles andere ließ sie da. Zuletzt setzte sie sich an Wolfs Schreibtisch, um ihm eine Nachricht zu hinterlassen. Sie könne in dieser Atmosphäre ständiger Überwachung nicht leben, schrieb sie. Sie brauche Zeit zum Nachdenken. Sie werde sich bei ihm melden, wenn sie zu einem endgültigen Entschluss gekommen sei. Sie

unterzeichnete mit »Melanie«. Nur dies. »Deine Melanie« zu schreiben erschien ihr wie Hohn. Sie gehörte niemandem. Auch ihm nicht.
Sie lehnte den Zettel, gut sichtbar, an eine Vase, die auf dem Wohnzimmertisch stand und in der sich Feuerlilien mit üppigen Blüten befanden. Ihre Lieblingsblumen. Vor ihrer Reise nach Berlin gekauft, um auch Wolf eine Freude zu machen. Er schätzte es sehr, wenn sie die Wohnung mit Blumen schmückte. Anschließend löschte sie auf ihrem Handy sämtliche gespeicherten Nummern, auch jene, mit denen sie telefoniert oder die mit ihr gesprochen hatten. Dann legte sie das Handy, den Autoschlüssel und das Fahrtenbuch neben die Vase. Lange stand sie im Flur, vor dem Terminkalender, bei dessen Anblick sich ihr die Kehle zuschnürte.
Wahrscheinlich gerade deshalb griff sie voller Trotz nach einem Rotstift und schrieb hinein: »17.00 Uhr – Melanie zieht aus.«

Frank installierte ihre Geräte und half ihr, Koffer und Schachteln auszupacken. Erstaunt registrierte er, dass das Apartment vollständig eingerichtet war und sich seit Melanies Auszug fast nichts verändert hatte. Es war schon gegen elf, als sie, auf dem Küchenboden sitzend, Bier tranken.
»Willst du mir jetzt nicht sagen, was los ist?«
»Ich kann nicht, Frank. Nur so viel: Es ist kein kindischer Streit, es geht um mehr.«
»Das dachte ich mir schon.«
»Hör mal … falls er bei dir auftaucht … Wolf meine

ich … Du darfst ihm unter keinen Umständen sagen, wo ich bin.«
»Natürlich nicht.«
»Wirklich, Frank, es ist wichtig.«
»Du kannst dich auf mich verlassen, Melanie.«
»Danke, Frank.«

Am Montag besorgte sich Melanie ein neues Handy und ein Telefon mit Geheimnummer für die Wohnung. Sie eröffnete ein Bankkonto, überredete die Zeitungsredaktion, für die sie ihre Artikelserie schrieb, ihr einen Vorschuss zu gewähren, und ließ das Geld auf das Konto überweisen. Sie füllte ihren Kühlschrank, besorgte Getränke und verteilte ihre Pflanzen in der ganzen Wohnung. Sie entfernte das Türschild, auf dem noch ihr alter Name stand, und ersetzte es durch eines, das den Namen ihrer Mutter trug: *Gundula Ehrmann.* Bei der Post hinterließ sie einen Nachsendeauftrag und richtete ein Schließfach ein. Als alles, was sie sich für diesen Tag vorgenommen hatte, erledigt war, saß sie in der Küche, ein Glas Rotwein vor sich, und rief Philip an. Während sie ihm sagte, dass sie wieder in ihrer alten Wohnung lebe, stellte sich zum ersten Mal zögernde Freude ein. Sie war frei. Zumindest für den Augenblick.
»Und wie wird es weitergehen?«, fragte Philip.
»Ich weiß es noch nicht.«
»Melanie … wenn du mich brauchst … Ich komme sofort.«
»Das wäre nicht richtig, Philip. Ich muss da ganz alleine durch. Habe mich ja auch allein in diese Lage gebracht.«

»Er ist gefährlich.«
»Er ist krank. Aber er würde mir nie etwas antun.«
»Weiß Sarah schon Bescheid?«
»Sie war übers Wochenende bei ihren Eltern, eine Familienfeier. Aber ich fahre morgen bei ihr vorbei.«
Schließlich sprachen sie über Jobsts Aktionstag. Melanie brannte darauf, aus Philips Mund eine genaue Schilderung der Geschehnisse zu erhalten.
Es sei unbeschreiblich gewesen, erzählte er. Um neun Uhr sei der Schaufenstervorhang hochgegangen, ein Rundlaufprojektor habe Dias an die Seitenwände projiziert. Fotos von zerschossenen Bunkern, gefundenen Kriegsreliquien wie Gasmaskenüberreste und Knochen von den Schlachtfeldern sowie Bilder von Soldatengräbern auf einsamen Friedhöfen. Dazu Originalwerbetexte der Bundeswehr. »Die Hobbys der harten Männer … Konditionsstark für eine harte Aufgabe … Ein Job für ausgeschlafene Männer …« Ihr Vater habe anschließend das Aktionsmaterial vorbereitet, einen dunkelroten Gussschaumstoff, und im Schaufenster hinter den liegenden Figuren bereitgestellt. An deren Fußenden stellte er Kreuze mit den Zahlen der Kriegstoten auf. Immer mehr Leute seien stehen geblieben und hätten zugeschaut. Eine Gruppe von Heilsarmeesoldatinnen sei aufmarschiert und habe gesungen, worauf der Auflauf der Menschen immer größer wurde. Es sei diskutiert worden, geschimpft, aber auch applaudiert. Dann habe ihr Vater die rote Masse in einem Becher angerührt und den Schaumstoff in einer langen Linie über die Seitengewehre des toten Deutschen und des toten Amerikaners laufen lassen … Blutspuren.

»Der Gedanke gegenseitigen Tötens drängte sich förmlich auf«, sagte Philip. »Stille unter den Zuschauern. Kunstkritiker machen sich Notizen. Die rote Spur zieht sich nun über den Kopf und Helm des Sowjetrussen hinüber zum daneben liegenden Amerikaner. Aus der Gasmaske des Deutschen läuft ein dünner roter Faden zum blutigen Essgeschirr des Franzosen. Das Aktionsbild ist fertig. Und wieder Beschimpfungen. ›Alles Volksverdummung ... Dir würde ich gern in die Fresse hauen.‹ Dann ein Eklat. ›Wenn das Zeug im Fenster nicht verschwindet, brennt morgen das ganze Haus.‹ Entsetztes Publikum. ›Sie sprechen schon wieder wie damals‹, wird dagegengehalten. Von Hitler ist die Rede, vom brennenden Reichstag, vom Terror einer Zeit, die nicht vergessen werden solle. Wieder faschistische Argumente. ›Bei Hitler wäre das nicht möglich gewesen.‹ Immer hitziger und unsachlicher wurden die Argumente. Dein Vater kam nicht mehr zu Wort, die Verteidiger der Aktion wurden offen angerempelt und angeschrien. Polizei stand abrufbereit. Angestellte des Kaufhauses wurden beschimpft. Um eine weitere Eskalation zu verhindern, schloss man den Vorhang wieder. Trotzdem gingen die Diskussionen weiter. ›Schlagt die Scheiben ein!‹, schrien einige. Gewalttätigkeiten vor dem Fenster. Um vier dann wurden die Figuren aus dem Schaufenster genommen. Der Sand, auf dem sie lagen, wurde bei geöffnetem Vorhang zusammengekehrt und zu einer Art Hügel geformt, die Assoziation eines frisch geschaufelten Grabes. Vor diesem Hügel dann in großen Buchstaben: *Ein Denkmal gegen Gewalt ... weicht der Gewalt ...*
Ja, Melanie. Es war beeindruckend, erschreckend«, en-

dete Philip seinen Bericht. Er sei jetzt gerade in seiner Redaktion in Hamburg, um einen Artikel zusammenzustellen.

»Aber Vater ist nichts passiert?«

»Nein. Es geht ihm gut, wenngleich er mir sehr angegriffen schien. Er ist schließlich nicht mehr der Jüngste.«

»Wann kommt er zurück?«

»Er wollte noch Freunde in Berlin besuchen.«

»War er sehr traurig, dass ich nicht da war?«

Philip schien zu überlegen. »Nicht traurig«, sagte er dann. »Aber beunruhigt. Er hat mir die Ausrede mit deiner Schwiegermutter nicht abgenommen, fürchte ich.«

Melanie seufzte. »Ich kenne ein paar seiner Berliner Freunde. Ich werde versuchen, ihn anzurufen, und ihm alles erklären.«

»Tu das! Und ... Melanie? Versprichst du, dass du mit mir in Verbindung bleibst?«

»Ja, ich verspreche es«, erwiderte sie und hielt den Hörer noch in der Hand, als Philip schon längst aufgelegt hatte.

Eine Stunde später rief Frank an. Im ersten Moment erkannte sie seine Stimme nicht, die sich vor Aufregung überschlug.

»Dein Mann war hier«, rief er.

Melanie stockte der Atem.

»Er hat sich aufgeführt wie ein Irrer. Drängte mich einfach beiseite und stürmte durch alle Zimmer. Meine arme Mutter traf fast der Schlag, als er plötzlich vor ihrem Bett stand. Jetzt ist er wieder weg«, sagte Frank erschöpft.

Melanie umklammerte die Lehne des Stuhls, vor dem sie stand. Ein Schwächegefühl erfasste sie.

»Hast du ihm verraten, wo ich bin?«
»Nein, habe ich nicht. Er ist völlig durchgeknallt, verstehst du? Er schrie, er werde uns alle fertig machen. Mich, Sarah, Philip und deinen Vater. Von Anfang an hätten wir es darauf angelegt, dich ihm wegzunehmen. Aber das würde er nicht zulassen. Nie und nimmer.«
»Hat er sonst noch etwas gesagt?«, flüsterte Melanie, deren Hände jetzt so zitterten, dass ihr fast der Hörer entglitt.
Franks Stimme klang verwundert, als könne er nicht glauben, was er eben erlebt hatte. »Ja, hat er. Er sagte: ›Sie gehört mir. Mir und keinem anderen. Und das bis zum Ende unserer Tage.‹«

# *Dritter Teil*

# 1

Wolf befand sich seit dem Tag, da Melanie nach Berlin abgereist war, in einem Zustand wachsender Hysterie. Es fiel ihm schwer, sich überhaupt daran zu erinnern, wie er sie zum Flughafen gebracht hatte. Waren sie mit seinem Auto gefahren oder mit dem ihren? Was hatte sie angehabt? Wieder dieses grüne Seidenkleid, das die Männer dazu veranlasste, tastende Blicke über ihren Körper wandern zu lassen, als sei sie nackt? Er wusste es nicht mehr. Bis zum Schluss hatte er gehofft, sie würde es sich anders überlegen und ihre Reise nicht antreten. Wozu musste sie ständig ihren Vater bei seinen aberwitzigen Veranstaltungen unterstützen? Tote Soldaten in einem Schaufenster! Wenn das nicht einen unwiderlegbaren Beweis völliger Geschmacklosigkeit darstellte! Als er seiner Mutter am Telefon davon erzählte, zeigte sie sich so schockiert, dass er ihren Abscheu schon dem hastigen Atmen entnehmen konnte, als sie ihn fragte, ob Jobst Wagner noch ganz bei Sinnen sei. Ein so netter Mann mit solch vollendeten Manieren! Und nun das! Sie war es auch, die ihm empfahl, Melanie nach Berlin zu begleiten, man könne ja nicht wissen, was sich dort alles abspielen würde. Es gebe Leute, die wegen geringerer Vergehen als der Erregung öffentlichen Ärgernisses verhaftet worden seien. Und ein

öffentliches Ärgernis stelle es dar, wenn man Schaufensterpuppen in schwarze Tücher hüllte und das Ganze »Bloody Nostalgia« nannte.
Schon da reifte in Wolf der Gedanke, Melanie zu überraschen. Er rief im »Grand-Hotel« an und bestellte ein Doppelzimmer. Er gab auch die Order, einen Strauß roter Rosen ins Zimmer zu stellen und einen Teller mit Obst und Konfekt. Da er am Vormittag noch bei einer Kanzleibesprechung anwesend sein musste, buchte er seinen Flug für siebzehn Uhr. So würde ihm noch genügend Zeit zur Verfügung stehen, seine Tasche zu packen und in aller Ruhe Melanies Schreibtisch und ihren Computer durchzuforsten. Er redete sich ein, er tue dies, um zu erfahren, ob sie nicht vielleicht doch heimlich schon an einem Roman oder einem Kurzgeschichtenband arbeite. Aber in Wirklichkeit ging es ihm natürlich darum, dieses bohrende Gefühl loszuwerden, sie verheimliche etwas vor ihm. Sie hatte sehr viel von ihrer natürlichen Frische, die ihn am Anfang ihrer Beziehung so bezaubert hatte, verloren. Als sei sie ständig wachsam. Als wolle sie etwas vor ihm verstecken. Sie wirkte fahrig und nervös, manchmal zuckte sie zusammen, wenn er ins Zimmer trat, oder schob schnell ein Schriftstück, einen Zettel, unter ein Manuskript. Wenn er danach suchte – eine günstige Gelegenheit war, wenn sie unter der Dusche stand –, dann fand er nichts. Er schaute auch regelmäßig nach, ob der ominöse Schlüssel noch an seinem Platz im Schreibtisch lag. Am Tag bevor sie nach Berlin abreiste, stieß er aus Versehen den Abfalleimer um. Unter welken Salatblättern und dem Kaffeefilter bemerkte er einen Notizzettel. *Frank – Ber-*

*lin?* Dieser Zettel ging ihm nicht mehr aus dem Kopf. Was hatte Frank mit Jobsts Aktivitäten in Berlin zu tun?
Als er nach Hause kam und seine Reisetasche gepackt war, machte er sich an die Arbeit. In ihrem Schreibtisch nichts Belastendes. Dann der Computer. Er ging in die Titelleiste »Datei«. Auf diese Weise konnte er überprüfen, woran sie zuletzt gearbeitet hatte. Ah, ja. Notizen zu ihrem Artikel über Sylvia Plath. Wieder so eine verrückte Künstlerin, die mit ihrem Leben nicht fertig wurde …
»Jede Frau liebt einen Faschisten, den Stiefel im Gesicht …«
Wolf schürzte verächtlich die Lippen. Doch an einem Satz in Melanies Text blieb sein Blick hängen: »Mir hilft es zum Beispiel sehr viel mehr, zu wissen, dass Leute geschieden werden und durch die Hölle gehen, statt etwas über glückliche Ehen zu hören.« Sie hatte diesen Satz dick unterstrichen und in Klammern hinzugesetzt: »Die einzig richtige Daseinsform für eine Schriftstellerin: allein lebend und keine Bindung an einen Ehemann.« Wolf wurde es heiß. Als säße Melanie hier im Zimmer und spräche mit ihm! Fasste sie in diesem Satz ihre persönliche Meinung zusammen oder bezog sie sich auf Sylvia Plath und all die anderen egozentrischen Weiber, deren Biografien sie gerade studierte? Er hing diesem Gedanken immer noch nach, als er die Schreibtischschublade öffnete in der Erwartung, den Schlüssel an seinem Platz zu sehen. Doch der Schlüssel war nicht da. Fort. Verschwunden. Er zog alle Schubladen heraus, er öffnete Schranktüren und blickte hinter sämtliche Bücher in den Regalen. Dann ihr Kleiderschrank, die Kommode. Mantel- und

Kleidertaschen, Handtaschen. Blumenkrüge, Vasen. Schuhkartons. Nichts. Sie hatte ihn mitgenommen.

Er fuhr vom Flughafen sofort ins Hotel. Da er ihr nicht zufällig in der Hotelhalle begegnen wollte, ließ er sich vom Zimmerservice einen Imbiss servieren und trank eine halbe Flasche Wein dazu. Alkohol, auch ein Thema, das sich ihm bisher nicht gestellt hatte. Doch seit er mit Melanie zusammen war, hatte er sich angewöhnt, jeden Tag zu trinken. Zuerst nur kleine Mengen, einen Aperitif und etwas Wein zum Mittagessen, aber immer öfter leistete er sich einen Cognac hinterher, eine halbe Flasche Wein nun auch am Abend, einen Whisky, bevor er schlafen ging. Wenn er trank, entspannte er sich. Nicht, dass die Probleme dadurch kleiner wurden, doch sie ließen sich besser ertragen. Ein wenig betäubt von Alkohol konnte er sich die schönsten Sachen ausmalen, konnte die Erinnerung an den Augenblick, da er Melanie das erste Mal gesehen hatte, zurückholen. Der braune Pagenkopf, die Augen, die wie Honig schimmerten, und die fein gezeichneten Lippen, die kleinen Fältchen in den Mundwinkeln …
Zwei Stunden später schlenderte er durch die Hotelhalle und warf einen Blick ins Restaurant. Und da saßen sie. An einem Tisch in der Ecke. Melanie, ihr Vater – und Philip. Aufgrund des Fotos, das er in Melanies Album gefunden hatte, erkannte er ihn sofort und fühlte sich erleichtert, da Philip tatsächlich so gänzlich mittelmäßig wirkte. Nichts an ihm erinnerte an einen Heldentypen. Ein normaler Mann, für Wolfs Geschmack zu schlaksig und schmalschultrig, mit Haaren, die dringend geschnitten werden

mussten. Er trug Jeans – er besaß anscheinend nichts anderes –, ein kariertes Hemd, dessen Ärmel er hochgekrempelt hatte, und schwarze ausgeleierte Turnschuhe. Um eine Spur, und er hätte laut gelacht – dieser Typ konnte es nun wirklich nicht mit ihm aufnehmen! Was Melanie an ihm fand? Doch im selben Moment verlor er die Fassung. Mit keinem Wort hatte sie erwähnt, dass Philip sich ebenfalls in Berlin aufhielt.

Er ging in die Bar und setzte sich ans Ende der geschwungenen Theke. So konnte er das ganze Restaurant im Auge behalten und blieb selbst unbemerkt. Den ersten Cognac trank er ziemlich rasch und bestellte sich sofort einen zweiten. Seine Hände zitterten, so aufgeregt war er. Ob Philip auch hier im Hotel wohnte? Er holte sein Handy aus der Tasche und rief die Rezeption an. Wollte mit Philip Rosin verbunden werden und erfuhr, dass Herr Rosin nicht auf seinem Zimmer sei. Als er sein Handy wieder einsteckte, sah er Melanies Vater zum Lift gehen. Jobst Wagner wirkte müde und zerschlagen, kein Wunder, wenn man bedachte, was für einen Tag er hinter sich hatte. Wolf hatte den Nachrichten entnommen, als er sich umkleidete, dass es zu einem Menschenauflauf vor dem Kaufhaus gekommen war und dass stundenlang noch über Jobsts Aktion diskutiert wurde. Was daran allerdings »künstlerisch« sein sollte, entzog sich Wolfs Verständnis. Kunst bedeutete für ihn etwas anderes. Van Goghs »Sonnenblumen«. Mozarts »Kleine Nachtmusik«. Shakespeares »Hamlet«, wenngleich er – da war er ganz ehrlich – nicht das nötige Sitzfleisch hatte, um Shakespeare unbeschadet zu überstehen. Tatsache war, dass Künstler in seinen Augen nicht die Auf-

gabe hatten, die Menschen aufzuwiegeln, sondern sie über den Alltag zu erheben, sie der Realität entfliehen zu lassen. Als er mit Melanie einmal darüber sprach, hielt sie ihm vor, dass Schillers »Sire, geben Sie Gedankenfreiheit«, Beethovens »Gefangenenchor« oder Picassos »Guernica« sehr wohl Einmischung, Rebellion und Mahnung bedeuteten. Mochte sein, dass ein Fünkchen Wahrheit in ihrer Aussage steckte, dennoch verhielten sich Ausstellungsbesucher oder Theaterzuschauer in den meisten Fällen wohlgesittet. Sie brüllten sich nicht an und stritten herum.
»Du irrst«, hatte Melanie gesagt. »Was denkst du, was in Theatern manchmal los ist? Die einen schreien ›buh‹, die anderen ›bravo‹. Wie viele Theaterskandale haben wir schon erlebt! Und zwar nicht wegen der künstlerischen Leistung auf der Bühne, sondern wegen der Aussage des Werks.« Wolf hätte ihr entgegenhalten können, dass sich seiner Meinung nach Künstler sowieso überschätzten, noch keinem sei es gelungen, die Welt zu verändern, aber er tat es nicht. Er liebte sie. Er wollte ihr nicht die Freude an den Dingen nehmen, an denen ihr so viel lag.
Jetzt verschwand Jobst im Lift. Als Wolf sich ein Glas Wein bestellte, sah er Melanie und Philip, die einträchtig die Bar betraten und sich an einen Tisch setzten. Wolf hielt den Atem an. Jobst hatte sich also nicht zurückgezogen, weil er müde und abgespannt war, sondern weil er Melanie und Philip die Gelegenheit bieten wollte, miteinander allein zu sein. Wolf hatte immer geahnt, dass Jobst etwas gegen ihn hatte. Dem Vater war es wahrscheinlich sehr recht, dass Melanie sich wieder mit Philip traf.
Er beobachtete die beiden. Sie unterhielten sich angeregt,

manchmal nickte Melanie, ein andermal lachte sie. Wolf ließ das Glas Wein, das ihm der Barkeeper hingestellt hatte, achtlos stehen und bestellte nochmals Cognac. Er hatte das Gefühl, er benötige etwas Starkes, um diesen harten Stein, der in seinem Magen lag, erträglicher zu machen. Jetzt beugte Melanie sich vor und nahm Philips Hand – und entdeckte ihn in diesem Moment. Er hielt das Cognacglas in der Hand und sah das Erschrecken in ihren Augen, den offenen Mund, als wolle sie einen Laut des Entsetzens ausstoßen. Sogar jetzt, als er in ihr fassungsloses Gesicht sah, als er aufstand und auf sie zuging, spürte er die glühende Bewunderung, die ihr Anblick immer wieder in ihm auslöste. Sie war eine äußerst kapriziöse, aufregende Frau. Und sie war seine Frau.

Später, zurück in seinem Zimmer, riss er voller Wut sämtliche hochprozentigen Fläschchen aus der Minibar und trank sie leer. Mit aller Gewalt unterdrückte er seinen Wunsch, sich das abartige Gespräch ins Gedächtnis zu rufen, das zwischen ihm und Melanie stattgefunden hatte, aber es gelang ihm nicht. Ihre Miene in ihrer freundlichen Kälte hatte ihn so sehr schockiert, dass er jetzt noch innerlich erbebte, wenn er nur daran dachte. »Aber ich werde jetzt, nachts, nicht das Zimmer wechseln …«
Er tat kein Auge zu. Wach lag er im Bett, die schweren Vorhänge waren zugezogen, nur die kleine Leselampe brannte. Immer wieder griff er zum Telefon, um sie anzurufen, immer wieder legte er schon nach den ersten Nummern auf. Dann fiel ihm ein, dass er, rief er sie auf ihrem Handy an, nicht wissen konnte, wo sie sich befand. Als er

es nicht mehr aushielt, wählte er die Nummer ihres Hotelapparates, und sein Herz zog sich zusammen, so weh tat es, ihre müde Stimme zu hören. Er unterbrach das Gespräch, behielt den Hörer aber in der Hand. Nun gut, sie befand sich in ihrem Zimmer. Allein?

Oder lag Philip neben ihr?

Irgendwann schlief er ein. Ihm träumte, dass er sich in einem engen, kleinen Hotelzimmer befand, hoch oben, im dreizehnten oder vierzehnten Stock. Bei einem Blick aus dem Fenster sah er winkelige Straßen, die zum Meer führten und voller Menschen waren. Der ferne Strand war so überfüllt wie die Straßen. Im gleichen Moment stand er in der wogenden Menschenmenge, neben ihm Melanie und Philip. Sie hielten sich an den Händen, und er hatte Mühe, auf gleicher Höhe mit ihnen zu bleiben. Je näher sie dem Meer kamen, desto lauter und aggressiver wurden die Stimmen, die Luft flirrte, die Hitze drückte auf seinen Kopf, umklammerte ihn, als trage er einen engen Helm. Melanie und Philip entfernten sich immer weiter, er konnte ihnen nicht mehr folgen, eine Zentnerlast lag nun auch auf seinen Schultern, und seine Beine gehorchten ihm nicht mehr. Er streckte die Hände aus und rief nach Melanie, doch kein Laut kam aus seinem Mund. Hilflos musste er zusehen, wie sie unbeirrt an Philips Seite weiterschritt. Sein Kopf schmerzte nun unerträglich, der Schweiß lief ihm über die Stirn, abgrundtiefe Verzweiflung überkam ihn und füllte seine ganze Brust, sodass er zu keuchen begann.

Darüber erwachte er. Sein Kopf schmerzte tatsächlich, der Schlafanzug klebte an seinem Körper. Er ging unter die Dusche und fühlte sich benommen und schwach. Der Traum hatte ihn so mitgenommen, dass er lange brauchte, um wieder klar denken zu können. Er blickte zur Uhr. Acht. Er musste dringend etwas zu sich nehmen. Aber ihm graute bei dem Gedanken, im Frühstücksraum auf Jobst oder Philip zu stoßen, ganz zu schweigen von Melanie, die vielleicht wieder ihre kalte Miene zeigen und ihn schon mit Blicken abweisen würde. Also bestellte er beim Zimmerservice Kaffee und Hörnchen und überlegte, ob er in die Innenstadt fahren und unbemerkt Jobsts politischem Spektakel beiwohnen solle. Dies würde ihn auch in die Lage versetzen, Melanie zu beobachten. Vielleicht geriet sie in eine missliche Situation, und er konnte hilfreich eingreifen, sie sogar vor aufgebrachten Passanten beschützen. »Siehst du«, könnte er sagen, »genau aus diesem Grund bin ich nach Berlin gekommen.« Sie würde ihn dankbar anblicken, ihre Arme um seine Taille schlingen und ihr Gesicht an seine Schulter schmiegen. Schließlich – was konnte sie ihm denn vorwerfen? Dass er sie hatte überraschen wollen? Dass er sich Sorgen um sie machte? Dass er die Nacht mit ihr verbringen wollte?

Sofort ging es ihm besser. Es war ihm sogar möglich, den Kellner freundlich anzulächeln und ihm ein Trinkgeld zuzustecken. Er trank den Kaffee, aß mit Appetit ein Hörnchen und verließ sein Zimmer. Er überlegte, ob er mit dem Lift nach unten fahren oder die zwei Stockwerke zu Fuß laufen sollte. Er entschloss sich, zu Fuß zu gehen, und konnte der Versuchung nicht widerstehen, an Melanies Zimmer, das im ersten Stock lag, vorbeizustreifen. Vielleicht kam sie gerade heraus? Wie viel einfacher wäre es doch, ihr schon jetzt zu erklären, warum er ihr nachgereist war. Er konnte sich sogar vorstellen, dass sie ihn bat, kurz einzutreten, sicherlich tat es ihr schon Leid, wie kühl sie ihn behandelt hatte. Er kannte sie doch ... ihr Zorn hielt nie lange an. Vielleicht hatte sie inzwischen ein schlechtes Gewissen? Vielleicht schlief sie sogar mit ihm? Der Gedanke gefiel ihm. Im Frühstücksraum Philip, der auf Melanie wartete, während sie stöhnend vor Lust in seinen Armen lag.

Vor ihrem Zimmer ein Wäschewagen. Die Tür nur angelehnt. Er schob sie ein Stück weiter auf und sah das Zimmermädchen das Bett frisch beziehen. Der Kleiderschrank offen, leere Bügel, die ordentlich zusammengeschoben auf der Stange hingen.

»Ich suche Frau Eckart, Zimmer einhunderteinundzwanzig«, sagte er und wusste im gleichen Augenblick, wie die Antwort lauten würde.

»Schon abgereist.« Das Mädchen lächelte bedauernd.

Er nickte und ging automatisch weiter. Am Fuß der Treppe blieb er stehen, wieder diesen harten Stein im Magen, der ihm Übelkeit verursachte. Abgereist. Wohin? Der Schlüssel fiel ihm ein. Der Zettel. *Frank – Berlin?* Was, wenn er aufs falsche Pferd gesetzt hatte? Wenn gar nicht Philip, sondern Frank der Mann war, mit dem Melanie ihn betrog? Oder im Begriff war, ihn zu betrügen? Bei diesem Gedanken wurde ihm wieder so schwach, dass er sich am liebsten auf eine Stufe gesetzt und seine Stirn an die kühle Marmorwand gelehnt hätte. Mit müden Schritten stieg er die Treppen nach oben und kehrte in sein Zimmer zurück. Sank auf sein Bett und dachte nach.

Widerstand regte sich in ihm. Es bedeutete eine Kleinigkeit herauszufinden, ob Frank sich in Berlin aufhielt. Er holte sein Handy aus der Tasche und wählte die Nummer der Auskunft. Frank Bärwald … Gott sei Dank kein allzu häufiger Name. Er notierte sich die Telefonnummer und rief sofort an. Es dauerte lange, bis abgenommen wurde. Eine Frauenstimme, nicht mehr jung. Wolf erinnerte sich, dass Melanie ihm erzählt hatte, Frank wohne mit seiner Mutter zusammen.

»Könnte ich Frank bitte sprechen? Hier ist ein Freund von ihm, Markus Müller.«

»Können Sie Frank sagen, dass ich ganz allein bin?«, antwortete die Stimme, die ihm einigermaßen verwirrt schien.

»Ist er denn nicht zu Hause?«

»Nein. Schon lange nicht mehr.«

»Ist er verreist?«

»Verreist? Ja, verreist. Er ist verreist. Ich bin ganz allein.«

Wolf hatte den Eindruck, die Frau breche gleich in Tränen aus.

»Wissen Sie, wohin er gereist ist? Nach Berlin? Hat er Freunde in Berlin? Oder eine Wohnung?«

»Eine Wohnung. Ja, er hat eine Wohnung. Sagen Sie ihm doch, dass ich so allein bin.«

So kam er nicht weiter. Er bedankte sich hastig und legte auf.

Als Nächstes telefonierte er mit der Fluggesellschaft. Er rufe im Auftrag seiner Frau an, die einen Rückflug für zwanzig Uhr dreißig gebucht habe und diesen Flug ändern wolle. Er erfuhr, dass Melanie bereits sehr früh am

Morgen umgebucht hatte und sich auf dem Nachhauseweg befand. Für ihn allerdings sehe man leider keine Möglichkeit eines früheren Fluges. Man könne ihn höchstens auf die Warteliste setzen. Eine Rückfrage bei der Rezeption ergab, dass Philip noch im Hotel wohnte. Ob er eine Nachricht hinterlassen wolle?
Er packte seine Reisetasche und checkte aus. Im Bistro des Hotels trank er Mineralwasser und Rotwein, aß eine Kleinigkeit und gönnte sich einen Cognac. Dann wählte er wieder Franks Nummer.
Dieses Mal nahm Frank selbst ab. Er wirkte genervt, im Hintergrund hörte Wolf wieder die weinerliche Frauenstimme. Ohne sich zu melden, legte Wolf auf und starrte aus dem Fenster. Melanie und Frank. Hatten sie sich in Berlin treffen wollen? War etwas dazwischengekommen und flog sie deshalb zurück? Vielleicht, weil er hier war? Sosehr er sich auch anstrengte, es gelang ihm nicht, Melanies Beweggründe für die überstürzte Abreise logisch einzuordnen. Dass sie ihren Vater im Stich ließ, wies darauf hin, dass sie unter keinen Umständen wollte, dass er, Wolf, sich in ihrer Nähe aufhielt. Warum war sie so wütend auf ihn? Doch nur, weil sie sich gestört fühlte. War sie überhaupt nach Hause zurückgekehrt? Er musste es wissen. Wieder griff er zu seinem Handy.
Als sie abnahm und ihre spöttische Stimme ihm bedeutete, sie wisse ja nicht, ob er tatsächlich noch in Berlin sei oder schon vor der Haustür stehe, war er wie vor den Kopf geschlagen. Nicht ihr Misstrauen entsetzte ihn, sondern die Tatsache, dass sie anscheinend ahnte, dass er sie belauerte. Schon wieder einmal galt es, Schadensbe-

grenzung zu betreiben. Er hastete zur Rezeption und bat den Empfangschef um einen Anruf zu Hause. Wenn der Mann sich wunderte, ließ er sich dennoch nichts anmerken. Weiß Gott, wahrscheinlich wurden oft seltsame Anliegen an ihn herangetragen. Melanies Reaktion allerdings raubte ihm die Fassung. Kein Wort der Erklärung oder gar des Bedauerns. Nur ein abweisendes Nein auf seine Frage, ob sie ihn vom Flughafen abholen würde. Seine Hoffnung, er könne doch noch über Warteliste einen früheren Flug erreichen, erfüllte sich nicht. Übermüdet und völlig durchgeschwitzt kam er zu Hause an, unendlich erleichtert, dass er nun mit Melanie allein sein würde und ihr alles erklären konnte. Ein paar hitzige Worte, ein trotziges Gesicht ... wahrscheinlich warf sie ihm vor, eine Art Wissenshoheit auszuüben, indem er ihr nie sagte, was er eigentlich plane. Aber es würde ihm gelingen, sie zu besänftigen. Er würde sie in die Arme nehmen, ihr gestehen, wie sehr er sie liebe, sie überzeugen, dass nur die Sorge um sie ihn so umtreibe und dass er es sich so schön ausgemalt habe, dieses Überraschungstreffen in Berlin, in seinem Zimmer mit dem breiten Doppelbett, mit den Rosen, dem Konfekt, dem Gläschen Champagner.

Zuerst konnte er nicht glauben, dass sie nicht da war. Er ging durch alle Räume, noch blind für Einzelheiten. Dann bemerkte er den Brief. Und nun erst, nachdem er ihn gelesen hatte, fiel ihm auf, dass seine Wohnung, ihre Wohnung – nein, unsere Wohnung, dachte er voller Kummer – nicht mehr vollständig war. Ihr Kleiderschrank leer. Die

Toilettensachen aus dem Badezimmer verschwunden. Ebenso die selbst getöpferten Vasen ihrer Mutter. Die Bücher. Als er ihr Arbeitszimmer betrat, war ihm, als erhalte er einen Schlag. In aller Eile schien sie gepackt zu haben. Der PC, der Drucker, das Faxgerät ... weg, fort. Die Notizbücher, das Kassettengerät. Die Biografien mit den vielen Merkzetteln. Die Fotos an der Wand. Die Mobiles. Der alte Stuhl. Leere Regale, vergessene, lose Kabelenden am Boden. Übelkeit stieg in ihm auf, er presste die Hand auf den Mund und lief ins Badezimmer. Er würgte, konnte sich aber nicht übergeben. Nur gallebitterer Geschmack im Mund und Schweiß, der sich auf der Oberlippe sammelte. Er spritzte sich kaltes Wasser ins Gesicht und wartete, bis sein Herzschlag sich beruhigte. Er erinnerte sich an jenen Tag, da Anna ausgezogen war. Er kam vom Büro nach Hause, sie wohnten in einem Apartmentblock nahe einem großen Park, und nichts wies darauf hin, dass sie fort war. Sie musste ihre Flucht, im Gegensatz zu Melanie, lange geplant haben. Alles ordentlich aufgeräumt, kein Fetzchen Papier am Boden, keine offenen Schubladen, sogar seine Toilettensachen, den Rasierschaum, den Pinsel, sein Aftershave, hatte sie so penibel exakt auf dem Bord im Bad verteilt, dass das Fehlen ihrer eigenen Utensilien im ersten Moment gar nicht auffiel. Erst als er auf den Balkon ging, entdeckte er, dass der Käfig mit den zwei Wellensittichen, die Anna so abgöttisch liebte, verschwunden war. Zuerst glaubte er, diese ekelhaften, laut kreischenden Vögel seien krank geworden, Anna sei mit ihnen beim Tierarzt. Aber dann sah er, dass auch Futter, Vogelsand und Hirsekolben verschwunden waren.

Die Erinnerung an das damalige Leid machte ihn so elend, dass er sich setzen musste. Er begriff nicht. Er rief sich die Tage ins Gedächtnis, bevor Melanie nach Berlin gereist war. Glatte Tage, war das Erste, was ihm einfiel. Sie hatte viel gearbeitet und war deshalb vielleicht ein wenig zerstreut gewesen, oder besser gesagt, distanziert. Wären nicht jetzt, in diesem Moment, da er nachdachte, ein paar Signale wie winzig kleine Leuchtkugeln aufgetaucht, er hätte ihr Zusammenleben sogar als besonders harmonisch beschrieben. Wachsam war sie ihm manchmal vorgekommen, vorsichtig, zugeknöpft. Doch nie hatte er Anlass gehabt, eifersüchtig zu sein, bis auf das Zusammentreffen mit Frank auf diesem obskuren Filmfest. Da brütete sie einige Stunden vor sich hin, wirkte traurig und verwirrt. Also doch Frank Bärwald? Vielleicht war es ja so: Sie hatte sich in Frank verliebt und sich deshalb Hilfe suchend an Philip gewandt. Verflossene Liebhaber mauserten sich oft zu guten, verlässlichen Freunden. Oder sie hatte sich Sarah anvertraut. Ihrem Vater wahrscheinlich auch. Im Grunde bildeten sie alle eine Front gegen ihn und würden Melanie mit Freuden helfen, ihn zu betrügen. Eine Art Seilschaft, die es ihr ermöglichte, Ausreden zu finden und Alibis zu erhalten. Ein Kinobesuch mit Sarah, eine berufliche Unterredung mit ihrem Vater und lange Telefonate mit Philip, der aus dem reichen Schatz seiner Erfahrung schöpfen konnte, wenn es ums Betrügen ging. Im Geist hörte er sie alle auf Melanie einreden, hörte Sarah sagen: »Was hattest du vor deiner Ehe doch für ein schönes Leben, frei wie der Vogel in der Luft. Und nun? Ständig musst du ihm Rechenschaft ablegen,

keine nächtlichen Eskapaden mehr, keine Partys, nichts. Also gönn dir ein bisschen Spaß, Melanie!«
Und Philip: »Schätzchen, was ist aus dir geworden? Eine langweilige Ehefrau. Wo ist die zauberhafte Geliebte geblieben, die ich einmal kannte? Eine Szene machen, bloß weil du dich mit mir getroffen hast. Was ist er? Ein Gefängniswärter?«
Und ihr Vater: »Wir Künstler sind für feste Bindungen nicht geschaffen. Er hat doch keine Ahnung. Ein Anwalt, strohtrocken. Du musst dich frei machen! Nur ein freier Geist schafft Kreatives.«
Und Frank: »Du weißt, dass ich dich immer schon geliebt habe. Hätte ich sonst dafür gesorgt, dass du all die Aufträge erhältst, die dir so viel Freude bereiten? Melanie, Liebling, ich gebe dir einen Schlüssel. Dann kannst du selbst bestimmen, wann du zu mir kommen willst. Sei es für ein paar Stunden – oder für immer.«
Sie hatten sie gegen ihn aufgehetzt! Eine ähnliche Situation wie damals bei Anna, deren Schwester ihn von Anfang an abgelehnt und gehasst hatte! Nur hatte Anna es nicht bemerkt. Hatte dieses Miststück in den Himmel gehoben und vor ihm und seinen Anschuldigungen mit Zähnen und Klauen verteidigt. Selbst dann noch, als er ihr die Augen geöffnet hatte.
Er schenkte sich einen Cognac ein. Es war inzwischen kurz vor Mitternacht, kein günstiger Zeitpunkt, noch viel zu unternehmen. Außerdem – ein paar Stunden Schlaf würden ihm gut tun, würden ihn erfrischen und seinen Kopf frei machen. Morgen war Sonntag. Er würde zuerst zu Sarah fahren. Sollte sie dort nicht sein, blieb als

Nächstes ihr Vater. Und dann Frank. Oh, ja. Frank war der aussichtsreichste Kandidat auf seiner Liste. Wie hatte er auf dem Filmfest gemeint? »Dein Mann muss sich keine Sorgen machen, ich pass schon auf dich auf ...«
Es bereitete ihm richtig Genuss, nun, mitten in der Nacht, Frank anzurufen. Zuvor aktivierte er noch die Funktion »Nummer nicht zeigen«. Man ist ja schließlich ein technisch aufgeklärter Mensch, dachte er spöttisch. Nach einer Ewigkeit, wie es ihm schien, kam Frank an den Apparat. Seine Stimme klang nervös, kein Wunder. Wolf hielt den Hörer ganz dicht an den Mund und atmete schwer.
»Hallo?«, hörte er Frank rufen. Und dann: »Blödes Arschloch!« Es wurde aufgelegt.
Wolf schmiss den Hörer auf den Tisch. Egal, ob Melanie sich bei Frank aufhielt oder nicht – das »blöde Arschloch« galt eindeutig ihm. Er schenkte sich noch einen Cognac ein, trank das Glas auf einen Zug leer und legte sich auf die Couch. Bei allem Elend, das er verspürte – nun, da er einen Plan für den nächsten Tag besaß, fühlte er sich erleichtert. Er war ein Kämpfer, das würden sie schon noch merken. *Sie* ... wer waren *sie* schon? Ein Möchtegernkünstler, zwei mäßig erfolgreiche Journalisten und eine klapperdürre Rundfunktippse nebst ihrem billigen schwarzen Kneipenwirt. Er hatte es schon mit Menschen ganz anderen Kalibers aufgenommen. Seine Prozesse vor dem Patentgericht! Fast alle gewonnen! Weil er klug war, raffiniert und gut vorbereitet. In diesen Prozessen war es um Besitzansprüche anderer gegangen. Dieses Mal ging es um seinen Besitz. Sie würden sich wundern, die Herrschaften!

Sarah verhielt sich sehr geschickt, wie er fand. Sie riss die Augen erstaunt auf und meinte, Melanie sei doch in Berlin, bei ihrem Vater. Er hatte ihr eine nett ausgeschmückte Geschichte erzählt, dass er gehört habe, es sei zu Ausschreitungen bei diesem Kunstereignis gekommen, er mache sich nun Sorgen, weil er Melanie nicht erreichen könne, ihr Handy sei abgeschaltet – vielleicht sei der Akku leer oder sie habe es verloren. Und deshalb habe er angenommen, sie sei vom Flughafen aus zuerst zu ihrer besten Freundin gefahren, um ihr von der umstrittenen Aktion zu erzählen. »Dampf ablassen ... du weißt schon«, fügte er lächelnd hinzu, und weiß Gott, dieses Lächeln fiel ihm schwer genug.

»Ich hatte sie vorher gewarnt«, fuhr er fort. »Und jetzt geniert sie sich vielleicht zuzugeben, dass ich Recht hatte.«

»Ich war das Wochenende bei meinen Eltern. Aber Jimmy hätte es mir sicher gesagt, wenn sie hier gewesen wäre.«

Er blickte sich um. Das Lokal war noch leer. Gläser vom Vortag standen auf dem Tresen. Von Jimmy keine Spur, wahrscheinlich schlief er noch. War ja bekannt, dass schwarze Machos ihre Weiber arbeiten ließen, während sie selbst sich einen schönen Tag machten.

Sarah blickte ihn nachdenklich an, hinter ihrer Stirn arbeitete es, das merkte er. Vielleicht befand sich Melanie in ihrer Wohnung?

»Jimmy schläft noch?«, fragte er mühsam.

Ihre Züge verhärteten sich. »Bitte, Wolf, tu nicht so, als ob du dich für Jimmy interessieren würdest. Mich führst du nicht hinters Licht. Irgendwas geht hier vor. Und ich werde herausfinden, was es ist.«

Sie legte ihre Karten also auf den Tisch. Nun gut, nichts lieber als das. »Ich habe keine Ahnung, was du meinst. Aber wenn du Melanie siehst, sag ihr, sie soll sich sofort bei mir melden!«
Sie folgte ihm bis zur Tür, als er das Lokal verließ und zu seinem Wagen ging. Er spürte ihre Blicke im Rücken. Zorn übermannte ihn. Wieder ein Fetzen der Erinnerung. Irene, Annas Schwester. Sie hatte ihm auch einmal entgegengeschleudert, sie werde Anna vor ihm beschützen. Vor ihm beschützen!
Er drehte sich um und winkte Sarah spöttisch zu. Sie rührte sich nicht und ging erst ins Lokal zurück, als er davonfuhr.

Das Haus von Melanies Vater lag still in der kleinen Dorfstraße. Zwölf Uhr mittags. Eine blasse Augustsonne, bleiernes Licht, als würde es bald ein Gewitter geben. Eine Katze lag auf der Bank vor dem Haus, in der Luft Schwalben, die müde Kreise zogen.
Wolf betätigte den schweren Eisenklopfer, der an Jobsts Haustür befestigt war. Typisch, dass er keine Klingel besaß. Was wollte er damit beweisen? Dass er sich von anderen abhob? Dieses ganze Anwesen war doch ein Schlag ins Gesicht all derer, die schmucke Häuschen besaßen mit schick eingerichteten Wohnzimmern, großen Bädern, mit Saunen in ihren Kellern und einer Weinstube, die sich sehen lassen konnte.
Nichts im Haus rührte sich. Wolf wartete einen Augenblick, dann ging er um das Haus herum bis zu einem schmalen Pfad, der zu Maisfeldern führte. Eine verrostete

Schaufel lag im Gras. Die Fenster alle geschlossen. Das Schuppentor offen. Der Schuppen leer. Wo befand sich das Auto? Hatte Jobst es Melanie geliehen? Oder stand es im Parkhaus des Flughafens?
Wolf machte sich auf den Rückweg. Ein schwaches Hungergefühl meldete sich, außerdem verspürte er Verlangen nach einem Glas Wein oder etwas Stärkerem, einem Whisky vielleicht. Zu Hause angekommen, nahm er ein Stück Käse aus dem Kühlschrank, schnitt eine Scheibe Brot ab und goss Wein in ein hohes Wasserglas. Im Flur, beim Telefon, blieb er stehen und bemerkte erst jetzt Melanies Eintrag im Terminkalender: »... Melanie zieht aus.« Er nahm einen großen Schluck Wein und würgte damit das Brot, das er im Mund hatte, hinunter. »... Melanie zieht aus.« Hatte sie ihn verhöhnen wollen? Aber nein, dies war ganz und gar nicht ihre Art. Das klang eher nach einem trotzigen kleinen Mädchen ... Ach, wäre sie doch nur trotzig und kleinlaut wie ein Kind! Könnte er sie doch nur finden, wo immer sie war, und in die Arme nehmen und ihren Trotz und ihre Trauer hinwegküssen. Er fühlte Tränen in seinen Augen. »Warum liebe ich dich nur so?«, murmelte er verzweifelt. Warum machte er dies alles durch und tröstete sich nicht mit einer anderen? Mit Vanessa? Sie ließ keine Gelegenheit aus, mit ihm zu flirten. Warum also nicht?
Im Wohnzimmer lagen immer noch Melanies Brief, das Fahrtenbuch, das Handy und die Autoschlüssel auf dem Tisch. Die zarten Staubgefäße der Feuerlilien fielen bereits ab, braune Pollen verteilten sich auf der Tischplatte. Wolf ließ sich schwer auf die Couch fallen und trank den

Rest des Weins. Er überlegte sich, am nächsten Tag freizunehmen. Er fühlte sich nicht in der Verfassung zu arbeiten. Er konnte in der Kanzlei anrufen und sich mit einer Sommergrippe entschuldigen. Dann fiel ihm ein, dass er sich mit Dr. Fincke zu einem kleinen Mittagessen verabredet hatte. Außerdem musste er einige Markenanmeldungen bearbeiten und mit dem Kollegen Dirk von Langen eine Aktenübergabe durchführen, da dieser für zwei Wochen in Urlaub fuhr.

Er kam auch von seinem ursprünglichen Plan ab, anschließend zu Frank zu fahren. Erst wollte er Sarahs und Jimmys Wohnung überprüfen, um festzustellen, ob Melanie sich dort versteckte. Wenn er sich sicher war, dass sie sich dort nicht befand, dann kam Frank an die Reihe. Oder vorher vielleicht noch einmal Jobst? Ein Hotel oder eine Pension schloss er aus, schließlich hatte sie neben ihren persönlichen Dingen ihre ganze Büroeinrichtung mitgenommen. Hatte in wenigen Stunden alles zusammengepackt und war verschwunden. Wenn er daran dachte, wie sie in fliegender Hast durch die Zimmer geeilt und all ihr Hab und Gut in Koffer und Kartons gestopft hatte, wurde ihm so müde zumute, dass er sich am liebsten ins Bett gelegt und die Decke über den Kopf gezogen hätte. Seine Melanie. Was hatten sie nur mit ihr gemacht? Wie raffiniert hatten sie es angestellt, sie so gegen ihn aufzubringen, dass sie fähig war, ihn zu verlassen? »Du bist ich und ich bin du …« Ihm brach wieder der Schweiß aus, gleichzeitig fröstelte ihn. Nein, er durfte jetzt keine Schwäche zeigen. Man hatte ihm einen Schlag zugefügt, er strauchelte, aber er fiel nicht, da konnten sie Gift darauf nehmen.

Er duschte, schlüpfte in frische Wäsche, suchte nach seinen Jeans und einem leichten Pulli. Diese Nacht würde er in seinem Auto sitzen und das Haus von Sarah und Jimmy beobachten. Sollte er nichts herausfinden, würde er morgen, nachdem er seine beruflichen Dinge geregelt hatte, nochmals zu Jobsts Haus fahren. Vielleicht hatte Melanie ihn beobachtet, als er sie suchte? War in diesem Schreckenskabinett von einer Werkstatt gestanden und hatte keinen Mucks getan, damit er sie nicht entdeckte? Doch nein. Eigentlich wusste er schon jetzt, dass sie bei Frank war. Es war wie bei diesen Quizfragen im Fernsehen. War man sich der Lösung nicht hundertprozentig sicher, schloss man von den möglichen Antworten nacheinander jene aus, die unlogisch schienen. Genauso wollte auch er vorgehen.

Er saß im Wagen, Sarahs und Jimmys Haus im Blick. Die Straße gesäumt mit dichten Ahornbäumen. Straßenlaternen brannten. Dreistöckige Häuser, umgeben von Grünflächen und Büschen. Damals, als er sich mit Felix im »Gallo Nero« traf, um ihn auf seinen Auftrag vorzubereiten, hatte er sich mit ihm über Observierungen unterhalten. »Standobservierung« nannte man, was er jetzt tat. Er hatte noch genau im Ohr, was Felix ihm erzählte. Dass diese Art der Observierung normalerweise von zwei Personen durchgeführt wurde. Nun gut, eine zweite Person stand nicht zur Verfügung. Dass man auf größtmöglichen Abstand zum zu observierenden Objekt achten musste. Dass man sich am besten direkt im Licht einer Straßenlaterne positionierte, damit Lichtreflexe im Fahr-

zeug nicht so deutlich zu erkennen waren. Dass man Zigaretten nur mit nichtblitzenden Anzündern anstecken durfte. Aber er rauchte ja nicht.
Er trank Kaffee aus einer Thermoskanne. Die Fenster der Wohnung waren dunkel. Sie lag im ersten Stock und hatte einen großen Balkon. Allerdings war er sich nicht sicher, ob eines der Fenster nicht auch zur Rückseite ging. Er stieg leise aus seinem Auto, näherte sich dem Haus und schlenderte harmlos wie ein nächtlicher Spaziergänger über eine Rasenfläche zur Rückseite des Gebäudes. Gedämpftes Dröhnen von Musik, das zu ihm wehte. Irgendwo schien eine Party zu laufen. Er blieb stehen. Nein. Auch die rückwärtigen Fenster des ersten Stocks waren dunkel. Ein Fensterflügel stand offen, er konnte im matten Licht einer Laterne die Umrisse eines Bücherregals erkennen. Er ging zum Auto zurück und stieg wieder ein. Die Straße gänzlich leer, keine Leute, die Hunde spazieren führten oder nach Hause eilten. Es war ein Uhr, Sperrstunde für Jimmys Lokal. Wolf trank noch einen Becher Kaffee und konnte seine Augen kaum mehr offen halten. Die letzten zwei Nächte hatte er nicht mehr als vier oder fünf Stunden geschlafen, und auch diese Nacht würde kurz werden. Er spürte einen dumpfen Schmerz, der sich vom Hinterkopf bis zur Stirn zog, seine Augen brannten. Nun bereute er, nicht wenigstens einen Schluck Cognac in dem kleinen silbernen Flachmann mitgenommen zu haben. Der würde ihn aufmuntern und ihm das lähmende Gefühl hilfloser Ohnmacht nehmen, das ihn mehr und mehr erfasste. Wenn die Straßenlaternen nicht wären, dachte er, würde mich völlige Finsternis umgeben;

kein Mond, kein Stern, keine Hoffnung, keine Melanie. Er öffnete das Handschuhfach und tastete darin herum. Papiertaschentücher, eine Sonnenbrille, Pfefferminzdrops, ein kleiner Block, ein Kugelschreiber. Und Melanies Lippenstift. Er öffnete ihn und roch daran. Ein süßlicher Duft – sofort sah er Melanie vor sich, wie sie sich im Spiegel anblickte, den Lippenstift auftrug und sorgfältig mit dem Finger verrieb. Er hatte ihr gern zugesehen, wenn sie sich schminkte. Ihr konzentriertes Gesicht, das leichte Lächeln, das sie ihm zuwarf und dabei lustig mit den Augen zwinkerte, als wolle sie sagen, sieh nur, wie affig wir Frauen uns aufführen, um euch zu gefallen! »Oh, Melanie«, stöhnte er und spürte wieder Tränen in seinen Augen. Er bemitleidete sich selbst, auch wenn er diese Regung unter normalen Umständen als unmännlich abgetan hätte. Aber man mochte es drehen und wenden, wie man wollte: Melanie hatte ihn, auf Druck anderer, verraten, so wie Anna ihn verraten hatte.

Ein Auto fuhr an ihm vorbei und parkte ein. Sarah und Jimmy stiegen aus, Jimmy holte eine Plastiktüte aus dem Kofferraum, Sarah wartete auf ihn. Dann gingen sie über die Straße zu ihrem Haus. Sie unterhielten sich. Jimmy legte seinen Arm um Sarahs Schultern, Sarah schmiegte sich an ihn, dann verschwanden sie im Haus. Kurze Zeit darauf bemerkte Wolf Licht in einem der Fenster. Er startete seinen Wagen und fuhr ein Stück die Straße entlang. Er konnte Sarahs und Jimmys Umrisse im Schein des Lichts erkennen. Die Küche. Keine dritte Person, die ins Zimmer trat. Nun gut, Melanie konnte schlafen. In Sarahs Bett oder auf der Couch im Wohnzimmer. Aber würde sie nicht, wenn sie die beiden hörte, aufstehen und zu ihnen gehen? Er wartete noch eine Weile, das Licht wurde gelöscht, Dunkelheit, kein Laut. Er startete den Motor und machte sich auf den Weg nach Hause.

Bevor er am nächsten Tag ins Büro fuhr, unternahm er noch einmal einen Abstecher zu Jobsts Haus. Es lag so still da wie tags zuvor. Auch von Jobsts Auto keine Spur. Eine Frau, den Schubkarren voller Erde, kam vorüber und blickte ihn misstrauisch an.

»Ich wollte zu Herrn Wagner.«

»Der ist nicht da. Schon seit ein paar Tagen nicht.«

»Und seine Tochter?«

»Die wohnt hier nicht.« Sie stellte den Schubkarren ab und stemmte die Hände in die Hüften. »Wer sind Sie denn?«

»Ein Freund von Herrn Wagner.« Wolf lächelte die Frau an.

Sie rührte sich nicht von der Stelle. »Mein Mann und ich, wir passen auf das Haus auf, wenn Jobst nicht da ist«, sagte sie, wie um ihm zu bedeuten, dass er keine Chance habe, hier irgendeinen Unsinn zu veranstalten.

Wolf ärgerte sich. »Schön, wenn man nette Nachbarn hat.«

»Wir kriegen alles mit, was hier vor sich geht«, sagte die Frau.

»Ja, dann ...« Wolf ging zum Auto und stieg ein. Als er anfuhr, übersah er einen Stein, der neben dem offenen Gartentor lag. Es tat einen dumpfen Schlag, aber um nichts in der Welt wäre er jetzt ausgestiegen, um zu prüfen, ob der

Reifen beschädigt war. Blöde Kuh!, dachte er voller Zorn und sah im Rückspiegel, dass die Frau immer noch dastand und ihm nachblickte. Ein Gutes hatte die Sache allerdings: Er konnte sicher sein, dass Melanie hier nicht Unterschlupf gefunden hatte.

Während seines Mittagessens mit Dr. Fincke war er zerstreut und nervös, sodass ihn der ältere Kollege ein paar Mal prüfend musterte und ihn fragte, ob er sich wohl fühle. Er log ihm vor, dass er sich das ganze Wochenende mit einer Sommergrippe herumgeschlagen habe. »Kopfschmerzen, schwere Glieder, das Übliche«, sagte er.
»Sie wirken schon seit einiger Zeit ein wenig krank«, erwiderte Fincke.
Wolf erschrak, bemühte sich aber um einen überraschten Gesichtsausdruck. »Haben Sie irgendwelche Klagen?«
»Nein, nein. Nur ...« Fincke zögerte und seufzte. »Ein paar Unachtsamkeiten. Einen Termin, den Sie übersehen haben, letzten Freitag, als Sie früher ins Wochenende gingen, aber wir konnten das ausbügeln.«
»Das tut mir Leid«, murmelte Wolf.
»Machen Sie sich nichts draus! Wahrscheinlich steckt diese Grippe schon länger in Ihnen.« Er winkte dem Ober, um zu bezahlen. »Wie geht es Ihrer Frau?«
»Danke, gut«, antwortete Wolf mechanisch.
»Ich habe sie heute Morgen gesehen.«
Wolf starrte ihn an.
Fincke lachte. »Ich glaube wenigstens, dass sie es war. Das Foto auf Ihrem Schreibtisch, verstehen Sie? Ein so ausdrucksstarkes Gesicht und diese Augen ... so was

prägt sich ein. Und einmal hat sie vor der Kanzlei auf Sie gewartet.«
»Sie war sicher auf dem Weg zu ihrer Redaktion.«
»Ja, gut möglich. Sie kam aus der Bank und ging Richtung Rundfunkgebäude. Grüßen Sie sie doch von mir!«
Wolf merkte, dass ihm seine Stimme nicht mehr gehorchte. Der Rundfunk. Frank. Also doch Frank. Er räusperte sich. »Mach ich gern.«
»Da ist noch eine Sache, etwas Erfreuliches. Es geht um diesen neuen Mandanten in Tokio. Wir sind übereingekommen, dass Sie nach Japan fliegen, um sich mit den dortigen Anwälten zu treffen. Acht bis zehn Tage ... länger werden Sie nicht fort sein.«
Aber das geht doch nicht!, wollte Wolf entgegnen. »Wann?«, brachte er mühsam heraus.
»In zwei oder drei Wochen. Also noch genügend Zeit, um gesund zu werden.« Fincke nahm die Rechnung vom Ober entgegen und legte seine Kreditkarte auf den Tisch. Der Ober entfernte sich.
Wolf fühlte sich erleichtert. Zwei oder drei Wochen ... bis dahin hatte er Melanie gefunden. »Danke für Ihr Vertrauen«, sagte er steif.
Der Ober brachte Karte und Quittung zurück, und Fincke erhob sich. »Fast beneide ich Sie. Tokio ist eine faszinierende Stadt. Und vielleicht kann Ihre Frau Sie ja begleiten?«
Wolf schluckte, nickte, bemühte sich zu lächeln. »Ich werde mit ihr sprechen. Allerdings steckt sie momentan in einem sehr wichtigen Auftrag. Eine Artikelserie über berühmte Autorinnen. Virginia Woolf, Sylvia Plath ...«

Fincke blickte ihn wohlwollend an. »Schön, wenn der Partner einem noch ganz andere Perspektiven eröffnet. Wir Juristen laufen doch alle mit Scheuklappen herum. Tja ... Ihre Frau tut Ihnen gut, mein Lieber.«

»Tut Ihnen gut, mein Lieber, tut Ihnen gut ...«, hallte es in Wolf nach, als sie das Lokal verließen. Der Druck in seinem Kopf war wieder da. Wie im Nebel hörte er kurze Zeit später im Büro die Stimmen der Kollegen und versuchte, sich zu konzentrieren. Es gelang ihm nicht. Er wollte nur eines: sich in sein Auto setzen und zu Franks Wohnung rasen. Fast apathisch nahm er die Akten an sich, die Dirk von Langen ihm am Abend aushändigte, und tat so, als mache er sich Notizen. Doch immer wieder schob sich Melanies Bild vor seine Augen. Wie sie sich in Franks Haus ausbreitete. Ihre persönlichen Dinge unterbrachte und liebevoll mit Franks Mutter sprach, die anscheinend geschwächt und ziemlich verwirrt war. Da fiel es natürlich nicht schwer, sich in den Zimmern einzunisten, da mussten keine langen Erklärungen abgegeben werden. Tiefe Qual bemächtigte sich seiner. Melanie in Franks Armen, seit zwei Nächten schon in seinen Armen, während er vor Sorge verging. Wie hatte Frank es nur geschafft, sie auf seine Seite zu ziehen? Sie arbeiteten gegen ihn, alle arbeiteten sie gegen ihn. Gesichter, wie lose Puzzleteile, tauchten vor ihm auf. Sarahs misstrauisch gerunzelte Stirn, die spöttisch verzogenen Lippen Philips, das breite Grinsen Franks und Jobsts zurückhaltender Blick, wenn er sich mit ihm unterhielt.

Er sah, wie des Kollegen Mund sich bewegte, wie Wörter und Sätze diesem Mund entströmten, aber er war unfähig, deren Sinn zu erfassen. Er stand auf, schüttelte abwehrend den Kopf und verließ sein Büro, während Dirk von Langen ihm konsterniert nachblickte und, noch immer eine Akte in der Hand, vor seinem Schreibtisch stand. Wolfs Herz klopfte erneut bis zum Hals, der Druck in seinem Kopf wurde stärker und stärker. Melanie und Frank war das Einzige, das er dachte, als er in sein Auto stieg und zu Franks Haus raste.

Am nächsten Morgen meldete er sich krank und entschuldigte sich dafür, dass er die Kanzlei so überstürzt verlassen hatte.

»Ein plötzlicher Schwächeanfall«, erklärte er mühsam und ließ Dr. Finckes besorgte Fragen wie in Trance über sich ergehen. Anschließend saß er in der Küche und spulte wieder und wieder die schreckliche Szene vor seinem inneren Auge ab, als er in Franks Haus gestürmt war und nach Melanie gesucht hatte. Die konfuse alte Frau, die ihn mit aufgerissenen Augen anstarrte, der bestürzte Frank, der ihm verständnislos dreinblickend von Zimmer zu Zimmer folgte, die Fahrt nach Hause, auf der er nahe daran war, die Kontrolle über sein Fahrzeug zu verlieren. Und dann die Wohnung, ausgestorben, leer. Das große Glas Cognac, das er getrunken und das ihm solche Erleichterung verschafft hatte, dass er beinahe geweint hätte. Er sehnte sich nach seiner Mutter. Ruth würde ihn verstehen, würde ihm wie damals als kleiner Junge Kräutertee kochen, ihn in eine warme Decke hüllen und die immer gleichen Worte wiederholen. »Schon gut, mein Junge, schon gut. Alles wird wieder gut.« Aber er konnte nicht zu seiner Mutter flüchten. Wie denn – nach dem Desaster mit Anna. Da hockte er völlig verzweifelt zu Hause und lud all seinen Zorn und seine Trauer bei Ruth ab. Seinerzeit hatte sie ihm geglaubt. Aber würde sie das wieder tun? Was sollte er ihr sagen? Dass alle sich gegen ihn verschworen haben? Dass Melanie ihn wahrscheinlich betrog? Doch was, wenn Ruth ihn fragte, ob Melanie eine Nachricht hinterlassen habe? Er konnte sie nicht anlügen. Und die Beschuldigungen in Melanies Abschiedsbrief glichen so sehr jenen, die Anna vorgebracht hatte, dass zu befürchten stand, seine Mutter würde ihm dieses Mal keinen Glauben schenken.

Er legte sich in Melanies Bett und umklammerte ihr Kissen. Fast glaubte er, ihre Wärme zu spüren, den Duft ihrer Haut zu riechen. Er erinnerte sich, wie er sogar ihre Achselhöhlen und Armbeugen geküsst hatte, weil er nie von ihr genug kriegen konnte. »Komm zurück!«, flüsterte er und schlief ein, das Kissen immer noch in seinen Armen.

Er wollte ein anderer werden, dies beschloss er am nächsten Tag. Er durfte nicht mehr so viel trinken, musste einen klaren Kopf bewahren und seine Gedanken Schritt für Schritt weiterentwickeln, logisch und konsequent, als baue er den Hauptanspruch einer Patentanmeldung auf.

Wie konnte er Melanie finden? Bei Frank, Sarah und Jobst war sie nicht. Befand sie sich überhaupt noch in der Stadt? Oder war sie doch zu Philip geflüchtet? Zu Philip … Seine Nackenmuskeln verkrampften sich, er ging auf und ab und bewegte seinen Kopf seitwärts, nach vorn, um sich Erleichterung zu verschaffen. Vielleicht hatte sie ihre Möbel irgendwo untergestellt, sich ins nächste Flugzeug oder in den Zug gesetzt und war nach Hamburg gereist? Doch auch dies erschien ihm nicht glaubwürdig. Melanie hing an ihrem Beruf, sie musste Kontakt zu den Redaktionen halten. Natürlich konnte sie das auch per Telefon, Fax und Mail bewerkstelligen, aber war sie wirklich der Mensch, der davonlief? Er notierte sich jene Orte, an denen sie auftauchen und die er beobachten konnte. Die Zeitungsredaktion. Der Rundfunk. Die Bank. Post. Das Schwimmbad. Er hielt inne. Ja. In Stresssituationen ging sie schwimmen, er hatte nie begriffen, was sie daran fand. Tauchte unter, tauchte auf, schöpfte Kraft und Zuversicht. »In meinem letzten Leben war ich wohl einmal ein Fisch«, hatte sie zu ihm gesagt, und sie hatten scherzhaft gerätselt, welcher Gattung sie wohl angehört haben würde. Wolf hatte auf den schelmischen und menschenfreundlichen Delfin getippt und ihr einen silbernen Anhänger in Form dieses Tieres geschenkt. Bis vor kurzem hatte sie ihn stets als Talisman an einem Kettchen um den Hals getragen. Und hatte ihn zurückgelassen, im Badezimmer, neben seinem Rasierwasser.

Während der nächsten zwei Tage beobachtete er die Orte, die ihm relevant erschienen. Ohne Erfolg. Er rief die Redaktionen an und stellte sich als Universitätsmitarbeiter vor, der Frau Wagner-Eckart interessante Unterlagen für ihre neue Artikelserie unterbreiten könne. Fragte nach Telefon- oder Handynummer. Aber man bedeutete ihm höflich, dass Frau Wagner die Weitergabe ihrer Adresse und ihrer Telefonnummern untersagt habe. Er beobachtete Jimmys Lokal, die Wohnung von Sarah und Jimmy und das Haus von Frank. Er fuhr wiederholt zu Jobsts Anwesen, das so verlassen dalag wie bei seinen letzten Besuchen. Als er schon jede Hoffnung aufgegeben hatte, sah er sie plötzlich. Sie trat aus einem Drogeriemarkt in der Nähe des Rundfunkgebäudes. Sie hatte das Haar kurz geschnitten, war geschminkt und hatte eine dreiviertellange enge Hose an und ein weit geschnittenes Hemd. Ihr unerwarteter Anblick verschlug ihm fast den Atem. Sie trug eine große Umhängetasche, blickte auf die Uhr und ging mit eiligen Schritten auf ein Parkhaus zu. Wolf vergewisserte sich, dass es nur eine Ausfahrt besaß, stieg in ein Taxi und bat den Fahrer zu warten. Da er nicht wusste, was für ein Auto Melanie inzwischen fuhr, starrte er angestrengt zur Ausfahrt hinüber. Und entdeckte sie dann in Sarahs altem Auto, das er erkannte, weil Sarah selbst sich immer lustig gemacht hatte über ihre Rostlaube, die ihr bald unterm Hintern wegfaulen würde. Melanie fuhr rechts in eine Durchgangsstraße ein, Wolfs Taxi folgte ihr. Der Weg kam ihm bekannt vor, und tatsächlich, je länger sie fuhren, desto sicherer wurde er, dass sie sich Melanies alter Wohnung näherten. Sie parkte, stieg aus, warf einen hastigen Blick in die Runde und verschwand im Haus. Wolf bezahlte, verließ das Taxi und überprüfte die Namen auf dem Klingelbrett. Besuchte sie eine frühere Nachbarin? Ein junger Mann kam heraus und hielt ihm die Tür auf. Wolf nickte dankend und trat ein. Wie gut er sich noch an die Zeit erinnerte, da er voller Hoffnung und Vorfreude diese Treppen hinaufgeeilt war, dritter Stock, linke Tür.

Er las das Türschild. *Gundula Ehrmann,* ein Name, der ihm nichts sagte. Er zögerte. Sollte er klingeln? Und was dann? Er könnte diese Gundula Ehrmann fragen, ob sie wisse, wo ihre Vormieterin wohne. Er könnte sich als Mitarbeiter eines Meinungsforschungsinstituts ausgeben, um verstohlen einen Blick in die Wohnung werfen zu können, falls Melanie vielleicht hier Unterschlupf gefunden hatte.

Er ging einen Treppenabsatz höher, stellte sich ans Fenster und holte aus seinem Aktenkoffer einen Block und einen Kugelschreiber. Sollte ein Hausbewohner kommen, konnte er so tun, als mache er sich Notizen, als sei er mit jemandem verabredet, der sich verspätet hatte. Angestrengt lauschte er und hörte Schritte in Melanies ehemaliger Wohnung. Und dann ihre Stimme, unverkennbar. Sie telefonierte. Er schlich nach unten, drückte lauschend den Kopf an die Tür. Er hörte sie sprechen, er hörte sie lachen – er hatte sie gefunden! Sie war in dieser Wohnung! Als Gast? Ihm fiel ein, wie eindringlich Jobst vorgeschlagen hatte, die Wohnung doch als Büro zu behalten. Und der Schlüssel! Nach und nach reimte er sich alles zusammen. Melanie hatte ihm vor der Hochzeit erzählt, dass sie die Wohnung nicht renovieren müsse, sondern nur ihre persönlichen Dinge mitnehme. Er hatte sich nichts dabei gedacht, damals, als er noch voller Unschuld auf alles reagierte, was sie sagte. In Wirklichkeit jedoch hatte sie diese Wohnung behalten, und Jobst bezahlte wahrscheinlich die Miete. Und warum behielt man eine Wohnung, warum benötigte man einen geheimen Ort, von dem der andere nichts wissen durfte? Mein Gott, wie

lange ging das schon, dass Melanie hier ein und aus schlich, als habe nichts in ihrem Leben sich verändert, als habe sie ihn nicht geheiratet, um mit ihm zusammenzuleben, nur du und ich und ich und du?
Er presste die Hände gegen die Schläfen. Seine Arme prickelten, als liefen unter seiner Haut Hunderte von Ameisen. Schweiß stand ihm auf der Stirn. In einer ersten Regung wollte er an die Tür donnern, mit den Füßen dagegen schlagen, seine Fäuste auf die Klingel drücken und wie ein verwundetes Tier aufschreien. Sie hatte ihn von Anfang an hintergangen! Wie vernichtet lief er die Treppen hinunter, bis in den Keller, der durch eine schwere Eisentür verschlossen war. Er lehnte sich in eine Ecke unter dem Treppenabsatz und wischte sich den Schweiß von der Stirn. »Ganz ruhig, ganz ruhig!«, murmelte er und steckte Block und Kugelschreiber in seinen Aktenkoffer. Als er sich einigermaßen gefangen hatte, hastete er aus dem Haus, hielt abermals ein Taxi an und ließ sich zu seinem Auto bringen. Er hatte eigentlich vorgehabt, noch einmal ins Büro zu fahren, um endlich die Stöße von Akten, die sich auf seinem Schreibtisch türmten, abzuarbeiten, aber er fühlte sich dazu außer Stande. In seinem Kopf jagten sich die Gedanken, tausend Ängste fuhren wie Wellen durch sein Inneres, sodass er schauderte und ihm schon wieder der Schweiß ausbrach. Wenn er daran dachte, wie geordnet und ruhig sein Leben noch vor wenigen Monaten gewesen war und in welchem Chaos er sich jetzt befand! Von seiner Frau verlassen, beruflich auf einem bedenklichen Weg, gesundheitlich angeschlagen, keine Sicherheit mehr, kein Halt, nichts. Ein Schluchzen

stieg in ihm auf, seine Augen brannten. Mit Mühe stellte er sein Auto in der Tiefgarage ab, und nur der Gedanke, jetzt gleich in seinen eigenen vier Wänden zu sein, hielt ihn aufrecht. Er fuhr mit dem Lift nach oben, sperrte mit feuchten, zitternden Fingern die Tür auf und betrat die Wohnung. Sein Hemd war schweißnass. Er spürte, wie sich sogar an seinen Schenkeln kleine Rinnsale von Schweiß bildeten. Er starrte in den Flurspiegel und erschrak. Dieser hohläugige Mann, das konnte nicht er sein! Doch nicht der gut gekleidete, gepflegte Wolf Eckart, der sein Leben im Griff hatte, von den Kollegen geachtet, von den Frauen begehrt, von seiner Mutter als Fels in der Brandung geliebt. Mit müden Bewegungen zog er sich aus und ließ sich ein Bad einlaufen. Noch nie war ihm etwas so erlösend erschienen wie dieses Eintauchen ins warme Wasser, das seinen Krampf im Inneren löste, den Schweiß von der Haut wusch und ihn umfing, so sanft und beruhigend wie eine Frau, die ihn tröstend in die Arme nahm. Er schloss die Augen. Sein Kopf war völlig leer.

Da klingelte das Telefon. Melanie … Melanie ruft an, dachte er und stieg so schnell aus der Badewanne, dass er ausrutschte und sich den Knöchel anschlug. Er lief ins Wohnzimmer, riss den Hörer an sich und meldete sich.

Es war seine Mutter. Im ersten Moment erfasste ihn unbändiger Zorn, er war versucht, den Hörer in die Ecke zu schmeißen und wie ein kleines Kind mit dem Fuß aufzustampfen.

»Seit Tagen hast du dich nicht mehr bei mir gemeldet«, klagte sie.

»Ich war mit Melanie in Berlin und hatte anschließend im Büro eine Menge Arbeit am Hals.«
»Aber fünf Minuten für ein kleines Telefonat ...«
Er schwieg, viel zu erschöpft, um sich zu verteidigen.
»Wir wollten Melanie und dich am Sonntag zum Essen einladen«, sagte Ruth nach einer kleinen Pause.
Er sah seine Mutter vor sich, wie sie mit ihren knochigen, dünnen Händen die Telefonschnur umklammerte und wie sie ihre Brauen zusammenzog, ein Alarmzeichen, vor dem er sich schon als Kind gefürchtet hatte. Die sonntäglichen Mittagessen sorgten seit seiner Verheiratung für Spannung, da Melanie es ablehnte, jeden Sonntag mit den Schwiegereltern zu verbringen.
»Ich komme gern, Mutter. Aber Melanie ist noch in Berlin, sie hat dort beruflich zu tun.«
»Diese jungen Frauen«, seufzte Ruth. »Immer unterwegs.«
Wolf begann zu frösteln und ging, den Hörer in der Hand, zurück ins Badezimmer. »Ich rufe am Freitag nochmals an. Vielleicht ist Melanie bis dahin ja zurück.«
Seine Mutter verabschiedete sich mit frostiger Stimme. Unschlüssig stand er da und wusste nicht, was er tun sollte. Nochmals heißes Wasser in die Wanne laufen lassen? Sich anziehen? Sich ins Bett legen und versuchen zu schlafen? Seine Situation erschien ihm so lächerlich. Da stand er, nackt, frierend, den Hörer in der Hand, und konnte sich zu nichts aufraffen. Wenn er noch länger hier verweilte, würde er alles kurz und klein schlagen, so albern kam er sich vor. Deshalb rief er kurz entschlossen Felix an und verabredete sich mit ihm zum Squashen.

Er drosch auf den Ball ein, als wolle er mit jedem Schlag einen seiner zahlreichen Gegner vernichten. Einmal traf er mit dem Schlägergriff Felix an der Schulter, sodass dieser einen Schmerzenslaut ausstieß und ihm einen wütenden Blick zuwarf.

Später, als sie sich beim Bier gegenübersaßen, erzählte Felix von seinen Aufträgen, natürlich, ohne Namen zu nennen, und erkundigte sich bei Wolf, wie es denn bei ihm so laufe, privat und auch beruflich.

Wolf hatte gar nicht richtig zugehört. Die ganze Zeit schon wirkte er abwesend, aber nun richtete er sich plötzlich auf, nahm einen großen Schluck Bier und sagte: »Ich habe auch einen Auftrag für dich. Eine größere Sache. Hättest du Zeit?«

»Um was geht es denn?«

»Ich brauche Dossiers. Über verschiedene Personen. Die Namen und Adressen liefere ich dir morgen.«

»Was willst du denn über die Leute wissen?«

»Alles. Ihre persönlichen und beruflichen Verhältnisse, ihre wirtschaftliche Situation, die Leichen, die in ihrem Keller liegen.«

»Wenn welche dort liegen.«

»Sieh nach!«

»Geht es um Personen aus deinem beruflichen Umfeld? Dann wärst du mit einer Wirtschaftsdetektei besser dran.«

»Nein. Es ist privat.« Er merkte, wie Felix die Stirn runzelte, wie er in seinen Gedanken versuchte, ein klares Bild zu formen.

»Ja, ganz richtig, Felix. Auch dieser Philip Rosin ist dabei.«

»Es geht also um deine Frau.«
»Um die Leute, mit denen sie es zu tun hat.«
»Weiß sie, dass ich recherchieren werde?«
»Nein.«
»Warum nicht?«
»Ich will sie nicht beunruhigen. Wenn deine Überprüfungen nichts Wesentliches erbringen, werde ich ihr gar nicht sagen, dass ich dich beauftragt habe.«
Felix winkte der Bedienung und bestellte noch ein Bier. »Sieh mal«, sagte er, »es wäre schon hilfreich für mich zu wissen, um was es sich handelt. Bedrohen diese Menschen deine Frau, wollen sie ihr Übles … Was ist los, Wolf?«
»Ich will ihr die Augen öffnen.« Er glaubte, Felix seufzen zu hören.
»Du siehst krank aus«, sagte dieser.
»Eine kleine Sommergrippe.«
Felix atmete tief durch. »Na, gut. Wie du meinst. Schick mir morgen eine E-Mail mit den Namen und Adressen. Wird aber nicht billig werden dieser Auftrag.«
»Kein Problem.«
Felix taxierte ihn nachdenklich. »Du liebst deine Frau sehr.«
Wolf lächelte. »Und sie mich«, sagte er und klang so überzeugt, dass er für einen kurzen Moment selbst glaubte, was er sagte. »Das alles geschieht nur zu ihrem Besten.«
»Ich lass nicht locker, Wolf. Also … was meinst du, dass diese Menschen ihr antun wollen?«
»Sie wollen, dass sie mich verlässt.«

»Aber warum denn?«
»Weil sie vorher wie ein kleines Schoßhündchen war. Hat alles getan, was diese Leute wollten. Sie haben sie ausgenützt.«
Felix nickte langsam, er schien nicht so recht überzeugt. »Na gut ... geht mich im Grunde ja nichts an. Tja ...« Er nahm einen letzten Schluck Bier. »Ich muss weiter.« Er stand auf und griff nach seiner Brieftasche.
Wolf lächelte ihn an. »Nein, lass nur! Du warst mein Gast.«
Als Felix fort war, bestellte er sich zur Feier des Tages einen doppelten Cognac. Jetzt, da er seinen Plan gefasst hatte, arbeiteten seine Gedanken wie ein emsiges Räderwerk. Es gab viel zu tun. Vor allen Dingen wollte er Melanie vorbereiten auf seinen ersten Besuch bei ihr. Auf eine subtile Weise, die ihr Rätsel aufgeben würde. Nun fiel ihm auch wieder ein, woher er den Namen Gundula Ehrmann kannte. Die Heiratsurkunde. Der Mädchenname ihrer Mutter. Jobst verwendete nie den Namen Gundula, wenn er von seiner Frau sprach. Er nannte sie Gundi, auch heute noch.
Wolf hob sein Glas. Mögt ihr euch auch alle gegen mich zusammenrotten – am Ende gewinne ich doch, dachte er und trank langsam in kleinen Schlucken das Glas leer.

# 2

Die Pappeln zu beiden Seiten der Regattastrecke hoben sich vom tiefblauen Himmel ab. Ein kühler Wind blies, es wurde Herbst, auch die Wassertemperatur sank stetig, bald würde Melanie ihre Bahnen wieder im Schwimmbad ziehen müssen. Während sie ruhig und gleichmäßig Arme und Beine bewegte, bei jedem Atemzug nur ganz kurz auftauchte, damit die Hüften nicht absanken, breiteten sich Ruhe und Frieden in ihr aus. Wundervolles Wasser, klar und still. Anders als die kleinen Wellen eines Sees oder das salzige Nass, das sie von ihren Inselaufenthalten her kannte. Einmal, ein paar herrliche Wochen lang in Kalifornien, war sie befreundet gewesen mit einer Clique von Wellenreitern. Sie hatten sich beträchtliche Mühe mit ihr gegeben, und sie erinnerte sich noch an das Gefühl, als sie die erste große Sturzwelle nahm, ohne vom Brett getrennt zu werden. Die hohe Welle im Rücken, die Arme, die sich wie Windmühlenflügel bewegten und paddelten, als gehe es um Leben und Tod. Das Wasser rollte und zischte, das Brett erhob sich und wurde nach vorn geworfen. Nur Gischt und Brandung und ein jubelndes Gefühl, das Brett ausbalancierend, das Gewicht nach vorn verlegend, das Ufer in Sicht. Ein Gefühl der Freiheit, Schwerelosigkeit, das sie auch jetzt im Wasser empfand,

fern aller täglichen Sorgen, fern der Angst und auch fern von Wolf.
Von Tag zu Tag fühlte sie sich sicherer. Zwar erstaunte es sie, dass er nicht schon längst Verdacht geschöpft und auch ihre alte Wohnung überprüft hatte, einfallsreich wie er sonst zu sein pflegte. Aber da sie bei aller Wachsamkeit nichts von ihm sah oder hörte, legte sich ihre ängstliche Unruhe.
Fast hatte sie ihr altes Leben wieder aufgenommen. Sie interviewte im Vorfeld der herbstlichen Buchmesse Autoren, die neue Bücher auf den Markt brachten, und schrieb über Schauspieler und deren neue Filme. Nachts schlief sie tief. Keine Alpträume mehr, die Angst und Schrecken in ihren Schlaf trieben. Sie wurde wieder schlampig und achtlos. Konnte ohne Sorge Zettel herumliegen lassen, musste keine Nummern mehr aus Displays löschen, nicht nach der Tür horchen.
»Ich fühle mich prima«, sagte sie zu Sarah, mit der sie sich in der Stadt traf, da Jimmys Kneipe und auch beider Wohnung für sie immer noch tabu waren.
Sarah teilte ihre Sorglosigkeit nicht. »Das ist doch kein Zustand, Melanie!«, sagte sie. »Du lebst wie in einem Kokon. Kannst nicht zu uns kommen, schleichst dich auf Umwegen in die Redaktionen und igelst dich ansonsten ein wie ein Eremit.«
»Aber ich brauche das. Ich muss mich erst sammeln, bevor ich mich mit Wolf auseinander setzen kann.«
»Nachbarn haben Jimmy erzählt, dass öfter ein Auto in der Nähe unseres Hauses stand, in dem ein Mann saß und mit Fernglas unsere Fenster beobachtete.«

»Ja, das war er, da bin ich mir sicher«, antwortete Melanie fröhlich.
»Doch plötzlich war der Spuk zu Ende. Nichts mehr.«
»Vielleicht hat er akzeptiert, dass ich weg bin.«
»Sagst du das jetzt, um mich für blöd zu verkaufen, oder bist du übergeschnappt? Der gibt doch nicht auf, das glaubst du doch selbst nicht!«
Melanie schwieg. Sie wollte sich ihre schöne Ruhe nicht kaputtreden lassen. Solange Wolf sie nicht belästigte, konnte es ihr recht sein.
»Hat er sich bei Frank noch einmal sehen lassen?«
Melanie schüttelte den Kopf. »Nein. Nirgends. Vielleicht geht es ihm ja wie mir. Er überdenkt alles und wird am Ende zu der Erkenntnis kommen, dass wir nicht zusammenpassen.«
»Ich geb's auf«, sagte Sarah seufzend.

Mit Frank traf sie sich ein paar Mal zum Essen in einem kleinen vietnamesischen Lokal. Auch dort fühlte sie sich sicher, da Wolf für diese Art von Küche nichts übrig hatte. Frank sah schlecht aus, und Melanie mutmaßte, dass die Pflege seiner Mutter ihm mehr zu schaffen machte, als er zugab. Trank er? Ihr fielen die rot umränderten Augen auf, die Tränensäcke, der Dreitagebart, der so gar nicht zu ihm passte. Wenn er sein Glas hob, zitterten ihm die Hände.
»Irgendwann wirst du deine Mutter in ein Heim geben müssen«, meinte sie mitfühlend. »Du wirst sie nicht mehr unbeaufsichtigt lassen können.«
»Mir graut davor. Sie hat damit gedroht, sich umzubringen, wenn ich sie weggebe.«

»Aber du musst auch an dich denken. Und an deinen Beruf. Du willst doch unbedingt einen festen Vertrag beim Rundfunk haben! Den wirst du kaum kriegen, wenn man dort erfährt, dass du eine Alzheimerpatientin zu betreuen hast.«

»Das macht mir weniger Sorgen.« Er schwieg einen Moment und lächelte bitter. »Ja. Da könnte weitaus Schlimmeres ans Licht kommen.«

»Was meinst du damit?«

»Hast du schon mal was von der ›Mendel-Affäre‹ gehört?«

»Der Anlagenschwindel? Der jetzt vor Gericht kommt? Ich habe davon gelesen.«

»Robert Mendel ist mein Bruder.«

Melanie blickte ihn erstaunt an.

»Aus der ersten Ehe meiner Mutter. Er ist zehn Jahre älter als ich.«

»Na ja ... aber du kannst doch nichts für die Untaten deines Stiefbruders.«

»Ich habe damals, als ich als freier Journalist am Existenzminimum herumkrebste, für ihn gearbeitet. Er hat mich in seiner Firma sogar als Angestellter geführt. Das war für mich günstig und für ihn auch. Als ich dahinter kam, dass er krumme Dinger drehte, stieg ich aus.«

»Dann wird dir auch nichts passieren.«

»Da bin ich mir nicht so sicher. Wenn ich in einen Finanzskandal verwickelt werde, kann ich einpacken. Ich bin Wirtschaftsjournalist, vergiss das nicht!«

»Hat er eure Zusammenarbeit denn jemals erwähnt?«

»Nein. Und ich habe auch keine Vorladung zu einer

Zeugenaussage erhalten. Wahrscheinlich ist man noch nicht dahinter gekommen, dass ich sein Bruder bin, und hält mich für ein kleines Würstchen, das nichts zu melden hatte.«

»Na, siehst du.«

»Aber ganz so war es nicht. Ich habe meinem Bruder Tipps gegeben, die ich wiederum von Börsianern hatte. Journalisten erzählt man so allerlei.«

»Ich glaube, du machst dir unnötig Sorgen«, tröstete ihn Melanie.

Frank zuckte die Achseln. »Und du? Wie geht es bei dir weiter?«

»Ich werde Wolf die Scheidung vorschlagen.«

»Dann nimm dir mindestens zwei Bodyguards mit. So irre wie der bei mir durch die Wohnung getigert ist ...«

»Jetzt übertreibst du aber.«

Franks Blick ließ sie nicht los. »Melanie. Du benimmst dich wie ein Kind, das die Augen zumacht und meint, damit sei alles Schlimme verschwunden.«

»Er hat im ersten Moment überreagiert, das gebe ich ja zu. Aber inzwischen ist er bestimmt zur Vernunft gekommen.«

Sie argumentierten noch eine Weile herum, wobei Melanie sich mit schlechtem Gewissen sehr viel gelassener gab, als ihr zumute war. Doch wenn sie erst anfing, sich zu fürchten, wäre sie bestimmt nicht mehr in der Lage, mit der Situation fertig zu werden, das spürte sie.

»Wenn ich einmal zu fürchten angefangen, hab ich zu fürchten aufgehört«, zitierte sie, tapfer lächelnd, als sie das Lokal verließen, um zu Franks Auto zu gehen. Ganz unbewusst, wie sie es jetzt immer tat, blickte sie rasch nach rechts und links. Frank verdrehte die Augen und schüttelte den Kopf.

»Ist ein Unterschied, ob ein König, die Inquisition im Rücken, dies deklamiert oder ein kleines Mädchen, das nicht mal ein Pfefferspray in der Handtasche hat.«

»Hey. Du wolltest dich mit mir treffen, um mir Mut zu machen«, sagte Melanie und zwang sich zu einem Lachen.

»Aber nicht auf Kosten der Realität«, antwortete Frank.

Sie fuhr zu ihrem Vater. Sie hatte ihm am Telefon lediglich mitgeteilt, dass sie wieder in ihrer alten Wohnung lebe und dass sie ihm ausführlich berichten werde, wenn er aus Berlin zurück sei.

Sie wählte aus Vorsicht einen Weg, der nicht durch das kleine Dorf führte, sondern hinter den großen Maisfeldern endete, die sie als Kind so gern durchstreift hatte. Sie parkte ihren Wagen neben einem Weidenstrauch. Sie trug feste Schuhe, die beim Gehen kein Geräusch machten. Lichtgraue Wolken am Himmel, in der Ferne hoben sich die Bäume des Laubwaldes dunkel ab. Sie fühlte sich weit weg von allem, was sie belastete. Ein Geruch von Holz und Moder, der von den abgeernteten Maisfeldern aufstieg. Die Büsche am Wegrand verfärbten sich bereits, Raben hockten in den Furchen der Äcker, die Häuser, die am Ende des Weges lagen, sahen friedlich und sauber aus und so dörflich, dass sie voller Wehmut an ihre Kindheit dachte. An das Zirpen der Grillen, das von den sonnenschweren Wiesen aufstieg, den Duft der frisch gebackenen Kuchen ihrer Mutter, das helle Lachen ihrer Freundinnen, die barfuß, mit hochgekrempelten Hosen in den Weiher wateten, um die Frösche zu erschrecken.

Was würde sein, wenn sie von Wolf geschieden und wieder mitten in ihrem früheren Alltag war? Wenn die Trauer über das Scheitern, die sie sich jetzt noch verbat, sie einholte? Ein so schöner Traum, den sie verloren hatte. Die unzerstörbare Sehnsucht, einen anderen Menschen zu lieben, mit ihm zusammen zu sein, mit ihm alt zu werden. Als habe man kurz eine Tür geöffnet zu einem Leben, das so nicht war und nie so sein konnte. Oder würde es ein Befreiungsrausch werden, wie ihn ihr Vater erlebte, als er sich entschloss, Aktionskünstler zu werden? Das alte Dasein weggegeben, damit das Denken nicht gestoppt wurde, damit man neu nachsinnen konnte und neu beginnen?

Sie öffnete das kleine Gatter und ging zum hinteren Eingang des Hauses. Die Tür stand einen Spaltbreit offen, und sie trat ein, zog ihre Jacke aus und hängte sie an einen Holzhaken.

»Papa? Ich bin da.«

Er hatte Kaffee gekocht und Pflaumenkuchen besorgt. Während er den Tisch deckte, unterhielten sie sich über seine Berliner Freunde und über seinen Plan, nach Indien und Pakistan zu reisen.

»Aber ich bin mir nicht sicher, ob ich das tun soll. Ich lasse dich ungern allein.«

»Was soll schon sein, Papa? Ich werde mit Wolf in aller Vernunft reden. Er kann mich ja nicht zwingen, bei ihm zu bleiben.«

»Was ist eigentlich passiert?«
»Alles«, sagte sie und fühlte, wie ihre Augen nass wurden. Er griff nach ihrer Hand und hielt sie ganz fest. »Komm. Erzähl es mir!«

Später begleitete er sie den Feldweg zurück zum Auto. Er schien beunruhigt, versuchte aber, es vor ihr zu verbergen. Er erklärte ihr, was sie eigentlich selbst wusste. Dass der Zwang, einen Menschen ganz und gar besitzen zu wollen, aus der Unfähigkeit entstehe, sich selbst zu lieben und seiner sicher zu sein. Ein Minderwertigkeitskomplex, der einen dazu treiben würde, dem anderen stets zu misstrauen.
»Ich könnte nun sagen, überrede ihn zu einer Therapie, aber ich würde dies wider meine Überzeugung tun. Ich habe die Erfahrung gemacht, dass krankhaft eifersüchtige Menschen sich selten ändern. Manchmal werden sie sogar zu einer akuten Gefahr, und dieser Gefahr möchte ich dich nicht aussetzen.«
»Aber …«
»Nein. Wenn ich reise, dann erst nach Weihnachten. Frühestens.«
»Papa. Ich habe Sarah und Jimmy. Und Frank und …« Sie mochte Philips Namen nicht aussprechen.
»Ja. Was ist mit Philip und dir? Nur mehr gute Freunde?«
Sie zuckte die Achseln und schwieg. Sie konnte ihm nicht sagen, dass sie, gefangen in ihrer Furcht, nichts mehr für Philip empfinden konnte. Sie verspürte nur noch den Wunsch, frei zu sein. Und frei zu bleiben.
Sie verabschiedeten sich voneinander, und Melanie ver-

sprach, jeden Tag anzurufen, um Jobst wissen zu lassen, ob es ihr gut gehe. Es wurde dunkel und ihr schien, als winke er ihr zum Abschied zu, deshalb drückte sie kurz auf die Hupe.

Wieder in der Stadt betrat sie voller Freude ihr Apartment, das Gespräch mit Jobst hatte sie getröstet. Sie ging durch die kleinen Räume und dachte: »Ich werde es schaffen.« Im Wohnzimmer entzündete sie die Tischlampe, holte eine Flasche Calvados aus dem Schrank und benutzte ein besonders fein geschliffenes Glas. Der leichte Apfelgeruch, der vom Alkohol aufstieg, erinnerte sie an Philip. Er liebte Calvados und brachte immer etliche Flaschen davon mit, wenn er mit seiner Frau Urlaub in der Normandie machte. Ob er in Zukunft allein dorthin reiste? Sie nahm einen kräftigen Schluck und ging ins Badezimmer, um ihre Kleidung gegen den flauschigen Pyjama zu tauschen, den sie schon jahrelang besaß und den ihre Mutter für sie genäht hatte. Immer, wenn sie ihn trug, war es ihr, als sei sie ihr ganz nah. Sie ließ ihre Kleidung zu Boden fallen, zog den Pyjama an und griff nach ihrer Zahnbürste. Und sah es – das Kettchen mit dem kleinen Delfin daran! Es lag fein säuberlich drapiert auf ihrer braunen Puderdose.

Sie spürte, wie sie vor Schreck den Mund öffnete, die Zahnbürste noch in der erhobenen Hand. Instinktiv trat sie hastig einen Schritt zurück und schlug mit der Ferse gegen die Badewanne. Ihre Gedanken überstürzten sich. Sie hatte dieses Kettchen absichtlich zurückgelassen. Sie hatte es vom Hals genommen, es einen traurigen Moment lang angesehen und auf die Konsole im Badezimmer

gelegt, direkt neben Wolfs Rasierwasser. Sie hatte sich sogar noch an den Moment erinnert, als Wolf es ihr geschenkt hatte. »Mein kleiner Delfin«, hatte er zärtlich gesagt und sie umarmt. Und nun befand sich das Kettchen hier, in ihrer Wohnung. Sie warf die Zahnbürste ins Waschbecken und ging ins Wohnzimmer zurück. Oder spielte ihre Phantasie ihr einen Streich? Hatte sie sich nur vorgenommen, das Kettchen abzunehmen und zurückzulassen? Aber nein, nein! Sie war doch nicht verrückt! Sie stand wie erstarrt und wollte und wollte es nicht wahrhaben: Wolf war da gewesen. In ihrem Apartment, in ihrem Badezimmer, wer weiß, vielleicht wartete er, irgendwo verborgen, in einer Ecke auf sie?
Sie blickte sich um, ging ängstlich zögernd auf den Flur und suchte an der Eingangstür nach einer Beschädigung, nach Kratzspuren – nichts. Schaute in die Küche, hob sogar die Vorhänge im Schlafzimmer an. Ging zur Eingangstür zurück und öffnete sie vorsichtig. Das Treppenhaus dunkel. Sie machte Licht und überprüfte das Türschloss von außen. Es war völlig intakt. Sie schloss die Tür wieder, sperrte von innen ab und ließ den Schlüssel stecken. Dann hastete sie nochmals durch sämtliche Räume, öffnete Schranktüren und sah sogar unters Bett. Als sie sich aufrichtete, entdeckte sie im Spiegel ihr hochrotes Gesicht, und ein so unbändiger Zorn stieg in ihr auf, dass sie meinte, der Kopf müsse ihr platzen. Sie stieß einen heiseren Schrei in Richtung des Fensters aus, als stünde Wolf dort draußen in der Dunkelheit und könne sie hören.

Am nächsten Morgen flog sie nach Frankfurt und hatte daher keine Gelegenheit, das Schloss auswechseln zu lassen. Den ganzen Tag über war sie unruhig und musste sich zwingen, einigermaßen konzentriert zu arbeiten. Sie führte ein Interview mit einer jüngeren Autorin, die mit ihr über ihre Erfahrungen sprach, die sie nach der Veröffentlichung ihres ersten Romans mit Verlagen, Presse und Agenten gemacht hatte. Alles sei irgendwie schief gelaufen. Ein schlechter Schutzumschlag, wenig Werbemittel, so gut wie keine Presseunterstützung – sie sei der Meinung, dass für inländische Autoren zu wenig getan werde. Ihr Roman habe sich schlecht verkauft – nicht verwunderlich, bei dem geringen Einsatz des Verlages. Außerdem brauche es einfach Zeit, einen Autor aufzubauen. Diese Zeit gestehe man heute den Leuten aber nicht mehr zu.

»*Ein* Flop, und du bist gebrandmarkt. Du erhältst keinen neuen Vertrag, und auch die anderen Verlage winken ab«, sagte sie. Alles Geld, riesige Summen, steckten die Verlagshäuser in Lizenzkäufe aus dem Ausland oder aber in Trash-Literatur.

Normalerweise hätte Melanie sich auf dieses Thema gestürzt, hätte Frage um Frage gestellt, heute jedoch blieb sie nervös und zerstreut.

Ihr Handy klingelte. Sie entschuldigte sich, nahm das Gespräch an, niemand meldete sich. Was ihr aber den Atem stocken ließ und schon wieder die Hitze ins Gesicht trieb, war die Melodie, die sie im Hintergrund vernahm. Eine Melodie von Schostakowitsch, ein Walzer aus der Jazz Suite No. 2, von der nur Wolf wusste, wie sehr sie sie liebte. Sie bewegte sich nicht, hörte nur zu, ihr Puls schlug schneller und schneller. Dann endete die Melodie, und sie unterbrach die Verbindung.

»Entschuldigen Sie«, sagte sie mühsam. »Ein etwas seltsamer Anruf.« Aus purer Höflichkeit stellte sie noch ein paar persönliche Fragen, dann verabschiedete sie sich. Sie wünschte sich nur noch, nach Hause zu kommen, um darüber nachdenken zu können, wie Wolf ihre Handynummer herausgefunden hatte.

Es war bereits später Abend, als sie ihre Wohnungstür hinter sich schloss. Sie stellte ihre Tasche ab und ging in die Küche. Im Stehen aß sie eine Scheibe Wurst und trank ein Glas Milch. Sie schaute sich um, jederzeit bereit, im Schatten einer Nische, einer Tür Wolf zu entdecken. Sie bewegte sich ganz so, als sei er hier und beobachte sie. Als sie das Licht im Wohnzimmer anmachte und die Feuerlilie sah, die in einer Glasflasche stand, nahm sie dies bereits hin, als habe sie nichts anderes erwartet. Er ging hier also ein und aus, gerade wie es ihm beliebte. Sie biss die Zähne zusammen. *Ihr* Zuhause, *ihr* Kokon, wie Sarah es genannt hatte, und er drang ein und zerstörte die Schutzschicht, die sie so sorgsam um sich gewoben hatte. Natürlich konnte sie das Schloss auswechseln lassen, konnte sich neue Telefonnummern besorgen, aber dies wäre genauso, als ersetze man unentwegt Glühbirnen, ohne den Kurzschluss zu beseitigen. Sie versperrte die Eingangstür von innen, ließ wieder den Schlüssel stecken und ging zu Bett. Die Bilder, die in der Dunkelheit auf sie zukamen, schienen sie zu erdrücken. Sie hatte sich mit einem Verrückten eingelassen, hatte ihn sogar geheiratet und saß nun in der Falle. Sie knipste das Licht der Leselampe an und zwang sich, an andere Dinge zu denken. An diese Autorin und ihre enttäuschten Hoffnungen. An Frank und seine kranke Mutter. An Sarah, die sich Sorgen um Jimmy machte, weil er ihr seit ein paar Tagen so bedrückt vorkam und nicht sagen wollte, was ihm fehlte. Auch an Philip dachte sie. Er rief sie unentwegt an und erkundigte sich, wie es ihr ging, und sie antwortete automatisch, es gehe ihr gut. So ist es doch auch, dachte sie und begann, hysterisch zu kichern. Sie verbarrikadierte sich in ihrer eigenen Wohnung, wurde von einem irren Ehemann verfolgt und wusste im Grunde nicht, wie es weitergehen sollte. Die Zeiten, als sie noch Geliebte war, kamen ihr inzwischen wie paradiesische Zustände vor. Sie setzte sich auf und starrte durch die offene Tür hinüber ins Wohnzimmer. Das Licht der Straßenlaterne verfärbte die üppige Lilie, schwarz umrissene Finger, die sich ihr drohend entgegenstreckten. Schau sie an, die Blume, die ich dir gebracht habe! Ich bin in deiner Nähe, bin da. Du entkommst mir nicht! Doch wie immer, wenn man sie in die Enge trieb, regte sich ihr Widerstand so mächtig, dass sie ihre Furcht vergaß. Da glich sie ihrem Vater. Mit mir nicht ... ein Leitsatz, mit dem sie aufwuchs. Wolf sollte sich nicht täuschen. Sie mochte den Eindruck erwecken, zart und schwach zu sein, doch man nannte sie nicht umsonst die geborene Langstreckenschwimmerin. In freien, unruhigen Gewässern gewannen nicht immer die Schnellsten, sondern die Klügsten und Ausdauerndsten.

Dann überstürzten sich die Ereignisse. Schon am nächsten Morgen rief Jimmy bei ihr an und bat sie, sich mit ihm zu treffen. Seine Stimme klang so beunruhigt, dass sie fast versucht war zu glauben, es sei gar nicht Jimmy, mit dem sie sprach. Sie meinte, am besten sei es, wenn er sie zu Hause besuchen würde, da könnten sie ungestört sprechen. Sie bereitete einen kleinen Imbiss vor und kochte Tee.

»Was ist los?«, fragte sie besorgt.

»Ich habe einen Brief erhalten.« Jimmy verzog angewidert den Mund.

»Wieder diese Neonazis?«

»Nein.« Er rührte mit dem Löffel in seiner Teetasse, unentwegt, als könne er mit dieser Bewegung Klarheit in seine Gedanken bringen. Dann hob er den Kopf. »Es gibt da eine Zeit in meinem Leben, über die ich nie gesprochen habe. Auch Sarah weiß nichts davon.«

Melanie hielt den Atem an und hob abwehrend die Hand, als wolle sie verhindern, dass er weitersprach. Ja. Sie wollte Jimmy so behalten, wie er war. Ruhig und ausgeglichen, einer der geradlinigsten Menschen, die sie kannte. Sie konnte es nicht mehr ertragen, wenn alle um sie herum sich verwandelten. So wie Wolf sich verwandelt hatte. Von einem Mann, der vorgab, sie zu lieben, in einen bedrohlichen Feind und Jäger.

»Ich habe vor vielen Jahren, ich war knapp zwanzig, eine Frau im Streit getötet. Dafür saß ich zehn lange Jahre im Gefängnis«, sagte Jimmy.

Melanie starrte ihn an.

Er nahm einen Schluck Tee. »Sie war fünfzehn Jahre älter

als ich und Bedienung in einer Bar. Ich sah sie zum ersten Mal auf der Straße, sie war groß und hatte eine so weiße, glatte Haut, dass ich dachte, nie eine schönere Weiße gesehen zu haben. Auf dem dunklen Haar trug sie eine kornblaue Baskenmütze, und als wir aneinander vorübergingen, blickte sie mir direkt in die Augen. Es ist seltsam mit der Liebe ... warum man sich verliebt, meine ich. Ich verliebte mich, als ich sah, dass sie auf der rechten Wange eine dunkel verfärbte kleine Narbe hatte. Und Fältchen um die Augen, daran erkannte ich, dass sie nicht mehr so jung war wie ich. Eigentlich war ich auf dem Weg nach Hause, ich arbeitete damals in der Stadtgärtnerei. Den Job hatte mir noch das Jugendamt vermittelt, als ich aus dem Waisenhaus entlassen wurde. Aber ich ging an jenem Abend nicht nach Hause. Ich folgte dieser Frau bis in die Bar, in der sie arbeitete. Die halbe Nacht saß ich an einem Tisch und trank Whisky, gab fast meinen ganzen Monatslohn aus für dieses Gesöff, und als die Bar schloss, ging sie an mir vorbei, und wieder sah sie mir direkt in die Augen. Am nächsten Tag arrangierte ich ein Blumengebinde aus weißen Rosen, so weiß wie ihre Haut. Als sie nachts aus der Bar kam, folgte ich ihr. Sie tat, als bemerke sie mich nicht, sie schritt so leichtfüßig und sorglos dahin, als sei sie allein. Doch als sie das Haus betrat, in dem sie wohnte, drehte sie sich plötzlich um, und ich streckte ihr meinen Strauß hin. Und da nahm sie mich mit.«

Jimmy rieb sich müde die Augen.

»Ich kündigte meine Stelle als Gärtner und arbeitete in der Bar. Ich wohnte bei ihr. Ich wollte sie heiraten, aber sie schüttelte jedes Mal, wenn ich davon sprach, den

Kopf. Sie gab mir auch keine Antwort, wenn ich sie fragte, woher sie komme, was sie gemacht habe, bevor sie in dieser Bar zu arbeiten begann. Sie behielt mich bei sich wie eine Katze, die man sich hält, um nicht allein zu sein. Ich hatte inzwischen alle Verbindungen zu meinem früheren Leben abgebrochen, auch zum Heimleiter des Waisenhauses, der mich sehr gern mochte und immer für mich da war, wenn ich ihn brauchte. Ich wollte nur diese Frau. Ich hielt sie nächtelang im Arm und küsste ihre Narbe, sie mochte das, sie legte oft ihren Finger darauf, wie um zu fühlen, ob sie noch da sei. Dann kam dieser zehnte März. Ein Mann trat in die Bar, ging zu ihr hin, sie sahen sich an, und sie nahm ihren Mantel und ging mit ihm weg. Verstehst du? Sie ließ alles liegen und stehen, sie entschuldigte sich nicht, sie ging einfach und sagte kein Wort. Als ich später zu ihrer Wohnung kam und klingelte, machte sie nicht auf. Aber ich klingelte immer wieder, unentwegt, da öffnete sie. Sie trug nur ein kurzes Seidenhemd, und der Mann lag in unserem Bett. Ich konnte gar nicht mehr denken. Ich sagte zu ihr, sie solle diesen Kerl wegschicken. Da lächelte sie mich an, fast ein wenig belustigt, und meinte, dieser Kerl sei ihr Mann. Er sei heute aus dem Gefängnis entlassen worden. Sie würden beide schon bald die Stadt verlassen. Ich lief die halbe Nacht durch die Straßen und landete schließlich bei einem der Kellner aus der Bar, mit dem ich mich ein bisschen angefreundet hatte! ›Ja, weißt du das denn nicht?‹, fragte er mich. ›Sie hat den Job in der Bar nur angenommen, weil sie auf ihn gewartet hat. Verstehen kann's keiner. Er hat sie mehr als einmal grün und blau geschlagen, die Narbe im Gesicht stammt von ihm.‹ Am nächsten Tag ging ich wieder zu ihr. Ihr Mann war nicht da. Sie packte Geschirr und Vasen in einen Karton, auch jene schwere Kristallvase, in die sie damals meinen Blumenstrauß gestellt hatte. Ich machte ihr die heftigsten Vorwürfe, während sie mich nur bedauernd ansah, als wolle sie sagen: Was für ein Aufruhr. Und wofür? ›Du kannst mich nach all der Zeit doch nicht einfach so wegschicken, was bin ich eigentlich für dich?‹, schrie ich sie an. Sie brauchte eine Weile, bis sie antwortete. Dann meinte sie, ich sei eine Aushilfe. In der Bar und auch sonst. Als sie dies sagte, hatte sie gerade diese Vase in der Hand. Ich spürte, wie die Wut in mir hochstieg, ich entriss ihr die Vase so heftig, dass sie stolperte, und als ich das schwere Ding, in dem einmal meine wunderschönen Blumen waren, mit aller Wucht zu Boden schmiss, traf ich sie am Kopf. Zuerst sah alles nicht so schlimm aus, doch sie starb noch in der gleichen Nacht. Eine Gehirnblutung.«

Jimmy schwieg.

Melanie rührte keinen Muskel. »Und du hast Sarah nie davon erzählt? Da war doch ein Loch von zehn Jahren in deiner Biografie. Hat sie nie gefragt, was du in dieser Zeit gemacht hast?«

»Ich habe ihr erzählt, ich sei im Ausland gewesen. In Frankreich. Das war ich auch, aber erst nach meinem Gefängnisaufenthalt.«

»Und warum hast du ihr all das verschwiegen?«

»Weil sie mich dann verlassen hätte.«

»Nein«, sagte Melanie. »Warum auch? Es war ein Unglücksfall.«

»Den mir das Gericht nicht geglaubt hat. Ganz im Gegenteil. Sie entschieden sich für die höchste Strafe, die man einem Jugendlichen verpassen konnte.«

»Aber Sarah hätte dir geglaubt.«

Jimmy schüttelte den Kopf. »Ich konnte nicht darüber sprechen, ich konnte es einfach nicht.«

»Und warum erzählst du es mir?«

Er blickte Melanie in die Augen, einen erbitterten Zug um den Mund. »Weil der Brief, der mich so beunruhigt, von deinem Mann stammt.«

Melanie stockte der Atem. »Was?«

»Er fordert mich darin auf, Sarah zu veranlassen, sich aus deinem Leben herauszuhalten. Ansonsten würde er dafür sorgen, dass alle Welt erfährt, dass ich ein verurteilter Mörder bin. Was das für mich und Sarah bedeutet, kannst du dir vorstellen. Und auch für meine Kneipe. Mir reicht schon, dass diese Rechtsradikalen mir ständig zu schaffen machen.«

Melanie spürte, wie Angst und Wut förmlich aus ihr herausbrachen. Das konnte doch nicht wahr sein! Wolf war Jurist! Er musste doch wissen, dass Jimmy mit diesem Schreiben zur Polizei gehen konnte.

»Ich könnte mit diesem Brief zur Polizei gehen«, sprach Jimmy ihren Gedanken aus. »Aber er ist sehr raffiniert abgefasst. Dein Mann erwähnt zwar den Mord und die Gefängnisstrafe, betont aber gleichzeitig, dass er vermute, Sarah wisse nichts davon, und das sei gut so, da wir beide uns doch so lieben würden, da sei es wirklich nicht wünschenswert, eine so schöne Beziehung zu zerstören. Und dass auch mein ganzes Umfeld davon nichts wisse, sei ein Segen. Wo ich doch die Kneipe hätte, all die netten Stammkunden. Erst ganz am Schluss die Bitte, dich in nächster Zeit nicht mit Anrufen oder Besuchen zu beunruhigen. Du seist in einer sehr schlechten nervlichen Verfassung und müsstest – ohne den Einfluss anderer – erst zu dir finden ... und so weiter.«

Als sei es gar nicht sie, die Jimmy ansah, als sei es auch nicht Jimmy, der vor ihr saß, so sonderbar fühlte Melanie sich. Sie stand gewissermaßen neben sich und beobachtete, wie sie auf Jimmys Mitteilung reagierte. Wie raffiniert von Wolf. Zuerst das Wild, das man jagt, von anderen Artgenossen separieren. Dann auf die Falle zutreiben. Und die Falle zuschnappen lassen.

Sie sagte Jimmy, er solle sich keine Sorgen machen. Sie würde sich um alles kümmern. Der Spuk sei bald zu Ende. So oder so.

Ihr war klar, was folgte. Auch Frank hatte einen Brief erhalten, der ihn zutiefst erschreckte. Der Mendel-Prozess. Die kranke Mutter. Der Anstellungsvertrag.

Und Philip rief an. Ganz scheinheilig hatte Wolf ihn gebeten, seine nervlich angegriffene Exgeliebte nicht mehr zu belästigen. Er, Philip, habe sich zwar mit seiner Frau bezüglich der Scheidung bereits geeinigt, glaube er aber wirklich, die ganze Prozedur noch so gut zu überstehen, wenn offenkundig würde, dass er jahrelang fremdgegangen war? Nein, diesen Umstand müsse man von seiner Frau fern halten, und, wie gesagt, der Brief sei nur als Bitte gedacht. Die Sorge um Melanie, nicht wahr? Jede Aufregung würde ihren Zustand verschlimmern.

Als sie dann noch von den Nachbarn ihres Vaters erfuhr – Jobst hatte dringend für einige Tage nach Wien gemusst –, dass eine Hand voll Rechtsradikaler vor der Werkstatt aufgekreuzt war, dass Hakenkreuze auf Wände und Türen geschmiert worden, Fensterscheiben zu Bruch gegangen waren und eine Plastik beschädigt worden war, schnürte die Angst ihr die Kehle zu. Was, wenn ihr Vater sich im Haus befunden hätte? Und doch bedeutete der Angriff auf ihn nur mehr ein kleines Puzzlestück, das das Bild vervollständigte: Wolf bedrohte jene Menschen, die ihr nahe standen. Die Botschaft: Kehr zu mir zurück!

Anna Bellau zu finden war nicht schwer. Sie wohnte immer noch in der Mörikestraße. Melanie hatte ihren Besuch telefonisch angekündigt. Als Anna wissen wollte, worum es eigentlich gehe, erklärte Melanie, sie sei Wolfs Frau, lebe von ihm getrennt und benötige dringend einen Rat. Sekundenlanges Schweigen. Dann meinte Anna lediglich: »Herzliches Beileid. Wäre Ihnen morgen Abend recht, gegen acht?«
Annas Wohnung überraschte Melanie. Alle Zimmertüren waren entfernt worden, und sämtliche Räume waren nach einem bestimmten Spektrum von Farben gestaltet. Sanfte Gelb- und Orangetöne, die verschiedensten Schattierungen von Rot, sogar die Tapetenleisten waren farblich abgestimmt. Jeder Quadratzentimeter der Wände war bedeckt von Modeskizzen und Zeichnungen. Ein großer Vogelbauer hing in Fensternähe von der Decke. Ein blauer und ein grüner Wellensittich, die vergnügt

zwitscherten. Wolf hatte ihr erzählt, Anna habe leider so gar kein Gespür gehabt, sich gemütlich einzurichten, sei ideen- und interesselos gewesen – schon wieder eine Lüge. Anna trug eine legere Baumwollhose und eine gemusterte Bluse. Ihr braunes halblanges Haar war mit einem Gummiband zusammengebunden. Sie hatte weder Schmuck angelegt, noch war sie geschminkt. Mit einer kleinen Handbewegung forderte sie Melanie auf, Platz zu nehmen, und bot ihr ein Glas Rotwein sowie mit Schafskäse gefüllten Blätterteig und Oliven an.

»Ich habe griechische Freunde. Sie versorgen mich regelmäßig mit ihren Spezialitäten.«

Melanie nahm einen Schluck Wein. Stille trat ein, bis Anna plötzlich angespannt lächelte. »Ich weiß, was Sie mich fragen wollen. Sie wollen wissen, wie Wolf sich während unseres Zusammenlebens verhielt. Und was er unternahm, als ich ihn verließ.« Sie musterte Melanie neugierig. »Ich war wenigstens nicht mit ihm verheiratet. Aber wahrscheinlich hat er dieses Mal seinen Überwachungswahn so lange im Zaum gehalten, bis Sie den Ring am Finger hatten.«

»Wir kannten uns noch nicht sehr lange. Gerade mal zwei Monate.«

»Verstehe.« Nun zeigte Annas Gesicht so viel Mitleid, dass Melanie lachen musste, obwohl sie sich vor dem, was kommen mochte, fürchtete. »Meine Freundin Sarah hat auch gemeint, ich solle nichts überstürzen, aber ich war damals in einer Phase ...« Sie zuckte die Achseln.

»Gut.« Anna seufzte. »Meine Geschichte ist nicht sehr lang, aber schrecklich. Kurz gesagt – es war ein Alptraum.« Sie reckte den Kopf hoch, als müsse sie alle Selbstbeherrschung, zu der sie fähig war, in sich wachrufen. »Zuerst verstanden wir uns wunderbar. Ich war fasziniert, wie gut man sich mit Wolf unterhalten konnte, ich fühlte mich auch geschmeichelt, weil er meinen Beruf« – sie deutete auf die Modeskizzen – »so interessant fand. Ich war sehr verliebt in ihn. Doch schon bald, nachdem wir eine gemeinsame Wohnung hatten, veränderte sich alles. Er überprüfte jeden Schritt, den ich tat. Auf jeden Mann, mit dem ich auch nur ein nettes Wort wechselte, war er eifersüchtig. Er passte mich am Flughafen ab, an der U-Bahn, an Bushaltestellen, um zu überprüfen, ob ich auch wirklich allein unterwegs gewesen war. Er mochte meine Freunde nicht, er sagte, sie seien oberflächlich und dumm und würden mich nur ausnützen. Meine Schwester Irene hasste er – und sie ihn. Sogar auf meine armen Wellensittiche war er eifersüchtig; einmal ertappte ich ihn dabei, wie er sie ans offene Fenster stellte und ihre Käfigtür öffnete. Er kontrollierte alles, sogar meine Handtasche. Und immer meinte er es schrecklich gut. Als ich es nicht mehr aushielt, sagte ich ihm, dass ich ihn verlassen würde, wenn sich nichts ändere.«

Sie hielt inne und nahm einen großen Schluck Wein. Ihre Stimme wurde rau, in ihren Augen standen Tränen.

»Er sah die größte Widersacherin in meiner Schwester, weil die es wagte, ihm die Meinung zu sagen. Sie war Kindergärtnerin in einem konfessionellen Kindergarten. Er bekam heraus, dass meine Schwester lesbisch war. Sie lebte mit einer Kollegin zusammen. Die beiden waren … wie aus einem Guss … ja. Ich dachte damals immer, so möchte ich mit einem Mann zusammenleben, so voller Verständnis und Fürsorge und … Liebe. Das machte er alles kaputt.«

Sie stand auf, holte ein gerahmtes Foto und gab es Melanie. Zwei junge Frauen, die Arme umeinander gelegt, lächelnd. Anna setzte sich wieder.

»Als ich ihm sagte, dass ich vorübergehend zu Irene und ihrer Freundin ziehen wolle, begann er seine Schmutzkampagne. Zwei lesbische Kindergärtnerinnen. Was man mit diesen armen Kindern alles anstellen konnte, ohne dass es ruchbar wurde. Meine Schwester lachte anfangs darüber. In der heutigen aufgeklärten Zeit, sagte sie, was soll da schon groß passieren? Aber eine Art Mund-zu-Mund-Propaganda setzte ein. Wenn meine Schwester eines der kleinen Mädchen nur an sich drückte oder ihm übers Gesicht streichelte, wurde sie von aufgebrachten Eltern beschimpft. Natürlich gab es auch andere, im Grunde waren sie sogar in der Überzahl, aber die Freundin meiner Schwester hielt dem Druck nicht stand. Sie kündigte und zog in eine andere Stadt. Und Irene … Irene …« Annas Stimme schwankte. »Sie wurde über all der Aufregung krank, sie verlor ihren Job, sie wurde tablettenabhängig, sie war nicht mehr sie selbst … und schließlich nahm sie sich das Leben.«

Anna atmete schwer. Dann setzte sie sich mit einem Ruck auf und schrie die Worte heraus: »Ich hasse ihn. Und es hilft mir auch nichts, mir immer wieder vorzusagen, er sei ebenfalls krank. Kranksein ist die eine Sache, Menschen zu quälen eine andere. Er ließ mich auch nach dem Tod meiner Schwester nicht in Ruhe, und als er mir sogar einmal nach Mailand nachreiste, habe ich einen Anwalt eingeschaltet und ihm gedroht, in seiner Kanzlei publik zu machen, was für ein Dreckskerl er sei. Trotzdem stand er noch täglich vor der Tür oder rief mich an, tagsüber, nachts, ja, vor allen Dingen nachts. Erst als ich ihm drohte, seiner heiß geliebten Mutter alles zu erzählen, gab er endlich Ruhe.«

Melanie beugte sich zu Anna und drückte voller Mitgefühl ihre Hand. Anna lächelte gequält. »Wenn ich Ihnen einen Rat geben darf: »Stellen Sie es klüger an als ich! Ich habe anfangs immer nur reagiert, bis ich selbst mit den Nerven so am Ende war, dass er ein leichtes Spiel mit mir hatte. Machen Sie nicht den gleichen Fehler. Seien Sie schlau ... schlauer als er, und wehren Sie sich!« Melanie erschauerte, so sehr regte Annas Erzählung sie auf.

»Prägen Sie es sich ein.« Anna betonte die folgenden Worte: »Auch als ich ausgezogen war, ließ er mich nicht in Ruhe. Er entwickelte einen sechsten Sinn für die Orte, wo ich mich gerade aufhielt. Er beschimpfte meine Freunde, auch sie rief er an, wann immer es ihn danach gelüstete. Er fuhr zu meinen Eltern – sie leben in Köln – und machte ihnen die Hölle heiß. Sie sollten mich zur Räson bringen. Als sie ihn hinauswarfen, unterstellte er ihnen, dass sie mich aufhetzen würden. Er tyrannisierte sie mit Briefen und Telefonaten, lungerte nächtelang hier vor dem Haus herum, damit ihm nicht entging, wer mich besuchte. Als er mir nach Mailand nachreiste, machte er mir eine Szene in der Hotelhalle, weil er erfahren hatte, dass ich in einem Doppelzimmer wohnte. Ich teilte es mir mit einer Kollegin. Also unterstellte er mir, dass ich genauso

lesbisch sei wie meine verdorbene Schwester. Dann wieder schickte er mir Liebesbriefe und Blumen, doch gleichzeitig setzte er mich unter Druck. Erst als ich den Spieß umdrehte … als *ich* ihm jede Woche ein Bild meiner toten Schwester sandte … als *ich* vor seiner Bürotür stand und ihn beobachtete … als *ich* einen Anwalt einschaltete … als *ich* begann, ihn nachts anzurufen, und ihm haarklein schilderte, was alles ich seiner Mutter an Beweisen vorlegen würde … da gab er auf.« Ihre Stimme war nun voller Verachtung. »Und immer kam er mit derselben Entschuldigung: seine übergroße Liebe und Fürsorge.«
Sie schwieg einen Moment, dann fuhr sie fort: »Ich habe damals auch mit einem Psychologen gesprochen. Er warnte mich. Die Symptome würden sehr deutlich machen, dass Wolf im Laufe der Zeit sämtlicher Realitätssinn abhanden kommt, dass er sich immer mehr in eine Hysterie hineinsteigert und einem psychischen Zusammenbruch nahe ist. Er hat ein verquastes Frauenbild und völlig abwegige Vorstellungen vom Zusammenleben. Wie wird er sich aufführen, wenn ihm nun mit Ihnen das Gleiche widerfährt? Wenn er wieder verlassen wird? Ich befürchte, er wird noch heftiger reagieren als damals bei mir. Also, seien Sie auf der Hut, Melanie!«

Lange, nachdem Melanie schon zu Hause war, verfolgten sie Annas Worte. »Stellen Sie es klüger an als ich … und wehren Sie sich!« In der Nacht träumte ihr, dass sie eine steile Sanddüne emporstieg. Sie kam nur mühsam vorwärts, doch dann war sie oben, und das Meer lag in silbernes Mondlicht getaucht vor ihr. Sie rannte die Düne hinunter, hinein ins eiskalte Wasser. Zuerst spürte sie ihre Beine nicht mehr, dann ihre Arme, dann ergriff die Kälte ihr Herz. Das Wasser reichte ihr nun schon bis zur Hüfte, die Gischt stob auf, ihr Haar wurde nass. Sie tauchte unter, schwamm, tauchte wieder auf, trat im Wasser und fühlte sich gewichtslos. Da bemerkte sie Wolf, der am Ufer stand, im Begriff, ebenfalls ins Wasser zu steigen. Die Angst überfiel sie so mächtig, dass sie glaubte, den Verstand zu verlieren. Wolf kam ihr nach, im Traum entwickelte er ungeahnte Kräfte, er schwamm mit langen Zügen auf sie zu. Sie wandte sich ab und stellte plötzlich fest, dass sie im Wasser fliegen konnte. Sie schoss vorwärts, schrie vor Erleichterung laut auf und flog, flog, uneinholbar, federleicht.

Sie erwachte erst spät am nächsten Morgen, machte sich Tee, bestrich einen Toast mit Erdnussbutter und ging wieder zu Bett. Ihr Kopf schmerzte, ihr Herz schlug unregelmäßig. Sie musste zu einer Entscheidung kommen. Sie stand wieder auf, holte die Flasche, in der immer noch die Feuerlilie steckte, und stellte sie vor ihr Bett, als wolle sie den Schrecken mit sich nehmen, ihn fühlen, ihn vor Augen haben. Was geschah, wenn sie sich von Wolf trennte? Wie weit würde er gehen? Sein stechender Blick fiel ihr ein, als er in Berlin im Hotel auf sie zukam, dort in der Bar, in der sie mit Philip saß. Die roten Flecken im Gesicht, die Fäuste, die sich ballten und wieder entspannten. Aber, um Himmels willen, was geschah, wenn sie zu ihm zurückging? Sie schauderte und setzte sich aufs Bett. Saß lange so da und starrte auf die Blume, deren Blätter bereits verdorrten.

Die nächsten Tage ging sie nicht aus dem Haus. Sie lag auf der Couch, hatte den Fernseher eingeschaltet und sah sich jede alberne Sendung an, die angeboten wurde, vor allen Dingen die Gerichtsverhandlungen am Nachmittag, in denen vorwiegend proletenhafte Punks auftraten, die sich gegenseitig der absurdesten Dinge beschuldigten. Sie berauschte sich an der primitiven Sprache, die in ihren Ohren so unverständlich klang wie Suaheli. Sie riss Chipstüten auf, trank Wein aus der Flasche und konnte sich nicht entschließen, zu duschen oder sich die Zähne zu putzen. Sie nickte ein, wachte wieder auf und weidete sich an ihrem Energiemangel. Der Boden war übersät mit leeren Tüten und Coladosen, wenn das Telefon klingelte, ließ sie es klingeln. Sie zog die Vorhänge zu, weil sie das Tageslicht als Eindringen in ihre Privatsphäre betrachtete. Sie verdrängte den Gedanken an Wolf, und doch lauerte die Frage in ihr, wie sie mit ihm, mit sich, mit der ganzen traurigen Situation umzugehen habe. Als alle Chipstüten leer waren, ging sie dazu über, sich mit Kartoffelfertigbrei zu ernähren. Sie rauchte alle Zigaretten auf, die sich im Apartment befanden, sogar ein paar Zigarillos, die irgendwer hatte liegen lassen. Nach der Kartoffelbreiorgie öffnete sie Dosen. Erbsen, Karotten, Linsen mit Speck. Sie stellte sich vor, diese Wohnung nie mehr zu verlassen, und spielte mit dem Gedanken, im Supermarkt anzurufen und darum zu bitten, dass man ihr Lebensmittel und Getränke ins Haus liefere.
Dann erblickte sie sich im Spiegel. Ein Versehen, sie hatte sämtliche Spiegel im Apartment gemieden, einen großen Bogen um sie gemacht. Doch sie hatte vergessen, dass sie

in der Besenkammer einen alten Spiegel ihrer Mutter abgestellt hatte, einen großen Wandspiegel mit Keramikrahmen. Sie hatte nach Konservendosen gesucht – und sah sich. Im ersten Moment erschrak sie so sehr, dass ihr Herz wie rasend zu schlagen begann. Es war, als hätte sich eine fremde Frau mittleren Alters in ihre Wohnung geschlichen und in der Kammer versteckt. Strähniges Haar, aufgequollenes Gesicht und so kleine Augen, dass die Wangen dick und unförmig wirkten. Als ihr bewusst wurde, dass die Person im Spiegel sie war, wurde sie so wütend, dass sie nach ihm trat. Er fiel scheppernd auf leere Weinflaschen und bekam einen Sprung.

Sie fing mit der Küche an und putzte die ganze Nacht lang. Sie schrubbte und saugte, die leeren Dosen und Tüten steckte sie in einen Müllsack. Dann öffnete sie sämtliche Fenster und reinigte die Couch, die übersät war mit Krümeln, verdreckten Gabeln und verklumptem Kakaopulver. Sie schaltete den Fernsehapparat aus. Badete und wusch sich die Haare.

Und ging schwimmen. Zog unentwegt Bahn für Bahn, fühlte sich eins mit dem Wasser, gewann an Kraft. Als sie sich abgetrocknet und angezogen hatte, setzte sie sich in die Cafeteria, bestellte sich einen Espresso und nahm ihr Handy aus der Tasche. Sie rief zuerst Sarah an, dann Frank, dann Philip. Ihre Gespräche dauerten nicht lange. Sie bat ihre Freunde, sich die nächsten Monate nicht mit ihr in Verbindung zu setzen. Sie habe sich entschlossen, mit Wolf zusammen an einer Therapie zu arbeiten, sie gebe ihre Ehe noch nicht verloren. Frank schien erleichtert, Philip beunruhigt, Sarah stritt mit ihr, doch Melanie ließ sich nicht umstimmen. Anschließend wählte sie Wolfs Nummer. Denn nun, nach ihrem Abtauchen ins völlige Nichts, nach ihrer schmerzhaften Wiedergeburt, formte sich ein Plan in ihrem Kopf. Wie zwei Tiere hatten Wolf und sie die vergangenen Tage in ihren Käfigen gesessen, hatten sich in Gedanken belauert und ihren Schlachtplan entworfen für jene Zeit, da sie ihre Käfigtüren öffnen und aufeinander zugehen würden. Jetzt kam es darauf an, wer den schlaueren Plan besaß. Und die größere Geduld.

Er nahm sofort ab.

»Wolf?«, sagte sie und legte einen so süßlichen Kleinmädchenschmelz in ihre Stimme, dass ihr fast übel wurde.

»Melanie.«

»Ich habe Sehnsucht nach dir. Lass uns reden!«

»Oh, Melanie. Ich habe so auf deinen Anruf gewartet.« Er schluchzte fast vor Erleichterung, während ihr Inneres kalt blieb wie Eis. Um ein Haar – und sie hätte gelacht.

# 3

Als Wolf Melanies Anruf erhielt und sich noch für den gleichen Abend mit ihr verabredete, kam es ihm vor, als erwache er aus einem Alptraum, voller Erleichterung und unbändiger Freude, dass die Schrecken der langen, dunklen Tage vorüber waren. Gänzlich gleichgültig schien es ihm plötzlich, dass er sich in einer so schlechten beruflichen Situation befand. Er hatte sich abermals krankgemeldet, sein Arzt bestätigte ihm ein Stresssympton, sodass er auch die Reise nach Tokio nicht antreten musste. Stattdessen hatte man Dirk von Langen den neuen Mandanten übertragen. Wie hätte Wolf auch nach Tokio reisen können! Tag für Tag hatte er Melanies Apartment überwacht und war schier verrückt geworden, als sie das Haus nicht mehr verließ, ihr Handy nicht bediente, sich von der Welt verabschiedete. Dr. Fincke hatte ihm durch seine Sekretärin äußerst kühl mitteilen lassen, dass man ihm baldige Genesung wünsche, wenngleich man es schon sehr begrüßt hätte, überhaupt zu wissen, an welcher Krankheit er leide. An Verlust von Liebe hätte er sagen können. Oder an Umdüsterung meines Verstands. Denn manchmal, nachts, schreckte er hoch, der Schweiß lief ihm übers Gesicht, wie Feuer brannten seine Arme und Hände, Hitzewellen liefen durch seinen Körper. Er stellte sich vor, er würde schwer krank und Melanie eilte an sein Bett, tief erschrocken ob seines traurigen Zustands. Ein andermal wieder wurde er rasend vor Zorn. Konnte es nicht sein, dass Frank oder Philip sich bei Melanie befanden, dass sie deshalb die Wohnung tagelang nicht verließ? Er schlich in ihr Haus, legte das Ohr an die Tür, hörte Stimmen und Lachen und war sich nicht sicher, ob der Fernsehapparat lief oder Melanie da drinnen mit einem Mann herumschäkerte. Als er, kurz bevor er sich krankmeldete, die Dossiers von Felix erhielt, marschierte er stundenlang durch die Wohnung. Vom Wohnzimmer in den Flur, zur Eingangstür, zurück zur Küche, hinüber ins Wohnzimmer. Immer wieder, immer wieder, vor, zurück, so lange, bis er davon überzeugt war, dass der Inhalt dieser Dossiers ihn berechtigte, zu tun, was er zu tun beabsichtigte. Sarah, die mit ihrem oder ohne ihr Wissen mit einem Mörder zusammenlebte. Frank, der im Rundfunk großkotzig den kritischen Wirtschaftsfachmann spielte und selbst so viel Dreck am Stecken hatte. Philip, der Verführer und Betrüger, der seiner Frau sicherlich vorgelogen hatte, dass man sich eben nicht mehr richtig verstehe, dass der Alltag ihre Liebe zerstört habe; dabei hatte er nur herumgevögelt, denn das konnte ihm, Wolf, keiner erzählen, dass Melanie die Einzige war, mit der Philip seine Frau betrogen hatte. Und dann Jobst Wagner. Wenn Wolf an ihn dachte, schnürten Hass und Zorn ihm buchstäblich die Brust ab. Felix hatte bei seinen Recherchen erfahren, dass Jobst der neue Mieter von Melanies Apartment war, von Anfang an hatte er ihr dieses Schlupfloch zur Verfügung gestellt, vom Tage ihrer

Heirat an. Dieser falsche Hund – ein anderer Ausdruck fiel Wolf nicht ein, wenn er an den verhassten Schwiegervater dachte. Es war ihm ein Leichtes gewesen, in einem Lokal, das für seine Gäste aus der rechten Szene bekannt war, mit ein paar jungen Männern ins Gespräch zu kommen, so zu tun, als sei man einer Meinung, gleiches Gedankengut, dieselbe Wellenlänge vorzugaukeln, um sich dann den Zorn über diesen lächerlichen Pseudokünstler, diesen Judenfreund, diesen Nestbeschmutzer von der Seele zu reden. Gut. Er hatte zwar keine Flecken auf der weißen Weste des Jobst Wagner gefunden, aber sein Tun war doch an und für sich Schande genug. Also verriet er auch, wo Jobst lebte, ließ Bier in Strömen fließen und amüsierte sich innerlich, wie manipulierbar Menschen doch waren, wie ihre Stimmung sich durch markige Sprüche aufheizen ließ, wie sie begierig auf seine Schilderung eingingen. Er musste sie nicht zu einer Straftat auffordern, er musste nur den Samen in die verseuchte Erde legen.
Und nun hatte Melanie ihn angerufen. Hatte gesagt, sie habe Sehnsucht nach ihm. Oh, ja, auch er sehnte sich nach ihrem Lachen, ihrer Stimme, ihren Berührungen. Wenn er sich ausmalte, sie wieder in den Armen zu halten, mit ihr zu schlafen, wurde ihm so heiß, dass er meinte zu verbrennen. Er hatte sie gebeten, hierher in ihre gemeinsame Wohnung zu kommen, doch sie hatte abgelehnt. »Ein neutraler Ort, Wolf«, hatte sie gesagt, und er hörte das Lächeln in ihrer Stimme, ein Lächeln, das ihn freute und gleichermaßen irritierte. Hatte er doch mit Zorn gerechnet, mit Empörung. Pausenlos beschäftigte er sich mit der Frage, wie er ihr seine Briefe erklären sollte,

wie er sie wieder auf seine Seite bringen konnte. Liebling, hatte er in Gedanken formuliert, ich wollte dir nur vor Augen führen, mit welchen Menschen du es zu tun hast. Lügner und Betrüger. Sein Zusammentreffen mit den Rechtsradikalen würde er allerdings verschweigen. Über Jobst wurde in so vielen Zeitungen berichtet, da konnten auch ohne sein Zutun alle möglichen Leute auf dumme Ideen kommen.

Er bereitete sich sorgfältig auf ihr erstes Treffen vor. Benutzte ein Rasierwasser, das sie ihm geschenkt hatte, wählte einen Anzug, den sie besonders mochte, besorgte auch ein kleines Geschenk, ein Armband aus Jadesteinen, das gut zu ihrem grünen Kleid passen würde. Eine Stunde vor ihrer Verabredung saß er im Wohnzimmer und trank einen Cognac. Er fühlte sich wie befreit. Alles würde in Ordnung kommen. Letztendlich hatte er doch richtig gehandelt, als er beschloss, um seine Liebe zu kämpfen. Melanie war eben anders als Anna, dachte er. Ließ sich nicht so leicht von Gott und der Welt beeinflussen. So wie Anna von dieser Lesbe Irene. Als ob die sich seinetwegen umgebracht hätte. Die war nicht mehr fertig geworden mit ihrem versauten Leben. Wenn er bloß daran dachte. Zwei Frauen, die sich weich und feucht küssten, sich mit Finger und Zunge befriedigten, das war unrecht und schmutzig – pervers. Er schenkte sich noch einen Cognac ein. Heute, am Tag der Versöhnung, schien ihm dies mehr als angebracht. Heute wollte er das Leben genießen, es ausschöpfen bis zum letzten Tropfen; denn ab heute würde Melanie wieder ihm gehören.

Sie hatte ein Lokal vorgeschlagen, das in der Innenstadt lag und genau nach seinem Geschmack war. Klein, intim, Kerzenlicht. Er saß mit Blick zur Tür und fieberte dem Moment entgegen, da diese sich öffnen und Melanie eintreten würde. Als sie es dann tat, war er bereits so nervös, dass Arme und Hände wieder zu prickeln und brennen begannen, aber er ignorierte dieses kranke Gefühl, ehrlich, er war nicht krank, nur aufgeregt wie ein Sechzehnjähriger, der einem lang ersehnten Rendezvous entgegenfieberte. Er stand auf. Sie dünkte ihm schöner als je, wie sie da auf ihn zuging, und sie trug dasselbe wie damals, als er sie in das Weinlokal eingeladen hatte: schwarze Hose, schwarzer eng anliegender Pullover, kleine Perlenkette.

»Du trägst dieselben Sachen, die du anhattest, als ich das erste Mal bei dir übernachtet habe«, stellte er fest und schob ihr den Stuhl zurecht.

»Ich weiß«, antwortete sie zärtlich lächelnd, und das Herz ging ihm auf vor Freude.

Während sie bestellten, wichen ihre Blicke sich aus. Wolf bat, das Essen erst später zu servieren, und sie warteten, bis der Ober den Wein brachte. Wolf hob sein Glas.

»Du kannst dir gar nicht vorstellen, was es für mich bedeutet, hier mit dir zusammen zu sein. Ich bin ganz sicher, Melanie, dass wir alle Missverständnisse aus der Welt räumen können und darauf … ja, darauf trinke ich jetzt.«

Während er sprach, hatte sie ihn ernst und aufmerksam angesehen. Nun hob auch sie ihr Glas, trank und stellte es vorsichtig ab, die Miene nun traurig, ihre Finger zitterten leicht.

»Ich musste von dir weggehen, um in Ruhe über alles nachdenken zu können. Ich hatte das Gefühl, dass du mir ständig misstraust. Vielleicht habe ich dir unrecht getan, zu heftig reagiert, aber siehst du ... ich bin auch zum ersten Mal verheiratet, und es ist nicht einfach, von heute auf morgen so ... kompatibel zu sein.«

Tausend Gedanken schossen ihm durch den Kopf. Und was ist mit deiner Wohnung?, schrie es in ihm, aber er beherrschte sich. Das Brennen in seinen Armen und Händen verstärkte sich, jetzt begann auch die Außenseite seines linken Beines zu kribbeln, und er nahm ganz schnell einen großen Schluck Wein. Wenn er genügend trank, so hatte er schon vor Tagen festgestellt, verringerten sich seine Symptome.

Sie beobachtete ihn und strich leicht über seinen Handrücken. »Ich weiß, dass du vieles aus Fürsorge für mich machst. Aber ich war das nicht gewohnt, ich hatte immerhin jahrelang alleine gelebt. Das ist bei dir etwas anderes, du warst mit Anna zusammen, in einer gemeinsamen Wohnung. Und wenn sie auch ganz grässlich zu dir war ... so habt ihr doch miteinander euren Alltag verbracht, einer musste sich auf den anderen einstellen.«

Er schwieg, als Annas Name fiel. Er wollte nicht an sie denken.

»Und als du so plötzlich in Berlin aufgetaucht bist und mir unterstellt hast, dass ich mit Philip ...« Sie schüttelte den Kopf. »Das war einfach zu viel, verstehst du?«

»Ich war so eifersüchtig auf ihn. In dem Moment kam es mir so vor, als habe er alles, was ich gerne hätte.«

Sie blickte ihn erstaunt an. »Philip?«

»Nun ja … er hat den gleichen Beruf wie du … gleiche Interessen … er ist ein Intellektueller. Und da habe ich mir dann eingeredet, er passe viel besser zu dir als ich blöder, staubtrockener Anwalt.«
Sie lachte. »Du bist dumm«, sagte sie liebevoll.
»Sag ich doch.« Auch er lachte.
Sie wurde wieder ernst. »Philip wird immer ein Stück meines Lebens bleiben, vielleicht nicht das beste Stück, aber es ist da, ist vorhanden. So wie Anna ein Stück deines Lebens ist, ob du es nun wahrhaben willst oder nicht.«
Er nickte automatisch und überlegte, ob er sie fragen solle, wo sie jetzt wohne? Vielleicht hatte sie das Kettchen übersehen oder geglaubt, es bei ihrer überstürzten Flucht doch mitgenommen zu haben? Aber die Lilie … Nein, sie musste entdeckt haben, dass er in ihrer Wohnung gewesen war.
»Da ist noch etwas«, sagte sie in seine Gedanken hinein. »Mein Vater hat, als wir heirateten, ohne mein Wissen mein Apartment gemietet. Es sollte eine Überraschung sein. Er wollte sich im Lauf der Zeit dort ein Büro einrichten … du weißt ja, die Räume in seinem kleinen Haus sind eng, und auch ich kann nicht seine ganzen Unterlagen bei mir horten. Er hat mir einen Schlüssel für das Apartment gegeben, falls ich alten Papierkram dort abladen will. Du erinnerst dich vielleicht – wir haben einmal über diesen Schlüssel gesprochen, und ich sagte, es sei der Werkstattschlüssel meines Vaters. Da habe ich geschwindelt, aus Angst, dass du böse wirst. Ja, und das ist es, Wolf: dass ich bei solchen Lappalien Angst habe vor dir – das kann doch nicht richtig sein, wenn man sich liebt?«

»Du wohnst wieder in deiner alten Wohnung?«
Sie nickte.
Er hielt den Atem an. Sie hatte also tatsächlich keine Ahnung, dass er dort gewesen war, dass er einen Nachschlüssel besaß. Den er sich beschafft hatte, als er von Felix erfuhr, wer der Mieter des Apartments war. Ein schwieriges Unterfangen, denn diese Zentralschlüssel erhielt man nur über die Hausverwaltung. Er hatte sich am Telefon als Jobst Wagner ausgegeben und den Schlüssel an Melanie schicken lassen. Aufregende Tage, an denen er zusehen musste, dass er vor Melanie den Briefkasten kontrollierte.
»Wo, hast du denn gedacht, dass ich bin?«
»Bei Frank«, antwortete er zerknirscht.
»Ja, Frank hat mir erzählt, dass du mich gesucht hast. Und dass du sehr ... aufgeregt warst.«
»Hat er sonst noch etwas gesagt?«
»Nein. Nur, dass du mich gesucht hast und ziemlich fertig warst. Er hat mir auch zugeredet, mich mit dir auszusprechen.«
Was für ein hinterhältiger Schleimer! Spielt den Verständnisvollen, um Eindruck zu schinden.
»Wie geht es Sarah und Jimmy?«, fragte er mühsam, sein Herz klopfte dumpf aus Angst vor ihrer Antwort.
Ihr Gesicht verschloss sich. »Da ist etwas Seltsames passiert. Wir haben einfach keinen Draht mehr zueinander, Sarah und ich. Vielleicht hattest du doch Recht. Vielleicht hat sie mich früher gemocht, weil ich immer für sie Zeit hatte und mit ihr um die Häuser ziehen konnte. Jetzt meldet sie sich überhaupt nicht mehr, und ich habe auch

keine Lust, ihr ständig hinterher zu rennen. Ich habe mich die letzten Wochen generell sehr abgeschottet.«

Er atmete tief durch. Konnte es sein, dass alles, was er getan hatte, wie durch ein Wunder nicht ans Tageslicht kam?

»Wirst du wieder nach Hause kommen?«, fragte er leise.

Sie antwortete nicht, rührte nur mit dem Dessertlöffel kleine Kreise auf dem Tischtuch.

»Wir werden alles rückgängig machen, was dich zu sehr einengt«, meinte er demütig. »Den Kalender, das gemeinsame Konto ... Ich habe mir nichts dabei gedacht, das war vielleicht überhaupt das Problem ... dass ich nichts gedacht habe.«

In ihren Augen standen kleine Funken, die er nicht deuten konnte. Spott? Durchschaute sie ihn? Natürlich hatte er sich etwas gedacht bei all seinen Vorschlägen. Aber wie konnte er sich ihr verständlich machen, wie ihr erklären, dass da diese Melodie in seinem Kopf war, dieses starke Gefühl in seinem Herzen, dass es einen Menschen auf der Welt geben musste, der für ihn wie Glas war. Keine Abgründe, keine Geheimnisse, keine verschlossenen Räume. Wie konnte er ihr, die so vertrauensselig war, erklären, dass er niemandem traute?

»Weißt du noch ... ›Du bist ich und ich bin du‹ ...?« Er war den Tränen nahe.

»Ich habe die letzten Tage nichts anderes getan, als mich in dich hineinzuversetzen, in dich hineinzukriechen und *du* zu sein«, antwortete sie langsam.

Er schwieg gerührt.

»Und deshalb verstehe ich dich jetzt besser. Nein. Nichts

soll sich ändern. Das Einzige, das ich anders haben möchte, ist die Wahl meines Arbeitsplatzes.«
Er runzelte die Stirn. »Was meinst du damit?«
»Ich möchte mein Apartment als Büro behalten.«
Seine Rührung schwand. Natürlich. Er hatte es gewusst. Dort konnte sie ein und aus gehen, wie es ihr beliebte. Sie konnte dort empfangen, wen sie wollte. Sie hatte ein eigenes Telefon und war im Grunde völlig ungebunden. Und kam dann nach Hause zu einem gutgläubigen Ehemann, der sie mit Zärtlichkeit überschüttete und auch einen Großteil der Hausarbeit übernahm. Er zog die Schultern hoch, so verzagt und gleichzeitig wütend fühlte er sich.
»Unser Problem war, dass ich zu viel zu Hause herumhockte. Mich wie eine eingesperrte Heimarbeiterin fühlte.«
»Aber du hast doch auch vorher in deiner Wohnung gelebt und gearbeitet. Außerdem warst du keine eingesperrte Heimarbeiterin. Du hattest all diese Außentermine, die Veranstaltungen, die Filmpremieren.«
»Ich will, dass unser Zuhause unser Nest wird, verstehst du? Dass ich mich dort ganz auf dich konzentrieren kann. Keine beruflichen Telefonate mehr, kein Zimmer, wo die Arbeit auf mich wartet. Nur wir beide. So wie du jeden Abend dein Büro zurücklässt, um dich nur mit mir zu befassen.«
Ihm schwirrte der Kopf. »Dieses Apartment als dein Zimmer für dich allein«, konstatierte er.
»Nein. Falsch. Nur mein Büro in der Innenstadt. Wie dein Büro in der Innenstadt. Einverstanden?«
Er war nicht einverstanden. Oder doch. Es machte eigentlich keinen Unterschied, wo sie arbeitete. Natürlich, ihr

Computer. Das Display ihres Telefons … Die Droge Sicherheit, die er brauchte, um mit der bedrohlichen Melodie in seinem Kopf zurechtzukommen, sie wäre ihm damit entzogen. Er fühlte sich völlig hilflos, als sie ihn so ansah und auf seine Antwort wartete. Er konnte ihr seine Unruhe auch nicht erklären. Er spürte nur, dass es einen Unterschied bedeutete, ob er in seinem Büro saß oder sie in dem ihren. Er wusste von sich, dass er keinen anderen Menschen begehrte als sie. Von ihr wusste er das nicht.

»Liebst du mich?«, fragte er.

»Ja … ich liebe dich … so wahrhaftig … wie du mich liebst.«

Er lachte ein wenig verzweifelt. »Das kann ich mir nicht vorstellen.« Er forschte in ihrem Gesicht. Etwas an ihr war anders. Die Wärme, die Zutraulichkeit, die sie früher so strahlen ließ … Sie saß da wie aus einem Guss. Als habe sie lange und gründlich über sich selbst nachgedacht und sich neu erfunden. Er kannte sich nicht mehr aus mit ihr, aber das kam sicher davon, dass sie getrennt gewesen waren, dass sie beide sehr gelitten hatten.

»Hast du viel gearbeitet die letzten Wochen?«, fragte er mühsam.

»Nein. Dazu ging es mir zu schlecht.«

»Was hat dein Vater gesagt, als er erfuhr, dass du von mir weggegangen bist?«

»Er konnte sich gar nicht so recht damit befassen. Zuerst war er ja in Berlin, dann in Wien … Mit der Werkstatt gab es auch Ärger.«

Sein Gesicht brannte. »Wieso?«

»Ein paar Idioten haben die Fensterscheiben eingeschlagen

und Hakenkreuze an die Wand geschmiert. Auch einiges in der Werkstatt wurde zerstört. Aber damit muss er ja immer rechnen.«

»Ich habe Angst um dich, wenn du für ihn arbeitest.«

»Das brauchst du nicht. Außerdem verreist Papa. Irgendwann nach Weihnachten. Mindestens für drei Monate. Nach Indien und Pakistan. Hab ich dir eigentlich schon einmal gesagt, dass er dich sehr gerne mag?«

Er starrte sie verblüfft an. Wenn er nicht genau gewusst hätte, dass Melanie in solchen Dingen nicht log, dann hätte er ihr sofort entgegengehalten, dass sie nicht die Wahrheit sagte. Er hatte doch von Beginn an Jobsts Reserviertheit gespürt, körperlich gespürt, wenn so etwas möglich war. »Na, ich weiß nicht recht …«, meinte er und lächelte spöttisch.

»Doch. Ihr seid zwar grundverschieden, habt vielleicht auch nicht immer die gleiche Meinung in politischen Dingen. Aber er mag dich. Als ich ihm sagte, dass ich ausgezogen bin, hat er immerhin gemeint, dass er das sehr bedauere.«

»Und was hat er dir geraten?«

»Dass wir miteinander sprechen sollen. Genau wie Frank.«

Ein warmes Gefühl durchströmte ihn. Hatte er Jobst unrecht getan? Er sah sich an jenem Biertisch sitzen und auf diese jungen Nazis einreden, hörte sich listig argumentieren und empfand leises Bedauern. Trotzdem – ganz tief in ihm nagte etwas wie ein kleiner Wurm, der sich nach oben fraß. Was, wenn Melanie ihn doch belog? Oder wenn Jobst Melanie belog? Er erinnerte sich des tiefen

Einverständnisses, das die beiden ausstrahlten, wenn sie miteinander sprachen, und wie ausgeschlossen und ... ja, wertlos, er sich dann vorkam. Ihm fielen die trockenen, schmerzhaften Gespräche ein, die er mit seinem Vater führte. Die Aneinanderreihung belangloser Sätze, nur mühsam mit Höflichkeit ummantelte Kritik. Er konnte nicht ertragen, dass Melanie ihren Vater so liebte, wie sie es tat. Ihn sollte sie so lieben. Er wollte alle Lieben für sie sein, wie sie alle Lieben für ihn darstellte. Dann würde er frei sein, auch frei von seiner Mutter. Er biss sich auf die Lippen. Wie kam er jetzt auf die?

Er wartete nicht, bis der Ober an den Tisch trat, sondern schenkte selbst Wein nach und nahm einen langen Schluck, um das Brennen in seinem Körper zu dämpfen. Er blickte auf seine Hände, weil es ihm vorkam, als müsse seine Haut feuerrot sein. Doch seine Hände sahen aus wie immer. Er lachte, ohne es zu merken.

»Wolf. Was ist mit dir?«, fragte Melanie besorgt.

»Nichts. Gar nichts. Ich habe nur so wenig geschlafen die letzte Zeit.«

»Du hast gelacht. Warum?«

»Ich bin glücklich.« Er knetete seine Finger. Diese Hitze. Wie Schübe – er hätte gern auf die Uhr geschaut, um zu prüfen, in welchen Abständen sie kamen.

Sie maß ihn mit einem langen Blick. »Was macht die Kanzlei?«

»Oh. Das Übliche. Viel Arbeit.«

Der Ober fragte, ob er nun das Essen servieren dürfe. Wolf hatte sich Fisch bestellt und gehofft, Melanie würde es ihm gleichtun. Früher hatten sie sich oft amüsiert, weil

sie, ohne die Wünsche des anderen zu kennen, das Gleiche bestellten.
Sie aß ein Fleischgericht. Hinterher bestellte sie Kaffee und einen doppelten Wodka. Und rauchte.
»Du rauchst wieder?«
»Ich habe immer geraucht.«
»Aber nicht zu Hause.«
»Nein. Zu Hause nicht.«
Er ärgerte sich. Wollte sie ihm damit ihre neue Unabhängigkeit demonstrieren? »Mir wäre lieber, du würdest es nicht tun.«
»Weil du dich um mich sorgst.«
Machte sie sich über ihn lustig? »Ja. Rauchen ist sehr schädlich.«
»Gut. Dann werde ich es dir zuliebe aufgeben.« Sie drückte ihre Zigarette aus.
Er nahm ihre Hand und fuhr mit den Lippen zärtlich über ihre Finger. Sie rochen nach Nikotin. »Du kommst also zu mir zurück?«
»Ja.«
»Wann?«
Sie lachte ein wenig. »Jetzt gleich. Heute Nacht.«
Er erschrak. Schon wieder reagierte sie anders, als er erwartet hatte. Eigentlich sollte er sich freuen, aber ihm war so elend. Der viele Alkohol, seine Haut, durch die diese gewaltigen Feuerschauer fuhren. Er würde nicht mit ihr schlafen können, obwohl er sie begehrte wie nie zuvor. Er war krank. Müde. So viele Schauplätze, kam es ihm in den Sinn. Die Wohnung, ihr Büro, ihr Telefon ... Wie sollte er es schaffen, auf sie aufzupassen? Seine Gedanken

stoben durcheinander. Seine Mutter, immer so hilflos, und er war ihr kleiner Mann. Männer beschützten. Frauen logen. Schon wieder seine Mutter. Wurde er verrückt?
»Oder möchtest du das nicht?«, fragte sie ihn.
»Was?«
»Ob du nicht möchtest, dass ich heute Nacht bei dir bleibe?«
»Doch, natürlich. Ich weiß nur nicht, ob ich … ob ich … Mir ging das alles sehr … unter die Haut.« Doppelsinnig, seine Bemerkung. Und er hatte schon wieder gelacht wie ein Idiot. »Aber natürlich möchte ich es. Oh, Melanie …« Er griff in seine Tasche und legte das Etui mit dem Armband auf den Tisch. »Für dich.«
Sie öffnete es. »Das ist wunderschön, danke.«
»Ich dachte mir … zu deinem grünen Kleid …«
»Du fandest es etwas zu auffällig. Erinnerst du dich?«
»Nein, nein, das war …« Er winkte ab.
»Du meinst, wenn ich es für dich trage, ist es nicht auffällig. Nur wenn du nicht dabei bist, sollte ich es nicht anziehen.«
Ihre Blicke begegneten sich. Ihre Augen schimmerten, ein kleines Lächeln lag auf ihren Lippen. Spott? Sie schloss das Etui und steckte es in ihre Handtasche.
»Gut«, sagte sie unvermittelt kühl. »Dann sind wir uns also einig. Ich komme zu dir zurück, behalte aber mein Büro.«
Als führe er plötzlich ein Gespräch mit einem Mandanten, als träfen sie eine Abmachung, die in ein Vertragswerk aufzunehmen war. Er starrte sie an.
»Was ist?«

»Du bist mir so fremd.«
»Fremd? Ich gehöre doch dir. Wie kann ich dir da fremd sein?«
Wie kam es nur, dass er ihr nicht glaubte? Sie war doch *seine* Melanie. Saß ihm gegenüber wie damals, als er sich in sie verliebt hatte. Groll stieg in ihm auf, weil er sein Unbehagen nicht benennen konnte. Ganz richtig, dachte er grimmig. Du gehörst mir!
»Ich liebe dich«, sagte er verzweifelt. »Ich werde dich immer lieben, bis ich sterbe.«
»Ja«, sagte sie. »Bis du stirbst. Ich weiß das, Wolf. Ich weiß es sehr genau.«

Er arbeitete wieder. Mit seinen Vorgesetzten schloss er ein Abkommen. Da er, wie er erklärte, in ärztlicher Behandlung sei, müsse er die nächste Zeit öfter einmal freinehmen, um all die entspannenden Massagen, Unterwasserbehandlungen und therapeutischen Maßnahmen über sich ergehen zu lassen, die nötig seien, ihn wieder voll und ganz herzustellen. Obwohl er gesetzlich dazu nicht verpflichtet sei, sei er dennoch mit einer entsprechenden Gehaltskürzung einverstanden. Er sei natürlich auch einverstanden, dass man seine Umsatzbeteiligung so lange aussetze, bis er wieder voll arbeitsfähig sei.
»Schade«, meinte Dr. Fincke bedauernd. »Sie waren auf einem so guten Weg. Aber gegen Krankheit ist natürlich kein Kraut gewachsen.«
Es kostete Wolf eine ungeheure Anstrengung, um vor Wut über seinen Abstieg nicht laut herauszuschreien. Nächtelang hatte er sich überlegt, wie er es schaffen

konnte, wieder zu arbeiten und trotzdem ein Auge auf Melanie zu haben. Er hatte sich in seinem Bett hin und her gewälzt, Pläne geschmiedet, wieder verworfen, während Melanie wie eine Fremde neben ihm lag und so ruhig und entspannt schlief, dass er sie am liebsten bei den Schultern gepackt und kräftig durchgerüttelt hätte. Früher genügten ein Wort, ein Blick von ihm, und sie spürte, dass mit ihm etwas nicht in Ordnung war. Früher hatte sie ihn umarmt, gestreichelt und so lange auf ihn eingeredet, bis er ihr alles erzählte. Doch jetzt? Sie schien ihr Einfühlungsvermögen verloren zu haben. Stets saß sie ihm lächelnd und freundlich gegenüber, blind für seine Not. Sie berichtete von ihren Artikeln, ihren Gesprächspartnern und merkte nicht im Geringsten, mit welchen Ängsten er sich herumschlug, wie schwierig sein Leben geworden war. Nicht, dass er ihr die wahren Gründe hätte nennen können. Aber ein wenig Anteilnahme erwartete er, das Gefühl, wieder in ihrem Herzen zu Hause zu sein. Auf eine gewisse Weise hatte er sie verloren. Als sei sie in einen dunklen Wald gegangen, in dem er sie nicht mehr finden konnte. Bei dem Gedanken daran stiegen ihm Tränen in die Augen.

Wenn er für eine oder zwei Stunden die Kanzlei verließ, überwachte er ihre Bürowohnung, wie er das verhasste Domizil inzwischen bei sich nannte, und lauerte darauf, Frank, Philip oder Sarah zu entdecken, die sie heimlich besuchten. Doch nichts geschah. Er kannte inzwischen alle Mieter, die in dem Haus ein und aus gingen. Den bärtigen Mann, der ständig in Jeans herumlief und seine Wohnung fast jeden Tag mit einer anderen Frau verließ.

Die junge Mutter, die ihre Tochter in den Kindergarten brachte und anschließend wohl zur Arbeit ging, da sie nicht zurückkehrte. Das Ehepaar, das gemeinsam mit einem alten Kombi davonfuhr, und die Platinblonde, die jeden Morgen in ein Auto mit Firmenaufdruck stieg. Ein Haus voller Berufstätiger, was Wolf sehr zupass kam. Wann Melanie ihre Bürowohnung verließ, wusste er in der Regel. Denn noch immer führte sie fein säuberlich den Terminkalender, der neben dem Telefon lag und in den sie so herzlos »Melanie zieht aus« geschrieben hatte. War sie abwesend, bot sich Gelegenheit, ihr zweites Zuhause zu überprüfen. Er eilte die Stufen zu ihrer Wohnung hinauf, den Schlüssel bereits in der Hand. Leise sperrte er auf, lauschte noch einmal kurz ins Treppenhaus und schloss die Tür geräuschlos. Seine Nachforschungen verliefen immer nach dem gleichen Schema. Zuerst der Computer – sie arbeitete derzeit an einer Artikelreihe »Mein schönstes Weihnachtsfest – Prominente erzählen«. Den Auftrag hatte sie von einer Frauenzeitschrift erhalten. Dann ihr Telefon: Menü, Basiseinstellung, erhaltene Anrufe, entgangene Anrufe, angewählte Nummern. Die Schreibtischschubladen: Briefe, ausgedruckte Mails, Faxe. Schließlich der Papierkorb. Am Ende noch ein Blick ins ehemalige Schlafzimmer, in dem nun eine rote Couch, zwei Sessel, ein kleiner Tisch und ein Fernsehapparat standen. Die Couch überprüft: zerknüllte Kissen, verräterische Flecken? Eine leere Wein- oder Champagnerflasche? Rote Rosen? Die Küche: ein benutztes Glas oder zwei? Gefüllter Aschenbecher, gleiche oder verschiedene Zigarettenkippen? Der Mülleimer ... benutzte Kondo-

me? Das Badezimmer: ein fremdes Deodorant, ein Rasierwasser?
So geräuschlos, wie er sie betreten hatte, verließ er die Wohnung wieder und fuhr ins Büro zurück. Beantwortete die Fragen der Kollegen stets mit einem Lächeln ... »Ja, die Massagen helfen ... man muss trotzdem Geduld haben ...«
Was ihn anfangs fast rasend gemacht hatte, war, dass er nicht mehr an ihr neues Handy herankam. Doch eines Abends erklärte sie ihm, sie benutze nun wieder das luxuriöse Ding, das er ihr geschenkt habe. Er erhielt also wieder die monatliche Abrechnung mit der Nummernauflistung. Das Handy selbst nahm er sich vor, wenn sie unter der Dusche stand. Ein Problem waren die Mailboxnachrichten. Er konnte sie nicht abhören, bevor Melanie sie nicht selbst geprüft hatte. Würde er als Erster zugreifen, wanderten sie unweigerlich von *Sie haben neue Nachrichten* in die Rubrik *Hier Ihre bereits abgehörten Nachrichten,* was Melanie sofort zeigen würde, dass er sich an ihrem Handy zu schaffen gemacht hatte. Also gewöhnte er sich an, die bereits von ihr abgehörten Nachrichten aufzurufen. Blieb trotzdem noch ein Loch in seinem Sicherheitssystem. Denn wer garantierte ihm, dass Melanie nicht sofort jene Nachrichten löschte, die ihr gefährlich schienen? Dieses Gefühl, nicht vollständig informiert zu sein, nicht perfekt genug agieren zu können, verursachte oft, wenn er daran dachte, einen neuen Schub seiner undefinierbaren Krankheit. Dann brannte und prickelte es wieder in seinem Körper, als sitze er in einem Ameisenhaufen, und der Druck in seinem Kopf nahm zu.

Im Großen und Ganzen aber war er, was Melanies Aktivitäten betraf, auf dem Laufenden. Und doch legte sich seine Unruhe nicht. Da war etwas an ihr, das ihn misstrauisch machte. Sie kam wieder einmal nach Hause und glühte förmlich vor Lebenslust. Rote Wangen, glänzende Augen … die Bluse einen Knopf weiter geöffnet als am Morgen. Ein Blick auf den Terminkalender … »14.00 – Werner Schmitt – Pro Sieben.« Natürlich rief er an, aber es arbeitete angeblich kein Mensch dieses Namens dort.
»Ich habe zufällig gesehen, dass du mit einem Kerl vom Fernsehen verabredet warst? Muss interessant gewesen sein.«
»Ja, er war sehr nett. Wir haben über neu geplante Produktionen gesprochen.«
»Ist er Schauspieler?«
»Redakteur.«
»Sind diese Redakteure fest angestellt?«
»Nicht alle.«
Nicht alle. Wenn er Freiberufler war, dann stand er natürlich nicht in den Telefonlisten. Aber dennoch müsste ihn die Telefonistin kennen. Auch in der Kanzlei gab es ein paar freie Mitarbeiter, jede Sekretärin wusste ihre Namen.
»Warum fragst du?«
»Nur aus Neugierde. Ist eine fremde Welt für mich. Magst du ein Glas Wein?«
»Ich habe heute schon Wein getrunken, danke, lieber nicht.«
Und wieder eine Nacht, in der er nicht schlafen konnte. Sie hatte sich mit einem angeblichen Redakteur getroffen,

den niemand kannte, hatte mit diesem Unbekannten Wein getrunken und kam nach Hause mit offener Bluse und einem Gesicht wie Weihnachten. Er beobachtete sie … oft … während sie schlief. »Sag es mir!«, flüsterte er. »Sag mir, ob du mich betrügst.«

Einmal wurde sie wach. Sie schlug die Augen auf, verwirrt, erschrocken. Sie sprach kein Wort, starrte ihn nur an, drehte sich dann zur Seite und schlief weiter. Am nächsten Morgen konnte sie sich angeblich nicht erinnern.

»Ich bin aufgewacht?«, fragte sie erstaunt.

»Du hast mich angesehen, dich umgedreht und weitergeschlafen.«

»Du beobachtest mich?«

»Ich mag dein Gesicht, wenn du schläfst.«

»Wie sehe ich aus?«

»Als könntest du kein Wässerchen trüben.« Das klang schärfer, als er beabsichtigte.

»Das kann ich doch auch nicht.« Ihre Blicke kreuzten sich.

»Wirklich?«

»Der Schlaf des Gerechten, du kennst doch das Sprichwort.«

»Ich kenne auch noch ein anderes: ›Was wir am Tage vorgenommen, pflegt uns im Schlafe vorzukommen.‹ Du hast gelächelt, als du schliefst.«

»Dann hatte ich wohl einen schönen Tag«, sagte sie.

Kurz vor Weihnachten kehrte Jobst aus Wien zurück. Melanie lud ihn und Wolfs Eltern für den Heiligen Abend ein, was Wolf maßlos enttäuschte. Er hatte sich ein Fest mit ihr allein gewünscht und die letzten Tage an nichts anderes gedacht. Ein kleiner Weihnachtsbaum, ein guter Punsch nach dem Rezept seiner Mutter, etwas Gebäck, später Lachs und Kaviar – und sein Geschenk. Goldene, perlenbesetzte Ohrringe, die zu jener Perlenkette passen würden, die Melanie so gerne trug. Vielleicht wäre es ihm dann an einem so ruhigen Abend wieder möglich, mit ihr zu schlafen. Sein größtes Problem, neben all den anderen, die er momentan mit sich herumschleppte. Er fühlte Verlangen, blieb aber impotent. Dies hing mit dem Prickeln und Brennen seiner Haut zusammen, mit diesen Hitzewellen, die ihm Angst machten, bevor sie ihn überhaupt erreichten. Und dann die ständigen Kopfschmerzen. Nicht jene, die er verspürte, wenn er zu viel Alkohol trank, und das zu oft, wie er sich eingestand. Nein, ein drückender Schmerz, eine Folterklammer um seine Stirn, die ihn so peinigte, dass er Unmengen von Tabletten schluckte. Gott sei Dank entdeckte er noch ein zusätzliches Schmerzmittel, das das Brennen der Haut erträglicher machte, aber es barg den Nachteil, dass der Körper sich schnell daran gewöhnte und die Dosis ständig gesteigert werden musste.

Der Weihnachtsabend sollte sich noch schlimmer gestalten, als Wolf befürchtet hatte. Dabei begann der Tag so gut. Er und Melanie frühstückten lange, räumten auf und schmückten einen Strauß Tannenzweige mit Strohsternen. Kein Baum, leider. Melanie meinte, sie fühle sich an Weihnachten von Jahr zu Jahr unbehaglicher. »Dieser lamettaverzierte, werbegesteuerte Überfluss«, rief sie erbost. Fettes Weihnachtsbratengerülpse, während in anderen Ländern Armut und Krieg herrsche. »Lass uns einfach einen Kompromiss schließen! Ein wenig Tannengrün, ein nettes Essen, gute Gespräche …« Eifrig holte sie einen Katalog aus dem Schrank und zeigte Wolf eine grafische Arbeit ihres Vaters. Eine Masse von Köpfen, schwarze Balken vor den Augen, über dem Ganzen ein Fernsehschirm, aus dem eine breite schwarzrotgoldfarbene Soße auf die Zuschauerköpfe floss.

»Die von der Werbung verführten Konsumenten. Und ihre Konsumgier erreicht an Weihnachten ihre Krönung. Findest du nicht?«

Dass sie ihm wieder mit ihrem Vater kam, ärgerte ihn maßlos. Konnte dieser Mensch denn nie aus seinem und Melanies Leben verschwinden?

Und gleichsam als Hohn schickte Jobst auch noch eine seiner verfremdeten Weihnachtskarten, unterzeichnet nur mit seinem Namen. Eine Geschmacklosigkeit, anders ließ diese Karte sich nicht bezeichnen. Maria und Josef, drei Hirten, das Kind in der Krippe. Und alle, selbst Maria und das Kind, trugen einen Stahlhelm und hielten ein Maschinengewehr in Händen. »Frohe Weihnacht – Friede auf Erden – ein gutes neues Jahr.« Das »Friede auf Erden« rot durchgestrichen. Wolf regte sich über dieses monströse Machwerk so auf, dass er nicht mehr an sich halten konnte, die Karte vor Melanie auf den Tisch klatschte und mit hasserfüllter Stimme zischte: »Ich hoffe bloß, er hat diese Abscheulichkeit nicht auch meinen Eltern gesandt.«

Melanie warf nicht einen Blick auf die Karte, sie kannte

sie also bereits. »Die Karte ist genial. Es ist seine Art, gegen Scheinheiligkeit anzukämpfen.«

»Wieso hast du ihn dann zu unserem *scheinheiligen* Weihnachtsessen eingeladen? Mit Tannenzweigen, pfui Teufel, was für ein heuchlerisches Zugeständnis an alte Traditionen!«

»Wir betreiben keine Völlerei, wenn wir Kalbsschnitzel essen. Und eine Blumenvase stelle ich im Sommer auch auf den Tisch, wenn ich Leute einlade.« Sie blickte ihn nachsichtig an. »Sieh mal. Ich respektiere es, wenn jemand an die Geburt Christi glaubt. Ich mag auch Traditionen. Ich will bloß diesen ganzen kitschigen Affenzirkus nicht mitmachen.«

Sie sprachen nicht mehr darüber. Als er, immer noch verschnupft, fragte, ob er ihr wenigstens etwas schenken dürfe, antwortete sie: »Natürlich. Ich habe auch ein paar Kleinigkeiten für deine Eltern und meinen Vater besorgt. Jetzt komm ... mach kein so grantiges Gesicht! Es wird bestimmt nett werden.«

Es wurde *nicht* nett. Seine Mutter fragte mit spitzer Stimme, ob es denn keinen Baum gebe, sein Vater stieß einen anerkennenden Pfiff aus, als er Melanie in ihrem engen Kleid und den schwarzen, mit Goldfäden durchwirkten Strümpfen sah, und Jobst schleppte ein Riesenpaket an, das Wolf zu der ironisch geflüsterten Bemerkung veranlasste, dass er doch so etwas wie väterliche Konsumwut befürchte. Melanie legte auch nicht traditionelle Weihnachtsmusik auf, die Wiener Sängerknaben beispielsweise, die seine Mutter so schätzte, sondern sie hatte eine CD gekauft, auf der Mahalia Jackson die vertrauten Lieder so … »negroid« sang, dass seine Mutter pikiert die Brauen hochzog und sich in kaltes Schweigen hüllte. Für die Perlenohrringe bedankte sich Melanie freundlich, aber nicht überschwänglich. Als Wolf sein Geschenk auspackte, überkam ihn dann aber doch freudige Nervosität. Er klappte den Deckel des schwarzen Kartons hoch und entfernte das Seidenpapier. Und erstarrte. Sein Herz begann wie wild zu schlagen. Ein Fernglas. Er täuschte Freude vor, hielt es hoch und dachte sofort an ein anderes Fernglas, das er im Keller hinter allerlei Gerümpel versteckt und erst vor kurzem noch benutzt hatte.

»Wie kommst du denn darauf?«, fragte er gedehnt.

»Erinnerst du dich nicht? Als wir auf Sizilien waren? Du hast ein paar Mal gesagt, ein Fernglas wäre jetzt schön, um die Schiffe auf dem Meer besser sehen zu können.« Ihre Stimme klang völlig unschuldig. Seine Mutter nahm das Glas bewundernd zur Hand und reichte es Alfred, der damit sofort auf den Balkon ging und es ausprobierte. Furcht stieg in Wolf auf. Was wusste Melanie?

»Freust du dich?«

»Ja, sehr.«

Alfred kam zurück. »Ein tolles Gerät. Kannst sogar das kleinste Stäubchen auf dem Wohnzimmerteppich der Nachbarn sehen.«

Melanie kicherte. »Oh, da habe ich keine Angst. Wolf würde nie in anderer Leute Wohnung gucken. Nicht wahr?« Sie brach plötzlich in ein fröhliches Gelächter aus. »Entschuldige!«, sagte sie. »Aber ich habe mir dies gerade bildlich vorgestellt.«

Dieses Mal begann das Prickeln und Brennen an den Lippen und zog sich über das ganze Gesicht. Er packte das Fernglas wieder ein und ging in die Küche, um eine neue Flasche Wein zu holen. Oh ja, er hatte in anderer Leute Wohnung gestarrt! Aber woher sollte Melanie dies wissen? Nein, nein, beruhigte er sich und schenkte sich einen großen Schluck Cognac in ein Wasserglas. Sie weiß nichts, absolut nichts. Er trank, spülte das Glas aus und entkorkte den Wein. Als er ins Wohnzimmer zurückkam, stand Melanie vor dem großen Geschenkkarton, den Jobst mitgebracht hatte.

»Was hier drinnen ist, habe ich mir von Vater gewünscht«, erklärte sie feierlich. »Er hat diese Arbeit erst vor einigen Wochen fertig gestellt, und sie gefiel mir so gut, dass ich sie für mich alleine haben wollte, das erste Mal übrigens, dass ich eine seiner Arbeiten für mich beanspruche.« Sie lächelte verlegen und fuhr fort: »Sie weckt ganz seltsame Gefühle in mir. Vielleicht, weil sie so gut in unsere Zeit passt.« Vorsichtig entnahm sie dem Karton eine Büste und stellte sie auf das Tischchen am Fenster. Drückte auf einen Knopf, sodass die beiden Lampen, die auf dem Sockel der Büste befestigt waren, diese hell beleuchteten. Dann löschte sie das Wohnzimmerlicht – und Wolf stockte der Atem.

Am Sockel ein silbernes Schild mit der Aufschrift: *Der gläserne Mensch*. Den kahlen, durchsichtigen Kopf durchzogen bunte Drähte, durch das Gehirn wanden sich Kabel, an denen Chips und Relais hingen. Antennen durchtrennten die Schädeldecke. Hals und Brustraum glichen einer ausgedehnten Schaltstation, Spulen kreisten um eine Tonkassette, und anstelle des Herzens prangte eine Aluminiumscheibe. Das gleißende Licht verlieh der Skulptur etwas Makabres, Abstoßendes, als säße man in einem der Neuzeit angepassten Vorraum der Hölle, in dem das Grauen nicht düster und dunkel, sondern hell, kalt und von einem verkommenen Zauber war.

Wolf tastete nach seinem Hals und fühlte das jagende Pochen seines Herzens. Ja. So wünschte er sich manchmal, dass Melanie sei. Nackt, durchschaubar, berechenbar, funktionell und funktionierend. Entsetzen erfasste ihn. Sein Blick hing wie gebannt an der Büste und der kontrollierbaren Mechanik, den Drähten und Schaltstellen in ihrem Inneren. Was tun, wenn Drähte verschmoren und Schaltstellen ausfallen?, dachte er. Wenn der künstliche Kreislauf zum Erliegen kommt? Wenn der Ingenieur nicht mehr weiß, was da drinnen vor sich geht? Die Bilder in seinem Kopf verschoben sich. Wenn also er, Wolf, keine Ahnung mehr hatte, was Melanie tat? Wo sie sich aufhielt? Was sie plante? Wenn seine Strategie Lücken aufwies? Er spürte, wie Schweiß auf seine Stirn trat, und atmete ein paar Mal tief durch, um sich zu beruhigen.

»Gott, wie unheimlich«, hörte er seine Mutter flüstern.

Jobst sagte: »Ich habe mich schon einige Zeit mit dem Phänomen des gläsernen Menschen befasst. Ein interessantes Thema.« Er stand auf und machte das Wohnzimmerlicht wieder an.

»Und warum gefällt dir dieses Ding so?«, wollte Alfred von Melanie wissen.

»Oh, wegen eines Artikels, den ich gelesen habe«, meinte sie leichthin. »Ein Journalist, der einen sehr fundierten Bericht darüber geschrieben hat, wie kontrollierbar wir

Menschen durch den technischen Fortschritt geworden sind. Wir bestehen aus einer Unmenge von Daten, die jederzeit abrufbereit sind.«

Wolf fiel auf, dass Jobst Melanie mit Unbehagen taxierte, als könne auch er nicht genau beurteilen, was in seiner Tochter vorging.

Er bemühte sich, neutral zu klingen. »Willst du die Büste hier in unserem Wohnzimmer stehen lassen?«

»Ja.«

Alles schwieg. Dann meinte Ruth bemüht: »Übrigens – herzlichen Dank, Jobst, für die … etwas ungewöhnliche Weihnachtskarte.«

Jobst lächelte. »Ich bin ein Leichenfledderer, was Traditionen angeht. Da machen sie Waffengeschäfte und singen gleichzeitig: ›Friede den Menschen auf Erden‹. Ist doch absurd.«

»Meinetwegen könnte man Weihnachten sowieso abschaffen«, sagte Alfred. »Reine Beutelschneiderei. Andererseits …«, er zwinkerte Melanie zu. »Wenn man eine so hübsche Schwiegertochter hat, macht Weihnachten auch wieder jede Menge Spaß.«

Ärgerliche Röte stieg in Ruths Wangen, trotzdem scherzte sie. »Komm ja nicht deinem Sohn in die Quere!«

Wolf hörte nicht zu. Es drängte ihn, ins Badezimmer zu gehen, um eine seiner Schmerztabletten zu schlucken. Vielleicht auch ein Beruhigungsdragee, war ja lediglich ein homöopathisches Mittel, wie ihm die Apothekerin versichert hatte. Am wohlsten fühlte er sich mit einem Dreiermix: die große weiße Tablette gegen den Druck im Kopf, die kleine blaue gegen das Hautbrennen und ein rotes Dragee, um seine Nervosität zu besänftigen. Mit Alkohol wirkten die Medikamente stärker, versetzten ihn in einen schwebenden Dämmerzustand, der ihn glücklich und zufrieden werden ließ. Leider hielt dieses Gefühl nicht lange an, aber schon die Vorfreude darauf bedeutete Erleichterung.

Er entschuldigte sich und machte sich auf den Weg. Dabei musste er an dem kleinen Tisch vorbei, auf dem die Büste stand. Am liebsten hätte er die Augen zugezwickt, um sie nicht ansehen zu müssen. Noch lieber hätte er sie gepackt und in eine Ecke gefeuert, so wütend machte ihn ihr Anblick.

Gegen Mitternacht waren sie allein. Melanie entzündete eine frische Kerze und schenkte nochmals Wein nach.

»War doch gar nicht so schlimm«, sagte sie.

»Ich fand den Abend grauenhaft.«

»Aber warum denn?«

»Meiner Mutter hat er jedenfalls nicht gefallen. Und dein Vater saß den ganzen Abend da und hat fast kein Wort gesprochen.«

»Er macht sich Sorgen.«

»Um dich?«, fragte Wolf gehässig.

»Aber nein, doch nicht um mich. Warum sollte er?«

Wolf schwieg.

»Es geht um diese Nazitypen. Sie sind schon wieder aufgetaucht. Er hat versucht, mit ihnen zu reden, aber viel ist nicht dabei herausgekommen.«

Wolf durchfuhr ein eisiger Schreck. Jobst hatte mit ihnen gesprochen? Was, wenn sie ihm gesagt hatten, woher ihre

Informationen kamen? Wenn sie ihn beschrieben hatten? Er hatte sogar erzählt, er sei Anwalt.

»Woher wussten sie eigentlich von ihm? Und wo er wohnt?«

»Keine Ahnung«, erwiderte Melanie. »Aber das krieg ich raus. Mein Vater hat von einem der Kerle die Autonummer notiert. Und da dachte ich ... könntest du vielleicht deinen Freund ... diesen Felix ... bitten, den Namen des Besitzers ausfindig zu machen?«

»Ja, natürlich, wenn du das möchtest«, sagte Wolf mühsam und kämpfte gegen den Schock. »Aber alles Weitere überlässt du mir. Sonst sorge ich mich zu Tode, wenn du dich mit diesen Kerlen anlegst.«

Sie schien belustigt. »Du möchtest nicht, dass ich mit ihnen spreche?«

»Nein«, entgegnete er heftig.

»Gut. Dann werden wir beide es tun. Wenn ich mit einem Anwalt aufkreuze, werden sie Angst kriegen.«

»Ich bin Patentanwalt.«

»Aber das wissen sie doch nicht. Allerdings ... wir könnten mit dieser Autonummer auch zur Polizei gehen.«

Sein Magen zog sich krampfartig zusammen. »Müssen wir jetzt ununterbrochen von diesen Nazitypen reden?«

»Warum regst du dich so auf?«, fragte sie mit dieser sanften Stimme, die er nun oft von ihr zu hören bekam, und fuhr dann fort: »Wir beide, Liebes, gegen den Rest der Welt ... das ist es doch, was du immer willst.«

Er holte tief Luft. Dies kam ihm bekannt vor, er wusste nur nicht, wo er es einordnen sollte. Überhaupt lief alles falsch an diesem Abend. Da er bereits einige der roten Be-

ruhigungsdragees geschluckt hatte, fühlte er sich so müde und ausgelaugt, dass er nicht einmal fähig war, die Hand auszustrecken und Melanie zu streicheln, geschweige denn, sie in den Arm zu nehmen oder mit ihr zu schlafen.
Wenig später lag sie neben ihm im Bett, Licht fiel von der Straße ins Zimmer. Sie wartete, wartete, dass er etwas unternahm, doch er war wie gelähmt.
»Ich bin so müde, verzeih mir, Liebes!«, flüsterte er.
Sie seufzte leicht, strich ihm beruhigend übers Gesicht und drehte sich zur anderen Seite. Er wandte den Kopf zu ihr, das malvenfarbene Nachthemd, das er ihr im Sommer geschenkt hatte, war ihr von der Schulter gerutscht. Sie sah so verführerisch aus! Er geriet in eine hysterische Lustigkeit und sagte sich, dass er seinem Dreiermix noch ein Potenzmittel hinzufügen sollte, bis alles sich geklärt hatte und er zur Ruhe kommen würde. Sein Notizblock fiel ihm ein, den er früher immer benutzt hatte, um seine Gedanken aufzuschlüsseln und in ein Schema zu bringen. Monatelang hatte er ihn nicht angerührt. Er versuchte sich zu erinnern, wann zum letzten Mal. Dieser Satz: »Wir beide, Liebes, gegen den Rest der Welt …«, den Melanie heute benutzt hatte – er kam ihm so verdammt vertraut vor. Er lauschte auf ihre Atemzüge, sie schien bereits tief zu schlafen. Leise stand er auf und ging ins Wohnzimmer. Dieser Block … ah, ja, in seinem Sekretär, in einer kleinen Schublade, verborgen unter alten Reisekatalogen.
Er setzte sich und begann zu lesen. Jener trostlose Abend fiel ihm wieder ein, als er von seinen Eltern kam, noch geschockt von der Mitteilsamkeit seiner Mutter, die ihm

gestanden hatte, den Vater plage Impotenz. Was für eine Ironie des Schicksals, dachte Wolf sarkastisch, dass nun er, nur ein dreiviertel Jahr später, hier auf seiner Ledercouch saß und über seine Erektionsschwäche nachdenken durfte. Ja, hier ... hier stand es: Positives, Negatives. Fazit. Lösungsmöglichkeiten. Er hatte in jener Nacht versucht herauszufinden, was an seinem Leben falsch sei. Hatte etliches auf den Block gekritzelt und in der Rubrik »Negatives« seine Beziehung zu Frauen erwähnt. »Meine Beziehung zu Frauen«, hatte er geschrieben und in Druckbuchstaben, die er anscheinend während seiner Überlegungen immer wieder nachgefahren und verstärkt hatte, lediglich angefügt: »Wir beide, Liebes, gegen den Rest der Welt.«

Er ließ den Block sinken. Bedeutete es einen Zufall, dass Melanie die gleichen Worte benutzt hatte? Oder hatte sie den Sekretär so akribisch durchsucht wie er von Beginn an ihren Schreibtisch? Auch ihre Bemerkungen über diese Neonazis. Ihre Bitte, Felix einzuschalten. Die Drohung mit der Polizei. Und diese schreckliche Büste. Seit er hier saß, hatte er es vermieden, sie anzusehen, doch nun lenkte er seinen Blick absichtlich zu dem kleinen Tisch, auf dem die Skulptur wie eine leibhaftige Anklage stand. Eine gläserne Hülle – und ein Signal Melanies? Ich durchschaue dich? Oder eine Warnung? Er lachte höhnisch auf und erschrak, wie hohl dieses Lachen in der Stille der Nacht klang. Er hatte sich seinerzeit den Kopf zerbrochen, was an seinem damaligen Leben falsch war. Im Vergleich zu heute erschien es ihm wie das Paradies. Erfolgreich im Beruf, rundum gesund – hatte er nicht sogar seine Blutwerte und die Anzahl seiner Herzschläge herunterbeten können wie ein selbstzufriedener Prediger? Und jetzt? Alles auf der Kippe. Sein Job, seine Gesundheit, seine Ehe.

Langsam wurde er tatsächlich verrückt. *Seine* Melanie, die von Anfang an den Beschützerinstinkt in ihm wachgerufen hatte, der er vertraute, die in ihm aufging … So hatte er doch in jener Nacht von ihr gedacht, als er beschloss, sie gleich am nächsten Morgen anzurufen? Diese Melanie sollte sich nun in ein undurchschaubares Geschöpf verwandelt haben, aus dem er nicht mehr schlau wurde? Nein, sie war viel zu klar strukturiert, zu unkompliziert, um umständlich und gezielt zu planen. *Er* war der Stratege, *er* hielt die Fäden in der Hand, auch wenn sie im Augenblick so schwer zu entwirren waren wie die Wollstränge, die er früher für seine Mutter, Knäuel für Knäuel, abgewickelt und glatt gestrichen hatte. Ein guter Vergleich. So wollte er auch mit seinen und Melanies Lebensfäden umgehen. Sie sorgfältig entwirren und glatt streichen. Der erste Schritt war doch schon getan. Sie war zu ihm zurückgekehrt. Hatte sich ihm wieder anvertraut. Benutzte wieder ihr komfortables Handy, fuhr wieder ihr schickes Auto. Und, noch wichtiger, sie hatte sich von ihren Freunden zurückgezogen. Im Grunde lief doch alles bestens, versuchte er sich zu beruhigen. Nun musste er ihr nur noch beweisen, dass ihr Beruf der Partnerschaft schadete. Wenn sie ein Buch schreiben würde … Er hatte gelesen, wie zurückgezogen Autoren in ihrer Schaffensphase lebten. Und so ganz abgeneigt schien sie nicht mehr zu sein, hatte ihm aufmerksam gelauscht, als er noch einmal davon anfing kurz vor Weihnachten, während eines ge-

mütlichen Abendessens. Völlig arglos, abwägend. »Mal sehen, Wolf«, hatte sie gemeint.
Er atmete tief durch. Die Büste »Der gläserne Mensch« bedeutete also nichts, gar nichts, war lediglich eine kleine Spinnerei von ihr. Das Fernglas hatte sie ihm geschenkt, weil er selbst einmal den Wunsch nach einem solchen geäußert hatte. Die Neonazis wollte sie zur Rede stellen, um ihrem Vater zu helfen. Und Felix kannte sie nicht. Woher auch?
Er wollte schon wieder zurück ins Schlafzimmer gehen, als er ihr Handy auf dem Tisch liegen sah. Eine gute Gelegenheit. Nur, um sich selbst zu beweisen, wie sehr alles in Ordnung war, bediente er die Nachrichtentaste. Eine Textnachricht. Er öffnete sie. »Frohe Weihnachten. Ich denke an dich. W.«
Das Blut stieg ihm zu Kopf, während er auf den Buchstaben W starrte. Sofort fiel es ihm ein: Werner Schmitt. W., der unauffindbare Redakteur. Das Phantom. Er begann zu zittern. Egal, was nun daraus entstand, aber diese Sache musste ein für alle Mal geklärt werden. Er lief aufgeregt ins Schlafzimmer, achtete nicht mehr auf die Hitzeschübe, die durch seinen Körper zuckten, nicht auf die Klammer, die sich um seinen Kopf legte, oder auf das alarmierende Prickeln, das nun auch schon auf den Rücken ausstrahlte.
Er machte Licht und rüttelte Melanie an der Schulter, sodass sie hochschrak und mit einer hohen, ängstlichen Stimme rief: »Was ist los?«
»Dein Handy hat geklingelt«, fuhr er sie an.
»Was? Ich verstehe nicht …«

»Ich war auf der Toilette, und dein Handy hat geklingelt. Eine SMS.«
Sie nahm ihm das Handy ab und starrte auf die Nachricht. »Du hast sie gelesen?«
»Ich dachte, vielleicht ein Notruf deines Vaters. Umzingelt von seinen Neonazis.« Seine Stimme troff vor Hohn. »Oder hatte dein Liebhaber Sehnsucht nach dir?«
Sie warf ihm einen so verwunderten und traurigen Blick zu, dass er unsicher wurde. Dann stand sie auf und zog ihren Bademantel an. Hantierte an ihrem Handy herum und streckte es ihm hin. »Dann hättest du auch meine SMS lesen sollen. An eine Kollegin.«
»Liebe Wilma, fröhliche Weihnachten, deine Melanie.«
W wie Wilma ... Einem begossenen Pudel gleich stand er da, eine Entschuldigung stammelnd, die Hände nach ihr ausgestreckt, Hände, wie in Feuer getaucht.
Sie sah ihn an, schüttelte resigniert den Kopf und legte sich wieder ins Bett. Den Bademantel ließ sie an.
»Melanie ...«
Sie antwortete nicht.
»Ich habe wirklich geglaubt ... dein Vater ... oder eine wichtige Nachricht ... Mach ich denn alles falsch?«, rief er, nahe daran, in verzweifelte Tränen auszubrechen, so sehr tat er sich selbst Leid. Er wusste die Antwort: Er machte alles falsch. »Observierungen bedürfen der Geduld und der Ausdauer«, hörte er Felix sagen. Dann brach alles über ihn herein. Wortfetzen. Bilder. Sein Ohr an Melanies Wohnungstür. Jobsts unbehaglicher Blick, als er seine Tochter betrachtete. Melanies Kichern, als sie sagte, er würde nie in andere Wohnungen spähen. Die

unheimliche Büste im Wohnzimmer. Seine Tabletten, der Notizblock ... Er zitterte jetzt am ganzen Körper, während er auf Melanie blickte, die embryogleich auf dem Bett lag und die Augen so fest zupresste, als wolle sie ihn nie wieder auch nur eines Blickes würdigen. Steif ging er zu seiner Bettseite, löschte das Licht und legte sich nieder. Drückende Stille im Raum.

Dann Melanies verzagte Stimme: »Entschuldige, Wolf. Ich vergesse immer wieder, wie viele Sorgen du dir um mich machst.« Ihre Hand, eiskalt, tastete nach der seinen. »Schlaf jetzt! Okay?«

Noch einmal davongekommen, fuhr es ihm durch den Kopf, gleichzeitig aber fiel ihm ein, dass er sich nicht an die Nummer erinnerte, an die sie ihre Nachricht gesandt hatte. Wilma konnte ein Deckname sein. Automatisch gab er den Druck ihrer Hand zurück. Doch die nagende Stimme ließ ihn nicht in Ruhe: Wieso entschuldigt sie sich, wenn es wirklich um eine Wilma geht? Vielleicht hat sie einer Wilma Grüße gesandt, aber ein Werner denkt an sie? Wieso dieser neue schwarze Spitzen-BH und das passende Höschen dazu, und dies alles hinter ihren Sportsocken versteckt? Und dreimal in der Woche ins Schwimmbad? Vielleicht traf sie dort diesen W.? Schwimmbad überwachen!, notierte er in seinem Kopf. Die Strümpfe mit den Goldfäden. Wie gierig Alfred Annas Beine betrachtet hatte. Gott ... hatte er Anna gedacht? Wie kam er jetzt auf Anna? Ob Alfred versucht hatte, mit Melanie zu flirten? Er telefonierte manchmal mit ihr ...

Verrückt, verrückt, ich werde verrückt, dachte er in panischer Angst und presste Melanies Hand jetzt so fest, dass

sie leise aufschrie. Er beugte sich zu ihr hinüber und versuchte, in der Dunkelheit ihr Gesicht zu erkennen.
»Wer ist W.?«, flüsterte er verzweifelt.
Sie sprang so rasch aus dem Bett, dass er fast zu Tode erschrak. »Also gut«, rief sie wütend und machte das Licht wieder an. »Dann werden wir eben nachsehen, wer dieser oder diese W. ist.« Sie nahm ihr Handy, suchte die Nachricht und sah dann völlig verblüfft auf das Display. »Aber das ...« Sie hielt ihm das Handy hin. »Sieh selbst!«
Er nahm es. Las die Nummer. Sie kam ihm bekannt vor. Natürlich, es war seine Handynummer. Verwirrt hob er den Blick. »Das ist meine Nummer.«
»Genau«, sagte Melanie ernst.
»Aber ich ... ich schicke doch nicht meiner eigenen Frau einen Weihnachtsgruß per SMS.«
»Anscheinend doch. W wie Wolf.« Jetzt lächelte sie. »Gib's zu! Du hast gestern nach dem Weihnachtsumtrunk mit deinen Kollegen zu tief ins Glas geschaut, hast aus Jux die SMS gesandt und erinnerst dich jetzt nicht mehr daran.«
»Aber du hast doch gesagt, diese Wilma habe dir frohe Weihnachten gewünscht.«
»Ich *dachte,* sie sei es. Ich dachte, sie habe auf meine Nachricht reagiert. Auf die Nummer habe ich gar nicht geachtet.«
Das alles war zu viel für ihn. Seine Krankheit, die Tabletten, die vielen Pflichten, die er hatte. Wie ein Strudel, in den er geriet. »Dieser Werner Schmitt ...«, begann er und verstummte dann mutlos, da sie schon wieder den Kopf schüttelte.

»Was willst du eigentlich?«, rief sie. »Zuerst Philip, dann Frank, jetzt dieser völlig Fremde … Glaubst du wirklich, ich gehe mit jedem Mann ins Bett, der mir über den Weg läuft?«

Er fuhr sich verzweifelt durchs Haar. Seine Augen wurden wieder nass. Das fehlte noch, dass er zu heulen anfing. »Es ist …«, begann er, überlegte einen Augenblick und sagte dann: »Dass ich dir nie wirklich vertrauen kann.«

»Ich habe dich niemals betrogen.«

»Aber du wärest in der Lage, es zu tun.«

»Jeder Mensch kann betrügen.«

»Nein. Es gibt Menschen … nimm mich! Niemals würdest du auf den Gedanken kommen, dass ich dich betrügen könnte.«

»Weil ich dir vertraue.«

»Ich würde dir auch gern vertrauen.«

»Bist du sicher, Wolf? Bist du sicher, dass du überhaupt irgendeinem Menschen vertraust?«

Er schwieg.

»Und was wäre eigentlich, wenn ich dich betrügen würde? Wenn ich einen anderen Mann kennen lernen würde und mit ihm ein Verhältnis hätte?«

Also doch. Er bohrte seinen Blick in den ihren, als würde er so den letzten Rest von Wahrheit aus ihr heraussaugen können. »Ich würde zuerst ihn und dann dich umbringen. Und dann mich.« Er sagte es lächelnd, aber er spürte, dass es ihm ernst damit war.

»Du würdest mir nicht verzeihen? Oder mich gehen lassen?«

»Niemals.«

»Das meinst du nicht in Wahrheit.«
»Du gehörst mir, und ich gehöre dir, hast du das vergessen? Das ist ein Versprechen, das man nicht bricht.« Er lachte, knapp und hoch. Dann nahm er sie in die Arme, ohne Freude, und presste seine Lippen auf ihren Hals. Ihr Gesicht gab ihm Rätsel auf. Als habe sie genau mit dieser Antwort gerechnet. Eine Momentaufnahme, denn schon legte auch sie kurz ihre Arme um ihn.
»Was reden wir hier nur für einen Unsinn!«, sagte sie. »Nichts ist geschehen. Nichts wird geschehen. Alles hat sich aufgeklärt.«
»Du hast gesagt ...«
»Eine reine Fiktion«, unterbrach sie ihn. Dann in neckendem Ton: »*Du* willst doch immer, dass ich Romanautorin werde. Dazu gehört Phantasie ... viel Phantasie.«
Er verschränkte voller Abwehr die Arme vor der Brust.
»Komm, lass uns endlich schlafen!« Sie drückte ihre Wange an die seine, so weich, so weich, und er sehnte sich tatsächlich nach Schlaf, tiefem, traumlosem Schlaf.
»Hältst du mich fest?«, murmelte er.
Das tat sie. Und sofort schlief er ein.

Die Schwierigkeiten in der Kanzlei nahmen zu. Die Kollegen hielten ihm vor, dass man nie wisse, wann er in der Kanzlei anwesend sein würde. Die Sekretärinnen beschwerten sich, dass er Patentanmeldungen oft erst so spät diktiere, dass ihnen nicht mehr genügend Zeit bleibe, sie zu schreiben, weshalb sie ständig Überstunden machen müssten. Während man ihn früher noch wegen seines labilen Gesundheitszustandes bedauerte, hatte man nun nur noch ein genervtes Seufzen für ihn übrig, wenn er sich auf Arztbesuche herausredete oder erklärte, er sei bei der Krankengymnastik. Eines Morgens – Wolf wollte gerade die Kanzlei verlassen, weil er wusste, dass Melanie ins Schwimmbad ging – explodierte Dr. Fincke.

»So geht das nicht weiter! Wir wissen ja nicht einmal, *was* Ihnen fehlt!«

Die Gesundheit, war Wolf versucht zu antworten. Stattdessen sagte er nur: »Die Ärzte vermuten ein Virus, das mein Nervensystem geschädigt hat. Vielleicht ein besonders giftiger Insektenstich, man weiß es nicht.«

»Und wie lange wird sich das noch hinziehen? Das begann doch schon im Herbst letzten Jahres – und jetzt haben wir Ende Februar. Verstehen Sie mich nicht falsch! Aber ich muss in erster Linie an die Kanzlei denken.«

Wolf hätte nun, um seinen guten Willen zu zeigen, auf den angeblichen Arztbesuch verzichten können. Aber da war Melanie! Das Schwimmbad! Der neue Badeanzug, den sie ihm heute Morgen kokett vorgeführt hatte!

»Ich bin höchstens eine Stunde weg«, sagte er mürrisch.

»Es tut mir Leid. Aber ich habe mir diese Krankheit nicht ausgesucht.«

»Gut. Wir setzen uns nächste Woche einmal zusammen. Wir können Ihnen eine freie Mitarbeit anbieten.«

In Wolf kochte es. Wenn er darauf einging, würde die Kanzlei sofort einen Nachfolger einstellen und ihm peu à peu immer weniger Aufträge erteilen. Er kannte das Spiel, er hatte diese Art von lautloser Abschiebung schon selbst praktiziert.

»Damit kann ich nicht einverstanden sein.«

»Und wir können uns einen nur sporadisch anwesenden Anwalt nicht leisten.«
Sie trennten sich im Zorn, und Wolf haderte mit seinem Schicksal, während er zum Schwimmbad fuhr. Konnte er etwas dafür, dass sein Leben momentan aus den Fugen geriet? Gut, er hatte gelogen, als er behauptete, er sei krank. Er war nicht krank. Aber diese … Fürsorgepflicht, die er Melanie gegenüber besaß, die konnte sich wie eine Krankheit auswirken. Sowieso nur mehr eine Frage der Zeit – ein Lichtstreif zeichnete sich nämlich am Horizont ab. Melanie hatte eingewilligt, an einem Roman zu arbeiten, hatte eingesehen, dass sie sich nicht als schlecht bezahlte Journalistin abrackern musste und er genügend Geld verdiente, um sie beide zu ernähren. Den Gedanken an seine Misere in der Kanzlei schob er beiseite, so sehr freute er sich über ihren Entschluss. Nur noch einige Monate, dann gab es keine Besprechungen und Interviews mehr, keine Filmempfänge und nächtlichen Ausflüge. Dann kehrte Ruhe ein.

Er kaufte eine Eintrittskarte und ging in die Cafeteria, von der aus man das Schwimmbecken und den kleinen Whirlpool beobachten konnte. Sofort sah er sie. Sie trug den neuen Badeanzug, eine weiße Kappe und eine Schwimmbrille. Sie schwamm mit kräftigen Zügen, Bahn für Bahn, ohne jemals anzuhalten. Eine Viertelstunde, eine halbe … unentwegt. Er bemerkte auch den Bademeister, der stehen blieb, um ihr bewundernd zuzusehen. Als sie dann endlich innehielt und aus dem Becken kletterte, ging dieser Kerl sofort zu ihr hin, sie sprachen miteinander, der Mann lachte mit blitzenden Zähnen, er hob seine Schultern, die Muskeln seiner Arme rollten auf und ab. Sie schien ihn etwas zu fragen, verführerisch lächelnd, mit zur Seite geneigtem Kopf. Er lächelte auch, deutete auf sein Büro, einen kleinen Raum mit einem Fenster zur Halle hin, direkt neben dem Eingang, der zu den Duschen führte. Sie ging vor ihm her, nahm die Kappe ab und schüttelte ihr feuchtes Haar, ihre Füße federten während des Gehens. Dann betraten beide den Raum, die Tür schloss sich, der Rollladen vor der Scheibe verwehrte die Sicht.

Wolf saß ganz still. Ihm schien völlig klar zu sein, was dort unten geschah. Er ließ seine Augen über die Badenden schweifen, vorwiegend Mütter mit ihren Kindern, es war ja erst Vormittag. Ob sie den Badeanzug schon ausgezogen hatte? Ob sie diesen Mann mit den rollenden Muskeln und den weißen Zähnen so ansah wie ihn, wenn sie bereit war, umarmt und geliebt zu werden? Er stand auf, ging langsam und vorsichtig die Stufen hinunter, seinen Blick auf das Büro gerichtet. Er hörte, wie eine Frau ihm nachrief, er dürfe nicht mit Straßenschuhen hier herumlaufen, aber die Stimme klang weit entfernt, als habe er Watte in den Ohren. Ein hysterisches Lachen stieg in ihm auf, laut und mächtig, kam direkt aus seinem Bauch und füllte seinen ganzen Brustkorb. Er öffnete die Bürotür wie ein zum Tode Verurteilter, der nunmehr Gewissheit erhalten würde, dass alles zur Hinrichtung bereitstand. Sein Lachen verstummte, und er stierte auf Melanie, die in einer Ecke des Raums stand, die Arme vor der Brust gekreuzt, nicht nackt, wie verwunderlich – war

er zu früh erschienen? Der Bademeister saß an einem kleinen Tisch, auf dem Blöcke, Kugelschreiber und einige Listen in Plastikhüllen lagen. Die beiden verstummten, als er so plötzlich auftauchte.
»Wolf? Was machst du denn hier?«, rief Melanie überrascht.
Der Bademeister stand auf.
»Und du? Was machst du hier?« Wolfs Stimme kippte um.
Der Bademeister warf Melanie einen fragenden Blick zu und schüttelte irritiert den Kopf.
»Ich will Schwimmstunden nehmen.«
»Weil du nicht schwimmen kannst?«, höhnte Wolf.
»Weil ich nicht kraulen kann. Ich will Kraulunterricht nehmen.«
Der Bademeister hielt einen Zettel hoch. »Eine Stunde dreißig Euro, zehn Stunden zweihundertfünfzig Euro. Wir waren gerade am Verhandeln. Sie fand den Preis zu hoch«, sagte er.
Melanie lächelte den Mann mit steifen Mundwinkeln an. »Wir reden morgen darüber.«
Sie verließ den Raum, ohne sich umzusehen. Wolf folgte ihr. Und wieder reingefallen, witzelte er mit sich selbst. Melanie ging zu einer Bank, auf der ihre Sporttasche stand. Sie schlüpfte in ihren Bademantel und trocknete sich das Haar. Er blieb mit hängenden Schultern vor ihr stehen.
»Ich weiß, was du sagen wirst«, meinte sie kühl. »Du warst gerade in der Nähe und wolltest mich überraschen. Schnell mit mir einen Kaffee trinken, bevor du wieder in die Kanzlei zurückfährst.«

Die Hitze in der Halle wurde Wolf unerträglich. Sein Hemd war feucht, unter den Achseln stand ihm der Schweiß. »Ganz so war es nicht«, brachte er mühsam heraus. »Ich habe vergessen, dir zu sagen, dass ich heute Abend mit Felix beim Squashen bin. Und ich wusste, dass ich dich auf deinem Handy nicht erreichen kann, wenn du hier in der Halle bist. Und weil ich zu einem Mandanten musste, habe ich angehalten, war so eine Blitzidee ...« Er zuckte die Achseln. »Du glaubst mir nicht, oder?«

»Warum hast du dich nicht bemerkbar gemacht, als ich aus dem Becken stieg?«

»Ich kam gerade herein, als du in dieses Büro ... Mein Gott, Melanie! Ich habe doch gar nichts getan.«

»Du hättest mich heute Nachmittag zu Hause anrufen können.«

»Ich bin den ganzen Tag in Besprechungen.«

Sie sah ihm in die Augen, und er nahm all seine Kraft zusammen, um ihrem Blick standzuhalten. Später, wenn er wieder allein war, konnte er beginnen zu analysieren und abzuwägen, jetzt ging es wieder einmal nur um Schadensbegrenzung.

»Hey«, sagte er mit einer Leichtigkeit, die ihm ansonsten fremd war. »Du hast wunderschön ausgesehen in deinem neuen Badeanzug.« Und dann, da sie ihn immer noch so scharf fixierte: »Also wirklich, Melanie! Ich wusste nicht, dass du Schwimmunterricht nehmen willst.«

»Ich bin eine gute Brustschwimmerin. Aber ich habe nie gelernt zu kraulen. Das hat mich immer geärgert.«

»Gut. Dann geh wieder rein und ... Ich meine, ich wollte nicht stören. Wie gesagt, heute Abend komme ich später.«

Sie nickte, anscheinend noch unschlüssig, was sie von der ganzen Sache halten sollte.
»Krieg ich keinen Kuss?«
Wieder ein abwägender Blick. »Und du warst nicht eifersüchtig?«
»Auf einen Bademeister? Ich bitte dich!«
Sie nickte, nahm ihre Tasche und winkte ihm nochmals zu, als sie zu den Duschräumen ging. Er winkte zurück und wusste gar nicht mehr, wie er zu seinem Auto kam. Er sagte sich ununterbrochen, alles sei in Ordnung, nichts sei geschehen. Melanie in ihrer Ecke, der Bademeister hinter seinem Tisch. Doch irgendetwas ging vor, er spürte es. Er verlor die Kontrolle mehr und mehr, alles, was er sich wünschte, woran er sich klammerte, schwand dahin. Tiefe Trauer befiel ihn. Seine Mutter glaubte, dass das Leben einen Sinn hatte, auch wenn es grausam war. Er war Naturwissenschaftler und glaubte nicht daran, dass das Leben unbedingt einen Sinn haben musste. Was für einen Sinn sollte es denn haben, dass er nach einem Menschen suchte, der ganz und gar an seiner Seite war, mit dem er eins sein konnte auf Gedeih und Verderb? Sinnlos. Es hatte mit Anna nicht funktioniert und funktionierte anscheinend auch mit Melanie nicht. Aber wissen wollte er, ob sie ihn betrog. Vertrauen haben? Er vertraute auf nichts und traute niemandem, da hatte Melanie durchaus Recht. Keinen Versprechungen, keinen Thesen. Nur Beweisen. Und nach diesen Beweisen würde er suchen, solange noch ein Funken Leben in ihm war.

# 4

Melanie hatte ihn schon, als er die Cafeteria betrat, bemerkt. Ein kurzes Auftauchen ihres Kopfs ... ja, er nahm an einem kleinen Tisch Platz. Heiße Freude durchströmte sie, weil auch dieser Punkt ihres Plans genau nach Wunsch verlief, weil sie ihn auch dieses Mal richtig eingeschätzt hatte. »Sieh mal, Liebling. Ist dieser Badeanzug nicht sehr, sehr hübsch?« Das schwarze Nichts hochgehoben, an einem Finger baumelnd, ein reizendes Lächeln, ein Funkeln der Augen – und sofort seine Gedanken erahnt, als sei sein Kopf der ihre. Und genau den Zeitpunkt abgepasst, da der Bademeister vorbeiging. Sie fragte nur nach Schwimmkursen, legte aber in ihre Haltung und in ihre Miene eine lächelnde Vertrautheit, die jeden Außenstehenden zu der Annahme verführen musste, man kenne sich bereits. War dann vor ihm hergegangen mit federnden Schritten und wiegenden Hüften, hatte das kleine Büro betreten – und gewartet. Wie die Katze vor dem Mauseloch.

Am Abend fuhr sie zum Squashcenter. Felix und Wolf spielten in einem Court direkt neben der langen Theke, an der eine Menge junger Leute in Sportkleidung saß und sich unterhielt. Melanie setzte sich so, dass Wolf sie in dem Moment entdecken musste, da er in die Ausgangsposition zurückging, um zu einem neuen Spiel aufzuschlagen. Seine Gesichtszüge, schweißbedeckt, gefroren, so sehr erschrak er. Sie lächelte ihm zu, hob grüßend ihr Weinglas und deutete mit dem Daumen nach oben. Wie schwer es ihm fiel zurückzulächeln! Die nächsten Minuten spielte er nervös und unkonzentriert, er schien das Spiel verloren zu haben, denn er zuckte mit den Achseln und reichte Felix die Hand. Sie verließen den Court, Wolf sagte etwas zu Felix und deutete auf Melanie, die beiden kamen zu ihr an die Bar.

Wolf stellte Felix vor, und Felix tat so, als sehe er sie zum ersten Mal. Melanie runzelte die Stirn, schüttelte leicht den Kopf und meinte: »Irgendwo hab ich Sie schon mal gesehen.«

»Tatsächlich?«, fragte Felix und überspielte seine Verlegenheit, indem er in seinen Sportpullover schlüpfte.

Aus den Augenwinkeln bemerkte Melanie, wie Wolf seine Hände um ein Handtuch krampfte, bis die Knöchel weiß hervortraten.

»Das erste Mal, dass du hier bist«, sagte er.

»Ich war gerade in der Nähe, und da dachte ich mir, du freust dich.« Mit Bedacht wählte sie genau jene Worte, die er immer benutzte, wenn er unangemeldet bei ihr auftauchte. Sie winkte dem Mädchen, das hinter der Theke bediente, und bestellte für sich noch einen Wein und einen Cognac für Wolf.

»Kannst du jetzt sicher gebrauchen«, meinte sie mit einem verschmitzten Lächeln.

»Wie meinst du das?«

»Na ja … Hast du nicht gerade gegen Felix verloren?«
Felix schwang sich auf einen Barhocker, sichtlich erleichtert, das Gespräch in ruhigeren Gewässern zu wissen. Da wandte sich Melanie an ihn und rief aus: »Jetzt entsinne ich mich. Im ›Gallo Nero‹. Da habe ich Sie gesehen.«
Felix grinste ein wenig dümmlich. »›Gallo Nero‹? Kenn ich nicht.«
»Doch, doch. Dieses italienische Lokal, wo es so hervorragende Fischgerichte gibt. Sie waren dort. Irgendwann im Frühjahr … oder Frühsommer. Ich habe einen Freund getroffen, und Sie saßen am Nebentisch. Und als wir das Lokal verlassen haben, sind Sie gerade zu Ihrem Auto gegangen.«
»Ja, kann sein«, erwiderte Felix skeptisch. »Wissen Sie, ich bin Junggeselle. Ich komme in so viele Kneipen …«
»Kneipe kann man das ›Gallo Nero‹ nicht gerade nennen.«
Wolf mischte sich ein: »Du meinst das Lokal, in dem du mit Philip warst?«
Melanie nickte und sah Wolf in die Augen. »Der Abend, an dem ich ihm von meiner Heirat erzählt habe.« Sie lachte und wandte sich vertraulich an Felix: »Philip ist der Mann, den ich vor Wolf kannte. Wolf war wegen dieses Treffens schrecklich eifersüchtig. Ja, wir haben ein paar schwierige Monate hinter uns. Oder darf ich das nicht erzählen?« Sie legte Wolf ihre Hand auf den Arm. »Aber du kennst Felix ja schon ewig, da weiß er sicher Bescheid.«
Wieder eine Drehung ihres Kopfs zu Felix. »Wolf hatte es nicht leicht mit mir. Ich war vor unserer Ehe anders. Hatte viele Bekannte. Ging oft aus und schlug mir die

Nächte um die Ohren. Mit Sarah und Jimmy, Frank Bärwald ... vielleicht kennen Sie ihn, er ist ein bekannter Rundfunkjournalist? Und Philip natürlich. Aber Wolf hat mir klar gemacht, dass diese Menschen nicht für mich taugen. Mein Gott, es ist kaum zu glauben, was für ein Gespür für Menschen Wolf besitzt ... als sei er Hellseher oder so was Ähnliches.«

»Hellseher?«, fragte Felix mit unbehaglicher Miene.

»Sie ist Schriftstellerin. Ihre Phantasie geht mit ihr durch«, versuchte Wolf zu scherzen.

»Nein, ehrlich. Du hast immer gesagt, Sarah würde mich ausnützen und hintergehen.« Sie wandte sich wieder an Felix. »Sarah ist meine angeblich beste Freundin.« An Wolf gerichtet fuhr sie fort: »Und siehe da ... schon seit Wochen meldet sie sich nicht mehr bei mir. Jimmy hat letztes Mal sogar sofort das Telefon aufgelegt, als ich anrief. Auch Frank hat sich verdünnisiert, als hätte ich die Pest. Und Philip ... der hat sich schnell getröstet. Soviel ich gehört habe, hat er schon wieder eine Neue.«

Wolf sagte nichts und griff nach dem Cognacglas. Melanie fiel auf, dass er das Glas nicht ruhig halten konnte und es deshalb schnell wieder abstellte. Felix rutschte nervös auf seinem Barhocker hin und her.

»Wolf. Deine Hände zittern«, stellte sie fest. Lachte. »Ist ja auch ein teuflisches Spiel, das ihr beide da betreibt.«

Sie warfen sich einen Blick zu. »Welches Spiel meinen Sie?«, fragte Felix,

»Squash, was denn sonst?« Melanie lächelte unschuldig. »Aber jetzt, Felix, erzählen Sie mir mal was über Ihren Beruf! Beobachten Sie Leute, kleben Sie kleine Wanzen unter die Tische und hören Telefongespräche ab? Und übergeben Ihren Kunden dann Fotos und Kassetten ... so wie die Detektive im Fernsehen? Oder geht da schon wieder meine Phantasie mit mir durch?«

»Es ist bestimmt nicht so aufregend wie in Fernsehfilmen.«

»Mussten Sie auch schon Ehefrauen überwachen?«

»Ja, sicher.«

»Ob sie einen Geliebten haben?«

»Auch das.«

»Und hatten sie einen?«

»Nicht alle. Übrigens ... auch Ehemänner werden überwacht. Und auch sie sind nicht alle schuldig.«

»Dann tun Sie ja ein gutes Werk«, meinte Melanie. »Falls Ihre Kunden Ihnen glauben.«

»Wie meinen Sie das?«

»Na ja ... Manche Menschen glauben einem auch dann nicht, wenn man Ihnen die Wahrheit beweist. Sagen Sie ... angenommen, eine dieser Ehefrauen – oder einer der Ehemänner – findet die Fotos oder eine Kassette ... und geht damit zum Anwalt. Ist das nicht ein Scheidungsgrund, wenn man nachweisen kann, dass der eigene Partner einen überwachen lässt?«

Felix zuckte die Achseln, Wolf schaute Melanie misstrauisch an.

Und wieder ihr Lächeln, das sich so leicht herbeizaubern ließ, seit sie aufgetaucht war aus ihrer finsteren Verzweiflung. Es war wie Schwimmen. Vorwärts ... vorwärts ... die Strecke berechnend, die Kräfte einteilend, das Ziel vor Augen. Jetzt, während des Gesprächs mit diesen beiden

Männern, die so rücksichtslos in ihrem Leben herumgestochert hatten, befand sie sich in freiem Gewässer. Eine Trainingseinheit, bevor es ernst wurde.
»Ich bin richtig froh«, sagte sie zu Felix, »dass ich zu Wolf vollstes Vertrauen haben kann. Und er zu mir.« Sie legte einen Arm um Wolf und schmiegte sich an ihn. Und spürte, wie sein Herz schnell und hart gegen die Rippen schlug. Seine Hände waren eiskalt.

Natürlich würde Wolf sofort am nächsten Tag nach der Kassette suchen. Sie stellte sich vor, wie er die Schranktür in seinem Büro öffnete, den Umschlag herausnahm und schon von außen fühlte, dass die Kassette fort war. Seit wann? Und wo befand sie sich? Nun, hier, verborgen in einer kleinen braven Strumpfpackung in der Schublade ihrer Wäschekommode. Wolf hatte sie erst vor ein paar Tagen inspiziert und lediglich stirnrunzelnd ihre halterlosen schwarzen Strümpfe mit dem breiten Spitzenbesatz betrachtet. Als sie ins Zimmer trat, tat er so, als vermisse er bestimmte schwarze Socken, und sie war so freundlich, ihm bei der Suche behilflich zu sein.
Sie bereitete ein Nudelgericht mit Kräutern, Pilzen, gehacktem Fleisch und Knoblauch vor und deckte den Tisch mit dem bunten Keramikgeschirr ihrer Mutter. Am Ende stellte sie in die Mitte des Tisches eine Flasche mit einer prachtvollen Feuerlilie, setzte der Büste des gläsernen Menschen jenen Strohhut auf, den sie damals in Rom getragen hatte, und legte das Kettchen mit dem silbernen Delfin um den gläsernen Hals. Sie löschte das Deckenlicht, schaltete nur die beiden Lampen am Sockel

der Büste an und entzündete sämtliche Kerzen, die im Zimmer standen. Anschließend blickte sie sich noch einmal aufmerksam um. Ja, alles in Ordnung, sie konnte sich nun also dem Terminkalender widmen. Sie trug für Freitag, dies war in drei Tagen, ein Treffen mit Werner Schmitt ein, sechzehn Uhr, privat. Für die darauf folgende Woche vermerkte sie zwei Reisetage. »Köln – Interview – ›Hotel Residenz‹!« Dann rief sie die Rezeption des Hotels an und bestellte ein Doppelzimmer. Seit der Geschichte mit Werner Schmitt hatte Wolf sie nie mehr auf ihre Eintragungen im Kalender hin angesprochen, aber sie war sich sicher, dass er die Notizen ständig kontrollierte. So wie sie wusste, dass er sich an ihrem PC und ihrem Handy zu schaffen machte und ihre Mantel- und Kleidertaschen durchsuchte; einmal hatte sie ihn sogar beobachtet, wie er ihre Unterwäsche aus dem Wäschekorb nahm und sie genau betrachtete, er roch sogar daran. Klugerweise lag auch ihre neue schwarze Spitzengarnitur im Korb, und er mochte sich wohl gefragt haben, wann sie diese getragen hatte, denn er hatte sie noch nie an ihr gesehen. Sie bemerkte auch, dass sein nervlicher Zustand sich von Tag zu Tag verschlechterte. Wenn er sich unbeobachtet glaubte, hielt er die Hände hoch und starrte auf seine zitternden Finger. Oder er schüttelte Arme und Beine und rieb und kratzte die Haut, bis sie feuerrot war.

Sie schenkte sich ein Glas Wein ein und wartete auf Wolfs Anruf, der kommen musste so sicher wie das Amen in der Kirche. Schließlich wollte er in Erfahrung bringen, ob sie zu Hause war, damit auch er seinen Plan für den heutigen Tag realisieren konnte. Den Besuch in ihrer alten Woh-

nung, beispielsweise, um nach der Kassette zu suchen. Sie mischte gerade den Salat, als das Telefon klingelte.
»Hallo, Liebes. Wollte nur mal hören, wie es dir geht.«
Sie blickte auf das Display. Er rief von seinem Handy aus an, also befand er sich bereits in ihrem Apartment.
»Ich koche gerade«, sagte sie.
»Bei mir wird es noch ein wenig dauern. Nicht zu lange. Höchstens eine halbe Stunde.«
»Bist du noch im Büro?«
Er zögerte. »Ja. Aber im Aktenraum. Deshalb rufe ich über Handy an.«
»Na, dann wird dir ein Glas Wein gut tun, wenn du nach Hause kommst. Um den ganzen Staub hinunterzuspülen, du Ärmster.«
Sie legte auf. Wenn er die Kassette nicht in ihrer Wohnung fand, würde dies seine Unruhe steigern. Er würde sich fragen, ob er nicht langsam den Verstand verlor. Aber sie empfand kein Mitleid, nur Trauer. Auch sie hatte ihre fünf Sinne beisammen halten müssen, als er das Kettchen ins Badezimmer legte, die Lilie auf den Tisch stellte und ihre Lieblingsmusik am Telefon abspielte.
Als er kam, legte sie diese Musik auf. Schostakowitsch. Der Walzer aus der Jazz Suite No. 2.
»Schön, dass du da bist.« Sie umarmte ihn.
Er starrte die Lilie an, sein Gesicht wurde bleich. »Sogar Blumen ...«, entrang er sich.
»Meine Lieblingsblume, erinnerst du dich? Mein Vater schenkt sie mir immer zum Geburtstag, einmal hat er mir einen Stängel sogar in meine Wohnung gestellt, um mich zu überraschen.« Sie strich ihm zärtlich über die Wange.

»Wahrscheinlich als Trost, weil ich so unglücklich war über unsere Trennung.«

Er ließ sich auf einen Stuhl sinken, und sie schenkte ihm ein Glas Wein ein. Sofort griff er danach und leerte es auf einen Zug.

»Anstrengender Tag?«

Er lachte unfroh. »Ja, kann man wohl sagen.« Er entdeckte die verkleidete Büste. Das Kettchen mit dem kleinen Delfin schimmerte im Licht der Sockellampen, und er blickte Melanie fragend an.

Sie lachte. »Ich hatte den Eindruck, du kannst meinen ›Gläsernen Menschen‹ nicht leiden, nackt, wie er war.«

Er sparte sich die Antwort. »Und deine Lieblingsmusik«, murmelte er.

»Nachholbedarf.« Sie lächelte schelmisch. »Ich habe die CD nicht mitgenommen, als ich ausgezogen bin.«

Er fixierte sie und kratzte mit dem Daumen über seine linke Hand.

»Was ist?«

Er schüttelte den Kopf. »Nichts.«

Sie trug das Essen auf und redete die ganze Zeit. Erzählte, dass sie Sarah im Rundfunkcasino getroffen habe, dass aber kein Gespräch zustande gekommen sei, weil Sarah es angeblich so eilig hatte. Dass seine Mutter auf einen Anruf von ihm warte und dass die Reise ihres Vaters nach Indien und Pakistan auf Ende April, Anfang Mai verschoben sei.

»Kann er sich das überhaupt leisten?«, fragte Wolf. »Wie viel verdient man eigentlich mit dem ganzen Krempel, ich meine ...« Er wurde rot. »Mit diesen Objekten. Wird sich

ja kaum ein Mensch ins Wohnzimmer stellen.« Er sah zu der Büste hinüber und setzte spöttisch hinzu: »Außer uns.«
Melanie zupfte ihn am Ohr. »Höre ich da vielleicht Ironie heraus? Aber im Ernst. Vater sagt immer, dass es für ihn leichter ist, davon als damit zu leben. Nun ja. Für die Aktionen erhält er Realisierungshonorare. Aber die Bildkästen gehen auch an Privatleute. Du würdest dich wundern. Architekten, Rechtsanwälte, Psychologen, Ärzte.«
Sie sah, wie sein Gesicht sich verfinsterte.
»Wie du von ihm sprichst ... wie von einem Halbgott. Du hättest eben einen Künstler heiraten sollen und nicht mich«, setzte er bissig hinzu.
Sie hob betont überrascht die Brauen. »Du wirst doch nicht auf meinen Vater eifersüchtig sein?«
»Hat schon mehr Töchter gegeben, die in ihren Vater regelrecht verliebt waren.«
»Söhne auch. In ihre Mütter.«
Sie sah, wie die Ader auf seiner Stirn anschwoll. »Lass meine Mutter aus dem Spiel!«
»Aber, Wolf«, sagte sie begütigend. »Ich meine doch nicht dich und deine Mutter.« Sie legte ihre Gabel weg, ging zu ihm und setzte sich auf seinen Schoß. Küsste ihn auf die Augen, auf den Mund und fühlte, wie seine Muskeln sich verkrampften.
»Was hast du?«
»Nichts, nur ...« Plötzlich schlang er seine Arme so heftig um sie, dass sie kaum noch atmen konnte. »Ich liebe dich so. Aber du bist sehr ... weit weg.«
»Nein«, flüsterte sie. »Ich bin ganz nah. Spürst du es nicht?«

Er umklammerte sie noch fester.
»Schlaf mit mir«, sagte sie leise.
»Ich ... nein, ich ... kann nicht.«
»Aber ich möchte es so gerne ... und du doch auch.«
»Ich fühle mich nicht wohl. Bin wahrscheinlich total überarbeitet.«
Sie entwand sich seinen Armen. »Ja, dann ...«, erwiderte sie kühl, setzte sich und aß weiter.
Er stand wortlos auf und ging aus dem Zimmer. In die Küche, um einen dreifachen Cognac zu trinken, dachte sie. Sie kaute Bissen für Bissen und hörte, wie er die Küche wieder verließ und im Flur kurz stehen blieb. Die Einträge im Terminkalender. Als er wieder ins Zimmer kam, tat sie, als beschäftige sie sich mit dem Rest der Nudeln und Pilze, der noch auf ihrem Teller lag.
»Du triffst dich wieder mit diesem Werner Schmitt?«
»Was?« Sie hob den Kopf.
»Dieser Redakteur. Werner Schmitt. Hast du noch Fragen an ihn?«
»Ja.«
»Privater Art«, warf er höhnisch hin.
»Wie bitte?«
»Du triffst dich mit ihm privat.«
»Richtig. Nicht im Sender, sondern bei ihm zu Hause.«
»Und nächste Woche fährst du nach Köln und übernachtest dort.«
»Ich besuche Filmstudios.«
»Zwei Tage lang?«
»Man dreht dort viele Fernsehserien. Ich schreibe einen Artikel über die neue Filmstadt Köln.«

»Ah, ja. Scheinst ja eine begehrte Interviewpartnerin zu sein.«
»Was soll das? Ich beschwere mich doch auch nicht, wenn du beruflich verreist.«
»Ich verreise aber nicht.«
»Ja, warum eigentlich nicht? Früher musstest du öfter mal für einige Tage weg.«
»Ich werde hier gebraucht.«
»Manche Reisen sind eben unabdingbar. Ich lasse dich nicht gern allein, das darfst du mir glauben.«
Er schaute sie misstrauisch an, weit davon entfernt, beruhigt zu sein.
»Ich bin zu dir zurückgekommen, Wolf«, sagte sie ernst.
Seine Lippen zuckten. »Wenn ich nur wüsste, warum?«
»Das fragst du noch?«
»Sag es mir!«
»Weil ich das Gefühl hatte, dass es mir erst wieder besser gehen würde, wenn ich hier bei dir bin.«
Er nahm ihre Hand und schob seine Finger zwischen die ihren. »Entschuldige, dass ich dich so bedränge. Aber ... aber du bist und bleibst nun mal die Einzige für mich. Nur du. Für immer. Vergiss das nicht!«
»Wie könnte ich das je vergessen?«, antwortete sie und merkte, wie ihr Tränen in die Augen stiegen.
Ihre Tränen überzeugten ihn, und die Trauer darüber schnürte ihr fast das Herz ab. Er dachte, sie weine aus Liebe. Dabei weinte sie um ihre verlorene Liebe. Und um das, was hätte sein können. Sie weinte um ihn – und um sich.

Am Freitagmorgen hängte sie ihren neuen Hosenanzug und ein raffiniert geschnittenes Top gut sichtbar an die Tür des Kleiderschranks, bevor Wolf aus dem Badezimmer kam. Sie hantierte bereits in der Küche, als er, fertig angekleidet, hereinkam und sich eine Tasse Kaffee einschenkte.

»Hast du heute etwas vor?«

»Büroarbeit. Und am Nachmittag treffe ich mich mit dem Redakteur. Um vier.«

»Ah, ja. Das private Treffen.« Ein sarkastisches Lächeln.

»Er hat nun mal das Büro in seiner Wohnung.«

»Wo denn?«

»In der … wart mal … in der Birkenfeldstraße. Warum?«

»Und wo ist das?«

»Keine Ahnung. Aber ich habe ja mein tolles Leitsystem im Auto.« Sie küsste ihn auf die Wange. »Dank meines aufmerksamen Ehemanns.«

Er trank schweigend seinen Kaffee und schüttelte den Kopf, als sie ihm ein Toastbrot streichen wollte. Bevor er ging, verschwand er noch einmal im Badezimmer. Längst hatte sie seinen Tablettenvorrat entdeckt und die Beipackzettel studiert. Einmal hatte sie auch versucht, mit ihm über seine Beschwerden zu sprechen, immer noch die vage Hoffnung im Herzen, er würde sich zu einem Besuch bei einem Therapeuten überreden lassen. Doch seine Reaktion fiel derart heftig aus, dass sie nie mehr die Sprache darauf brachte. Er sei völlig in Ordnung, hatte er ihr entgegengehalten. *Sie* sei es, die ihm so zu schaffen mache.

In der Tiefgarage schaltete sie das Leitsystem ein und fuhr kurz nach halb vier in die Innenstadt. Sie blickte immer wieder in den Rückspiegel, um zu prüfen, ob Wolf oder Felix ihr folgten, war sich aber fast sicher, dass ihre Sorge unbegründet war. Wolf kannte ihr vermeintliches Ziel. Sie parkte vor einem großen Supermarkt und ließ sich von einem Taxi zum Standplatz an der Birkenfeldstraße bringen. Schon ein paar Tage vorher hatte sie ein Café ausgemacht, das am Ende der Straße lag und es ihr ermöglichte, das Einfamilienhaus, in dem jener ominöse Werner Schmitt wohnte, zu beobachten. Und richtig. Eine halbe Stunde später bog Wolfs Auto um die Ecke und parkte gegenüber dem Haus. Sie sah, wie er unablässig zum Haus hinüberstarrte und sich kaum bewegte, so angespannt schien er.

Die Zeit verging. Gegen sechs Uhr stieg er aus, blickte sich mit grimmigem Gesicht um und eilte über die Straße. Ganz kurz studierte er das Namensschild und hielt seinen Daumen auf die Klingel. Ein Mann, um die sechzig, kahlköpfig und ziemlich korpulent, öffnete und war gerade dabei, sein Hemd zuzuknöpfen. Ein kurzer Wortwechsel, dann redete Wolf sehr heftig auf den Mann ein. Dieser schüttelte ratlos den Kopf. Wolf versuchte, über seine Schultern ins Innere des Hauses zu sehen, er drängte den Mann beiseite und fuchtelte aufgeregt mit den Armen. Da zog der Mann ein Handy aus der Hosentasche und schien mit der Polizei zu drohen. Wolf zögerte. Der Mann schlug ihm die Tür vor der Nase zu.

Melanie bezahlte, verließ das Café und verschwand um die Straßenecke. Der Taxistandplatz lag nur wenige

Meter entfernt. Sie ließ sich zu ihrem Wagen zurückbringen und fuhr nach Hause.
Er erwartete sie bereits in der Tiefgarage. Das Gesicht hochrot, stand er mit verschränkten Armen auf dem für sie reservierten Parkplatz. Sie stieg aus und blickte ihn mit großen Augen an.
»Wolf. Ist etwas passiert?«
»Woher kommst du?«
»Aber das weißt du doch! Ich war mit diesem Werner Schmitt verabredet.«
»Du lügst.«
»Wie bitte?«
»Er hat behauptet, dich gar nicht zu kennen.«
»Du hast mit ihm gesprochen?«
»Ich war da«, brüllte er. »Hast du dich in seinem Schlafzimmer versteckt? Musstest du erst deine Unterwäsche zusammensuchen? Oder warst du gerade unter der Dusche?«
Sie ließ entmutigt die Schultern sinken, schüttelte den Kopf und wollte ihren Wagen abschließen, aber er hielt sie davon ab.
»Dann wollen wir doch einmal sehen, wohin du gefahren bist!«
Er schubste sie zur Seite, öffnete die Autotür, setzte sich auf den Fahrersitz und schaltete das Leitsystem ein. *Birkenhainstraße 12*. Triumphierend deutete er auf das Display.
»Also doch! Und er arbeitet auch nicht für einen Fernsehsender. Er ist Versicherungsmakler. Für wie blöd hältst du mich eigentlich?«

»Ja, ich war in der Birkenhainstraße. Bei ihm. Wir hatten nur ein kurzes Gespräch. Dann bin ich wieder gegangen.«
»Warum behauptet er dann, dich nicht zu kennen?«
»Das kann nicht sein. Wie sah er denn aus?«
Wolf hievte sich aus dem Wagen und schlug die Tür zu. Sein Atem ging flach, er schien kurz davor, vollends die Beherrschung zu verlieren. »Beschissen sah er aus. Stehst du jetzt auf alte Glatzköpfe?«
Sie trat einen Schritt zurück und sagte eisig: »*Mein* Werner Schmitt ist um die dreißig, fünfunddreißig. Ich weiß nicht, mit wem du gesprochen hast und was hier überhaupt abläuft, ich weiß nur, dass du mir völlig verrückt vorkommst.«
»Das hättest du wohl gern. Aber ich *war* in der Birkenfeldstraße, mein Schatz, und du warst auch dort.«
»Birkenhainstraße«, verbesserte sie ihn.
Er stutzte.
»Ich war bei Werner Schmitt in der Birkenhainstraße.«
Er runzelte die Stirn und versuchte, in ihrem Gesicht zu lesen.
»Wolf. Was ist denn nur los mit dir?«
Sie registrierte genau, wie er die Zähne zusammenbiss und seine Hände zu Fäusten ballte. Er öffnete die Autotür und entzifferte den Straßennamen, der auf dem Display noch immer deutlich sichtbar war. *Birkenhainstraße 12.* Mit einem Schwung schlug er die Autortür wieder zu, seine Stimme überschlug sich vor Zorn. »Ich habe keine Ahnung, was für ein übles Spiel du hier treibst. Aber ich finde es heraus.« Er machte auf dem Absatz kehrt und wollte zum Lift gehen.

Sie hielt ihn fest. »Jetzt reicht es mir aber. Du spionierst mir nach, du findest nichts, weil du dich offensichtlich getäuscht hast, und machst mir hier eine Szene.«
Er wurde unsicher, vor allen Dingen, weil er es nicht gewohnt war, dass sie ihn so heftig anfuhr.
Sie zog den Autoschlüssel ab. Wortlos ging sie vor ihm her zum Lift, wortlos fuhren sie nach oben. In der Wohnung holte sie das Telefonbuch, schlug den Buchstaben Sch auf und tat so, als suche sie die diversen Telefonbenutzer namens Schmitt. Dabei wusste sie genau, wo die beiden Schmitts zu finden waren, um die es in ihrem Streit ging. Sie deutete auf zwei Einträge, die direkt untereinander standen. »Werner Schmitt, Birkenfeldstraße«. Und »Werner Schmitt, Birkenhainstraße«. Mit verächtlichem Blick schob sie ihm das Telefonbuch hin und sagte: »Nichts als ein blöder Zufall. Aber auch wenn ich bei dem alten Glatzkopf gewesen wäre, wie du dich ausdrückst – wieso sollte ich mit ihm ins Bett gehen?«
Er las genau und gründlich. Dann blickte er sie an. Hinter seiner Stirn arbeitete es. »Ich weiß, dass die Männer hinter dir her sind. Und ich weiß, dass du schlecht Nein sagen kannst. Mit mir wolltest du ja auch schon am ersten Abend ins Bett gehen.«
»Weil ich mich in dich verliebt hatte.«
»Du verliebst dich schnell.«
Sie ließ ihn stehen und schenkte sich in der Küche ein Glas Wodka ein. Gerade als sie das Glas an den Mund setzen wollte, kam er ihr nach. Es herrschte eine bedrückende Stille zwischen ihnen. Sein Gesicht erschien ihr nun weich und blass, doch seine Augen erschreckten sie mehr, als sie

sich eingestehen wollte. Stechend und misstrauisch, unverhüllt drohend. Sie gab sich gelassen, aber ihr Herz schlug schneller und schneller.
»Du liebst mich also«, sagte er mit einer Stimme so leise, dass sie seine Worte fast nicht verstand.
»Ja. Trotz allem.« Sie tat so, als wolle sie zum Kühlschrank gehen.
Er war so rasch bei ihr, dass sie einen leisen Schrei ausstieß. »Dann schlaf mit mir! Jetzt. Sofort.«
Ihr drehte sich fast der Magen um, so sehr fürchtete sie sich vor dem, was kommen würde. Aber war dies nicht genau die Situation, die sie hatte herbeiführen wollen?
Ohne ein weiteres Wort ging sie ins Schlafzimmer, er folgte ihr, so dicht, dass sie seinen Atem im Nacken spürte. Mit hartem Griff umfasste er sie und zog sie in einer Umarmung aufs Bett.

Lange stand sie hinterher unter der Dusche und ließ so heißes Wasser über ihren Körper fließen, dass der Dampf den Spiegel blind machte und sie fast nichts mehr sah. Diese Gewalt, die von ihm ausgegangen war. Zu einem Liebesakt schien er nicht mehr fähig. Wohl aber zu einer unsäglichen Machtanstrengung, die ihn stark und rücksichtslos werden ließ und mit der er glaubte, ihren Körper und damit auch sie besitzen zu können. Sie hatte vor Angst gezittert, aber ihr Stöhnen und Schluchzen hatte er für Leidenschaft gehalten, sodass er fast explodierte in seinem Bemühen, sie völlig zu beherrschen. Sie hatte nach Luft gerungen und sich nur noch gewünscht, ins Leere zu fallen, während er sie küsste und biss. Und so sehr sie ihn auch verabscheute, so sehr erfüllten sie Hass und Freude. Hass, weil er ihr dies antat, Freude, weil er, ohne es zu ahnen, ihren Spielregeln folgte und nicht den seinen.

Deshalb erschien es auch folgerichtig, dass er nur ein paar Tage später in ihrem Hotel in Köln auftauchte und darauf lauerte zu erfahren, mit wem sie das Doppelzimmer bewohne. Sie harrte in ihrem Zimmer aus, bis er kam, bis er mit der Faust gegen die Tür donnerte und sie aufforderte, sofort zu öffnen. Als er sie allein vorfand, umgeben von Arbeitsmaterial, brach er zusammen.

»Wieso tust du das?«, schluchzte er. »Wieso mietest du ein Doppelzimmer, damit ich glaube, du bist nicht allein?«

Sie erklärte ihm geduldig wie einem Kind, dass sie oft ein Doppelzimmer buche, preislich sei da so gut wie kein Unterschied, aber die Räume seien größer und wohnlicher. Das Problem sei nicht, dass sie etwas tue oder nicht tue, das Problem sei, dass er keinerlei Vertrauen zu ihr besitze.

»Wenn es dir gelingt, mir einmal, nur einmal in deinem Leben zu vertrauen, dann haben wir das Schlimmste überstanden«, argumentierte sie.

»Ich würde dir gern vertrauen, oh, ja, sehr gern.« In seinen Augen flackerte ein so irres Licht, dass sie instinktiv zur Tür schaute. »Aber du bist labil. Man muss dich vor dir selbst schützen. Verstehst du das, Melanie? Ich liebe dich so sehr, dass ich dich beschützen will. Vor anderen und vor dir selbst.«

Sie hatte genickt und gelächelt und ihn fast mechanisch an sich gedrückt. Ihre Furcht vor dem, was kommen mochte, steigerte sich so sehr, dass sie meinte, der Boden unter ihr beginne zu schwimmen. Sie entschuldigte sich, ging ins Badezimmer und übergab sich.

Lediglich durch einen Zufall erfuhr sie, dass Wolf nur noch sporadisch für die Kanzlei arbeitete. Sie stand in einer Buchhandlung an der Kasse und wartete darauf, zahlen zu können. Als sie sich kurz umwandte, lächelte ein älterer Mann sie an und stellte sich als Dr. Jakob Fincke vor. Er kenne sie von dem Foto, das auf Wolfs Schreibtisch stehe. Und er bedauere außerordentlich, dass es seinem jungen Kollegen nervlich und körperlich so schlecht gehe, dass sie sich auf eine freie Mitarbeit geeinigt hätten. »Schrecklich, so ein Virus«, meinte er, aber sein Blick fuhr forschend über ihr Gesicht, und sie ahnte, dass er Auskunft erhoffte.
»Wir fahren bald in Urlaub«, wiegelte sie ab. »In ein paar Wochen. Nach Korsika. Da kann mein Mann sich gründlich erholen ... hoffe ich wenigstens«, setzte sie zweifelnd hinzu, um in vertraulichem Ton fortzufahren: »Wissen Sie, das Schlimmste sind die Depressionen. Er leidet so sehr unter der Situation, vor allen Dingen der beruflichen, dass er oft ganz mutlos ist. Ich mache mir wirklich Sorgen um ihn.« Sie lächelte angestrengt und zahlte, bevor Fincke sie in ein längeres Gespräch verwickeln konnte.

Eine Woche später fing Sarah sie nach einer Redaktionssitzung im Rundfunk ab und bedeutete ihr, dass sie sie unbedingt sprechen müsse.
»Wenn du wieder unter irgendeinem fadenscheinigen

Vorwand absagst, komme ich zu dir und Wolf in die Wohnung«, drohte sie. Also machte Melanie sich auf, um Sarah in dem kleinen vietnamesischen Lokal zu treffen, das sie auch schon mit Frank besucht hatte. Zuerst vergewisserte sie sich, dass Wolf an diesem Abend mit Felix zum Squashen verabredet war. Er glaubte, sie sei zu Hause. Sollte er allerdings vor ihr zurückkehren, hatte sie das Problem, erklären zu müssen, wo sie gewesen war.

Sarah wartete bereits auf sie. »Eine schöne Freundin bist du! Brichst den Kontakt zu mir ab, ohne zu erklären, warum. Dabei hätte ich dich so nötig gebraucht.«

»Aber ich habe dir doch gesagt, dass Wolf und ich an unseren Problemen arbeiten und wir uns deshalb ein wenig abschotten müssen gegen den Rest der Welt.«

»Ach? Praktiziert ihr jetzt den absoluten Egoismus zu zweit? Da passt ihr ja gut in unsere heutige Zeit.«

»Bitte, Sarah, sei nicht ungerecht!«

Sarah seufzte und zuckte die Achseln. Sie gaben ihre Bestellung auf. Als sie wieder allein waren, lehnte Sarah sich zurück.

»Jimmy hat mir alles erzählt«, begann sie. »Wir haben ein paar schlimme Monate hinter uns, aber wir haben es überstanden.« Sie blickte Melanie in die Augen. »Er hat mir auch von Wolfs Brief berichtet. Und ich habe mit Frank und Philip gesprochen. Wir sind zu der Überzeugung gekommen, dass du dich von uns distanzierst, um uns nicht in Gefahr zu bringen. Ist es so?«

Melanie nahm einen Schluck Wein. »Zuerst ja. Aber nun nicht mehr.«

»Und was ist jetzt der Grund?«

»Ich habe mit Wolf einen neuen Anfang gemacht.« Sie lächelte Sarah bittend an. »Wir brauchen noch Zeit. Ich weiß, dass ihr das nicht versteht. Aber ich kann meine Ehe nicht so mir nichts, dir nichts aufgeben.«

»Er ist krankhaft eifersüchtig und er ist gefährlich.«

»Er hat noch nie einem Menschen etwas zuleide getan«, erwiderte Melanie. Was für eine Lüge!, dachte sie.

»Und die Briefe?«

»Er hätte nicht wahr gemacht, was er da so zwischen den Zeilen angedroht hat.«

Sarah schrie fast bei den folgenden Worten. »Bist du übergeschnappt? Oder ist er so gut im Bett, dass du völlig den Verstand verloren hast?«

»Sarah. Ich habe Mitleid mit ihm. Deshalb gebe ich ihm noch einmal eine Chance.«

»Und dafür musst du unsere Freundschaft opfern«, erwiderte Sarah bitter. »Nicht einmal deinen Geburtstag haben wir zusammen gefeiert.«

»Der siebente März ist auch mein Hochzeitstag«, verteidigte sich Melanie und unterdrückte ihre aufsteigende Panik, weil sie sich erinnerte, wie gespenstisch der Abend verlaufen war, den sie mit Wolf vor einigen Wochen verbracht hatte. Seine Geschenke, seine Blumen, sein irres Gerede von der immer währenden Liebe, von Einssein und Treue bis in den Tod. In der Nacht war sie weinend aus einem Traum erwacht und hatte lange im Badezimmer ihr Gesicht im Spiegel studiert, das blass und zerknittert war und noch nass von Tränen und Schweiß.

Sie nahm ein Brötchen aus dem Korb, aß es aber nicht.

»Nie und nimmer würde ich unsere Freundschaft opfern.

Sieh mal ... Ende Mai fahren wir für ein paar Wochen nach Korsika. Ich habe dort ein Haus gemietet, direkt am Meer. Da kann Wolf sich erholen, es geht ihm nicht gut, vor allen Dingen seelisch. Er grübelt den ganzen Tag, ist so niedergedrückt ... Aber wenn wir zurück sind, wird er einen Therapeuten aufsuchen, er hat es mir versprochen.«

»Und du glaubst ihm?«

»Natürlich.«

»Du bist unverbesserlich«, seufzte Sarah.

Melanie redete eindringlich auf ihre Freundin ein. »Hab noch ein paar Wochen Geduld! Versprichst du mir das?«

Sarah nickte zögernd.

»Alles wird wieder wie früher. Und jetzt erzähl mir, wie es Frank und Philip geht!«

Sarah berichtete, Frank sei auf der Suche nach einem Pflegeheim für seine Mutter. Sein Stiefbruder sei verurteilt worden, habe aber mit keinem Wort verraten, in welchem Maße Frank in die Betrugsfälle verstrickt gewesen sei. »Anständig von ihm. Ja ... und Philip liegt mir ständig in den Ohren, mich um dich zu kümmern. Ich habe den Eindruck, er täte es lieber selbst, aber er sagt, du hast auch ihn gebeten, dich unter keinen Umständen anzurufen.«

»Das ist richtig.«

»Warum?«

»Weil die Sache zu Ende ist.«

Sarah blickte sie mit zusammengekniffenen Augen an. »Und du empfindest überhaupt nichts mehr für ihn?«

Melanie war versucht zu lachen. Nein, Empfindungen,

gleich welcher Art, konnte sie sich derzeit nicht leisten. Sie erinnerte sich an das Gefühl, das sie vor langer, langer Zeit hatte, wenn sie einen Wettkampf schwamm. Diese völlige Konzentriertheit auf ein einziges Ereignis. Und die Erkenntnis, dass es nur darum ging, das Rennen zu beenden.

Vor dem Lokal verabschiedeten sie sich mit einer Umarmung.

»Grüß Jimmy von mir!«, sagte Melanie.

»Ich dachte die ganze Zeit, du willst wegen Jimmys Vergangenheit nichts mehr mit uns zu tun haben.«

»So ein Unsinn!«, erwiderte Melanie und widerstand ihrem Drang, sich umzusehen, ob Wolf in irgendeiner Toreinfahrt stand und sie beobachtete. Als Sarah leicht und schnell davonschritt, sah sie ihr nach und kam sich völlig ausgegrenzt und einsam vor. Bleib hier und hilf mir!, wollte sie Sarah nachrufen. Sie ballte ihre Hände zu Fäusten und stöhnte auf. Wie immer alles enden mochte – sie musste es tief in sich verschließen. Für immer.

Am nächsten Tag kaufte sie zwei Wellensittiche, ein Pärchen, und stellte den Vogelkäfig ans Fenster. Wolf trat, eine Flasche Wein in der Hand, ins Wohnzimmer und blieb wie unter Schock stehen. Die beiden Vögel, das Weibchen grün, das Männchen taubenblau, klammerten sich vergnügt an die Gitterstäbe, flatterten auf die Schaukel, sie zwitscherten und schnäbelten, und Melanie wandte sich mit strahlendem Gesicht an Wolf und sagte: »Sind sie nicht süß?«

Er hielt den Atem an, doch sie tat, als bemerke sie es nicht

und zog ihn vor den Käfig. »Ich wollte schon immer ein Haustier haben, am liebsten eine Katze. Aber ich müsste sie den ganzen Tag allein lassen, also dachte ich mir, ein Vogelpärchen wäre nicht so einsam.«
Er begann zu lachen, konnte nicht mehr damit aufhören und ließ sich auf die Couch sinken, die Weinflasche noch immer in der Hand.
»Was hast du denn?«, fragte Melanie und lachte auch ein wenig, um ihm zu bedeuten, dass seine Reaktion sie belustige. Sie setzte sich neben ihn. »Ich hatte als Kind mal einen Wellensittich. Er war so zutraulich. Er setzte sich auf meine Schulter, wenn ich aß, wenn ich ihn rief, flog er zu mir und landete auf meinem ausgestreckten Finger.« Sie blickte betont liebevoll zum Vogelkäfig. »Weißt du, wie ich die beiden genannt habe? Felix und Frieda. Sieh nur, wie gut sie sich verstehen! Wenn ich einen Nistkasten anbringe, wird das Weibchen Eier legen. Dann kriegen wir Nachwuchs. Wir erweitern die Familie«, sagte sie lächelnd. »Ist das nicht ein sehr gutes Omen?«
Er richtete die Augen auf sie, der Blick gedankenleer. »Felix und Frieda«, wiederholte er und begann wieder zu lachen. Dann fasste er sich. »Ein gutes Omen wofür?«
»Nun ja«, sagte sie verlegen. »Vielleicht ändern wir unsere Meinung. Ich glaube, ich hätte doch gern ein Kind gehabt. Stell dir vor ...« Sie atmete tief durch und nahm seine Hand. »Ein Baby. Wär' das nicht wunderschön?«
»Du weißt, dass ich keine Kinder will«, antwortete er gepresst und entzog ihr seine Hand.
»Aber ...«
»Nein. Ende der Diskussion.«

Sie blickte ihn nachdenklich an, dann nickte sie widerstrebend. Er öffnete den Wein. Sie brachte Gläser, und er schenkte ein. Mühsam, wie um vom Thema abzulenken, sagte er: »Anna hatte auch zwei Wellensittiche.«
»Deine Anna?«
»Sie war nicht *meine* Anna«, entgegnete er erbost.
»Entschuldige ...«
»Sie hat mit diesen beiden Viechern mehr Zeit verbracht als mit mir. Gab ihnen auch mehr Liebe als mir.«
»Aber, Wolf. Du kannst doch die Liebe zu einem Mann nicht mit der Liebe zu Tieren vergleichen!«
»Ich will Liebe überhaupt nicht vergleichen müssen. Und auch nicht teilen.« Er rieb sich mit nervösen Fingern über seine Arme, seine Füße wetzten unruhig hin und her.
Sie murmelte: »Nun gut, Wolf. Ich *liebe* die Vögel ja nicht. Ich finde sie nur nett.«
»Bring sie zurück!«
»Und wenn ich es nicht tue? Gehst du dann her und lässt sie davonfliegen? Das darfst du nicht tun, hörst du? Sie würden sterben.«
Seine Lippen öffneten sich, als wolle er antworten. Dann schien die Erinnerung ihn einzuholen, jener Moment, als er die Käfigtür für Annas Vögel öffnete. Er legte die Hand um ihr Kinn und zwang sie, ihn anzusehen. Ihre Augen waren sich ganz nah. »Was ist hier los?«, flüsterte er.
Sie hielt seinem Blick stand. »Ich habe nur Wellensittiche gekauft.«
Er bewegte seine Schultern, immer wieder, er sah aus, als seien seine Sinne nicht mehr bei ihm, sondern abge-

spalten. »Du wirst es nicht schaffen, irgendetwas zwischen uns zu stellen.«
»Aber das will ich doch gar nicht. Und warum auch? Weil ich zwei Vögel gekauft habe?«
»Alles wiederholt sich, alles wiederholt sich ...« Er blickte ins Leere. Ein flüchtiges Lächeln huschte über sein Gesicht.
Doch jäh war der unheimliche Augenblick vorüber. Kühl sagte er: »Ich habe eine Allergie. Hier, sieh meine Hände ...« Er streckte ihr seine Hände hin. »Tierhaare ... Federn ... Das juckt und brennt, nimmt mir den Atem ... Es tut mir Leid, Liebling.«
Sie brachte die Wellensittiche zu einer Kollegin, die schon vorher zugesagt hatte, die Vögel zu nehmen.
»Hast du sie in den Laden zurückgebracht?«, fragte er erleichtert.
»Ich habe sie verschenkt.«
»An wen?«
»An eine Kollegin.«
Er nickte zufrieden, aber so leicht wollte Melanie ihm seinen Sieg nicht machen. »Hat Felix eigentlich etwas über diese Autonummer herausgefunden?«
»Welche Autonummer?«
»Die Nazibrut, du weißt doch.«
»Ach so. Nein. Ein falsches Nummernschild.«
»Vielleicht sollte ich doch zur Polizei gehen«, murmelte Melanie.
»Aber warum denn? Dein Vater ist die nächsten Monate doch gar nicht da.«
»Ja«, gab sie zur Antwort und lächelte maliziös. »All-

mählich sind wir ganz allein, wir beide. Keine Freunde, kein Vater, keine Haustiere, kein Baby ...«
Sie sahen sich ins Gesicht, stumm.

Der Abschied von Jobst fiel ihr schwer. Sie saßen in der Werkstatt, im Flur warteten bereits die gepackten Koffer. Melanie bemühte sich um heitere Gelassenheit, um Jobst so weit zu täuschen, dass er ohne Sorgen seine Reise antreten konnte. Sie schwiegen. In dem grauen Licht der Werkstatt nahmen sich die Bildkästen und Metallobjekte schemenhaft aus, und Melanie erinnerte sich an ihre Kindheit und Jugend, als sie oft still in einer Ecke gesessen und ihrem Vater bei der Arbeit zugesehen hatte.
Er räusperte sich, immer ein Zeichen, dass ihm das, was er sagen wollte, unangenehm war. »Du kennst die Geschichte ja schon, hab sie hundert Mal erzählt. Der größte Einschnitt in meinem Leben war, nachdem ich meine Kriegerdenkmale in der eigenen Werkstatt erstellt habe, immer in dem Glauben, damit auch meinen Pazifismus zum Ausdruck zu bringen. Da kam die Bundeswehr. Helm ab zum Gebet. Als ich alles hinwarf, alles verschleuderte und verbrannte, da dachte ich mir, ich könne eigentlich nur mehr den Strick nehmen oder aber abhauen und wieder ganz von vorn beginnen. Ich hatte den absoluten Nullpunkt erreicht. Heute weiß ich, dass so ein Tiefstand eine Wiedergeburt bedeuten kann. Zerstörung führt oft zur Erneuerung.«
Melanie schwieg. Die Werkstatt lag nun fast im Dunkeln. Ihr Vater fuhr fort: »Dies trifft auch im privaten Bereich zu. Ich weiß nicht, Melanie, was du mit deiner Zukunft

vorhast. Aber ich kenne dich gut genug, um zu ahnen, dass du etwas planst. Ich werde nicht in dich dringen, um zu erfahren, was du tun willst, ich bitte dich nur, sehr, sehr vorsichtig zu sein.«

»Ich werde ihm die Wahl lassen, Papa«, sagte Melanie leise. »Ob er mir vertraut oder nicht. Und mich dann gehen lässt – oder nicht.«

»Und wenn er dich nicht gehen lässt und dir nicht vertraut?«

Melanie gab keine Antwort. Stattdessen lächelte sie ein wenig und deutete auf einen von Jobsts Bildkästen.

»Ist schon komisch. Du verfremdest ganz einfache Gegenstände. Du schneidest eine Geige entzwei, ziehst einen Stacheldraht hindurch und überziehst alles mit einer Blutspur. Ost und West ... die eine schlimme Vergangenheit haben ... und nicht zum Klingen kommen. Ich verfremde auch, Papa. Situationen, mich selbst ... um den Finger in die Wunde zu legen ... und um meine Haut zu retten. Aber mach dir keine Sorgen! Ich bin kein Opfertyp, das zumindest habe ich gelernt über mich die letzten Wochen und Monate.«

Jobst blickte sie besorgt an. »Dein Mann ... er kommt mir vor wie eine tickende Zeitbombe, auch wenn du mich ständig beruhigen willst.«

Melanie nahm alle Kraft zusammen, all ihre Verstellungskunst und sagte beschwörend: »Er liebt mich. Er wird mir nichts antun, Papa. Eher sich selbst.«

»Bist du sicher?«

»Ganz sicher«, gab sie zur Antwort und bemühte sich, selbst daran zu glauben.

## 5

Sie tunkten Mondhörnchen in ihre großen Tassen mit Milchkaffee. Der Platz, von Platanen umsäumt, lag in der Mittagssonne. Die Häuser stiegen schmalbrüstig und abweisend empor, im alten Hafen lagen Fischerboote.
Melanie kannte Korsika wie ihre Westentasche. Schon als Kind war sie mit ihren Eltern hierher gekommen, hatte in einfachen Bungalows am Meer gewohnt, Wanderungen in die Weinberge unternommen, den Monte Cinto bestiegen. Doch sie hatte Wolf verschwiegen, wie vertraut ihr die Insel war, hatte ihm nur erzählt, sie habe ein nettes Ferienhäuschen im Süden gefunden, in einer kleinen, vom Tourismus noch wenig berührten Bucht. Während sich die Hitze in den engen Gassen Bastias staute, saßen sie im Hafen, blickten auf diese seltsam nackten und strengen Häuser, ohne Balkone, ohne Farbe, und ein Schwarm Schwalben stob über die Kronen der Bäume hinweg.
Sie waren von Livorno mit der Fähre gekommen. Wolf blieb wortkarg. Anfangs hatte er sich gesträubt gegen einen Urlaub auf Korsika, obwohl Melanie nur ganz nebenbei erwähnte, sie sei mit ihren Eltern einmal auf der Insel gewesen.
»Ich würde so gern mit dir an einen Ort fahren, an dem du noch mit keinem anderen Menschen warst«, erklärte

er. Erst als sie meinte, sie könne in dieser Abgeschiedenheit beginnen, an ihrem Roman zu arbeiten, wurde er schwankend. Als sie dann auch noch erzählte, sie habe sich damals, einsam am Strand und noch so jung und romantisch, gewünscht, einmal mit dem Mann, den sie liebe, dort zu sein, gab er nach. Für schwülstige Romantik und theatralische Worte hatte er etwas übrig, da war er wie seine Mutter.

Ruths Bild schob sich vor Melanies inneres Auge. Einen Tag vor ihrer Abreise hatte sie Melanie besucht und so getan, als sei sie ganz zufällig vorbeigekommen. Sie sah schlecht aus, hatte dunkle Ringe um die Augen und sprach nervös und abgehackt. Sie mache sich Sorgen um Wolf, er sei so verändert, er besuche sie kaum noch und rede am Telefon unverständliches Zeug, gerade so, als werde er von Gott und der Welt ungerecht behandelt.

Melanie gab sich überrascht. Nein, nein, alles sei in Ordnung bei ihnen, bis auf die Tatsache natürlich, dass Wolf wirklich urlaubsreif sei.

Ruth begann zu weinen. »Es erinnert mich an die Zeit, als er diesen Kummer mit Anna hatte. Er nimmt sich alles so zu Herzen ...«

Sie suchte nach einem Taschentuch und putzte sich die Nase.

»Erzähl mir davon! Ich weiß so wenig darüber.«

»Er konnte nicht mehr essen, nicht mehr schlafen ... Er bekam auch Schwierigkeiten in der Arbeit, er war damals noch in einer anderen Kanzlei. Melanie ...« Sie richtete sich auf. »Als Anna von heute auf morgen verschwand, schickte ich ihn zu unserem Hausarzt und der meinte ...

er meinte, Wolf müsse dringend behandelt werden, er sei so … realitätsfern. Das war natürlich Unsinn, er hatte nur angegriffene Nerven. Aber wenn er das noch einmal durchmachen müsste …« Sie sah Melanie voller Angst an.

»War er als Kind eigentlich eifersüchtig? Auf Alfred? Oder auf andere Menschen, die dir nahe standen?«

»Na ja. Wir hatten eine sehr enge Bindung. Haben immer alles zusammen durchgestanden.« Sie wurde unruhig unter Melanies Blick. »Er konnte es nicht leiden, wenn Alfred mich schlecht behandelte. Diesen Beschützerinstinkt, den hatte er schon immer, auch als Kind, das ist doch nichts Schlechtes. Sicher, meine Freundin mochte er auch nicht, aber das lag an der Freundin. Sie war völlig unfähig, mit Kindern umzugehen. Und dass er so wenig Spielkameraden hatte, daran war ich schuld. Ich hatte ihn gern bei mir zu Hause, wir haben gebastelt, wir sind Rad gefahren oder zum Eisessen gegangen … Ich hatte doch sonst niemanden … und ich konnte ihn so schwer loslassen, meinen kleinen Wolf.«

»Hast du je mit Anna gesprochen? Geklärt, warum sie ihn verlassen hat?«

»Nein«, antwortete Ruth heftig. »Wozu auch? Sie hat ihn nach Strich und Faden hintergangen.« Sie griff plötzlich über den Tisch und krallte sich in Melanies Arm. »Du willst meinen Jungen doch nicht auch verlassen?«

Melanie löste vorsichtig Ruths Hand. »Du hast Angst. Wovor?«

Ruth schluckte. »Damals, als Anna ihn verließ, habe ich tagelang nichts von ihm gehört. Auch im Büro war er

nicht zu erreichen. Dann erhielt ich einen Anruf von Annas Eltern. Sie sagten mir, dass Wolf jede Nacht vor Annas Wohnung stehen würde … und dass er auch sie, die Eltern, am Telefon belästige. Ich wurde fast verrückt vor Sorge. Ich fuhr zu ihm. Er sah schrecklich aus. Er war völlig außer sich.« Sie befeuchtete ihre trockenen Lippen. »Er redete wirres Zeug. Er wolle sich umbringen, und er wolle Anna umbringen. ›Liebe‹, sagte er, ›Liebe endet zu zweit. Ich würde für sie sterben, Mama, warum sie nicht für mich?‹ Wie gesagt, er redete völlig irre, und ich rief unseren Arzt an, der gab ihm eine Spritze. Und jetzt habe ich so schreckliche Angst, dass mit eurer Ehe etwas nicht stimmt. Ein zweites Mal steht er das nicht durch. Und er ist doch ein so guter Junge … er …« Sie weinte wieder.
»Aber wenn du damals schon wusstest, wie … durcheinander er war, warum hast du ihm nicht geraten, eine Therapie zu machen?«
Plötzlich, unvermittelt, blitzten Ruths Augen zornig auf. »Man braucht keine Therapie, wenn man derart liebesfähig ist. Was ist mit euch jungen Frauen los? Ich hätte mir alle fünf Finger abgeschleckt, hätte ich einen Mann gehabt, wie Wolf einer ist.«
Melanie nahm sich zusammen und unterdrückte ihre Wut und Verzweiflung. Sie beschwichtigte Ruth. Der Urlaub werde Wolf gut tun. Sie würden doch kaum miteinander in Ferien fahren, wenn sie sich trennen wollten?
Ihre Worte schienen Ruth tatsächlich zu beruhigen. Sie verabschiedete sich und bat Melanie, sie von Korsika aus anzurufen. Als sie fort war, saß Melanie lange da, ohne etwas zu tun. Wie ein dunkles Gespinst legte sich die Ver-

geblichkeit allen Bemühens auf ihr Gemüt. Ihre Angst bedrängte sie, sie konnte kaum atmen. Wolf war krank. Er war gefährlich, und er war nicht mehr zu erreichen. Als habe er sich in einen dunklen Schacht zurückgezogen. »Ich will nirgends sein, wo du nicht bist«, hatte er vor ein paar Tagen schluchzend gesagt, nachdem er sie zuerst beschuldigt hatte, ihn ständig zu betrügen. Und immer erklärte er sein Verhalten mit seiner allzu großen Liebe. Bei dem Begriff »Liebe« schauderte es Melanie, sie konnte dieses Wort nicht mehr ertragen. Was taten die Menschen sich nur alles an im Namen der Liebe?

Sie kannte das kleine Ferienhaus in- und auswendig. Kannte den Sprung im Fenstersims, die schmale Treppe, über die man so leicht stolperte, wenn man von der Küche auf die Terrasse ging. Sie wusste, dass das Holz der Schubladen im Schlafzimmerschrank morsch war und dass ein Gästebuch auf dem Wohnzimmertisch lag, in das ihre Eltern und sie sich oft eingetragen hatten. Dieses Buch schaffte sie bereits am ersten Tag beiseite und versteckte es unter den Wolldecken, die in einer Truhe lagen. Sie hatte dieses Haus absichtlich gewählt, als könne sie sich mit diesem Gefühl von Vertrautheit schützen vor dem, was unweigerlich kam.
Vom Haus führte ein enger Pfad durch den zum Meer hin abfallenden Garten, in dem wilde Rosen und allerlei Gestrüpp wuchsen und der in einer kleinen Bucht endete. Diese war durch einen mächtigen Felsen von dem lang gezogenen Sandstrand getrennt, der bereits die ersten Touristen anzog. In ihrer Bucht waren sie ganz für sich. Ein

feinsandiger winziger Strand, in der Ferne vorgelagerte Inselchen, wild bewachsen und felsig.

Zunächst zeigte Wolf sich begeistert. Er hatte nicht erwartet, für drei lange Wochen einen Privatstrand zu besitzen. »Nur du und ich, Melanie«, rief er mit so viel Freude, dass es ihr ins Herz schnitt. Er konnte nicht genug kriegen von diesem ganz besonderen Duft, den Korsika verströmte, dieser Mischung aus Rosmarin, Lavendel, Thymian und Lorbeer. Sie wanderten zu Bergdörfern, nackt und grau wie die Steine, aus denen die Häuser gebaut waren. Wenn sie abends auf der Terrasse saßen und Fisch grillten, während sich das weiche, dunstige Dunkel auf das Meer und die Berge senkte, schien er restlos glücklich. Er hatte erreicht, was er sich ersehnte. Seine Melanie und er, völlig abgeschnitten von der Welt.

Doch nach der ersten Woche änderte sich seine Stimmung. Das Wetter war ungewöhnlich heiß geworden für Anfang Juni, sodass sie ihre Wanderungen aufgaben und mehr Zeit am Wasser verbrachten. Melanie begann, zu einer kleinen Insel zu schwimmen, an der an jedem Nachmittag ein Motorboot festmachte. Es gehörte einem jüngeren Mann, der manchmal allein war, manches Mal aber auch Touristen ablud und allerlei Gerät und Lebensmittel mitbrachte. Die Urlauber und er picknickten, schwammen und blieben oft bis in die Abendstunden. Wolf beobachtete diese Ausflugsfahrten durch das Fernglas, das Melanie ihm zu Weihnachten geschenkt hatte. Er beobachtete auch Melanie, wie sie ruhig und stetig zu der Insel schwamm, eine Strecke von ein oder zwei Kilometern, die ihr nach ihrem langen Wintertraining keine

Schwierigkeiten bereitete. Sie trug einen kurzen Gummianzug, wie ihn auch Surfer benutzten, eine Schwimmbrille und ihre weiße, weithin leuchtende Bademütze, um sich vor Kollisionen mit Booten zu schützen. Sie rieb Körperstellen, die zum Wundreiben neigten, dick mit Vaseline ein und schützte ihr Gesicht mit Sonnencreme. Manchmal schwamm Wolf ein Stück der Strecke mit, aber bei der ersten Boje, die sich außerhalb der kleinen Bucht befand, kehrte er um.

Es war an einem dieser Abende, als sie das Licht auf der Terrasse angezündet und sich Wein in die einfachen Gläser geschenkt hatten, dass Wolf einen Streit mit Melanie begann. Schon den ganzen Tag über war er ruhelos gewesen. Am Strand störten ihn Sonne und Hitze, im Schatten die Mücken, er lief immer wieder den engen Pfad zum Haus hinauf, um kurz darauf wieder zurückzukehren, während Melanie unter der knorrigen Korkeiche saß, die neben den Felsen wuchs. Am Nachmittag schwamm sie wieder zur Insel. Sie hatte sich bereits mit dem jungen Korsen, der das Motorboot fuhr, angefreundet. Er erzählte ihr, dass er im Winter auf dem Festland arbeite, drüben in Marseille, in einer Fabrik. Seine Eltern lebten hier, an der Ostküste.

Er bewunderte Melanies Schwimmstil und wollte anfangs gar nicht glauben, dass sie diese weite Strecke ohne jede Schwierigkeit zurücklegen konnte.

»Hast du keine Angst?«, fragte er.

»Ich habe trainiert«, sagte Melanie. »Ich orientiere mich an den Bojen und halte immer Ausschau, wo Boote sind.«

Als sie zurückkam, stand Wolf, das Fernglas umgehängt, am Wasser.
»Du hast wohl einen neuen Freund?«, fragte er am Abend grimmig.
Es half nichts, dass sie ihm von dem jungen Korsen erzählte, von seinem Vater, der jeden Tag den weiten Weg nach Bastia fuhr, um auf dem Markt Obst zu verkaufen, und von seiner Mutter, die in einer der Feriensiedlungen als Zimmermädchen arbeitete. Nein. Melanie hatte Wolfs kleine abgeschirmte Welt zerstört. Weil sie es nicht lassen konnte, ihre weiblichen Reize auszuspielen. Weil sie scharf war auf Männer. Weil ein junger Korse noch in ihrer Sammlung fehlte.
Die nächsten beiden Tage unternahmen sie wieder kleine Wanderungen. Wolf wollte Melanie vom Strand fern halten, aber sie verzichtete trotzdem nicht auf ihre Badeausflüge. Kaum kehrten sie zum Ferienhaus zurück, schlüpfte sie in ihren Schwimmanzug, rieb sich das Gesicht dick mit Sonnencreme ein und sagte: »Ich schwimme noch eine Runde.« Er nickte nur und setzte sich mit einem Buch auf die Terrasse. Blickte Melanie aber, draußen im Wasser liegend, zurück zum Ufer, sah sie ihn im Sand hocken, das Fernglas um den Hals.
Die Stimmung lud sich von Tag zu Tag auf. Wenn sie den Pfad zum Meer hinunterging, wenn das Motorboot des Korsen vor der Insel lag, folgten ihr Wolfs wütende Blicke. Sie tat so, als sei alles in Ordnung, als hingen nicht diese tausend Volt Spannung in der Luft, als sei Wolf nicht nahe daran, vollends die Balance zu verlieren. Er trank zu viel, oft bis zu zwei Flaschen Wein am Tag, und

sein Medikamentenvorrat schwand. Manchmal ertappte sie ihn, wie er nachts durchs Haus geisterte oder an ihrem Bett stand und sie unverwandt anstarrte. Tagsüber brütete er vor sich hin und gab abweisende Antworten. Oder er stand am Rand der Terrasse, blickte aufs Meer hinaus, schüttelte den Kopf, sprach leise murmelnd mit sich selbst. Ganz offen überprüfte er jetzt ihr Handy und las die Romannotizen. Sie belauerten sich, doch Melanie überging seine patzigen Antworten, überhörte das Türenknallen und blieb gleich bleibend freundlich. Darüber wuchsen sein Zorn und seine Aggressionen so, dass er aus dem Zimmer ging, wenn sie es betrat, oder in der Küche schweigend für sich allein Frühstück zubereitete und so tat, als sei sie Luft.

»Was ist los mit dir?«, wandte sie sich eines Morgens an ihn.

»Das fragst du noch?« Seine Stimme überschlug sich, und er warf das Messer, mit dem er Butter auf ein Brötchen geschmiert hatte, wütend in die Spüle.

Und wieder schwieg sie. Die Kehle schnürte sich ihr zu, doch sie schwieg.

Dann fand er das Gästebuch. Sie kam in ihrem Schwimmanzug barfuß vom Strand zurück, hatte einen Zweig wilder Rosen abgebrochen und steckte ihn in eine Vase. Mit schneeweißem Gesicht trat er in die Küche und hielt ihr das Buch vor die Augen. Sie wandte den Blick ab. Er holte aus und schlug ihr mit einer raschen Bewegung das Buch ins Gesicht, rechts, links, immer wieder. Sie schrie auf und ließ die Vase fallen.

»Ihr wart hier. Fast jedes Jahr wart ihr hier in diesem Haus«, brüllte er. »Du Lügnerin, du Schlampe, du hast mich belogen.«

Ihre Hände zitterten so stark, dass sie nicht fähig war, die Scherben vom Boden aufzuheben. Er packte sie am Arm, zog sie zum Tisch, drückte sie gewaltsam auf einen Stuhl und legte das Buch vor sie hin. Er schlug es auf. Deutete auf verschiedene Einträge, die ihre Mutter, manchmal auch ihr Vater oder sie selbst gemacht hatten.

»Hier«, schrie er, »zwanzigster Juni 1999.« Er las vor: »Ein herrlicher Strandtag. Abends mit Papa Fisch gegrillt und über Mama gesprochen. Luca besucht uns mit seinem Motorboot. Lieber Luca, wann werden wir dich wiedersehen? Denn morgen müssen wir zurück. ›Lebet, Korsen, wohl, mir lieb geworden! Lebet wohl, ihr warmen Abendröten ...‹«

Er kreischte jetzt vor Zorn. »Du hast mich hierher geschleppt in dieses Haus, in dieses Bett dort drüben, in dem du mit *ihm* gelegen hast. Und dein heiß geliebter Vater hat es geduldet, dass seine Tochter sich jedem dahergelaufenen Dorftrottel an den Hals wirft.«

Sie wurde ruhig angesichts seiner Hysterie. »Du bist verrückt«, sagte sie nur.

Er hielt sein Gesicht ganz nah an das ihre. »Gib's doch zu! Der Kerl, zu dem du jeden Tag schwimmst, er heißt Luca, oder nicht? Das hast du dir fein ausgedacht. In dieser kleinen verrotteten Bucht gibt es kein Boot, sonst könnte ich ja mitkommen, aber das wär dir nicht recht, mein Engel, nicht wahr?«

Sie spreizte die Finger und schob sein Gesicht mit einem

verächtlichen Lächeln zurück. »Der Korse auf der Insel heißt Paolo. Luca war ein Fischer, der sich mit meinem Vater angefreundet hatte. Und die zwei Gedichtzeilen stammen von Conrad Ferdinand Meyer. Aber keine Angst, mit ihm kann ich nicht ins Bett gegangen sein, er ist schon lange tot.« Sie wollte aufstehen, aber er schubste sie auf den Stuhl zurück.

»Wieso hast du mir nicht gesagt, dass du schon so oft auf Korsika warst?«

»Weil du sogar auf Orte eifersüchtig bist, an denen ich mich mit anderen Menschen aufgehalten habe.«

»Ach. Und warum hast du das Gästebuch versteckt?«

»Damit du es findest«, sagte sie.

Er starrte sie verblüfft an.

Sie stand auf und trank einen Schluck Wasser. Ihr Mund war wie ausgedörrt vor Angst, in ihrem Kopf hämmerte es. Es ist so weit, dachte sie.

»Seit wir verheiratet sind, hast du nichts anderes getan, als mir hinterherspioniert. Du kontrollierst jeden Schritt, den ich tue. Du überwachst meine Telefone, kontrollierst die Bankauszüge, das Leitsystem meines Autos, du wühlst sogar in meiner Unterwäsche herum. Und hast auch dieses Haus schon auf den Kopf gestellt.«

»Alles Einbildung«, schrie er und trat nach einem Stuhl, sodass er umfiel. Sie ging ins Schlafzimmer und kehrte mit der Strumpfpackung zurück, in die sie die Kassette gesteckt hatte.

»Hier. Die hast du übersehen.« Sie drückte ihm die kleine Schachtel in die Hand.

Er öffnete sie, nahm die gefaltete Strumpfhose heraus, die

Kassette fiel zu Boden. Er bückte sich und hob sie auf. »Was ist das?«, fragte er.
»Du hast sie doch vermisst und überall gesucht.«
Er stand stocksteif da. In seinem Gesicht wechselten Scham, Furcht und Bestürzung.
»Alles Einbildung, nicht wahr?«
»Du warst in meinem Büro? Hast in meinem Schrank ...« Er schüttelte fassungslos den Kopf.
»Du hast in Berlin Philips Scheidung erwähnt. Du warst so außer dir, dass du es gar nicht bemerkt hast.«
Er ließ sich auf einen Stuhl sinken, saß da, blinzelte und wirkte wie vom Blitz gerührt.
»Tut mir Leid, Wolf, ich kann kein Mitleid mehr mit dir haben. Lass uns die Sache ein für alle Mal beenden.«
Sein Gesicht nahm eine purpurne Farbe an. »Was soll das heißen ... ›beenden‹? Wieso bist du dann zu mir zurückgekehrt?«
Sie holte zwei Gläser und goss Cognac ein. »Trink!«, befahl sie.
Er schaute sie unruhig an, nahm das Glas und trank es leer.
»Ich bin zurückgekehrt, weil du meine Freunde und meinen Vater bedroht hast. Oh, ja, ich weiß von den Briefen. Und ich schäme mich für dich.«
»Und ich habe mir eingebildet, du bist zurückgekommen, weil du mich liebst. Weil meine Liebe zu dir so stark ist, dass ich dachte, dass auch deine Liebe nicht vergehen kann.«
»Hör auf mit diesem rührseligen Quatsch! Ich kann es nicht mehr ertragen. Du liebst mich nicht, Wolf. Wenn

man jemanden liebt, dann vertraut man ihm. Dann lässt man ihm seine Freiheit. Dann gönnt man ihm auch andere Menschen. Man gönnt ihm seine Freunde. Man gönnt ihm einen Vater. Man gönnt ihm sein ganzes früheres Leben.«

In seinen Augen stand unvermittelt die nackte Wut, als sie von ihrem Vater und ihren Freunden sprach. Er schlug mit der Faust auf den Tisch, worauf Melanies Glas umkippte. »Und deine Liebhaber, die soll ich dir wohl auch gönnen? Wenn ich geahnt hätte, dass du das gleiche Luder bist wie Anna, hätte ich die Finger von dir gelassen.«

»Anna war kein Luder.«

»Woher willst du das wissen?«

»Weil ich bei ihr war.«

Sein Gesicht verzerrte sich. Er sprang mit einem Schrei auf. »Und wenn schon! Sie hat dich belogen. Ich hätte das Miststück erledigen sollen.«

»So wie du ihre Schwester in den Tod getrieben hast?«

Er hielt inne und stierte sie an. In seinen Mundwinkeln hingen Speichelbläschen.

Melanie stieg vorsichtig über die Scherben am Boden und ging auf die Terrasse. Er folgte ihr. Er hatte sich wieder ein wenig beruhigt und schien seine Taktik ändern zu wollen.

»Melanie ... ich bin nicht verrückt. Ich bin nur misstrauisch geworden durch alles, was ich schon erlebt habe.«

»Du bist krank«, antwortete sie.

»Nein ... nein, sag so was nicht!«

»Du hast mich durch deinen Freund überwachen lassen, schon kurz nachdem wir geheiratet haben. Du hast mich bespitzelt und belauert, wo immer ich mich aufhielt. Du bist in meine Wohnung eingedrungen, hast mein Halskettchen hinterlegt, eine Lilie auf den Tisch gestellt, hast am Telefon meine Lieblingsmusik abgespielt. Weißt du, wie man das nennt? Man nennt so etwas Psychoterror.«

»Und dann hast du den Spieß umgedreht«, höhnte er.

»Richtig. Ich wollte, dass du am eigenen Leib erfährst, wie das ist, wenn Dinge passieren, die man sich nicht erklären kann. Ich wollte dir vor Augen führen, wie aberwitzig und widersinnig deine ständigen Verdächtigungen sind.«

»Und wozu?«

Vor dieser Frage hatte sie sich gefürchtet.

»Um dir zu zeigen, wie kaputt unsere Beziehung ist. Wolf, ich bitte dich eindringlich, lass mich gehen! Ich kann nicht mehr mit dir zusammenleben.«

»Und warum hast du mich dann auf diese Insel geschleift?«

»Weil ich dachte, dass wir hier, fern von unserem Alltag, fern von zu Hause, alles besprechen und regeln können. Ohne Einmischung anderer. Das wolltest du doch immer.«

Es schien ihr seltsam, sein Gesicht zu beobachten. Verwirrung, Wut und Schlauheit. »Ach. Und dass du mit mir noch einmal geschlafen hast, in jener Nacht ... Was wolltest du mir damit beweisen?«

»Du hast nicht mit mir geschlafen. Das hättest du unter normalen Umständen gar nicht tun können, weil der viele Alkohol und all die Tabletten dich impotent gemacht haben. Aber an diesem Abend hast du deine Macht

demonstriert, das hat dich wieder gestärkt, nicht wahr? Das war nicht Liebe, das war Hass. Du hast mich benützt und gequält – mit meiner Einwilligung allerdings.«
»Mit deiner Einwilligung?«, schrie er und lachte schrill. »Und warum?«
»Um dieses Gefühl nie zu vergessen. Um dich endlich loszuwerden, hier drinnen, verstehst du?« Sie klopfte sich auf die Brust. Sie starrten sich an, endlos, wie es Melanie schien. Unten, in der Bucht, das leise Plätschern der Wellen. In der Ferne die Insel und das Boot des Korsen.
Melanie suchte nach ihrer Badekappe und ihrer Schwimmbrille.
»Wohin willst du?«, rief Wolf mit einer so fremden Stimme, dass ihr ganz übel wurde vor Angst.
»Ich gehe schwimmen.« Sie eilte den Pfad hinunter, das Gestrüpp zerkratzte ihr die Beine, ihr Magen begann sich zu verkrampfen.
Wolf lief hinter ihr her und packte sie an der Schulter. »Um dich mit deinem Liebhaber zu treffen? Das lasse ich nicht zu.«
Sie riss sich los und begann zu laufen. Trat auf Steine und kleine Dornen, kam zum Strand, setzte mit zitternden Fingern die Kappe auf und hängte sich die Brille um den Hals.
Er erreichte sie, als sie schon knöcheltief im Wasser stand. »Das wirst du nicht tun«, keuchte er, und ein Lächeln ging über sein Gesicht, so leer und furchterregend, dass sie, ohne es zu merken, aufschrie. Er packte sie, doch abermals riss sie sich los und watete weiter.
Er blieb dicht hinter ihr. »Melanie. Du schwimmst nicht

zur Insel! Du bleibst hier! Lieber bringe ich dich um, als …« Er sprach nicht weiter.

Sie blieb in einiger Entfernung stehen und streckte abwehrend die Arme aus.

Auch er blieb stehen. »Ich lasse mich nicht von dir an der Nase herumführen! *Luuucaaa«*, brüllte er plötzlich zur Insel hinüber. »Heute kommt sie nicht allein.« Seine Hände öffneten und schlossen sich hektisch. »Du hast die Wahl. Entweder du bleibst hier, oder ich werde dir folgen.«

»Das kannst du nicht. Du kannst mir nicht folgen. Nicht ohne Boot.«

»Oh, ich kann.«

»Die Strecke ist zu lang für dich.«

Er lachte höhnisch.

»Und du hast keinen Schwimmanzug.«

»Hast du nicht selbst gesagt, das Wasser sei für diese Jahreszeit fast zu warm?«

»Draußen ist es kälter.«

»Na, und? Sie schwimmen hier sogar nackt. Auch ganz weit draußen. Nur du musst mit deinem blöden Anzug angeben, um allen Kerlen zu zeigen, was für eine tolle Sportlerin du bist.«

»Bitte, Wolf. Vertrau mir nur einmal in deinem Leben! Tu's nicht! Du wirst es nicht schaffen. Du wirst ertrinken.«

Er schnaubte verächtlich. »Das sagst du nur, um mit ihm allein zu sein.«

Sie blickte ihn an. Er stand bis zur Brust im Wasser, die Haut gebräunt, die Haare feucht von der aufspritzenden

Gischt. Seine Wangenmuskeln arbeiteten, er schien tödlich entschlossen. Sein Brustkorb hob und senkte sich. Blitzschnell setzte er sich wieder in Bewegung, schaufelte das Wasser zur Seite, die Arme ausgebreitet, kam näher und näher, hatte sie fast erreicht, und sie erinnerte sich plötzlich an ihren Traum, den sie in jener Nacht hatte, als sie von ihrem Besuch bei Anna zurückkam. Die Dünen, das Meer, das eiskalte Wasser, Wolf, der ihr folgte ... und die Angst ... die Angst ...

»Nein!«, schrie sie auf. Sie schnellte in die Luft, stieß mit dem Kopf nach unten und tauchte ein. Schoss vorwärts und flog ... flog ... als würde ihr Traum Wirklichkeit. Tauchte wieder auf und hob ihren Kopf nur, um kurz Luft zu holen, tat dies auf der linken Seite, da Wind und Wellen von rechts kamen.

Und wandte sich nicht mehr um. Der Horizont ging im leichten Dunst nahtlos in den Himmel über. Im Westen türmten sich Wolken auf. Das Boot des Korsen ankerte vor der Insel.

Sie meldete ihn am nächsten Morgen als vermisst. Ihr Mann sei ein leidlich guter Schwimmer gewesen, aber sehr vorsichtig. Zur Insel sei sie deshalb immer allein geschwommen. Sie könne nicht glauben, dass er ihr gefolgt sei; denn sie habe ihn eindringlich vor dieser weiten Strecke gewarnt. Ja, sie selbst sei auf der Insel gewesen, wie jeden Tag. Sie habe dort mit dem jungen Korsen Paolo gesprochen, er habe sie mit seinem Boot zurückgebracht, da eine Gewitterfront sich aufbaute. Selbstmord schließe sie aus, obwohl ihr Mann in letzter Zeit aus beruflichen

Gründen depressiv gewesen sei. Allerdings – vielleicht habe er sich und seine Kräfte überschätzt. Ja, dies sei möglich. Dass er sich trotz ihrer Warnung nicht habe vorstellen können, wie zäh und ausdauernd man sein müsse, eine so lange Strecke zu überwinden. Sie aber wisse das. Sie sei Langstreckenschwimmerin. Von Kindheit an.

*Ich danke dem Verfremder und engagierten Künstler Otto Dressler für sein Vertrauen und die damit verbundene Erlaubnis, seine künstlerische Biografie in diesem Roman verwenden zu dürfen, für die beeindruckenden Besuche in seinem Atelier und seine herzliche Gastfreundschaft.*

*Und ich danke meinem Lektor Herbert Neumaier für seinen hervorragenden fachlichen Rat und seine freundschaftliche und geduldige Unterstützung, meinem Agenten Dirk Meynecke für die Energie und Kreativität, mit der er mich vertritt, meiner Freundin Barbara, die sich mit meinen Ängsten und Zweifeln herumschlägt, sowie Reinhard, Sonja und Wolfgang, die so großen Anteil an meiner Arbeit nehmen.*

Eine Frau begehrt auf!

*Annemarie Schoenle*

# Ich habe Nein gesagt

Roman

Ihre Romane werden millionenfach gelesen, über die Fernsehfilme, zu denen sie das Buch schrieb, spricht ganz Deutschland. Nun wendet sich Annemarie Schoenle einem brisanten Thema zu, das gern unter den Teppich gekehrt wird: Vergewaltigung in der Ehe.
Die Geschichte von Werner, Doris und ihrer kleinen Tochter Tanja – eine scheinbar normale Ehe, in der es kriselt, bis die Liebe mit einer Vergewaltigung endgültig getötet wird. Und als Doris sich durchringt, ihren Mann anzuzeigen, lässt ihre Umgebung sie das bitter büßen. Wird sie vor Gericht tatsächlich gegen ihren Mann aussagen?

»Schoenles Geschichte lässt keine einfache Parteinahme zu. Sie erzählt, wie Gewalt in einer scheinbar gewöhnlichen Beziehung ausbrechen kann ... und davon, wie hoffnungslos unterschiedlich Frauen und Männer empfinden, wenn es mit der Liebe zu Ende geht.«
*Der Spiegel*

Knaur Taschenbuch Verlag